AQUARIUS

AQUARIUS

AQUARIUS

AQUARIUS

每個人心中都有一座島嶼，
藉文字呼息而靜謐，
Island，我們心靈的岸。

笨蛋
聯盟

A Confederacy Of Dunces

約翰·甘迺迪·涂爾——著
John Kennedy Toole
莫與爭——譯

當世上有真正的天才出現，
你可以據此跡象辨認：愚人鈍士
都結成了聯盟與他為敵。

——強納森・綏夫特（Jonathan Swift）
〈對兼及道德與娛樂之雜題有感〉
（Thoughts on Various Subjects, Moral and Diverting）

【序】

喧囂而瘋狂的征途

介紹這本我在第三度重讀時竟比首次過目還要震撼的小說，最好的方法，或許就是談談我和它最初的接觸。一九七六年，我在羅耀拉執教時，開始接到一位陌生女士的電話。她的提議相當荒謬。不是她寫了兩章小說，想進我的班；而是她過世的兒子在六〇年代早期寫過整本小說，大部頭的小說，想請我讀讀。為什麼要讀？我問她。因為這是部絕佳的小說，她答。

我多年以來，已經練就一身功夫，專能將不想幹的事推個乾淨。而如果世上還有我不想幹的事，這就絕對是了：要應付一個已故小說家的母親不說，最可怕的是得去讀她口稱**絕佳**的稿件，並且我還發現，那是個嚴重塗污幾至無法閱讀的複寫本。

但這位女士很能鍥而不捨，幾經周折她已現身在我辦公室中，向我遞來一份厚重的稿件。推脫是不可能了，只剩下一個希望，也就是我暫且讀它幾頁，而這幾頁不忍卒讀的程度，便足以讓我在問心無愧中即時打住。我通常都能如此。其實光讀第一段多半也就夠了。怕只怕這本稿件可能還不夠壞，或可能剛剛夠好，教我不得不往下讀。

這回我是讀下去了。還再讀下去。先是暗覺不妙，它沒壞到能讓人撒手的地步，接著感到一絲與趣的激刺，繼而漸趨亢奮，最後是難以置信：怎可能會有如此之妙。在此我得忍住誘惑，將當初那些令我張口咧嘴、放聲大笑、搖頭讚嘆的東西賣個關子。還是由讀者自己去發現的好。

總之，書裡有個伊內修．萊里，在我所知的文學裡找不到任何前身：邋遢透頂，身兼瘋狂的奧勒佛．哈台[1]、肥胖的堂．吉訶德，與頑固的多瑪斯．阿奎那[2]，正在對整個現代進行殊死的反抗，穿著絨布睡衣，躺在紐奧良市君士坦丁堡街一間屋後的臥室裡，趁著排山倒海襲來的脹氣與打嗝之間空檔，將成打的「大酋長」拍紙簿[3]填滿了激烈的批判。

他母親認為他該去上班。他也做過一連串不同的事。每個職位雖都迅速惡化成瘋狂的探險與十足的災難，但也正如堂．吉訶德的經歷，各有其獨特的荒誕邏輯。

他來自布朗士區的女友摩娜．敏可夫，認為他需要性愛。摩娜與伊內修之間的事，大不同於我經驗所及的任何典型愛情故事。

涂爾小說中另一個同樣巧妙的地方，是他筆下的紐奧良特色，它的後街小巷、它的偏僻鄰里、它的奇特口語、它共享特殊文化背景的白人，加上一位黑人。涂爾在這黑人身上達到了幾不可能的境界，將他寫成一個足智多謀極富喜劇性的角色，卻不帶一點「賴司特廝」式白人抹上黑臉唱滑稽戲的調調[4]。

但涂爾最成功的地方，還在於伊內修．萊里本人，在於這個知識分子與理論家，這個無所事事懶作好吃的人。他龐大的自我膨脹，和他對現代種種的放縱無度，乃至包括佛洛伊德、同性戀者、異性戀者、新教徒在內一切人等所作的厲聲譏誚與隻手挑戰，頗能使讀者望之卻步。不妨想像一個開始抽起大麻的阿奎那，搬到了紐奧良，從那裡展開瘋狂的征途，穿過重重沼澤，殺向巴頓魯治的路易斯安那州立大學，而在腸胃大出問題，不得不坐在男教職員廁所裡的時候，被人偷去了他的短夾克。他的幽門瓣膜不時會對現代世界之缺乏「正確的幾何學與神學」產生反應，自動關閉。

我不太敢用**喜劇**一詞——雖然它確是齣喜劇——因為其中暗示的只是一本引人發噱的書，而這部小說卻遠不止此。說它是個龐巨喧囂、大如福斯塔夫的鬧劇還比較合適[5]。說它是「commedia」更貼切點[6]。

---

1 奧勒佛．哈台（Oliver Hardy, 1892-1957），著名諧星，1926年與斯坦．勞萊（Stan Laurel, 1890-1965）組成美國電影史上最享盛名的一瘦一胖喜劇搭檔「勞萊與哈台」（Laurel and Hardy）。

2 多瑪斯．阿奎那（Thomas Aquinas 1225?-1274），中文譯名常簡作「聖多瑪斯」，義大利哲學神學家，死後被冊封為聖人，贈號「天使博士」（Doctor Angelicus），為大學、學院、學校之主保聖人。

3 「大酋長」（Big Chief）曾是美國最廣受歡迎的拍紙簿品牌，原為西方拍紙簿（Western Tablet）公司所出，後由密德（Mead）公司買下權利。

4 賴司特廝（Rastus）此名與三寶（Sambo）同為十九世紀美國南方對黑人的輕蔑稱呼。白人將臉塗黑表演的滑稽戲（minstrel shows）中常出現此名。

5 福斯塔夫（Falstaff）是莎士比亞《亨利四世》（*Henry IV*）與《溫莎的風流娘們》（*Merry Wives of Windsor*）兩劇中大膽、浮誇、快樂、肥胖的武士。

6 這個義大利名詞與英文「喜劇」（comedy）的中世紀用法相通，出於但丁《神曲》（*La Commedia*），專指情節由悲至喜，洋溢諧趣圓滿收場的敘事詩，以婦人孺子的粗俗言語寫成。

而它也悲哀。我們始終不太確定這悲哀到底從何而來，是藏在伊內修巨大氣態的憤怒與那些瘋狂冒險核心當中的悲劇，還是伴隨著本書的悲劇。

本書的悲劇就是作者的悲劇，是三十一歲的他在一九六九年的自殺。另一個悲劇，是我們橫遭剝奪的整批作品。

約翰．甘迺迪．涂爾今天不能安然在世繼續寫作，是個天大的遺憾。但他不能，而我們除了竭盡全力至少要將這部巨大嘈雜的悲喜劇呈獻給廣大讀者之外，也別無可求了。

華克．波西[7]

7 華克．波西（Walker Percy, 1916-1990）小說著作包括曾獲1962年美國「全國書獎」（National Book Award）的《影迷》（*The Moviegoer*, 1961）等。

【人物表】

伊內修・J・萊里：本書主角。中世紀文化學碩士，宅在家中當媽寶，有個常出問題的瓣膜。

伊內修・萊里太太：伊內修之母。守寡多年，對兒子百般依從，一心渴望兒子找個正當工作。

摩娜・敏可夫：伊內修的女友，深信性愛可以涉入政治、滌淨心靈，認為伊內修對性過於排斥。

安傑婁・曼庫索：一名亟欲破案，卻老是找錯嫌疑犯的便衣刑警，常埋伏於路邊，尋找可疑人物。

瓊斯：一名剛從監獄出來的黑人，常口出智慧之語。

雷維先生&雷維太太：雷維褲廠的老闆與老闆娘，彼此不合，雷維太太總等著看先生出洋相。

崔喜小姐：雷維褲廠多年員工，老眼昏花，只想立刻退休，卻遭雷維太太「好意」強留，無法如願。

拉娜．李：「歡樂良宵」酒吧老闆娘，為人苛刻，壓榨勞工，並私下從事不法交易。

妲琳：「歡樂良宵」酒吧女，一心想進軍演藝界，在拉娜．李眼中是個無可救藥的笨蛋。

克勞德．羅畢蕭：一名平凡老頭，當街調停伊內修造成的騷動時，被警方誤認為共產黨。他後來想追求萊里太太。

有一種紐奧良市的口音……屬於紐奧良商業區，特別是德裔、愛爾蘭裔的第三區，與已在曼哈頓絕跡，而藏身於霍博肯、澤西市、阿斯托里亞、長島等地那種艾爾·史密斯[8]腔調的口音幾乎無法區別。其中道理可想而知，因為同一血統的人將這口音帶到了曼哈頓，也將它塞給了紐奧良。

「你說的沒錯。我們是地中海國家的人。我從沒去過希臘或義大利，但相信我一在那裡落腳，就能覺得回到了家。」

他也會如此，我想。紐奧良與熱那亞或馬賽或貝魯特或埃及的阿歷山大港相似之處大過紐約，雖然所有海港之間相似的地方，多於海港與內陸的任何地點。正如哈瓦那與太子港，紐奧良位在不曾觸及北大西洋的古希臘世界軌道之內[9]。地中海、加勒比海與墨西哥灣形成了一個海，雖間有中斷，卻性質相同。

——A·J·李伯陵《路易斯安那伯爵》[10]

8 艾爾·史密斯（Al Smith, 1873-1944）曾任紐約州長，1928年獲民主黨提名，成為美國史上第一個由主要黨派支持的羅馬天主教總統候選人。論者往往將他的敗選，歸咎於他明顯的紐約口音，也就是此處所謂己自曼哈頓（Mahattan）消失，而僅存於紐澤西州霍肯（Hoboken）、澤西市（Jersey City），與紐約皇后區（Queens）的阿斯托里亞（Astoria）、長島（Long Island）等地移民圈中的口音。

9 古希臘（Hellenistic）文明影響所及，東達黑海北岸，西迄地中海西部，而不出大西洋。

10 著名記者作家李伯陵（A.J. Liebling, 1904-1963）這本標題語帶雙關的《路易斯安那伯爵》（*Earl of Louisiana*, 1961），是充滿傳奇色彩，曾任路易斯安那州長的厄爾·郎（Earl Kemp Long, 1895-1960）的傳記。

第一章

1

一頂綠色的獵帽，擠在有如肉氣球的一個頭顱上端。綠色耳罩裡鼓著一雙大耳和久欠修剪的頭髮，和耳中長出的纖細鬃毛，像同時指著兩個方向的轉彎號誌。厚而噘的嘴唇突露在濃密的黑八字鬍下，嘴角下垂，皺出幾重充滿了鄙夷不屑與薯片碎屑的細褶。帽子綠色前沿下的陰影中，是伊內修・J・萊里目空一切藍黃相間的眼睛，正蔑視著其他等候在D・H・侯姆斯百貨公司時鐘下的人，研究著這群人衣著品味低劣的徵狀。伊內修注意到，其中幾套衣服嶄新昂貴的程度，簡直就是對品味與端莊的冒犯。任何新而貴的東西，都只能反映出擁有人欠缺神學與幾何學的修養，連其靈魂也能讓人起疑。

伊內修自己卻穿得舒適而合理。獵帽可以防範傷風。寬大的粗呢長褲既耐用又能允許極其自由的行動。褲褶與角落裡藏著一窩窩溫暖陳滯的空氣，令伊內修通體舒泰。花格的絨布襯衫可以取代夾克，暴露在耳罩與衣領間的萊里皮膚則有圍巾護守。不論以任何一種玄奧的神學與幾何學來看，這套衣裝都能合乎標準，而且還暗示出豐富的生命內涵。

以大象一般沉重笨拙的方式，將重心從一側臀部移向另一側時，伊內修在粗呢與絨布底下傳送出一批漣漪起伏、紛紛拍碎在鈕釦與縫邊上的肉浪。這樣換好姿勢之後，他將等候母親所耗費的大段時間做了一番思忖。他基本上是想到了他開始感到的不適。他覺得整個人彷彿都要從那雙腫脹的麂皮沙漠靴裡爆裂出來，而似乎為了證實這事，伊內修還將他高人一等的眼睛投在他的腳上。腳看起來是腫了。他準備向他母親提出這雙鼓脹的靴子作為證據，請她看看她對旁人是如何不知體恤。抬起頭來，他看到太陽已開始在運河街底的密西西比河上沉落。侯姆斯的時鐘說是將近五點。他已開始琢磨著幾個字斟句酌的控訴，要讓他母親為之懺悔，或至少為之困惑。他常得給她點顏色，讓她知道分寸。

她開那部普利茅斯老車帶他來到城中心。她上診所去看關節炎毛病的時候，伊內修就到維爾雷恩店裡給他的小喇叭買了幾份樂譜，給他的魯特琴買了根新弦。然後他逛進了皇家街的廉價遊樂場，去看看裝了什麼新遊戲沒有。他在失望中發現那迷你棒球遊戲機不見了。也許只是送去修理。上回他玩的時候，打擊者動不了，這廉價遊樂場的人雖然恬不知恥，暗示棒球機器是被他自己踢壞的，但爭論半天，管理人總算退還了他的五分鎳幣。

一心掛念著那部迷你棒球機命運如何的伊內修，正神遊在運河街與身邊人群的具體現實之外，也就沒注意到D．H．侯姆斯一根大柱後面那兩隻朝他貪婪注視的眼睛，閃著希望與慾望的悲哀眼睛。

那機器可不可能在紐奧良修？大概吧。不過，也可能得把它送到密爾瓦基或芝加哥，或在伊內修心中總與高效率修理廠與永遠冒著煙的工廠連在一起的哪個城市。伊內修希望那棒球機在運送途中能遭人小心搬放，不讓它那些小球員破損或支解在粗暴的鐵路員工手中，那些一心一意要以托運者的索賠讓鐵路破產，而總有一天會鬧起罷工把個伊利諾中央鐵路公司[11]搞垮的鐵路員工。

正當伊內修思考著小棒球機為人類所帶來的歡樂時，那兩隻悲哀飢渴的眼睛穿過人群向他靠近，像魚雷對準一艘毛茸茸的大油輪。那警察拽住了伊內修的一袋樂譜。

「你有身分證明嗎，先生？」警察用一種盼望伊內修沒有合法身分的聲音說。

「什麼？」伊內修往下看著藍帽上的徽章。「你是誰啊？」

「給我看看你的駕駛執照。」

「我不開車。能不能請你走開？我在等我母親。」

「垂在你袋子外面的是什麼東西？」

「你想會是什麼，笨蛋？是我魯特琴用的弦。」

「什麼琴？」警察稍退半步。「你是本地人？」

「這個城是文明世界裡聲名狼藉的罪惡首都，卻來騷擾我，這是警察局的本分工作嗎？」伊內修對著商店門前人群的上空咆哮。「這個城出名就出在它的滿城賭徒、妓女、暴露狂、反基督徒、酒鬼、男同性戀、癮君子、患戀物癖的、成天手淫的、賣春宮的、騙子、蕩婦、亂丟垃圾的，和女同性戀，都被貪官污吏保護得太安穩了。你要有點時間，我可以試著跟你討論犯罪問題，但可別弄錯對象，來找我的麻煩。」

警察抓住伊內修的臂膀，帽子上就被樂譜敲了一記。垂吊的弦線正抽在他耳朵上。

「喂，」那警察說。

「找打！」伊內修喊道，他注意到一群顧客起了興趣，開始聚攏成圈。

---

11 伊利諾中央鐵路（Illinois Central Railroad）又名美中幹線（Main Line of Mid-America），主要連接芝加哥與紐奧良兩地，1972年與海灣、莫比爾與俄亥俄鐵路（Gulf, Mobile and Ohio Railroad）合併重組為伊利諾中央海灣鐵路（Illinois Central Gulf Railroad）公司。

D．H．侯姆斯店裡，萊里太太正將她母性的胸部壓在糕點部那一玻璃櫃的椰蓉酥上。她用一根因為常年洗刷兒子巨大泛黃的內褲而粗糙不堪的手指，敲在玻璃櫃上，吸引售貨小姐的注意。

「噢，依湼絲小姐，」萊里太太以那種在紐澤西以南只有紐奧良（墨西哥灣旁的霍博肯）聽得到的口音[12]說。「在這裡，寶貝。」

「嘿，最近怎樣？」依湼絲小姐問。「好不好，親愛的？」

「不大好，」萊里太太據實回答。

「天可憐見。」依湼絲小姐隔著玻璃櫃傾身過來，忘了她的蛋糕。「我也不大好。是我的腳。」

「老天，我還巴不得有你的運氣呢。我是手肘生了關節炎。」

「噢，怎麼會！」依湼絲小姐帶著如假包換的同情說。「我可憐的老爸爸也有那毛病。我們都讓他在滾燙的熱浴缸裡躺著。」

「我兒子成天泡在我們家浴缸裡。我現在連自己的浴室都很難進了。」

「我以為他結了婚，寶貝。」

「伊內修？哎嗨嗨，」萊里太太悲傷地說。「親愛的，可不可以給我兩打那個什錦點心？」

「但我以為你跟我說過他結婚了，」依湼絲小姐邊說邊將糕點裝進一個盒子。

「他呀，連對象都還沒有。原來那個小女朋友也飛了。」

「呃，他還有的是時間。」

「也許吧，」萊里太太淡漠地說。「哪，可不可以再給我半打葡萄酒蛋糕？家裡一沒有糕餅，伊內修就要發脾氣。」

「你兒子喜歡糕餅，嗯？」

「噢，老天，我這手肘可疼死人了，」萊里太太回答。

百貨公司門前聚集的人群當中，只見那頂獵帽，那個人圈的綠色圓心正在狂跳。

「我要去跟市長投訴，」伊內修喊道。

「別找人家孩子麻煩，」人群裡有個聲音說。

「去抓波本街跳脫衣舞的，」一名老頭附和。「人家可是好孩子。人家在等他媽。」

「謝謝，」伊內修傲慢地說。「希望大家能為這種駭人聽聞的事作個見證。」

「你跟我來，」警察以逐漸消滅的自信對伊內修說。人群開始出現一點暴民的味道。附近也看不到任何交通巡警。「我們到局裡去。」

「一個好孩子居然連在D．H．侯姆斯旁邊等他媽媽都不行，」又是那老頭。「我告訴你們，這城以前可不是這樣的。都是共產黨。」

「你說我是共產黨？」警察邊躲著魯特琴弦的鞭笞，邊問那老頭。「小心我帶你一起走。眼睛最好睜亮點，看看你是叫誰共產黨。」

「你抓不了我，」老頭喊了。「我是紐奧良休閒娛樂部贊助的『金色年代俱樂部』會員。」

「別找老人家麻煩，你這個惡警察，」一個婦人尖聲叫道。「他大概都做爺爺了。」

「我是，」老頭說。「我有六個外孫，全跟著修女上學。可聽明了。」

---

12 這就是紐奧良第九區（Ninth Ward）、愛爾蘭渠道（Irish Channel——「渠道」此名的來源，一說因為此區是愛爾蘭移民源源來到的渠道，一說因為此區街道每逢下雨便成渠道）、中城區（Mid-City）等地愛爾蘭、德國後裔居民與紐約、紐澤西某些地區口音相似的「崖特方言」（Yat dialect）。方言中慣用的問候語，不是一般常用的「你好嗎？」（How are you?），而是「你在哪？」（Where are you at?），發音則如「Where y'at?」。「崖特」一名，即由此而來。

伊內修從人群頂上望見他母親慢慢踱出百貨公司大廳，手裡像拎著一盒盒水泥似地提著糕點部的產品。

「媽，」他叫。「你來得剛好。我被逮捕了。」

排開人群的萊里太太說：「伊內修！怎麼回事？你幹了什麼？喂，你別跟我孩子動手動腳。」

「我沒碰他，太太，」警察說。「這人是你兒子？」

萊里太太一把扯下伊內修手中那根咻咻有聲的魯特琴弦。

「我當然是她孩子，」伊內修說。「你看不出她有多疼我？」

「她愛自己兒子，」老頭說。

「你想對我可憐的孩子怎樣？」萊里太太問那警察。伊內修用一隻巨掌拍撫著他母親染成紅褐的頭髮。「這個城裡各種貨色的人滿街亂跑，你們倒有工夫跟可憐小孩過不去。等自己媽媽他們也要抓。」

「這顯然是個該讓『公民自由聯盟』[13]來管的案子，」伊內修邊用手掌揉擠他母親下垂的肩膀，邊做出了觀察。「我們得聯絡摩娜．敏可夫，我那失去的戀人。這種事她熟。」

「都是共產黨，」老頭插嘴道。

「他多大年紀了？」警察問萊里太太。

「我今年三十，」伊內修口氣高傲。

「你有工作嗎？」

「伊內修得在家裡幫我，」萊里太太說。她原先的勇氣已經減了一些，手中捲繞著魯特琴弦與蛋糕盒上的繩子。「我患了嚴重的關節炎。」

「有時我會撣撣灰塵，」伊內修告訴警察。「此外，目前我正在寫一個長篇論文，批判我們這個世紀。文字勞動讓我頭昏腦脹的時候，就偶爾去做點乳酪蘸醬。」

「伊內修做的乳酪蘸醬可好吃了。」

「那他真乖，」老頭說。「人家男孩多半都成天野在外頭。」

「你能不能閉上嘴？」警察對老頭說。

「伊內修，」萊里太太用顫抖的聲音問，「你幹了什麼，兒子？」

「其實，媽，我覺得這都是他起的頭。」萊里用他那袋樂譜指著老頭。「我只不過是站在這裡，一邊等你，一邊祈禱醫生能給你點好消息。」

「把那老頭帶走，」萊里太太對警察說。「都是他在搗亂。真可悲，有像他這樣的人走在街上。」

「警察都是共產黨，」老頭說。

「我不是叫你閉嘴了嗎？」警察憤怒地說。

「我每天晚上都要跪下感謝上帝，感謝我們受到的保護。」萊里太太告訴群眾。「沒有警察的話，我們早都沒命了。我們都會倒在床上，脖子給人從耳朵割到耳朵。」

「一點不錯，老妹，」人群裡有個女人回答。

「為警察部隊唸唸玫瑰經，」萊里太太開始對群眾講演。伊內修狂暴地撫摸著她的肩膀，在她耳邊低聲鼓勵。「你會為一個共產黨唸玫瑰經嗎？」

「不！」幾個聲音熱烈地響起。有人推了老頭一把。

---

13 「公民自由聯盟」全名是「美國公民自由聯盟」（American Civil Liberties Union，簡稱ACLU），創於1920年，是專為爭取民權的自由派民間組織。

「我沒騙你，太太，」老頭喊道。「他想抓你孩子。像在俄國一樣。他們全是共產黨。」

「來，」警察對著老頭說。他粗暴地揪起老頭上裝的後領。

「我的天哪！」伊內修說，一邊看著蒼白瘦小的警察企圖控制那老頭。「你們煩死人了。」

「救命啊！」老頭向群眾哀求。「這是強行接收。這是違反憲法！」

「他瘋了，伊內修，」萊里太太說。「我們趕緊走吧，寶貝。」她轉身對著群眾。「跑啊，各位。說不準他會把我們大家都宰了。我看哪，他才是共產黨。」

「你也用不著演得太過頭，媽，」他們排開四散的人群快步沿著運河街走去的時候，伊內修說。他回頭看見老頭和那羽量級的警察正在百貨公司的鐘下扭成一團。「你能不能慢點？我感覺心臟有點雜音。」

「噢，閉嘴。你以為我感覺如何？我這把年紀實在不該這麼跑的。」

「我想，心臟對任何年紀恐怕都很重要。」

「你心臟沒有毛病。」

「我們再不慢點，就要出毛病了。」往前滾動的時候，伊內修的粗呢褲子在他巨大的臀部四周掀起波浪。「你拿了我的魯特琴弦？」

萊里太太拉著他轉過街角走上波本街，他們開始步向法國區。

「那個警察為什麼會找上你，兒子？」

「我永遠也不會知道。但他恐怕馬上就要追過來了，等他把那個老法西斯制伏之後。」

「你覺得會？」萊里太太緊張地問。

「我猜是會。他一副鐵了心非要抓我不行的樣子。他一定是有什麼配額之類的。我不敢相信他會那麼輕易就把我放過。」

「那多可怕呀！你會上報的，伊內修。多丟人吶！你在等我的時候一定是幹了什麼，伊內修。我對你清楚得很，兒子。」

「別人不說，我在那裡可沒管半點閒事。」伊內修喘著。「拜託。我們得歇一會。我覺得要內出血了。」

「好吧。」萊里太太看看她兒子愈來愈紅的臉，知道他光為了證明自己所言不虛，會很樂意當場癱倒在她跟前。他以前就幹過這種事。上回她強拉他在禮拜天陪她去做彌撒，他在去教堂的途中就癱過兩次，在聽關於怠惰的講道時又癱了一次，還搖搖晃晃滾出了那排座位，鬧出一場令人臉紅的騷亂。「我們進去坐坐。」

她用一個蛋糕盒將他推進了「歡樂良宵」酒吧的門。他們在滿溢著波本威士忌與菸屁股氣味的黑暗裡，爬上了兩張高腳凳。萊里太太在吧檯上排列她那些蛋糕盒的時候，伊內修張敞著他寬闊的鼻翼說：「老天，媽，一股臭味，我肚子裡開始翻騰了。」

「你想回到街上？你想讓警察抓進去？」

伊內修沒有答腔。他大聲聞嗅，做起怪臉。一直在觀察這兩人的酒保從陰影底下用揶揄的口吻問道，「要些什麼？」

「我要杯咖啡，」伊內修大聲大氣地說。「菊苣咖啡[14]加熱牛奶。」

---

14 將菊苣（chicory，亦即 endive，學名 cichorium）根部烘烤磨碎與咖啡豆相混所製的咖啡。紐奧良法國區的百年老店 Café du Monde 即以其 chicory coffee 加牛奶的 café au lait 名聞遐邇。

「只有即溶咖啡，」酒保說。

「我沒辦法喝那種，」伊內修對他母親說。「太低級了。」

「呃，叫杯啤酒吧，伊內修。喝不死你的。」

「我有可能脹氣。」

「我要瓶『迪克西45』，」萊里太太對酒保說。

「這位先生呢？」酒保用一種深沉做作的聲音問。「喜歡喝什麼？」

「也給他一瓶『迪克西45』。」

「我有可能不喝，」伊內修在酒保去開啤酒的時候說。

「我們不能在這裡白坐，伊內修。」

「我看不出有什麼不能。這裡的客人就只有我們。有我們在，他們該高興還來不及。」

「他們這裡晚上有跳脫衣舞的，呵？」萊里太太用肩膀推推兒子。

「我猜是有，」伊內修冷冷地說。他看起來十分痛苦。「我們本來可以到別家去的。我怕的是，弄了半天警察還會馬上來這裡檢查。」他鼻子呼嚕有聲，清了清喉嚨。「謝天謝地有我的鬍子濾掉一點臭味。我的嗅覺器官已經送出了求救信號。」

經過一段似乎相當長的時間，陰影下的某處不斷傳來玻璃杯叮叮噹噹和冰櫃門乒乒乓乓的聲響，酒保終於再度出現，將啤酒放在他們面前，有點想將伊內修的啤酒打翻在他大腿上的意思。萊里一家所受到的，正是「歡樂良宵」最差的服務，專為不受歡迎的顧客所提供的待遇。

「你們該不會有冰的『堅果博士』[15]吧，有嗎？」伊內修問。

「沒有。」

「我兒子愛喝『堅果博士』，」萊里太太解釋。「我得整箱整箱的買。有時候他坐下來一口氣就是兩三瓶『堅果博士』。」

「我相信這位並不特別感興趣，」伊內修說。

「要不要把帽子脫了？」酒保問。

「不，不脫！」伊內修雷聲隆隆。「這裡冷颼颼的。」

「悉聽尊便，」酒保說完就飄進了吧檯另一端的陰影之中。

「真是！」

「別氣了，」他母親說。

伊內修撩起靠他母親那側的耳罩。

「哪，我把這個翻起來，你就不用大聲嚷嚷了。你那個手肘或是什麼部位，醫生是怎麼說的？」

「說是需要按摩。」

「你最好別指望叫我按摩。你知道我摸到別人會有什麼感覺。」

「他叫我儘量少待在冷的地方。」

「我要能開車的話，應該可以多幫著你點，我想。」

「噉，沒有關係，親愛的。」

「其實，就算是坐在車裡，我也受不了。當然最糟的就是坐在『灰狗觀景長途巴士』的上層。那麼高。你記不記得我坐那車去巴頓魯治的那次？我吐了好幾回。司機還得把巴士停在沼澤當中什麼地

15 堅果博士（Dr. Nut）是紐奧良 World Bottling Company 於1920年代推出的杏仁汽水，行銷一直不能廣及全國，現已消失。

方，讓我下車走兩圈。其他乘客都有點生氣。他們的腸胃大概都是鐵打的，能坐那種可怕的機器。離開紐奧良也讓我相當恐懼。一出城市的地界，就進入了黑暗的核心、真正的荒原。」

「我記得，伊內修，」萊里太太心不在焉地說，一邊大口喝啤酒。「你到家時病得一塌糊塗。」

「我**那時**已經好多了。最糟的是我剛到巴頓魯治的時候。想到自己手上是張雙程車票，還得坐這巴士回去。」

「你告訴過我，寶貝。」

「回紐奧良的計程車花了我四十塊，但至少我在計程車上沒暈得那麼厲害，雖然也起過幾次作嘔的感覺。我叫那司機開得特別慢。他算是倒了楣。州警兩次把他攔下，都是因為車速不到公路的最低速限。他們第三次叫他停下的時候，把他客車司機的執照也沒收了。你曉得，其實他們一路在用雷達監視我們。」

萊里太太的注意力擺盪在她兒子與啤酒之間。這個故事她已經聽了三年。

「當然，」伊內修錯把他母親恍惚的表情當成了興致，繼續說道，「我這輩子離開紐奧良也就只有那麼一次。我想也許是缺少了一個方向感的中心，才會讓我那麼難受。在巴士裡全速前進，就像是被拋進了無底深淵。我們離開沼澤地區進入巴頓魯治附近那一帶起伏的丘陵時，我還開始擔心會有什麼鄉巴佬農民朝巴士丟炸彈呢[16]。他們喜歡攻擊汽車，因為那是進步的象徵，我猜。」

「呃，我很高興你沒接下那個工作，」萊里太太把**猜**當成了她的提示，不假思索地說。

「我沒辦法接下那個工作。我一見到『中世紀文化學系』的主任，兩手就開始長滿了小白疹子。他那個人根本沒有靈魂。還提到我不打領帶，對我的短夾克冷嘲熱諷。這樣一個淺陋的人居然敢如此厚顏無恥，我是啞口無言了。我真正依戀的物質享受沒有幾個，那件短夾克就是其中之一，要是找到了偷它的那個瘋子，我一定把他告到底。」

萊里太太眼裡再度出現了那件可怕的、咖啡污漬斑斑點點的、她一直暗中希望連同伊內修最愛的其他幾件衣物一併捐給「美國義勇軍」[17]的短夾克。

「你曉得，那個冒牌『系主任』徹頭徹尾的粗俗，令我忍無可忍，終於就在他一段長篇大論的癡言囈語當中，衝出他的辦公室，跑進了最近的廁所，還是個『男教職員』專用的廁所。總之，我正坐在其中一間，把短夾克搭在門頂。突然就眼睜睜看那夾克被人從門上抽走。我聽到腳步聲。然後廁所的門關上。當時我沒法去追那個不要臉的小偷，只能開始大叫。有人走進廁所，敲了敲我那間的門。是個校園警衛，至少他說是。我隔著門對他說明剛才發生的事。他答應去找回那件夾克，然後就走了。其實我也跟你說過，我一直懷疑他和那個『系主任』是同一個人。他們的口音聽起來有點像。」

「這年頭真不能隨隨便便相信人，親愛的。」

「我儘快逃出了廁所，一心一意只想離開那個可怕的地方。站在那荒涼的校園裡想叫部計程車的時候，我當然是差點沒被凍僵。最後總算讓我叫到一部，願意收四十塊載我到紐奧良，司機也算夠慷慨，肯把自己的夾克借我穿。不過等我們到達的時候，他因為丟了執照已經萬分沮喪，變得惡狠狠的。而且從他打噴嚏的頻率來看，好像還得了嚴重感冒。也難怪，我們在公路上走了將近兩個鐘頭。」

---

16 此處似乎隱喻1961年母親節，一輛滿載「自由行者」（Freedom Riders）民權運動人員的灰狗巴士，在阿拉巴馬州安尼斯頓（Anniston, Alabama）城外遭到「三K黨」汽油彈攻擊的事件。當時巴士起火之後，攻擊者原欲堵住車門，企圖燒死全車民權工作者。幸好發生爆炸，暴徒方鳥獸而散。

17 美國義勇軍（Volunteers of America）是成立於1896年的宗教性慈善組織。

「我想我能再來一瓶啤酒，伊內修。」

「媽！在這種鬼地方？」

「就一瓶，寶貝。好啦，我還要一瓶。」

「我們恐怕已經從這些杯子裡傳染到什麼病了。不過，你非要不可的話，給我也叫杯白蘭地，好吧？」

萊里太太向酒保比個手勢，他走出陰影問道：「你在巴士上是怎麼回事，老兄？我沒聽到故事的尾巴。」

「能不能請你好好照料酒吧？」伊內修怒氣沖沖地問。「你的職務是在我們叫你的時候靜靜伺候。如果我們希望你加入我們的談話，我們早會有所表示。坦白講，我們談的是相當要緊的私事。」

「人家也不過是一番好意，伊內修。真丟臉。」

「這本身就是個矛盾的說法。在這麼個巢穴裡面，沒有人好得起來。」

「我們要兩瓶啤酒。」

「一瓶啤酒，一杯白蘭地，」伊內修更正。

「沒乾淨的杯子了，」酒保說。

「可惜，」萊里太太說。「哪，我們可以用原來的杯子。」

酒保聳聳肩，走進了陰影之中。

2

分局裡的長凳上，坐著那老頭和其他大多是在商店裡順手牽羊的人，這就構成了黃昏這一網打來的收穫。老頭在自己大腿上整整齊齊排列出他的社會安全卡、他的「克露尼的聖奧多聖名會」[18]會員卡、一枚「金色年代俱樂部」的證章，和一張證明他是「美國退伍軍人協會」[19]會員的紙條。一名將眼睛藏匿在太空時代墨鏡後面的年輕黑人，正在研究身旁那條大腿上的卷宗。

「厚！」他咧嘴笑著說。「我說，你可是什麼都參加了。」

老頭仔細重組他的卡片，沒有出聲。

「他們連你這樣的人都要拉進來？」墨鏡男把煙噴在老頭那些卡片上。「警察顯然是飢不擇食了。」

「我在這裡是違反了我的憲法權利，」老頭在突來的憤怒中說。

「欸，他們可不吃那一套。你最好想點別的。」一隻黑手伸向卡片之一。「嘿，這什麼意思，『全包年代』？」

老頭搶下卡片，放回他的大腿上。

「那些小卡片有啥用。照樣把你關起來。他們是見一個關一個。」

「你覺得會？」老頭向那一片煙霧詢問。

「當然。」另一朵雲飄了上去。「你怎麼進來的，老兄？」

「我不知道。」

「你不知道？厚！絕了。你在這裡總有個原因吧。他們常無緣無故就抓黑人，不過，先生，你在

18 以克露尼的聖奧多（St. Odo of Cluny, 878?-942）為名的聖名會（Holy Name Society）。
19 一次大戰後成立的 American Legion。

這裡總有個原因。」

「我是真不知道，」老頭快快說道。「我不過是站在D．H．侯姆斯門前一堆人群當中。」

「然後扒了誰的皮夾。」

「沒有。我是罵了一個警察。」

「罵他什麼？」

「共產黨。」

「共產黨！喲呵。我要是叫警察共產黨的話，擔保我現在屁股已經坐進『安哥拉』[20]了。不過，我還真想叫他們哪個王八一聲共產黨。像今天下午，我只是站在鄺司沃斯店裡，有個小子偷了包腰果，瘋人院裡就像殺了人一樣喊了起來。嘿！馬上，一個巡店的把我揪住，然後一個警察王八就把我拉走了。一點轍也沒有。厚！」他嘴唇吮著香菸。「也沒人在我身上找到腰果，警察還是逮了我。我看那巡店的就是個共產黨。兇不拉嘰的王八蛋。」

老頭清清喉嚨，繼續玩他的卡。

「他們也許會放你走的，」墨鏡男說。「我哪，他們也許會訓一頓話來嚇嚇我，雖然他們明知我沒什麼腰果。他們也許想證明我拿了腰果。他們也許會去買一包偷放在我袋裡。鄺司沃斯也許想把我送進去坐一輩子牢。」

那黑人似乎很能聽天由命，用青煙吹出一朵新雲，將自己和老頭和那些小卡片籠罩起來。然後他自言自語：「不曉得是誰偷了腰果。也許就是巡店的他自己。」

一名警員把老頭召喚到房間中央那張坐著一位巡佐的桌前。逮捕他的巡警正站在那邊。

「你叫什麼名字？」巡佐問老頭。

「克勞德・羅畢蕭，」他邊答邊將他那些小卡片放在巡佐面前的桌上。

巡佐一邊瀏覽卡片一邊說：「這位曼庫索巡警說你拒捕，還叫他共產黨。」

「我不是有意的，」老頭注意到巡佐把弄卡片時的一股狠勁，哀哀說道。

「曼庫索說你說警察都是共產黨。」

「喲呵，」黑人在房間那一邊說。

「你能不能閉嘴，瓊斯？」巡佐喝道。

「行，」瓊斯回答。

「下一個就輪到你。」

「我說，我可沒叫人共產黨，」瓊斯說。「我被鄔司沃斯那個巡店的誣害了。我根本就不喜歡腰果。」

「閉上你的嘴。」

「行，」瓊斯輕快地說，又吹出一大片雨雲般的煙。

「我那些話真的沒什麼意思，」羅畢蕭先生告訴巡佐。「我只是緊張了。是一時衝動。這位警員想要逮捕一個在侯姆斯旁邊等他媽媽的可憐孩子。」

「什麼？」巡佐轉向那個蒼白瘦小的警員。「你想要幹什麼？」

「他不是孩子，」曼庫索說。「是個又高又胖，衣服滑稽的男人。看起來像個可疑人物。我不過是想做個例行檢查。不瞞你說，他看起來像個大變態。」

20 這個「安哥拉」（Angola）不是西非洲地名，而是路易斯安那州立監獄的所在地。

「變態，嗯？」巡佐貪婪地問。

「是，」曼庫索帶著嶄新的信心說。「一個很高很大的大變態。」

「多高多大？」

「我這輩子見過最高大的，」曼庫索說，同時伸出手臂彷彿是在形容一條釣到的魚。巡佐的眼睛亮了。「我一眼就瞧見了他戴的這頂綠色獵帽。」

瓊斯在他那朵雲中的深處，以專注而事不干己的態度聽著。

「那，怎麼回事，曼庫索？為什麼現在他沒站在我的面前？」

「他跑了。這個女人從店裡出來，把事情攪得一團亂，然後她跟他就跑過轉角進了法國區。」

「哦，是兩個法國區裡的角色，」巡佐恍然大悟地說。

「不是，警官，」老頭插了嘴。「她真的是他媽媽。是個和善漂亮的太太。我以前在城裡見過他們。是這位警員把他們嚇著了。」

「噢，你給我聽著，曼庫索，」巡佐吼道。「隊上只有你一個傢伙，會想把人從他媽媽身邊抓走。你又為什麼把這位爺爺逮了進來？打電話到他家，叫他們來接他。」

「拜託，」羅畢蕭先生懇求。「別打電話。我女兒忙著帶小孩。我這輩子從來沒被逮捕過。不能讓她來接我。我的外孫會怎麼想？他們都在跟修女上學。」

「去查他女兒的電話，曼庫索。給他個教訓，叫我們共產黨！」

「求求你！」羅畢蕭先生掉下了淚。「我外孫很敬重我的。」

「我的老天！」巡佐說。「又想逮捕媽媽身邊的孩子，又把哪家的爺爺給拉了進來。滾滾滾，曼庫索，把爺爺也帶走。你要抓可疑人物？回頭再算你的帳。」

「是，長官，」曼庫索以虛弱的聲調回答，帶著哭哭啼啼的老頭去了。

「喲呵！」隱在雲霧當中的瓊斯說。

3

暮色降臨在「歡樂良宵」酒吧的四周。外面波本街上開始亮起燈火。霓虹招牌忽明忽滅，映在被下過一陣的綿綿細雨所潤濕的街上。計程車在冷冽的黃昏裡發出輕微的潑濺聲，載來了今晚第一批客人，來自中西部的觀光客與開會者。

「歡樂良宵」裡還有另外幾位客人：一名男子，手指在一份賽馬表格上滑走；一名垂頭喪氣的金髮女子，似乎與這酒吧有某種關係；和一名穿著高雅的年輕男子，一根接一根抽著「賽冷」牌香菸[21]，大口灌著冰凍黛克瑞[22]。

「伊內修，我們該走了，」萊里太太邊說邊打了個嗝。

「什麼？」伊內修發出怒吼。「我們必須留下來觀察這種腐敗。它已經開始現形了。」

高雅的年輕男子將手中的黛克瑞潑灑在他酒瓶綠的絲絨夾克上。

「喂，酒保，」萊里太太喊道。「拿塊抹布來。有位客人剛把酒給灑了。」

「不要緊，**真的**，親愛的，」年輕男子忿忿地說。他朝伊內修和他媽媽弓起一道眉毛。「反正，我看我是進錯了酒吧。」

---

21 當時南方除了女人之外，多半只有黑人與同性戀抽「Salem」牌的薄荷涼菸。

22 黛克瑞（daiquiri）是以古巴東部村莊為名的雞尾酒，原以蘭姆酒（rum）加萊姆或檸檬汁調成，現有各種口味。

「別生氣，親愛的，」萊里太太諄諄告誨。「你喝的是什麼？看起來像是鳳梨刨冰。」

「就算我跟你形容，恐怕你也不會曉得那是什麼。」

「你好大的膽子，敢這樣跟我親愛的、敬愛的母親說話！」

「噢，住嘴吧，你這大個，」年輕人發了火，「你看看我的夾克。」

「醜到極點。」

「好啦，停停。大家做個朋友。」萊里太太滿是泡沫的嘴唇裡出了聲。「我們那些炸彈啊什麼的已經夠多的了。」

「不過你兒子倒似乎喜歡亂扔炸彈，我得說。」

「好啦，你們兩個。這個地方是讓大家尋點樂子來的。」萊里太太向那年輕人微笑。「讓我給你再買杯酒，寶貝，補償你打翻的那杯。我哪，也想再來一瓶『迪克西』。」

「我是真得走，」年輕人嘆口氣。「不過多謝你了。」

「在這麼個晚上？」萊里太太問。「嗷，別把伊內修的話放心裡。為什麼不留下來看看表演？」

年輕人的眼珠朝天翻滾。

「是呀，」金髮女子開了腔。「看點屁股奶子嘛。」

「媽，」伊內修冷冷地說。「我確實相信你是在鼓動這幫荒謬的人。」

「呃，是你要留下來的，伊內修。」

「是，我是要留下來做個旁觀者。倒不那麼急著要跟他們廝混。」

「親愛的，跟你說句實話，那個巴士的故事，我今天晚上真沒辦法再聽下去了。我們進來以後，你已經講了四次啦。」

伊內修面露傷心。

「真沒想到我是在煩你。不管怎麼說，那次巴士旅行也是這輩子影響我發展的幾個重大經驗之一。你身為母親，總該對造成我世界觀的精神創傷有點興趣才是。」

「巴士是怎麼回事？」金髮女子邊問邊換到伊內修身邊的凳上，「我叫妲琳。就喜歡聽故事。你有什麼刺激點的沒有？」

酒保將啤酒與黛克瑞敲在吧檯上的時候，巴士剛剛出站，展開了它在那漩渦當中的旅程。

「哪，給你個乾淨杯子，」酒保向萊里太太狺狺吠道。

「那可好。嘿，伊內修，我剛拿到一個乾淨杯子。」

但她兒子正全神貫注在他初抵巴頓魯治的情景上，沒有聽到。

「你知道，親愛的，」萊里太太對那年輕人說，「我跟我兒子今天出了點麻煩。警察想抓他。」

「噢，老天。警察總那麼兇巴巴的，是吧？」

「是啊，而且伊內修還是得過碩士學位的。」

「他到底幹了什麼？」

「沒幹什麼。只是在等他可憐的、親愛的媽媽。」

「他這身衣服倒真有點奇怪。我剛進來的時候，還以為他是什麼演員之類的，雖然我是盡力不去猜想他表演的性質。」

「我老跟他嘮叨他的衣服，他就是不聽。」萊里太太看了看她兒子絨布襯衫的背部，和垂捲在他頸後的頭髮。「真是漂亮，你那件夾克。」

「噢，這個？」年輕人撫著袖上的絲絨問。「不瞞你說，花了我不少錢。是我在『村子』一家可愛的小店裡找到的。」

「你不像是鄉下來的。」

「哎喲，」年輕人嘆口氣，打火機一聲清脆的咯嗒，又點上了一支「賽冷」。「我說的是紐約的格林威治村，親愛的。順便問一下，你在哪裡買的那頂帽子？真是妙極了。」

「噉，老天，我這頂帽子，打從伊內修頭一回領聖餐起，就已經有了。」

「考不考慮出售？」

「為什麼？」

「因為我做的是二手服裝的生意。我可以出十塊跟你買。」

「噉，你別唬我。就買這個？」

「十五？」

「真的？」萊里太太摘下帽子。「成，親愛的。」

年輕人打開他的皮夾，給了萊里太太三張五元鈔票。喝完他的黛克瑞，站起來說：「這會我是真得走了。」

「這麼快？」

「非常高興認識你。」

「外面又冷又濕的，當心點。」

年輕人笑著，小心翼翼將帽子放在雨衣下面，出了酒吧。

「那雷達巡邏隊，」伊內修正在告訴妲琳，「真是天羅地網百無一失。計程車司機和我從巴頓魯治回來這一路上，大概不斷在他們那螢幕上亮著小點。」

「你上了雷達，」妲琳打個呵欠。「真想不到哦。」

「伊內修，我們得走了，」萊里太太說。「我肚子餓。」

她轉身向他，就把自己的啤酒瓶打碎在地，撒出一圈褐色尖齒般的玻璃片。

「媽，你是在出洋相？」伊內修用惱怒的口氣問。「你沒看見妲琳小姐和我正在說話？你有那些糕點。吃啊。你老是抱怨不能出門。我還以為你會喜歡城裡的夜生活呢。」

伊內修回到雷達上，萊里太太就將手伸進盒裡，吃了一塊巧克力布朗尼。

「要不要來一塊？」她問那酒保。「很不錯的。我還有些葡萄酒蛋糕也滿好。」

酒保假裝在架上尋找東西。

「我聞到葡萄酒蛋糕了，」妲琳叫著，越過伊內修望來。

「來一塊，親愛的，」萊里太太說。

「我看我也來一塊吧，」伊內修說。「我想這配著白蘭地吃一定不錯。」

萊里太太在吧檯上攤開盒子。連那手持賽馬表格的人也同意吃塊椰蓉酥。

「你在哪買到這麼好的葡萄酒蛋糕，太太？」妲琳問萊里太太。「真夠味道。」

「就在那邊侯姆斯，親愛的。他們貨色多。各式各樣都有。」

「是滿好吃，」伊內修一邊承認，一邊派出他鬆軟粉紅的舌頭，在他的鬍髭上搜尋碎屑。「我想我該嘗兩塊椰蓉酥。我總認為椰子是種不錯的粗糧。」

他抱定目標在盒子裡四處尋揀。

「我哪，總喜歡在飯後來幾塊可口的糕點，」萊里太太告訴那轉身背對著她的酒保。

「我猜你一定很會做菜，啊？」妲琳問。

「我媽不是做菜，」伊內修毫無轉圜地說。「她是糟蹋菜。」

「我以前結婚的時候也做菜，」妲琳告訴他們。「不過，我還常用罐頭東西。我喜歡他們那個西班牙飯，和那個番茄醬的義大利麵。」

「罐頭食品是種變態，」伊內修說。「我懷疑它終究是對靈魂有害的。」

「老天，我的手肘又發作了，」萊里太太嘆道。

「拜託，我在說話呢，」她兒子告訴她。「我從來不吃罐頭食品。吃過一次，當場感到腸子開始萎縮。」

「你念過很多書，」妲琳說。

「伊內修是大學畢業。後來又在裡面多待四年，拿了個碩士學位。伊內修可是漂漂亮亮畢業出來的。」

「『漂漂亮亮畢業出來』，」伊內修帶著一絲惱怒重複。「請你定義你的詞語。你這『漂漂亮亮畢業出來』指的究竟是什麼。」

「別對你媽媽這樣說話，」妲琳說。

「噢，他有時候對我可兇了，」萊里太太大聲說完便哭了起來。「你們哪裡曉得。我一想到自己為那孩子盡的心力……」

「媽，你在說什麼呀？」

「你對我毫無感激。」

「夠了夠了。我怕你是啤酒喝多了。」

「你當我是個廢物。我可沒虧待過你。」萊里太太嗚嗚咽咽。她轉向妲琳。「我把他可憐的萊里奶奶那些保險金，全供他上了八年大學，結果他卻不務正業，只會躺在家裡看電視。」

「你真該反省反省，」妲琳對伊內修說。「那麼大的一個人。看看你可憐的媽媽。」

萊里太太已經崩潰在吧檯上，泣不成聲，一隻手還緊握著她的啤酒杯。

「簡直荒唐。媽，停停吧。」

「我要是早知道你那麼沒心肝，先生，才不會聽你那個灰狗巴士的神經故事呢。」

「起來，媽。」

「其實你看起來就像個神經病，」妲琳說。「我早該知道。看那可憐女人哭的。」

妲琳企圖將伊內修推下他的凳子，卻把他撞在他母親身上。她突然停止哭泣，喘著氣說：「我的手肘！」

「發生了什麼事？」一個女人在酒吧那扇內襯軟墊外面包著黃綠色假皮的門邊問道。是個徐娘半老體態勻稱的女人，玲瓏的軀體上罩著件黑皮大衣，因為雨霧潤濕而閃閃發亮。「我才走開幾個鐘頭去買點東西，你瞧瞧就出了什麼事。我看我還真得寸步不離，隨時盯著你們這幫，要不我的投資都會敗在你們手裡。」

「就兩個醉鬼，」酒保說。「我從他們進門就沒怎麼理睬，可是他們還跟蒼蠅似的黏著不走。」

「那你呢，妲琳，」那女人說。「你跟他們是好朋友，嗯？跟這兩個角色坐在高腳凳上玩起遊戲了？」

「這傢伙在虐待他媽，」妲琳解釋。

「媽？如今我們這裡連媽都有啦？生意已經夠爛的了。」

「對不起，你說什麼？」伊內修說。

那女人沒有理他，只望著吧檯上那個散裂的空蛋糕盒說，「有人到這裡野餐來啦。他媽的。我早跟你們這幫提醒過螞蟻老鼠。」

「對不起，你說什麼？」伊內修又說。「我媽在這裡。」

「我這真叫走運了，正在找個清潔工，卻碰上這垃圾破得到處都是。」女人看著酒保。「把這兩個攆出去。」

「是，李小姐。」

「你別擔心，」萊里太太說。「我們正要走。」

「我們是要走，」伊內修一邊附和，一邊向門口邁出了沉重的步子，把他母親丟在後面，讓她自己爬下高腳凳。「快點，媽。那女人一副納粹司令官的架式。弄不好會揍人的。」

「等等！」李小姐扯著伊內修的袖子叫道。「這兩個角色欠了多少？」

「八塊，」酒保說。

「簡直是攔路搶劫！」伊內修暴吼。「你等著聽我們律師的消息。」

萊里太太用那年輕人給的兩張鈔票付了帳，在搖搖晃晃經過李小姐身邊的時候說，「不受歡迎的時候，我們自己心裡有數。我們可以到別家花錢去。」

「很好，」李小姐回答。「滾吧。你們這種人花的錢會咒我們死的。」

襯著軟墊的門在萊里母子身後關上之後，李小姐說：「我從來就不喜歡媽媽。連自己的都不喜歡。」

「我媽是個婊子，」拿著賽馬表格的人說，頭也沒抬。

「媽媽都只會放屁，」李小姐邊評論，邊脫下她的皮大衣。「好啦，你跟我來聊幾句吧，姐琳。」

外面的萊里太太挽住兒子臂膀作為支撐，但不論如何努力，他們前進的步履仍極為緩慢，而他們往兩側的移動似乎卻容易得多。他們的腳步現出一套花式：往左三個快步，停，往右三個快步，停。

「這女人真是可怕，」萊里太太說。

「違反了所有的人性，」伊內修補充。「對了，車停得多遠？我累得很。」

「在聖安街上，親愛的。只有幾條街。」

「你把帽子忘在酒吧了。」

「噢，我把它賣給了那個年輕人。」

「你把它賣了？為什麼？你有沒有問過我願不願意把它賣掉？我對那頂帽子感情很深的。」

「對不起，伊內修。我不曉得你那麼喜歡它。你從來也沒提過。」

「我對它有股不須言喻的感情。它是我跟童年的一個接點，是我跟過去的一種聯繫。」

「但他給了我十五塊，伊內修。」

「拜託。別再說了。這真叫褻瀆神明。天曉得他會把帽子拿去做怎樣墮落的用法。十五塊在你身上？」

「還剩七塊。」

「那我們能不能停下來吃點東西？」伊內修指著街角那台車子。外形有如一條架在輪子上的熱狗。

「我相信他們賣的是一呎長的熱狗。」

「熱狗？親愛的，這種下雨的冷天，我們還要站在外面吃香腸？」

「可以考慮。」

「不，」萊里太太以帶著啤酒味的勇氣說。「我們回家吧。反正我也不會吃那些骯髒車棚裡賣出來的東西。做那種生意的都是無賴。」

「隨你的便，」伊內修噘著嘴說。「雖然我有點餓，而且你哪，又剛把我童年的紀念賣了三十個銀錢[23]，可以這麼說。」

他們在波本街潮濕的石板上繼續他們那小小的花步樣式。在聖安街上，他們不費工夫便找到了那輛普利茅斯老車。那矗立在其他車子之上的高聳車頂，是它的最佳特色。在超級市場的停車場中，那輛普利茅斯總是一眼便能尋見。萊里太太在強將車子開出停車位的時候，兩度爬上了人行道，並且還在後面那部福斯汽車的引擎蓋上，留下了一個普利茅斯一九四六年車型保險槓的印記。

「我的神經！」伊內修說。他縮在座位上，車窗中只見他那頂綠色獵帽的上端，像是個保證甜美的西瓜頂部。他自從在什麼地方讀到司機旁邊那個座位最不安全之後，總是坐在後座。此刻他便從這裡以不屑的眼光看著他母親執行慌亂而笨拙的換檔動作。「那輛被誰不小心停在這部巴士後面的小車，恐怕已經給你撞爛了。你最好能在它車主出現之前，儘快離開此地。」

「閉嘴，伊內修。你就會讓我緊張。」萊里太太望著後視鏡中的獵帽說。

伊內修在座位上直起身子，往後車窗外張望。

「那部車完全報廢了。你的駕照，如果你真有的話，一定會被吊銷。我也絕對不會怪他們。」

「躺下去睡個覺吧，」他母親說著，車子又往後一衝。

「你以為我現在睡得著？我怕命都不保了呢。你確定駕駛盤打對了方向？」

車子突然間跳出了停車位，滑越濕漉漉的街面，撞在一個圍著鑄鐵欄杆的陽台底下一根支柱上。柱子倒向一邊，普利茅斯則吱吱嘎嘎地貼上了房子。

「我的老天！」伊內修在後座大叫。「你又幹了什麼好事？」

「去請個神父！」

「我不認為我們受了傷，媽。但是，你這可要害我腸胃出好幾天的毛病。」伊內修搖下一面後車窗，檢查那擠在牆上的擋泥板。「這一邊大概得換個車頭燈了，我想。」

「我們怎麼辦？」

「如果是我開車，我會把車放在倒檔，不慌不忙退離這個現場。一定會有人提告的。這棟爛房子的主人等這樣一個機會不知等了多少年。他們大概每逢夜晚就要在街面灑一層油，希望有像你這樣的駕駛朝他們這個牛棚飛撞過來。我覺得我開始脹氣了！」

萊里太太換過了飽經磨損的檔，一吋一吋慢慢後退。車子一動，他們頂上便響起了木頭抽撕的聲音，抽撕又變成了木板的劈裂與金屬的刮擦。然後是大段的陽台往下掉落，在車頂上爆出悶而重的砰擊聲，有如手榴彈。車子像一個嗑了迷藥的人停下不動，一片鑄鐵花飾砸碎了一面後窗。

「親愛的，你沒事吧？」轟炸似乎終於結束之後，萊里太太狂亂地問。

伊內修發出作嘔的聲音。藍黃相間的眼裡一汪淚水。

「說話呀，伊內修，」他母親哀求著，轉身的時候，正看見伊內修將頭伸出窗外，吐在坑坑凹凹的車子側面。

曼庫索巡警正緩步走在沙特爾街上，身穿一條芭蕾緊身褲與一件黃毛衣。這套戲服據巡佐說能

23 所謂銀錢，是當時美國面值五十分的「half dollar」硬幣，也是自1965年立法改革鑄幣以後唯一含銀的通行硬幣，1970年停止鑄造。

夠幫他抓來一些真正的、如假包換的可疑人物，而不是老爺爺和等媽媽的孩子。戲服是巡佐給他的懲罰。他告訴曼庫索，從現在開始，抓可疑人物的事，就由他專門負責。他說局裡有一整批戲服，能讓曼庫索每天換個角色扮。巡佐看著曼庫索巡警悽悽慘慘地穿上了緊身褲，然後將他推出警局，告訴他再不好好幹就滾出隊上。

他在法國區巡迴了兩個鐘頭，沒逮到一個人。只有兩回原來似乎還有點苗頭。他先是攔住一個戴扁帽的人，問他討根香菸，但那人卻出言恐嚇說要報警逮捕他。後來他向一個身穿雨衣頭上一頂女帽的年輕人搭訕，那年輕人卻一巴掌摑在他的臉上，拔腿就跑。

曼庫索巡警正揉著吃了那記耳光後一直還火辣辣的臉頰，走在沙特爾街上，突然聽見了一個像是爆炸的聲響。莫非是有什麼可疑人物剛丟了炸彈或對自己開了一槍，他滿懷希望轉個角跑到聖安街上，卻看到那頂綠色的獵帽在殘垣斷柱之間噴吐穢物。

第二章

1

「中世紀體系崩解之後，主掌混亂、瘋狂與低劣品味的神祇佔得了上風。」伊內修在他的一本「大酋長」拍紙簿上寫道。

西方世界經過一段安享秩序、安寧、統一，並與真神暨父子聖靈結合的時期之後，颳起了變化的風，預示出未來的邪惡之世。逆風但知肆虐。阿伯拉、托馬斯．白克與「凡夫」[24]光耀的年代淪為渣滓；佛圖娜[25]的巨輪轉向人類，所經之處鎖骨為之碾碎，頭顱為之破裂，軀體為之絞扭，骨盤為之穿

24 阿伯拉（Pierre Abélard, 1079-1142）是士林哲學（philosophia scholastica）初期法國哲學神學家；托馬斯．白克（Thomas à Becket, 1118-1170）是保護教會與英王亨利二世抗爭而殉道封聖的坎特伯雷（Canterbury）大主教；「凡夫」（Everyman）是十五世紀英國一齣以救贖為主題的道德劇主角兼劇名。

25 佛圖娜（Fortuna）是羅馬神話中的命運女神。

刺，靈魂為之悲苦。曾經高高拔升的人類又復低低墜落。原來致力於靈魂的，如今都獻身於買賣。

「這段還算不錯，」伊內修自言自語，再繼續他匆忙的寫作。

商賈與騙徒控制歐洲之後，將他們虛偽的福音美名為「啟蒙運動」。蝗患在即，人類的灰燼中卻不見鳳凰復生。謙卑虔誠的農人「莊稼漢皮爾斯」[26]進了城，向「新秩序」的貴族鬻兒責子，我們至少可說他的目的大有問題。（參見：萊里，伊內修．J，《他們的滿手血污：滔天之罪，十六世紀歐洲某些特殊弊害之研究》，論文，兩頁，1950，珍貴書籍室，三樓左廊，霍華德—逖爾騰紀念圖書館，杜蘭大學，紐奧良—18[27]，路易斯安那。附註：本人以贈送方式將此單篇論文寄往圖書館，但無法確定是否曾被收存。此文因係以拍紙簿紙頁寫成之鉛筆手稿，故甚有可能已遭拋棄。）漩渦已經擴散[28]；「存有巨鏈」已如一條被口流涎沫的白癡所串起的無數迴紋針那樣斷裂[29]；死亡、毀滅、混亂、進步、野心，與自我提升終將成為皮爾斯的新命運。那也將是個墮落的命運：如今他面對的是必須「上班」的變態現象。

他眼前的歷史圖象暫時轉淡，伊內修便在那頁底下畫了個吊人的繩圈。然後他又畫了把左輪槍，和一個小箱，上面工工整整寫著「毒氣室」。他側著鉛筆在紙上來回刮擦，然後標上「末日」。將那張紙裝飾完畢之後，他把拍紙簿丟在地上四處散布的其他簿子之間。這是個頗有收穫的上午，他想。他有好幾個禮拜不曾這麼文思泉湧了。望著成打的「大酋長」拍紙簿在床的周圍鋪上一條印第安頭飾拼成的地毯[30]，伊內修得意地想到，它們泛黃的紙頁和間隔寬大的行線之中，撒滿了一部比較歷史學鉅著的種子。亂七八糟，那是當然。但總有一天他會拾起編輯的工作，將他這些心智片段組成一幅設計極其宏偉的拼圖遊戲。完成的拼圖將能為學人智士展示出歷史在過去四個世紀中所行經的災難之路。他獻身於這項工作的五年以來，每月平均只能產出六段文字。他已經不太記得自己在某些拍紙簿上寫過什麼，而他也曉得其中一些大半都是塗鴉。但伊內修平靜地想，羅馬不是一天造出來的。

伊內修拉起他的絨布睡衣，看著他鼓脹的肚子。早晨他躺在床上思考自「宗教改革」以來世事的不幸走向時，常常會犯脹氣。而一想到桃樂絲．黛和「灰狗觀景長途巴士」，他那中央地帶的膨脹就要變本加厲。但自從幾乎被捕和發生車禍以來，他更是無緣無故便會脹氣，他的幽門瓣膜常不問青紅皂白便啪嗒關閉，讓他腸胃中填滿了無處可去的氣體，一種有個性有生命並且不喜歡遭到囚禁的氣體。他懷疑他的幽門瓣膜像是卡珊德拉[31]，正在企圖給他什麼告示。身為中世紀學者的伊內修相信「rota Fortunae」或「命運之輪」，這是《哲學之慰藉》那部奠定中世紀思想基礎的哲學鉅著裡一個主要的觀念。被皇帝冤誣而在獄中寫成《慰藉》的晚期羅馬人包伊夏斯說過[32]，一位盲目的女神將我們

---

26 長詩〈莊稼漢皮爾斯〉（Piers Plowman）主角夢中帶引其追尋宗教真理的嚮導。此詩據推斷是英國詩人朗蘭（William Langland, c.1332-c.1440）所作，公認為喬叟（Geoffrey Chaucer, c.1343-1400）之前，中世紀英語最偉大的詩篇。

27 美國郵遞區號前三位數字標示城郡，紐奧良是「701」，Tulane University 郵遞區號「70118」，亦即「紐奧良－18」。

28 「漩渦已經擴散」典出葉慈（William Butler Yeats 1865-1939）名詩〈二度降臨〉（The Second Coming）：「Turning and Turning in the widening gyre/ The falcon cannot hear the falconer」（楊渡譯文：「迴旋復迴旋，於愈益擴大的漩渦／獵鷹聽不見放鷹的人」）。

29 「存有巨鏈」（Great Chain of Being）：源自亞里斯多德的哲學觀念，認為一切存有，從最不完美的直到最最完美的（神），彼此環接而成一條高低有序的巨鏈。

30 「大酋長」牌拍紙簿的封面是個戴著羽飾的美洲土著酋長頭像。

31 卡珊德拉（Cassandra）是希臘神話中特洛伊（Troy）王之女，天賦預言能力，但被阿波羅（Apollo）命定永遠無人相信。

32 羅馬哲學家包伊夏斯（Anicius Manlius Severinus Boethius 480-524）著有五巨冊的《哲學之慰藉》（*De Corsolatione Philosphiae*）。他曾官至總督、首相，但旋被冤下獄枉死。

放在一個輪上旋轉，使我們的禍福更迭周繞。企圖逮捕他的荒謬行動是否代表了壞週期的開始？他的輪子是否正在急轉直下？車禍也是個不祥之兆。伊內修十分擔心。儘管有他那些哲學，包伊夏斯還是逃不出酷刑與枉死。伊內修的瓣膜於是又關了起來，他轉動身子向左側躺，想將那瓣膜壓開。

「噢，佛圖娜，盲目粗心的女神，我被綁在你的輪上，」伊內修打了個嗝。「請不要用你的輪輻將我輾壓。請帶我向上升起，神啊。」

「你在裡面嘟囔些什麼呀，兒子？」他母親隔著關上的門問。

「我在禱告，」伊內修憤怒地答。

「曼庫索巡警今天要來跟我談談車禍的事。你最好幫我唸幾句『萬福瑪利亞』，親愛的。」

「噢，我的天，」伊內修喃喃自語。

「我覺得你能禱告那是好事，寶貝。我總奇怪你把自己鎖在房裡的這些時候，究竟是在幹什麼。」

「請你走開！」伊內修喊道。「你破壞了我的宗教喜悅。」

伊內修在側著身子使力上下彈跳的時候，覺得一個嗝在喉中逐漸上升，但當他充滿期待將嘴張開的時候，卻只打了個小噎。不過，這番彈跳畢竟起了些生理上的效果。伊內修摸著那朝下頂在床單中的小小勃起，將它握住，靜靜躺著企圖決定該怎麼辦。他紅色的絨布睡衣撩在胸部，巨大的肚子垮陷在床墊裡，他在這個姿勢中略帶悲哀地想到，十八年以來，他的這個嗜好已變成一種純機械式的生理動作，剝盡了他以前能在其中喚出的那種奔放的綺思與幻想。一度他曾幾乎將它發展成為一門藝術，能以藝術家兼哲學家、學者兼紳士的技巧與熱忱，來從事這項嗜好。他的房裡依然藏有幾個曾經用過的附件：一隻橡皮手套、一片絲傘上的布料、一罐「納可西瑪」[33]。後來，這每次完事後將它們放回的動作，竟漸漸令人沮喪到無法承受的地步。

伊內修動手操作，集中精神。眼前終於出現了一幅圖象，是他高中時候的寵物，那隻忠心耿耿的大牧羊犬的熟悉形象。「汪！」伊內修幾乎聽見了瑞克斯再次吠叫。「汪！汪！嗷嗚！」瑞克斯栩栩如生。垂著一隻耳朵。喘著大氣。現身的幽靈跳過一道籬笆，追向一根不知如何掉在伊內修被子上的小棍。黃褐乳白的皮毛逐漸靠近，伊內修的眼睛開始擴張、對視，然後閉上，他虛脫地往後躺在他的四個枕頭上，希望他房裡還有些面紙。

2

「我是應徵你們報紙廣告裡那個工友職位來的。」

「是嗎？」拉娜．李望著那副墨鏡。「你有介紹信？」

「有個警察介紹我來的。他說我最好找份工賺點錢，」瓊斯說著對空的酒吧噴了股煙。

「對不起。不請跟警察有關的人物。我們這行請不起。我得小心我的投資。」

「人物什麼的，我還算不上，但我看得出他們要開始跟我來什麼無業遊民[34]那一套了。他們告訴我。」瓊斯隱退在逐漸成形的雲中。「我以為『歡樂良宵』會願意幫人成為社會的一分子，幫一個黑

33 納可西瑪（Noxema）是一種含有樟腦、薄荷的皮膚清潔乳膏品牌。

34 當時美國各地多有法條禁止「無業遊民」（vagrancy）。此罪定義含糊廣泛，執行往往欠公。在南方常演為任意整治黑人貧民的工具。路易斯安那州刑法對「無業遊民」的定義即包括習慣醉酒者、娼妓、乞丐、遊蕩街頭者、以及身體健康而既不謀求職業又不願接受工作者等。1972年，聯邦最高法院方以「帕帕奎斯托訴傑克遜維爾」（Papachristou v. Jacksonville）一案判決，對此罪之任意性與含糊性嚴加限制。

人窮小子走上正路。我能讓抗議團體不上你們的門，讓『歡樂良宵』在民權上評個高分。」

「廢話少說。」

「嘿！厚！」

「你有工友經驗？」

「啥？拖地掃地那些黑鬼幹的狗屎玩意？」

「嘴巴當心點，小子。我們這可是個乾乾淨淨的行業。」

「嗨，這誰沒幹過，尤其黑人。」

「我為這工作找個像樣的小子，」拉娜．李搖身變成了一個莊重嚴肅的人事部經理，「已經找了好幾天。」她將手放進她皮大衣的口袋，望著墨鏡深處。這回可撿到了真正的便宜，像是掉在她門口的禮物。一個不工作就會被當成流浪漢給抓進去的黑人。她可以有個逃不掉的工友讓她使喚，幾乎不費分文。太美妙了。自從碰到那兩個來她酒吧搗亂的角色之後，拉娜的心情頭一次這麼好。「薪水是每週二十塊。」

「嘿！怪不得沒有像樣的人上門。喲呵！我說，最低工資到哪去了？」

「你需要工作，對不對？我需要工友。生意很差。就這麼回事。」

「上一個在這裡做的一定是餓死了。」

「你每個禮拜做六天，從十點到三點。你要是能定時上班，誰知道呢？也許還可以加點薪。」

「你放心。我會定時上班，只要幾個鐘頭沒有警察找我麻煩，什麼都行，」瓊斯說著，對拉娜．李吹了口煙。「他媽的掃把你放在哪裡？」

「有件事我們得搞清楚了，就是在這裡嘴巴要乾淨點。」

子。

「是，老闆娘。我可不想給『歡樂良宵』這種高尚地方製造不良印象。」

妲琳開門進來，身穿一件緞面的雞尾酒會套裝，頭戴一頂綴花的帽子，邊走邊搖曳生姿地扭著裙子。

「怎麼來得這麼晚？」拉娜向她大吼。「我告訴過你今天一點要到。」

「我那隻鳳頭鸚鵡昨天夜裡患了感冒，拉娜。真可怕。整晚牠在我耳朵旁邊咳個不停。」

「你到哪去想出這麼個藉口來的？」

「呃，是真的啊，」妲琳用一種受傷的口吻說。她把她的大帽子放在吧檯上，爬上一張高腳凳，「我今天早上還得帶牠到獸醫那裡打了一針維他命。我可不想讓可憐的鳥鑽入瓊斯吹出的一朵雲中。」

「你腦筋是出了什麼問題，會去慫恿昨晚那兩個角色？每天，每天啊，妲琳，我都要跟你解釋我們這裡喜歡的是哪種客人。結果一進門就見你跟個老太婆和一頭肥豬在我的吧檯上吃什麼鬼玩意。你想叫我關門是吧？人要從門口探個頭，一見到這麼個組合，管保掉頭往別家酒吧去了。我要怎樣才能讓你**瞭解**，妲琳？我們人類要怎樣才能跟你那種的腦袋溝通？」

「我已經跟你講過，我是同情那個可憐的女人，拉娜。你該看看她兒子是怎麼對待她的。你該聽聽他告訴我的那個灰狗巴士的故事。而那個和善的老太太就一直坐在旁邊替他付酒錢。我是**不得不**拿她一塊糕餅，讓她好過一點的。」

「嗯，下次再讓我瞧見你慫恿這種人，敗壞我的投資，看我不給你屁股一腳，把你踢出門去。聽清楚沒有？」

「是，老闆娘。」

「你確定你明白了?」

「是，老闆娘。」

「好。現在帶這小子去看看我們那些掃把之類的放在哪裡，把老太婆砸碎的酒瓶清乾淨了。衝著你昨晚給我幹的好事，由你負責把這鬼地方打掃得一塵不染。我上街買東西去了。」拉娜走到門口又回了頭。「不許你們任何人去碰酒吧底下那個櫃子。」

「我發誓，」等拉娜轉身出了門，妲琳才對瓊斯說，「這地方比軍隊還嚴。她今天剛請了你?」

「是啊，」瓊斯答。「其實她不是請我。倒像是在拍賣場買了我。」

「至少你有薪水。我的工作就只能靠我讓客人喝多少酒來抽個成。你以為簡單?要人多買一杯他們這裡賣的那種酒。全是水。客人要想喝出一點醉意，不花個十塊十五塊的不行。我發誓，這份工難做啊。拉娜連香檳都要摻水。你得嘗嘗那玩意。然後她又成天抱怨生意怎麼怎麼不好。她真該在這酒吧買杯酒，發現一下原因的。其實儘管她只有五個客人在這裡喝酒，就已經是賺了。水是不用錢的。」

「她上街買什麼?鞭子?」

「別問我。拉娜從來不跟我講任何事。這拉娜可奇怪了。」妲琳秀氣地擤著鼻子。「我真想幹的是跳脫衣舞。我在自己公寓裡排練了一套。如果我能說服拉娜讓我晚上在這裡跳舞，就能領份固定的薪水，也不用再去騙人買水喝，抽那個成了。突然想到，昨晚那些人在這裡喝的東西，我應該也抽個成才對。那個老太太還真喝了不少啤酒。我不曉得拉娜有什麼好抱怨的。生意就是生意。那胖子跟他媽比起我們這裡的很多客人，其實也差不到哪裡。我覺得讓拉娜討厭的，就是貼在他頭上的那頂滑稽的綠帽。他說話的時候會拉下耳罩，聽人說話的時候又再把它翻上。拉娜出現的時候，每個人都在罵他，他就把兩邊耳罩像翅膀一樣張開。你曉得，那樣子還真有點滑稽。」

「你說這胖傢伙到處跟著他媽？」瓊斯邊問邊在心中逗出了一個關聯。

「嗯哼。」妲琳將手絹摺起，塞在胸前。「我真希望他們別再想來這裡窮泡。否則我可麻煩了。老天。」妲琳聽起來有點擔憂。「好啦，拉娜回來前我們最好把這裡整理一下。但我告訴你吧。打掃這個鬼地方可別賣了命。我從來到這裡以後就沒見它真正乾淨過。何況這裡又老是黑壓壓的，誰也看不出有什麼差別。聽拉娜講話，你還以為這個洞是什麼麗池大酒店呢。」

瓊斯噴出一朵新鮮的雲。透過那副眼鏡，他幾乎看不到任何東西。

3

曼庫索巡警喜歡在聖查爾斯大道上騎摩托車。他在局裡借了一輛既大且吵、滿身鍍鉻加粉藍的車，只要撳個開關，就能變成一台紅燈白燈又亮又閃又霎的彈球機。警報號笛是由一打發癲野貓組成的刺耳合唱，足以讓方圓一哩內的可疑人物都嚇得屁滾尿流抱頭鼠竄。曼庫索巡警對這輛摩托車的愛，在精神層次上是十分熱烈的。

由既恐怖又顯然很難查獲的可疑人物地下組織結成的那股邪惡勢力，今天下午倒是離他很遠。聖查爾斯大道上的古老橡樹在路的上方拱成一片覆罩的樹蔭，為他遮開潑濺閃爍在摩托車鍍鉻部分的和煦冬日。最近幾天雖然又冷又濕，下午仍然帶著那種使紐奧良冬天長保溫和的突來而驚人的暖意。曼庫索巡警感謝這股溫暖，因為他只穿著T恤與百慕達短褲，那是巡佐為他挑選的當天戲服。他用鐵絲鉤掛在兩耳上的紅色長鬚，在他胸前確實起了點保暖作用；他是趁巡佐不注意的時候把這鬍鬚從櫥櫃裡抓來的。

曼庫索巡警吸著橡樹的霉濕氣味，心生一個浪漫的雜想，覺得這聖查爾斯大道一定是世上最可愛的地方了。偶爾，他經過輕搖慢擺彷彿是在優哉游哉隨意漫蕩的電車旁邊，循著它們的路線，穿過夾道的老舊豪宅。眼中一切是如此平靜，如此繁榮，毫無可疑之處。他用了自己的時間去探望那可憐的寡婦萊里。她在廢墟當中哭得那麼令人心酸。至少他該試著幫幫她。

他轉上君士坦丁堡街向河駛去，劈劈啪啪轟轟隆隆地行經一個正在沒落的社區，來到一條蓋滿了一八八〇與九〇年代房子的街上，都是些木造哥德式與綴滿雕飾與渦紋的「鍍金年代」[35]遺跡。「涂維德老闆」[36]式的郊區樣板，隔著用根碼尺就能夠到兩邊的窄巷，圍著鐵矛與崩碎的矮磚牆。大點的房子已變為臨時的公寓，連門廊都改成了額外的房間。某些院裡搭了鋁製的車棚，一兩棟建築上加裝了發亮的鋁製遮陽篷。這是一個已從維多利亞風格[37]惡化成為四不像的社區，是一條在草草率率、毫無愛心、並且阮囊羞澀中邁進了二十世紀的街。

曼庫索巡警要找的地址是這街上最小的一棟建築，除掉車棚之外可說是個八〇年代的小人國模型。一株凍僵的香蕉樹，棕黃病萎，鬆垮在門廊之前，隨時準備像多年以前那道鐵欄杆一般坍倒。死樹附近有個略微墳起的土堆，斜立著一個夾板切成的凱爾特式十字架[38]。那部一九四六年的普利茅斯停在前院，保險桿貼著門廊，車尾燈攔在磚鋪的人行道上。但除了那部普利茅斯，和斑剝的十字架，和木乃伊化的香蕉樹外，小小的院裡竟一片空蕪。沒有灌木。沒有草坪。也沒有鳥鳴。

曼庫索巡警看看那部普利茅斯，見到它頂上那道深深的皺褶，和跟車體分開了三四吋，佈滿圓坑的擋泥板。原來是後窗的洞上用膠帶貼了一張紙板，上面印著「范．坎普豬肉燉豆」。經過墳前的時候，他在十字架上看到褪了色的「瑞克斯」字樣。然後他爬上磨損的磚階，聽到關著的百葉門板內傳來大聲的頌唱。

大妞不哭。
大妞不哭。
大妞，不會哭—嗚—嗚。
不會哭。
大妞，不會哭……嗚。[39]

他在等人來應門鈴的時候，讀著大門水晶玻璃上一張褪色的貼紙，「口舌不慎，可使船沉」，下面是個海軍婦女預備隊員[40]，將手指舉在已經變成黃褐色的唇上。

街上有幾個人站到門廊上看著他和那輛摩托車。對街那扇緩緩上下翻動以求對準焦點的百葉窗，也顯示出他還有許多隱身的觀眾。因為街上出現警察摩托車可是件大事，特別是騎車的人身穿短褲面蓄紅鬚。這條街是窮，沒錯，但窮得清清白白。突然間變得侷促不安的曼庫索巡警又撳了一次門鈴，

35 「鍍金年代」（Gilded Age）一詞為馬克．吐溫（Mark Twain）所創，指美國1870-98年間經濟繁榮，財閥勢力影響政治的時期。
36 涂維德老闆（Boss Tweed）：William Marcy "Boss" Tweed（1823-1878），1860-70年間控制紐約政治的民主黨政治機器頭子，腐化政客的典型。
37 維多利亞風格（Victorian）是指富於花飾的大型建築，流行於十九世紀的英國。
38 凱爾特式十字架（Celtic cross）是十字交叉處帶有圓圈的拉丁十字架。
39 以假聲唱法著稱的「四季」（Four Seasons）合唱團流行名曲〈Big Girls Don't Cry〉。
40 美國在二次大戰時成立的Women Appointed for Voluntary Emergency Service，簡稱WAVES，隊員簡稱WAVE。這句口號是「A slip of the lip can sink a ship.」。

同時擺出他自認挺直的官方架式。他將他地中海血統的側面輪廓呈獻給他的觀眾，但觀眾卻只看到了一個瘦小單薄的身形，短褲笨拙地垂在襠上，而與掛在腳踝附近的正式吊襪帶與尼龍襪對比之下，紡錘形的腿也顯得太赤裸了點。觀眾依然充滿好奇，但卻毫無讚嘆；有幾個甚至也不是特別好奇，因為他們原有預料，覺得這麼一幅景象遲早會降臨在那棟小房子上。

大妞不哭。
大妞不哭。

曼庫索巡警狂暴地敲起了百葉門板。

大妞不哭。
大妞不哭。

「他們在家，」隔壁一棟建築師想像中傑．顧德[41]住家形式的房子裡，一個女人透過百葉窗叫道。「萊里太太大概在廚房裡。繞到後面去。你幹什麼的，先生？條子？」

「曼庫索巡警。便衣，」他嚴肅地回答。

「噢？」短暫的一陣無聲。「你要的是哪一個，兒子還是媽媽？」

「媽媽。」

「呃，那好。找他可就難了。他在看電視。聽到沒？真要把我搞瘋為止，我神經都快崩潰了。」

曼庫索巡警向那女聲道了謝，走進陰濕的巷道。他在後院看見萊里太太正在光禿禿的無花果樹當中懸拉的那根繩上，晾一張斑斑點點的泛黃床單。

「噢，是你，」萊里太太怔了一怔說。她見到這個紅鬍子的人出現在自家院中時，差點沒尖叫起來。「還好嗎，曼庫索巡警？他們那些人怎麼說？」她小心翼翼用她褐色的軟氈鞋踏過地上碎磚。「進屋來我們好好喝杯咖啡。」

廚房寬敞高大，是屋裡最大的一個房間，洋溢著咖啡與舊報紙的味道。它跟屋裡其他房間一樣陰暗。油污的牆紙與棕色的嵌飾木條有將任何光線變得幽暗的功效，何況從巷道那邊滲入的光線原就不多。居家裝潢雖不是曼庫索巡警的興趣所在，他仍然注意到那任何人都不免會注意的古董爐灶，和它高高在上的烤箱，和頂上帶有圓柱形馬達的冰箱。想到那些似乎總在他老婆莉塔那個月球廚房裡旋轉、研磨、攪打、冷卻、煎炸與炙燒的電氣炒鍋、瓦斯烘乾機、機械調拌器與攪打器、蛋餅烤盤，和馬達轉動的烤肉架，他不免疑惑萊里太太都在這間空蕩的房間裡幹些什麼。每逢電視廣告上出現什麼新的用具，不論它用途如何奇特，曼庫索太太都是必買無疑。

「來，告訴我那人怎麼說。」萊里太太開始在她愛德華時代[42]的瓦斯爐上燒起一鍋牛奶。「我得賠多少？你告訴過他我是個窮寡婦，還有個孩子要撫養，呃？」

「是，我跟他說過，」曼庫索巡警說，他在椅子上坐得挺直，滿懷希望地看著鋪了防水布的廚房桌。「介不介意我把鬍子放在桌上？這裡有點熱，它開始黏臉了。」

---

41 傑．顧德（Jay Gould, 1836-1802），鐵路大亨，「鍍金年代」不擇手段致富的「強盜財主」（robber baron）典型。

42 愛德華時代（Edwardian）專指屬於英王愛德華七世統治時期，或具有二十世紀初風格特色之物。

「那還用說，放下，寶貝。哪。來個果醬圈餅。我今天早上剛在彈藥庫街那邊買的新鮮貨。伊內修今天早上對我說，『媽，我真想吃個果醬圈餅[43]。』你知道？所以我就到德國人店裡給他買了兩打。你看，還剩幾個。」

她遞給曼庫索巡警一個破裂油膩、看來好像曾在某人企圖一把抓走所有圈餅的嘗試中，慘遭特殊折磨的蛋糕盒。曼庫索巡警在盒底找到兩只乾癟的圈餅，從它們潮濕的邊緣看來，裡面的果醬已被一吸而空了。

「真是謝謝你，萊里太太。我中飯吃得太飽。」

「嗷，可惜了。」她在兩只杯中注了半杯濃稠的冷咖啡，然後用滾燙的牛奶加到杯口。「伊內修就愛吃他的圈餅。他跟我說，『媽，我就愛吃我的圈餅。』」萊里太太在她的杯緣上啜了一小口。「他在外面客廳看電視。每天下午，他都要舒舒服服的看他們小孩跳舞的那個節目。」廚房裡的音樂聲比起剛才門廊上似乎小了一點。曼庫索巡警想像那頂綠獵帽浸浴在電視螢幕的青白光輝裡。「他根本不喜歡那個節目，但他非看不可。你該聽聽他怎麼評論那些可憐的孩子。」

「我今天早上跟那個人談過，」曼庫索巡警說，希望萊里太太已經談完了她兒子那個話題。

「是嗎？」她在她的咖啡裡加了三匙糖，然後用拇指按住杯裡的匙，不顧匙把險險要將她眼珠戳破的威脅，又啜了一小口。「他怎麼說，親愛的？」

「我跟他說我調查過這件意外，說你只是在濕街上打滑了。」

「聽起來不錯。那他怎麼說，寶貝？」

「他說他不想上法庭。他想立刻和解。」

「噢，我的天！」伊內修在屋子前面大喊。「簡直是在褻瀆高尚品味。」

「別理他，」萊里太太勸告吃了一驚的警員。「他看電視的時候一向這樣。『和解』。這麼說他是要點錢了，嗯？」

「他甚至找了包商，給損壞的地方估過價。哪，這是估計的數額。」

萊里太太接過那張紙，讀著打在信箋上包商頭銜下的一列明細數字。

「老天爺！一千兩百塊。這太可怕了。我怎麼付得起？」她讓那張紙落在防水布上。「你確定沒錯？」

「是的，太太。他還有個律師在辦這事。這東西應該假不了。」

「可是，我上哪去找一千塊？我跟伊內修的手上，就只有我那可憐丈夫的社會安全金和一丁點的退休金，加起來也沒多少。」

「我能不能相信我眼前這種徹底的變態？」伊內修從客廳喊道。音樂帶著一種狂野的部落式節奏，一個假聲樂團隱約曖昧地唱著徹夜的歡愛。

「我很抱歉，」曼庫索巡警說，萊里太太的財務困境令他幾乎心碎。

「嗷，不是你的錯，親愛的，」她黯然說道。「也許我能把房子抵押出去貸點款。我們不能什麼都不做，是吧？」

「是不能，太太，」曼庫索巡警回答，一邊聽著某種類似獸群奔來的聲響。

「那個節目裡的小孩都該用毒氣殺光，」身穿睡衣的伊內修步入廚房說。然後他注意到來客，冷冷地說了聲「噢」。

43 所謂德國人的店，據說是紐奥良彈藥庫街（Magazine Street）上以果醬圈餅（jelly doughnut）聞名的徐瓦布（Schwab）糕餅店。

「伊內修，你認識曼庫索先生，來打個招呼。」

「我相信是在哪裡見過他，」伊內修邊說邊朝後門外面張望。

曼庫索巡警被那龐大的絨布睡衣楞住了，沒有回應伊內修的客套。

「伊內修，親愛的，那個人要一千多塊來賠償我對他房子的損害。」

「一千塊？他一分也別想。我們立刻去檢舉他。聯絡我們的律師，媽。」

「我們的律師？他有份包商的估價單。這位曼庫索先生說我沒別的路子。」

「噢。這麼說，你只好給他錢了。」

「我可以讓法院處理，如果你覺得那樣比較好。」

「酒醉駕車，」伊內修平靜地說。「你沒希望的。」

萊里太太一臉沮喪。

「但伊內修，一千兩百塊啊。」

「我想你應該湊得出的，」他告訴她。「有沒有剩的咖啡，還是你把最後一點也給了這位戴嘉年華會面具的先生？」

「我們可以抵押房子。」

「抵押房子？絕對不行。」

「那還有什麼別的辦法，伊內修？」

「總有辦法，」伊內修心不在焉地說。「我希望你別拿這事來煩我。何況那個節目已經大大提高了我的焦慮程度。」他先聞聞牛奶，然後才注入壺中。「我建議你現在就給那個牛奶場打個電話。這牛奶很不新鮮。」

「我可以到『住家』[44]那邊弄個一千塊，」萊里太太輕聲告訴沉默的巡警。「這房子是個不錯的抵押品。去年有個房地產經紀跟我出價七千。」

「那個節目諷刺的地方，」伊內修在爐邊說道，一面看著牛奶，準備等它一滾就把壺拿開，「就是它本該為我們國家的青年提供一點教育性的娛樂。我很想知道，開國先驅要是親眼見到這些孩子是怎樣為了拓展『可麗柔細』[45]的利益而被人敗壞的，他們會怎麼說。不過，我早就猜到民主會走上這步田地。」他小心翼翼將牛奶倒入他的秀蘭．鄧波兒杯中。「在我們國家還沒自我毀滅之前，必須建立一個強有力的統治。美國需要一點神學與幾何學，一點品味與莊重。我覺得我們是搖搖欲墜，一不小心就要掉進無底深淵了。」

「伊內修，明天我得去『住家』跑一趟。」

「我們別跟那些放高利貸的打交道，媽。」伊內修探手在餅乾罐裡搜尋。「船到橋頭自然直。」

「伊內修，寶貝，他們能讓我坐牢的。」

「哎，你如果又想搬出你那套歇斯底里的戲碼，我就要回客廳去了。老實說，我看還是回去的好。」

他又迎著音樂波濤洶湧地走了出去，浴室拖鞋在他一雙大腳的底板上拍得震天價響。

「這麼個孩子，教我如何是好？」萊里太太向曼庫索巡警哀哀問道。「他對他可憐親愛的媽媽一點也不關心。有時我覺得就算有人真把我丟進牢裡，他也不會在意。他是鐵石心腸，那孩子。」

---

44 「住家」（Homestead）：紐奧良地方銀行「擔保儲蓄與住家協會」（Guaranty Savings and Homestead Association）的簡稱。

45 專治青春痘與粉刺的洗面皂品牌「可麗柔細」（Clearasil），是當時迪克．克拉克（Dick Clark）主持的「美國舞台」（American Bandstand）音樂舞蹈電視節目（1952-1987）的贊助廠商。

「你把他慣壞了，」曼庫索巡警說。「女人家得隨時注意別慣壞了小孩。」

「你有幾個孩子，曼庫索先生？」

「三個。蘿莎麗、安彤內和小安傑婁。」

「噭，真好。一定都乖得很，嗯？不像伊內修。」萊里太太搖著頭。「伊內修小時候可討喜了。我不知道他為什麼變成這樣。他以前會跟我說，『媽，我愛你。』現在不會說了。」

「噭，別哭，」深受感動的曼庫索巡警說，「我來給你煮點咖啡。」

「他也不管我會不會被關進牢裡，」萊里太太抽著鼻子。她打開烤箱，取出一瓶麝香葡萄酒。

「要不要來點好酒，曼庫索先生？」

「不，謝謝。我們在隊上服勤，總得給人好印象。我也必須隨時隨地注意著人。」

「你不介意？」萊里太太敷衍地問過，便就著瓶子長飲了一口。曼庫索巡警以嫻於家務的姿態彎身在爐灶上，開始煮起牛奶。「有時我心情真是壞透了。生活辛苦。我工作也很辛苦。我可沒虧欠過。」

「你該多往好處想，」曼庫索巡警說。

「也許吧，」萊里太太說。「大概有人比我還苦，我猜。像我可憐的堂姊，真是個好女人。她一輩子每天不忘去做彌撒。結果有天一大早去做『漁人彌撒』[46]的時候，在彈藥庫街上給電車撞了。天還沒亮呢。」

「我呢，是從不讓自己發愁的，」曼庫索巡警撒了個謊。「人就得樂觀。懂我的意思嗎？我這工作相當危險的。」

「還有可能送命呢。」

「有時我整天抓不到人。有時我會抓錯了人。」

「像D．H．侯姆斯門口那個老頭。那是我的錯，曼庫索先生。我早該猜到都是伊內修不好。他就是這樣。我老跟他講：『伊內修，哪，穿上這件好襯衫。穿穿這件我給你買的好毛衣。』但他不聽。就是不聽。他那個腦袋像石頭一樣。」

「有時我家也會出點問題。有三個孩子在，我內人是很神經緊張的。」

「神經是個可怕的東西。可憐的安妮小姐，隔壁那位太太，就有神經的問題。總是大吼大叫，說伊內修在製造噪音。」

「我內人就是這樣。有時我不逃出門都不行。我要是人家那種男人，大概還真能出去醉個痛快。這是我跟你私底下說。」

「我是偶爾得喝它兩口。可以減輕壓力。你知道？」

「我呢，是打保齡球。」

萊里太太企圖想像瘦小的曼庫索巡警手中端著個大保齡球，然後說：「你喜歡打，嗯？」

「這保齡球真是好，萊里小姐。能讓你忘掉煩惱。」

「噢，我的天！」一個聲音在客廳裡吼道。「這些女孩一定都已經做妓女了。他們怎麼能把這種可怕的東西呈現給大眾？」

「我希望也有個那樣的嗜好。」

46　「漁人彌撒」（Fisherman's Mass）是天主教堂為必須摸黑出海的漁人特設的彌撒，通常夏季在凌晨三點，冬季在凌晨四點。除漁人之外，青年男女亦常於週末狂歡後，在回家之前順便做完週日的「漁人彌撒」。1940年代，紐奧良總主教曾以不得早於天亮前一小時舉行彌撒的教規設禁，後因教眾請願方又開禁。

「你應該試試保齡球。」

「唉呀呀。我手肘已經患了關節炎。我太老了，沒法去玩那些球。我會把腰給閃了。」

「我有個姑媽，六十五歲，做奶奶了，常去打保齡球。還參加了一個球隊呢。」

「有些女人是那樣。我哪，就從來不擅長運動。」

「保齡球不只是個運動，」曼庫索巡警辯說。「你在球館裡可以碰見不少人。不錯的人。可以交幾個朋友。」

「是嗎，但我就有那種會把球砸在腳趾頭上的運氣。我的腳已經不行了。」

「下回我去球館會通知你一聲。我把我姑媽也帶來。你跟我跟我姑媽，我們一起到球館去。好吧？」

「媽，這咖啡是什麼時候泡的？」伊內修咄咄逼人地，劈里啪啦地，再度踱進了廚房。

「大概一個鐘頭前吧。怎麼啦？」

「真有股怪味。」

「我覺得很好，」曼庫索巡警說。「跟法國市場賣的一樣好。我正在多煮一些。要不要來一杯？」

「對不起，」伊內修說。「媽，你是不是要花整個下午招待這位先生？我想提醒你今晚我要去看電影，七點鐘得準時到達電影院，才看得到卡通。我建議你該開始準備點吃的了。」

「我該走了，」曼庫索巡警說。

「伊內修，你真該反省反省，」萊里太太用生氣的語調說。「我跟曼庫索先生不過在這裡喝喝咖啡。你倒兇了一個下午。你不管我上哪裡去籌錢。你不管他們會不會把我關進牢裡。你什麼都不管。」

「你非要在我們自己家裡，在一個戴假鬍子的陌生人面前攻擊我？」

「我的心都碎了。」

「噢，是嗎？」伊內修轉向曼庫索巡警。「能不能請你走？你在鼓動我媽。」

「曼庫索先生除了好事之外，什麼也沒做。」

「我還是走吧，」曼庫索巡警帶著歉意說。

「我要去籌那筆錢，」萊里太太喊道。「我要把這房子賣了。我要賣了它，不會留給你的，兒子。我要住到老人院去。」

她抓住防水布的一角擦拭眼睛。

「你再不走，」伊內修對正在掛鬍子的曼庫索巡警說，「我可要叫警察了。」

「他**就是**警察，笨蛋。」

「這真叫荒謬透頂，」伊內修說完便劈里啪啦掉頭而去。「我回自己房間去了。」

他將門重重摔上，從地上抓來一本「大酋長」。他倒在床上那堆枕頭當中，在一頁泛黃的紙上塗起鴉來。經過將近三十分鐘的扯頭髮兼咬鉛筆，他開始寫作一段文字。

今日蘿絲葳莎[47]若還在世，我們都會向她乞求指示。這位傳奇性西帛[48]般的聖潔修女，會從她嚴肅靜謐的中世紀世界中，以她洞悉一切的目光為我們驅邪，除盡我們眼前假電視之名現身的恐怖。如果我

47 蘿絲葳莎（Hroswitha），十世紀時的德國修女詩人。

48 西帛（Sybil，原作 sibyl），古希臘羅馬的女預言家。

們能取這位聖女的一隻眼球，與幾近同一形狀與設計的電視螢光管並列，爆炸的電極將產生何等五光十色的幻象。那些猥褻扭動的孩童影像亦將化散為無數離子與分子，而這齣敗壞天真的悲劇，便將於焉獲得無可避免的藝術淨化。

萊里太太站在走廊上看著一張方方正正寫著「請勿打擾」的「大酋長」紙頁，用一條舊的肉色OK繃貼在門上。

「伊內修，讓我進去，兒子，」她喊道。

「讓你進來？」伊內修在門裡面說。「當然不行。我現在正忙著寫一段簡潔有力的文字。」

「你讓我進去。」

「你知道你是向來不准進這門的。」

萊里太太打起門來。

「我不知道你中了什麼邪，媽，但我猜你是患了暫時性的失心瘋。想到這裡，我還真怕開門呢。誰知道你是不是拿著刀或破酒瓶什麼的。」

「把門打開，伊內修。」

「噢，我的瓣膜！要關閉了！」伊內修大聲呻吟。「我這整晚都讓你毀了，滿意了吧？」

萊里太太整個人撞在沒有上漆的木頭上。

「好啦，別把門打破，」他終於說，又過了一會，門閂終於滑開。

「伊內修，這滿地都是什麼垃圾？」

「你看到的是我的世界觀。還需要經過組合成為一個整體，所以你踩的時候小心點。」

「百葉窗都關上了。伊內修！外面天還沒暗呢。」

「我的存在裡，多少有點普魯斯特[49]式的成分，」已經迅速躺回的伊內修在床上說。「噢，我的肚子。」

「這裡有一股難聞的氣味。」

「哦，你原以為會有多好？人體受到局限以後，會產生某種味道，我們在今天這個除臭劑與其他變態東西盛行的時代裡，常常會忘記這事。其實我倒覺得這房間的氣氛相當舒服。席勒[50]要有蘋果在他桌上發爛的氣味才能寫作。我也有我的需要。你也許記得，馬克·吐溫喜歡仰躺在床上，寫他那些既陳舊又無聊，卻被現代學者汲汲證明其中富含意義的東西。崇尚馬克·吐溫，就是我們當前知識僵滯的一個根源。」

「我要知道是這個樣子，早就進來了。」

「其實，我也不曉得**現在**你進來是要幹嘛，或為什麼你會有這股突然的衝動，要侵犯我的避難所。我很懷疑，這裡經過一個異類入侵的創傷之後，是不是還能回復原狀。」

「我來是為了跟你說幾句話，兒子。別把臉埋在枕頭裡。」

「這一定是因為那個荒唐可笑的警界代表，你好像已經受他影響，跟自己兒子作起對來了。順便問你，他走了吧？」

「走了，我也為你的態度跟他道過了歉。」

49 法國作家普魯斯特（Marcel Proust, 1817-1922）多病而憂鬱，晚年無法忍受外界喧囂，曾將屋內牆壁貼滿軟木，以求隔絕。
50 德國詩人劇作家席勒（Johann Friedrich von Schiller, 1759-1805）。

「媽，你站到我的拍紙簿上了。能不能請你移一移？你毀了我的消化還不夠，難道也非得毀了我腦力的成果不成？」

「那，我該站在哪裡，伊內修？你要我上床跟你一起躺著？」萊里太太氣沖沖地問。

「注意你踩的地方，拜託！」伊內修吼著。「老天，從來也沒人遭受過這樣全面這樣緊迫的攻擊包圍。你到底是受了什麼驅策，非要在這種完全瘋狂的狀態下進來？正在刺激我鼻孔的，會不會是什麼廉價麝香葡萄酒的惡臭？」

「我打定主意了。你得出門去找個工作。」

噢，佛圖娜此刻又跟他開起了什麼低級的玩笑？逮捕、車禍、工作。這可怕的週期將伊于胡底？

「原來如此，」伊內修平靜地說。「既然知道你天生沒有做出這種重大決定的能力，我猜這念頭就是那個蒙古白癡警察種在你腦子裡的。」

「我跟曼庫索先生講話，就像以前我跟你爸講話一樣。你爸以前總會告訴我該怎麼做。真希望他今天還在。」

「曼庫索和我爸相像的地方只有一個，那就是他們倆給人的印象，一樣微不足道。不過，你目前的導師，顯然是那種以為只要大家工作不斷，天下就會太平的人。」

「曼庫索先生工作很勤奮的。他在分局裡很辛苦的。」

「我相信他一定養了幾個不想要的小孩，個個都想長大以後當警察，包括女孩在內。」

「他有三個乖寶寶。」

「我想得出來。」伊內修開始慢慢彈跳。「噢！」

「你在幹嘛？又在瞎弄那個瓣膜了？除了你，其他人沒一個有瓣膜的。我就沒有瓣膜。」

「**每個人**都有瓣膜！」伊內修大叫。「只不過我的特別發達。我是在設法把你一手阻塞掉的管道打開。誰知道它是不是就此永遠關上了。」

「曼庫索先生說你如果做事的話，就能幫我還掉那筆欠債。他說他覺得那個人也許會答應讓我分期付款。」

「你那個巡警朋友意見倒是挺多。你還真能讓人打開話匣向你交心呢。我從沒想到他會這麼滔滔不絕，或講得出這麼高明的看法。你知不知道他是想毀了我們這個家？從他企圖在D．H．侯姆斯門前做那次殘暴的拘捕開始。雖然你腦子太差，無法完全瞭解，媽，這人可是我們的大敵。他在把我們的輪子往下轉。」

「輪子？曼庫索先生是個好人。你該慶幸他沒把你抓進去！」

「在我個人的啟示錄裡，他會被自己的那根警棍刺穿。總而言之，要我找事是不可能的。我自己的工作現在忙得很，而且我覺得正要進入一個非常多產的階段。也許經過那場車禍一震，我的思想大受解脫。至少，今天我就寫了很多。」

「那個人的錢，我們不給不行，伊內修。你想看我坐牢？你可憐的媽媽被關進籠裡，你不覺得羞恥？」

「你能不能不講坐牢的事？你好像心裡就只有這個似的。其實，你好像滿喜歡想這件事。殉道在我們這時代裡是毫無意義的。」他打了個無聲的嗝。「我的建議，是在某些家用上節約一點。沒多久你就會忽然發現，已經有了需要的數目。」

「我的錢都花在給你買吃的跟其他東西上。」

「我最近找到過幾個空酒瓶，瓶裡的內容當然不是我消耗掉的。」

「伊內修！」

「前幾天我犯了個錯，沒先好好檢查就熱起了烤箱。等我開門要把我的冷凍披薩放進去的時候，差點沒被一瓶正準備隨時爆碎的熱酒炸瞎了眼睛。我建議你把投進製酒業的錢，轉移一部分出來。」

「你好不好意思，伊內修。不過幾瓶蓋婁的麝香葡萄酒[51]，而你呢，一大堆小玩意。」

「能不能定義一下『小玩意』是什麼意思？」伊內修咄咄逼人。

「那一大堆書。那部唱機。我上個月給你買的小喇叭。」

「我認為小喇叭是個很好的投資，雖然我們鄰居安妮小姐不認為如此。她要是再敲我的百葉窗，我會潑她一身水。」

「明天我們來看看報上的求才廣告。你得換身像樣的衣服出去找份工作。」

「我不敢問你什麼叫『像樣的衣服』。我大概會被打扮成天大的笑話。」

「我會幫你燙一件好的白襯衫，你得在你爸爸那些好領帶裡找一條打上。」

「我能不能相信我聽到的話？」伊內修問他的枕頭。

「要不然，伊內修，我就得去申請抵押貸款。你不要你頭上這片屋頂啦？」

「不行！你不能拿房子去作抵押。」他將一隻巨掌敲在床墊上。「我一直在設法建立的安全感會整個瓦解的。我不能把自己的住所交給一個冷漠無情的機構控制。我受不了。光是想想，我的手就要發疹子了。」

他伸出一隻手掌讓他媽媽檢查上面的小疹。

「想都別想，」他繼續。「這會把我所有潛伏的焦慮都引發出來，那結果恐怕不堪設想。我可不想讓你把下半輩子，都花到一個關在閣樓的瘋子身上。我們不能去抵押房子。你總還有點錢放在什麼地方吧。」

「我在愛爾蘭銀行有一百五十塊。」

「我的天，就那麼多？我從沒想到我們是活在危險邊緣。不過，也幸虧你沒告訴我。我要是知道我們距離一貧如洗的地步有多近，神經大概早就崩潰了。」伊內修搔著手掌。「但我必須承認，眼前其他的出路也很不樂觀。我非常懷疑會有人願意雇我。」

「這話怎麼說，寶貝？你是個好孩子，還受過良好教育。」

「雇主在我身上一嗅，就能知道我藐視他們的那些價值。」他翻身仰躺。「他們怕我。我猜他們都看得出來，我是被迫存活在一個我所憎恨的世紀裡。就連我在紐奧良公立圖書館做事的時候，也是這樣。」

「但，伊內修，大學出來以後，你就只上過那一次班，而且只上了兩個禮拜。」

「我的意思就在這裡，」伊內修回答，邊對準乳白玻璃的吊燈丟了一個紙球。

「你做的也不過是給書貼貼小紙條的事。」

「對，但那些紙條該怎麼貼，我有我自己的審美觀。有些日子我雖只貼個三條四條，卻也很滿意自己工作的品質。圖書館當局討厭我一絲不苟的態度。他們要的，只是個能在他們那些暢銷書上刷膠水的動物。」

「你看還能再到那邊去找個工作嗎？」

「我很懷疑。當時我對主管編目部門的女人講過幾句相當尖刻的話。她們把我的借書卡都給吊銷

51 一九五〇、六〇年代，蓋婁（Gallo）酒莊主要產品尚是廉價劣酒，市場為中下階層。

了。你必須瞭解我的『weltanschauung』[52]在別人心裡造成多大的恐懼和憎恨。」伊內修打了個嗝。「到巴頓魯治那次錯誤的旅行，我也不提了。我相信就是那個事件，害我對工作生出一種心理障礙。」

「他們在大學裡對你可是不錯，伊內修。你老實說。他們讓你在那裡待了好久。還讓你教過一門課。」

「噢，其實都一樣。有個密西西比來的白人窮小子到院長那裡打報告，說我是教宗的傳聲筒。簡直胡扯。我根本就不支持現在的教宗。他不符合我心目中那種專權獨斷的好教宗概念。其實，現代天主教的相對主義，我根本極端反對。不過，這個愚昧無知、白種主義的鄉巴佬基本教義派，憑著膽大妄為，居然帶動其他學生組成一個委員會，要求我把他們累積的報告和試卷打上分數一一發還。還在我辦公室窗外鬧過一場小型示威。戲劇性十足。以一幫單純無知的孩子而言，搞得算是滿像樣了。示威到達高潮的時候，我就把所有舊卷子──當然沒打分啦──全部扔出窗外，正撒在那些學生頭上。大學太小，接受不了這種向現代學術界無底深淵挑戰抗拒的行動。」

「伊內修！這事你從沒跟我提過。」

「當時我是不想讓你激動。我還告訴那些學生，為了人類的未來，我希望他們都沒有生殖能力。」伊內修將頭邊的枕頭重新整理了一番。「從那些學生昏暗的心靈裡湧冒出來的連篇白字和錯誤觀念，我是根本不可能去讀的。不管在哪裡做事，都是一樣。」

「你總會找到一份好工作的。就等他們看到一個有碩士學位的孩子。」

伊內修嘆了口沉重的氣，說道：「我看不到什麼出路。」他將臉扭成一張受苦受難的面具。「在週期結束之前，抗拒佛圖娜是徒勞無功的。「當然，你要曉得，這都是你的錯。我的寫作進度會大大耽誤。我建議你去找你的神父作個告解，媽。向他保證你從今以後會迴避罪惡和醉酒的道路。告訴他你在道德上的失足產生過什麼後果。讓他曉得，一部對我們社會所作的偉大批判，完成的時間被你延後了。也許他能瞭解你的失敗有多嚴重。他如果是我喜歡的那種神父，懲罰應該相當嚴厲。不過，我早學乖了，對當今的神職人員，不會抱太大的期望。」

「我會好好做人，伊內修。你等著瞧。」

「好啦，好啦，我會去找個事，雖然不一定是你所謂的好工作。也許我能提供一些寶貴的見解讓雇主受惠。也許這個經驗能替我的寫作開闢一個新的層面。主動參與我所批判的體系，這本身應該就是個有趣的諷刺。」伊內修大聲打了個嗝。「可惜摩娜．敏可夫看不見我沉淪到了什麼地步。」

「那女孩現在在幹什麼？」萊里太太狐疑地問。「我花了不少錢供你上大學，你卻給我搭上這麼一個。」

「摩娜還待在紐約，她的自然產地。此時此刻，她想必又在哪個示威運動裡向警察挑釁，非要他們抓她進去不可。」

「那時候她在這屋裡到處彈她那個吉他，真搞得我神經緊張。她要是像你說的那麼有錢，也許你該娶她。你們倆可以定下來生個乖寶寶什麼的。」

「我能不能相信這種淫蕩污穢的言語，是從我自己母親嘴裡說出來的？」伊內修咆哮。「好啦，現在快幫我去弄點晚飯。我得準時趕到電影院。是部關於馬戲團的歌舞片[53]，我等這個廣受吹捧、浮濫無度的東西，已經等了好久。明天我們再來看求才廣告。」

52 德語哲學名詞「世界觀」。
53 桃樂絲．黛（Doris Day, 1922-）主演的名片《江湖女》（Billy Rose's Jumbo, 1962）。

「我真是驕傲，你終於要做事了，」萊里太太激動地說，一個吻親在他潮濕的八字鬍裡。

4

「你瞧那個老姑娘，」被跳動的巴士顛到隔壁女人身上的瓊斯，對著自己的靈魂靜靜說道。「她以為我是黑人就一定會強姦她。差點沒把自己那個老太婆屁股蹦到窗外。厚！我可不幹強姦的事。」

他不動聲色從她身邊移開，蹺起腿想著要能在巴士上抽菸可就好了。他開始奇怪那個突然之間滿城亂跑的綠帽肥仔到底是誰。胖王八蛋下次又會在哪裡出現？這個戴綠帽的怪物似乎有點鬼裡鬼氣的。

「呃，我要跟那警察說我做事賺錢了，讓他別再找我麻煩，告訴他我碰到了慈善家，每禮拜給我二十塊。他會說：『那好，小子。很高興看你走上正路。』我就說：『嘿！』他就說：『現在也許你能成為社會的一分子了。』我就說：『是啊，我找到個黑鬼工作，領的是黑鬼薪水。我現在可真是社會的一分子了。我現在就真是黑鬼了。不是遊民。只是黑鬼。』厚！這算哪門子的改變？」

老女人拉了鈴，從座上站起，忸怩不安地力圖迴避瓊斯的身體。他隔著他那綠色鏡片的淡漠，看她蠕蠕而動。

「瞧瞧。她以為我有梅毒肺癆，下面還槓著，要拿刀片把她割了，搶她錢包呢。喲呵。」

墨鏡看著她爬下巴士，走入等在巴士站的人群當中。人群後面某處有人正在爭吵。一個男人手持捲成筒狀的報紙，槌打另一個紅色長鬚身穿百慕達短褲的人。戴鬍鬚的人有點面熟。先是那個綠帽幽靈，現在又來了這個他認不出的人。

紅鬍子跑走之後，瓊斯將頭從窗前轉開，翻開妲琳給他的《生活》雜誌。至少「歡樂良宵」裡還有個妲琳對他友善。妲琳訂閱《生活》雜誌是為了自我提升，她把雜誌給他的時候，還說他可能會發現它有用。瓊斯費了九牛二虎之力，企圖讀完一篇談美國涉入遠東事務的社論，卻半途而廢，開始疑惑這種東西如何能幫妲琳達到她一再提起的目標，變成一個脫衣舞孃。他回頭去看廣告，因為雜誌上只有這類東西能引起他的興趣。這本雜誌裡的貨色都很不錯。他喜歡「安泰人壽保險」的廣告，用的照片是一對夫婦新買的漂亮房子。「雅禮刮鬍水」那個男人看起來又酷又富。雜誌對他有用的地方就在這裡。他希望自己在人眼裡也能跟那些男的一樣。

5

當佛圖娜將你往下旋轉的時候，不妨出門看場電影，多享受享受生活。伊內修正要對自己講這番話，卻想到他幾乎每天晚上都去看電影，不管佛圖娜往哪裡旋轉。

他直挺挺坐在普里坦尼亞戲院[54]距銀幕只有幾排的地方，他的身體把位子填了個滿，並且溢出到兩旁的座位上。他在右手邊的椅子上放下大衣、三條「銀河」巧克力糖，和兩袋額外的爆米花，袋口都整整齊齊捲好，以保持爆米花的溫度與脆度。伊內修邊吃著手中的爆米花，邊全神貫注瞪著預告片。其中一部看來夠爛，他想，爛到他過幾天可以再度造訪普里坦尼亞的地步。然後銀幕在鮮豔寬闊的特藝彩色[55]中大放光明，獅子發吼，這部浮濫無度超大製作的標題閃現在銀幕上，閃現在他奇異的藍黃相間的眼前。他的面孔僵凝，他的爆米花袋開始顫抖。他一進電影院便已將兩片耳罩小心翼翼釦到帽頂上，此刻這歌舞劇粗糙刺耳的編樂，便自各式喇叭向他裸露的耳朵襲來。他一邊聽著音樂，並

54 普里坦尼亞（Prytania）戲院創於1915年，是紐奧良現存歷史最悠久的電影院。

55 特藝彩色（Technicolor）是專利的彩色電影攝製技術。

從中辨認出兩首特別討厭的流行曲，一邊又仔細檢查片頭打出的工作人員名單，看看有沒有平常令他作嘔的那些表演者。

待字幕打完，而伊內修也發現幾名演員、作曲者、導演、髮型設計師和助理監製都曾在過去不同時間有過他所不齒的作品之後，特藝彩色中出現了一個眾多臨時演員晃蕩在馬戲團大帳篷旁的場景。他貪婪地研究這群人，發現女主角正站在一個雜耍表演的附近。

「噢，我的天，」他叫道。「她在那邊。」

坐在他前面幾排的小孩轉頭瞪來，但伊內修沒有注意他們。藍黃相間的眼睛緊盯著女主角，她正快快樂樂拎著一桶水，去給原來是她所飼養的大象。

「恐怕這要比我想像的還糟，」伊內修在見到大象的時候說。

他將空的爆米花袋提到飽滿的唇邊，將它吹大，然後等著，他眼裡閃爍著反映的特藝彩色。定音鼓敲出一響，電影聲帶中充滿了小提琴。女主角和伊內修同時張開了嘴，她是唱歌，他是呻吟。黑暗中兩隻顫抖的手粗暴地合在一起。爆米花袋砰然而炸。小孩放聲尖叫。

「什麼鬧哄哄的？」糖果櫃檯的女人問經理。

「今晚他在，」經理告訴她，一邊用手指著戲院彼端銀幕下那笨重的影子。經理在走道上往尖叫愈來愈狂野的前排行去。恐懼自行消散之後，孩子們開始舉行一場尖叫比賽。聽著那足以讓血液為之凝固的小小尖聲與吃吃傻笑，伊內修在他黑暗的巢穴裡幸災樂禍。經理用幾句溫和的警告使前排安靜下來，然後望向有伊內修孤立的身形像個龐然巨怪突出在一堆小頭當中的那排。但他看到的只是一個膨脹的側影。綠色帽沿下那對發亮的眼睛，正隨著女主角和她的大象穿過寬銀幕走進馬戲團的帳篷。

接下來那一陣子，伊內修還算安靜，只偶爾用鼻子噴了幾聲頗知節制的大氣，對發展的劇情做出反應。後來，似乎影片的整個演員班子都上了鋼絲。女主角則在前景的高空鞦韆上。她配著一首華爾滋，盪過來又盪過去。她在一個巨大的特寫鏡頭中張口微笑。伊內修便為她的牙齒作了檢查，看看有沒有蛀蝕填補的地方。她將一條腿伸直。伊內修便將它的曲線迅速丈量，看看有沒有結構上的缺陷。她開始唱起繼續努力百折不撓直到成功為止。伊內修隨著歌詞哲理的漸趨明顯，也開始抖了起來。他一邊研究她握住鞦韆的手，一邊希望攝影機能夠記錄到她向鋪著細木屑的下方直直墜落。

到了歌曲第二段的重複部分，整團人馬全體加入，一邊擺盪懸吊翻滾飛翔，一邊盡情歡笑歡唱著最後的成功。

「噢，天哪！」再也無法控制自己的伊內修喊道。爆米花撒在襯衫上，紛紛滾聚在他褲子的皺褶之間。「哪個墮落的人，能製做出這樣的流產怪胎？」

「閉嘴，」他身後有人說。

「你看那幫滿臉堆笑的蠢貨！最好鋼絲都能斷掉！」伊內修將袋裡僅剩的幾粒爆米花晃得劈啪作響。「謝天謝地這一景完了。」

趁著一幕愛情戲似乎正在開展，他從位子上彈起來，邁出沉重的腳步踏上走道，到糖果櫃檯去再買些爆米花。而當他回到座位的時候，兩個巨大粉紅的人形正準備開始接吻。

「他們大概都有口臭，」伊內修朝著小孩的上方宣佈。「我真不敢想像這兩張嘴以前都到過哪些淫穢的地方。」

「你得拿個辦法，」賣糖果的女人對經理言簡意賅地說。「他今晚比平常還要惡劣。」

經理嘆口氣，步上走道，行向嘟嘟囔囔的伊內修，「噢，我的老天，他們兩根舌頭大概正在那些裝了牙套的爛牙上互相亂舔呢。」

第三章

1

伊內修步履蹣跚穿過磚鋪的人行道回家。他萬分吃力地爬上台階，揿了門鈴。死香蕉樹一柄氣數已盡的枝莖，正直挺挺坍倒在普利茅斯的車頂上。

「伊內修，寶貝，」萊里太太開門的時候大叫。「怎麼啦？你看起來要死了似的。」

「我的瓣膜在電車上關閉了。」

「哎，大冷天的，快進來。」

伊內修悽悽慘慘拖著腳步進了廚房，跌在一張椅上。

「保險公司的人事部主任對我極盡侮辱。」

「你沒拿到工作？」

「當然沒拿到工作。」

「怎麼回事？」

「我實在不太想談。」

「其他幾個地方你都去過了？」

「顯然沒有。你看我這副狀況，有吸引未來雇主的可能嗎？我有自知之明，所以就儘快回家了。」

「別那麼藍色了，寶貝。」

「『藍色』？恐怕我這輩子還沒太『藍色』過呢。」

「好啦，別跟我兇。你總會找到好工作的。你才上街找了幾天嘛，」他母親邊說邊望著他。「伊內修，你跟保險公司的人談話的時候，是不是戴著那頂帽子？」

「當然戴著。那間辦公室暖氣不足。我真不曉得他們公司的員工，每天捱寒受凍，怎麼都還有辦法活著。還有那些日光燈在上面烤得他們頭腦發焦眼睛失明。我一點也不喜歡那個辦公室。我試著跟那個人事部經理解釋他們那地方的缺點，但他好像沒有太大的興趣。最後還充滿了敵意。」伊內修打了個巨大可怕的嗝。「不過，我早跟你說過會是這樣。我是一肚子的不合時宜。人家都曉得也討厭這點。」

「老天，寶貝啊，你得往好處看。」

「往好處看？」伊內修兇暴地重複。「是誰在你腦子裡灌輸這種違反自然的垃圾？」

「曼庫索先生。」

「噢，我的天！我早該知道。他是以身作則『往好處看』的嗎？」

「你該聽聽那個可憐人他一生的故事。你該聽聽局裡有個巡佐想要——」

「停！」伊內修遮住一隻耳朵，另一手握拳敲在桌上。「那個人的事，我一個字都不想再聽。多少世紀以來，就都是像曼庫索這樣的人，在世界上掀起戰爭，傳播疾病。而突然之間，那個惡人的鬼魂竟在我們家裡作起祟來了。你是中了他的邪！」

「伊內修，別那麼激動。」

「我拒絕『往好處看』。樂觀主義令我噁心。那是變態的。自從人類墮落以來，他在宇宙中的適當地位，就是個悲慘的地位。」

「我不悲慘。」

「你是。」

「不，我不是。」

「是，你是。」

「伊內修，我不悲慘。悲慘的話，我會告訴你。」

「如果是我醉酒之後摧毀了私人財產，還因此把自己孩子扔出去餵狼的話，我會捶胸頓足嚎啕大哭的。我會下跪懺悔直到雙膝流血為止。對了，說到你的罪，神父給了什麼懲罰？」

「三遍『萬福瑪利亞』，一遍『我們在天上的父』。」

「就這麼多？」伊內修大喊。「你有沒有跟他說你做了什麼，說你害一部曠世的批判鉅作中途停輟？」

「我去告過解，伊內修。我什麼都跟神父說了。他說：『聽起來不像是你的錯，親愛的。依我看來，你大概是在濕的街面上稍微打滑了。』然後我就跟他說了你的事。我說：『我兒子說是為了我，害他不能在他的習字本上寫作。他寫這故事寫了五年。』神父就說：『是嗎？嗯，聽起來大概也不很重要。你告訴他，叫他出門上班去。』」

「怪不得我無法支持教會，」伊內修怒吼。「你在告解的時候，就應該當場遭到鞭笞才對。」

「明天哪，伊內修，你再去其他幾個地方試試。城裡的工作多得很。我跟瑪麗．魯易絲，那個在德國店做事的老太太聊天。她有個弟弟瘸腿，還戴了個耳機。他有點聾，你曉得？他就在『善願企業』那裡找了份好工作。」

「也許我該試試那裡。」

「伊內修！他們那裡只請瞎子啞巴，都做什麼掃把之類的。」

「我相信，跟那些人同事一定相當愉快。」

「我們來看看晚報。也許那上面會有好工作。」

「要是明天非去不可的話，我可不會那麼早出門。在城裡那段時間，我一直暈頭轉向得厲害。」

「你是吃過午飯才走的。」

「雖然如此，我的機能仍然不太正常。我昨晚做了好幾個惡夢。醒來的時候還帶著瘀傷，說著夢話。」

「哪，聽聽這個。我每天都在報上見到這個廣告，」萊里太太說著把報紙舉到離眼睛極近的地方。「『清潔勤勞的男子……』」

「那是『勤勞』。」

「『清潔勤勞的男子，誠實可靠，安靜緘默……』」

「『緘默』。拿來給我，」伊內修邊說邊搶下他母親手中的報紙。「你沒能完成學業，真是一大不幸。」

「外公太窮了。」

「拜託！我現在沒心情再聽一遍那個可怕的故事。『清潔勤勞的男子，誠實可靠，安靜緘默。』老天爺！他們要的是什麼樣的怪物。有這種世界觀的公司，我恐怕永遠不能為它工作。」

「讀下去，寶貝。」

「『文書工作。二十五至三十五歲。請於每日八至九時之間洽雷維褲廠，廠址位於工業運河與大河交口處。』哪，不必考慮了。我是不可能在九點以前趕到那個地方的。」

「親愛的，你如果要做事，就得早起。」

「不，媽。」伊內修把報紙扔到烤箱頂上。「我一直把眼光放得太高了。我應付不了這類工作。我想也許送報之類的比較合適。」

「伊內修，像你這麼大個男人，不能去騎腳踏車送報的。」

「也許你能開車載我，讓我從後窗往外扔報紙。」

「我告訴你，兒子，」萊里太太動了氣。「你明天非得給我出去找找看不可。我是說真的。你的頭一件事，就是給我去應徵這個廣告。你是在打混，伊內修。我知道你。」

「呵哼，」伊內修打了個呵欠，展示出他舌頭的鬆軟粉紅。「『雷維褲廠』這名字，聽起來不比我找過的那家企業好，或許還更糟。顯然，我已經落到在職場底部討生活的地步了。」

「你不用急，寶貝。會出頭的。」

「噢，我的天！」

2

曼庫索巡警有個好主意，給他這個主意的不是別人，居然就是伊內修．萊里。他給萊里家打過一個電話，想問萊里太太什麼時候可以跟他和他姑媽去打保齡球。不巧伊內修接了，當場吼叫起來，「別再來騷擾我們，你這蒙古白癡。你要有腦子的話，該去調查『歡樂良宵』那種藏污納垢的地方，我親愛的母親跟我曾在那裡遭到他們虐待搶劫。很不幸的，我還被一個兇惡墮落的酒吧女凌辱。還有，老闆娘是個納粹。我們險險逃命出來。快去調查那個黑幫，少來煩我們，你這個破壞家庭的東西。」

然後萊里太太將電話從她兒子手中搶下。

巡佐若是聽說這個地方，應當會很高興的。他甚至可能為了這份情報，將曼庫索巡警嘉獎一番。曼庫索巡警清著喉嚨，站在巡佐面前報告，「我得到一條線索，是關於這個有酒吧女的地方。」

「你有線索？」巡佐問。「誰給你的線索？」

為了各種原因，曼庫索巡警決定不把伊內修牽扯進來。他選擇了萊里太太。

「我認識的一位太太，」他答。

「這個太太怎麼會曉得這地方？」巡佐問。「誰帶她上這地方去的？」

曼庫索巡警說不出「她兒子」這句話。那有重揭舊創的危險。為什麼跟巡佐談話，從來都不能平平順順？

「她是一個人去的，」曼庫索巡警終於開口，企圖挽救這場談話，不讓它一敗塗地。

「一個太太會獨自跑到那種地方？」巡佐喊道。「是什麼樣的女人？大概自己也是酒吧女。滾滾滾，曼庫索，給我去抓個可疑人物。你連一個都還沒抓到。別拿酒吧女嘴裡的小道消息來給我。去你的櫥櫃裡看看。今天你扮士兵。快去。」

曼庫索巡警滿腔委屈向櫥櫃間慢慢行去，心中只是納悶為什麼自己從來沒在巡佐面前幹對過一件事情。待他走開之後，巡佐才轉身對一位探員說：「哪天晚上派兩個人到『歡樂良宵』去。說不定真有什麼人笨得會跟曼庫索打報告。但別跟他說。我不想讓那個蠢貨沾到一點功勞。讓他繼續穿他的戲服，直到給我抓到個什麼人物為止。」

「您知道，我們今天又接到了一個人對曼庫索的指控，說是昨晚在巴士裡，有個戴墨西哥寬邊大帽的瘦小男子，緊貼在她身上。」

「真的，」巡佐深思熟慮地說，「好，再要接到這類指控，我們就逮捕曼庫索。」

3

岡薩雷茲先生打開小辦公室的燈，點上他桌邊的瓦斯暖爐。他在雷維褲廠做事這二十年來，每天早上都是第一個到。

「今天早上我到的時候，天還沒亮呢，」岡薩雷茲先生會在雷維先生被迫造訪雷維褲廠的時候，逮著那罕見的機會對雷維先生說。

「你大概出門太早了點，」雷維先生會說。

「我今天早上還在辦公室外面臺階上跟送牛奶的聊天呢。」

「噢，閉嘴吧，岡薩雷茲。我去芝加哥看『熊隊』跟『包裝工隊』打球的機票，你給我買了沒有？」

「等其他人都來上班的時候，我已經把辦公室弄得暖暖和和的了。」

「你這是浪費我的瓦斯。在冷的地方坐坐。對你的身體有益。」

「我今天早上一個人在這裡作了兩頁的帳。您看，我在飲水機旁邊捉到一隻老鼠。牠還以為這裡沒人，結果被我用紙鎮給砸了。」

「把該死的老鼠拿開。這裡已經夠讓我難受的了。去打電話，把我看肯塔基大賽馬的旅館房間訂好。」

但雷維褲廠的標準甚低。準時上班就是升遷的好藉口。岡薩雷茲先生變成了辦公室的經理，主管他手下幾個無精打采的職員。他永遠記不得他那些職員打字員的名字。有時他們好像每天都在來來去去變動不停，除了崔喜小姐這位八十高齡，已經在雷維帳簿上登記錯誤數字幾達半個世紀之久的助理會計。她總戴著她那頂綠色賽璐珞的帽舌[56]，即使在上班下班的路上也不例外。而這個姿態，在岡薩雷茲先生的眼中，就成了她對雷維褲廠一片忠心的象徵。有時她在禮拜天也會錯把它當成帽子戴著去上教堂。她甚至還把它戴到了自己哥哥的葬禮上，而被腦筋比她清楚、年歲比她略小的嫂子從她頭上一把扯下。但雷維太太下過命令，崔喜小姐無論如何也得永遠留用。

岡薩雷茲先生邊用抹布擦他的桌子，邊想到他與雷維褲廠的關係曾為自己帶來過多少歡樂。每天早上，當這辦公室還清冷空洞，而碼頭的老鼠也還在牆間自顧自玩著狂野遊戲的時候，他都會想到這個。河面正在揚散的霧氣中，滑過的貨船互相嗥叫，它們低沉的霧號聲響在辦公室鏽蝕的檔案櫃間迴盪。他身旁的小暖爐隨著零件變熱膨脹開始劈啪吱嘎。他無意識地聽著二十年來每個早晨為他開啟新的一天的這些聲響，點上他今天十枝菸中的第一枝。他把香菸抽到濾嘴，才將它捻熄，又在字紙簍裡清掉了菸灰缸。他總喜歡以桌上的整潔，在雷維先生心裡打造出良好的印象。

---

56 十九世紀末期至二十世紀中期，在辦公室尚未以日光燈取代白熱燈泡之前，賽璐珞（celluloid）質料半透明的綠色帽舌（visor）或護眼罩（eyeshade）曾是美國會計、電報、校對人員用以保護眼睛的標準配備。

他的桌旁是崔喜小姐那張帶著捲頂罩蓋的桌子。舊報紙塞滿了每個半畝的抽屜。桌下積聚形成的一小球一小球纖維細絮當中，有一角塞著塊厚紙板，以將桌子墊平。一個裝滿老布料的牛皮紙袋，和一卷線球，放在椅子上崔喜小姐坐的地方。菸屁股從菸灰缸溢出在桌上。這是岡薩雷茲先生始終無法破解的一個謎，因為崔喜小姐並不抽菸。他向她問過幾次，卻從來得不到明白的答覆。崔喜小姐那塊地方似乎有股磁力。它能吸引辦公室內任何的廢物，每逢有鋼筆、眼鏡、錢包，或打火機失蹤，往往都能在她桌裡某處找到。崔喜小姐也霸佔了所有的電話簿，全藏在她桌子一個雜亂的抽屜中。

岡薩雷茲先生正想到崔喜小姐那邊去尋他不見了的印泥盒，辦公室的門忽然打開，她拖著腳步進來，將一雙膠底鞋磨蹭在木地板上。她手上拎著另一個似乎裝著相同布料與線繩的紙袋，還有個印泥盒半露在袋口外面。崔喜小姐這兩三年來總帶著這些袋子，有時會在她桌子旁邊堆積到三四個之多，卻從不曾向人透露它們的用途與目的地。

「早哇，崔喜小姐，」岡薩雷茲先生用他愉快的男高音說，「今天早上好嗎？」

「誰？噢，好啊，荀梅斯，」崔喜小姐虛弱無力地說完，便如逆風撐船似的朝女廁所慢慢行去。崔喜小姐從來不是垂直的，她和地板總保持著小於九十的角度。

岡薩雷茲先生趁她不在，從袋中取回他的印泥盒，發現上面沾滿了摸起來聞起來像是培根油的東西。在擦拭印泥盒的時候，他開始猜想還會有幾個別的員工出現。去年某一天，來上班的只有他和崔喜小姐，當然那還在公司給大家增加五元月薪之前。但即使加了薪，雷維褲廠辦公室的職員仍常會不告而別，連電話也不給岡薩雷茲先生一個。這是個常在心頭的憂慮，而每在崔喜小姐來了之後，他總會滿懷希望看著門口，特別是碰到這種工廠正要開始出春夏季貨的時刻。事情的真相是，他迫切需要辦公的人手。

岡薩雷茲先生瞥見門外有個綠色的帽舌。難道是崔喜小姐從工廠那邊走了出去，又決定再從前門回來？她是幹過這種事的。有天早上她去女廁所，卻直到下午很晚的時候，才被岡薩雷茲先生發現她在工廠頂樓裡一堆布疋上睡覺。然後門被打開，一個岡薩雷茲先生這輩子所見過最高大的人步入了辦公室。他脫下綠帽，露出一頭用凡士林仿照一九二〇年代式樣黏貼在頭顱上的濃密黑髮。大衣卸去之後，岡薩雷茲先生只見圈圈肥油擠在一件緊繃的白襯衫裡，上面被一條印花的寬領帶垂直中分。看起來那八字鬍上也抹了凡士林，因為它閃閃發亮。還有那對藍黃相間令人不可置信的眼睛，鑲著線條無比纖細的粉紅血絲。岡薩雷茲先生使勁禱告，幾乎發出聲來，只希望這個巨物是來應徵工作的。他深受震撼，無比感動。

伊內修發現自己站在一個大概是他這輩子所進過最簡陋的辦公室裡。漬污的天花板上隨手懸吊的裸露燈泡，在凹凸不平的地板上拋出一層昏暗泛黃的光。舊檔案櫃將房子隔成幾個小間，每間各有一張桌子，上了奇特的橙紅色亮漆。從辦公室翳滿灰塵的窗中，可以見到灰濛濛的波蘭大道碼頭、陸軍轉運站、密西西比河，與遠處阿爾及爾區的屋頂與乾船塢。一位高齡老婦步履蹣跚地進入房間，撞在一排檔案櫃上。此地的氣氛令伊內修想到了自己房間，他的瓣膜便在贊同之中欣然開啟。伊內修使勁禱告，幾乎發出聲來，只希望這個工作能夠用他。他深受震撼，無比感動。

「有什麼事嗎？」衣裝整潔，坐在那張乾淨桌子後的男人用快樂的腔調問。

「噢。我以為那位女士是這裡主管，」伊內修發出他最洪亮的聲音，心中只覺得這男人是辦公室裡唯一的病害。「我是看到貴公司廣告來應徵的。」

「噢，好極了。哪一個？」那男子興沖沖地叫著。「我們在報上有兩個廣告，一個徵女一個徵男。」

「你想我是應徵哪一個？」伊內修吼道。

「噢，」岡薩雷茲先生在極度的困惑中說。「真是抱歉。我是說話不經大腦。我的意思是，性別並不重要，你兩個工作應該都做得了。我的意思是，我並不在意性別。」

「不必解釋了，」伊內修說。他懷著興趣，注意到那老女人正在她桌上開始點起頭來。工作環境看來是再好不過了。

「來，請坐。讓崔喜小姐把你的大衣帽子放到員工衣櫥裡。我們希望你在雷維褲廠，就跟回到自己家裡一樣。」

「但我跟你連談都還沒談呢。」

「沒問題。我相信我們一定所見略同。崔喜小姐。崔喜小姐。」

「誰？」崔喜小姐叫道，把她那滿滿的菸灰缸打翻在地。

「來，我來替你放。」岡薩雷茲先生的手在伸向帽子的途中被打了一記，不過他獲准接過大衣。

「真是條好領帶。現在看不太到了。」

「是先父的遺物。」

「對不起，」岡薩雷茲先生邊說邊把大衣放進一個舊的鐵櫥櫃裡，伊內修見到裡面有個紙袋，跟老女人桌旁那兩個一樣。「對了，這位是崔喜小姐，我們最老的員工之一。你跟她會很合得來的。」

崔喜小姐一頭白髮攤在桌上的舊報紙間，已經睡著了。

「嗯，」崔喜小姐終於嘆了口氣。「噢，是你，荀梅斯。已經要下班啦？」

「崔喜小姐，這是我們的一位新員工。」

「好個大孩子，」崔喜小姐抬起她帶著眼屎的眼睛望著伊內修說。「吃得好。」

「崔喜小姐在我們公司超過五十年了。單從這點就能知道我們員工在雷維褲廠工作的滿意程度。崔喜小姐原來是在雷維先生的先翁手下做事，很好的一位老先生。」

「對，很好的一位老先生，」崔喜小姐說，卻一點也記不得老雷維先生了。「他待我不錯。跟我說話很親切的，那個人。」

「謝謝，崔喜小姐，」岡薩雷茲先生忙著說，像一個司儀企圖中止一場出了大錯的表演。

「公司說復活節要給我一大隻熟火腿，」崔喜小姐告訴伊內修。「我希望真的會給。他們把我感恩節那隻火雞忘得一乾二淨。」

「崔喜小姐多少年來一直扶持著雷維褲廠，」辦公室經理解釋，老助理會計則繼續嘮叨著其他關於火雞的話。

「我等退休等了好幾年，但每年他們都說我還有一年要幹。他們非要我躺進棺材才會放手，」崔喜小姐氣喘咻咻。然後她失去了退休的興趣，又補上一句，「我還真用得上那隻火雞。」

她開始在她的一個紙袋中搜揀東西。

「能不能今天就開始上班？」岡薩雷茲先生問伊內修。

「我們好像還沒作過任何有關薪水之類的討論。這不是此刻應該進行的正規程序吧？」伊內修傲慢地問。

「呃，這歸檔的工作，也就是你將來的工作，因為我們實在需要有個人來管理檔案，一個禮拜是六十塊。如果因為生病等等缺席不到，就從每禮拜的薪水裡扣。」

「這個工資實在遠低於我的預期。」伊內修的口氣大得異乎尋常。「我有個時好時壞的瓣膜，某些日子可能會迫使我在家躺著。而目前也還另有幾個不錯的機構，正在競相爭取我為他們效勞。我必須將它們列入優先考慮。」

「但讓我告訴你，」辦公室經理祕密地說。「我們崔喜小姐每週也只拿四十塊，而且她還算是資深的呢。」

「她看起來是很老態龍鍾，」伊內修邊說，邊看著崔喜小姐在桌上攤開她那袋子裡的內容，開始整理那些雜碎。「已經超過退休年齡了吧？」

「噓，」岡薩雷茲先生叫他放低聲音。「雷維太太不肯放她退休。她覺得最好能讓崔喜小姐保持活動。雷維太太是個聰明絕頂受過教育的女人。她上過心理學的函授課。」岡薩雷茲先生停了停，讓他細細回味這點。「哪，再回到你的出路上，能拿到我說的這個開始的底薪，你算是幸運了。這是為公司吸收新血的『雷維褲廠計劃』裡的一部分。崔喜小姐，不幸得很，是在計劃實施之前雇用的。因為它不能追溯既往，所以她不包括在內。」

「我實在不想讓你失望，先生，但這薪水恐怕稍嫌不足了點。此刻有位石油鉅子正以數千元為餌，希望打動我出任他的私人祕書。目前我還在考慮是否能夠接受這人的物質主義世界觀，但我看最後恐怕還是得向他點頭。」

「我們每天再加兩毛車錢。」

「嗯，這麼一來事情就不同了，」伊內修承認。「我決定暫時接下這份工作。我不得不說，這『雷維褲廠計劃』對我還有點吸引力。」

「噢，那太好了，」岡薩雷茲先生爆出一句。「他一定會喜歡這裡的，是吧，崔喜小姐？」

崔喜小姐正全神貫注在她那些雜碎上，沒有聽見。

「我覺得奇怪的是，你連我的姓名都還沒問呢，」伊內修鼻裡噴著大氣。

「噢，真是的。我全忘了這回事，您是？」

那天現身的，還有另一位辦公人員，也就是速記小姐。此外，一個女的來電話說她決定辭職，改向政府領失業救濟金去。其他的則根本沒跟雷維褲廠聯絡。

4

「把眼鏡摘掉。你這樣怎麼看得清地上那些垃圾？」

「誰想看那些垃圾？」

「我叫你把眼鏡摘了，瓊斯。」

「不摘眼鏡，」瓊斯把掃地的大刷撞在一張吧檯的高腳凳上。「一個禮拜二十塊，你開的又不是奴工農莊。」

拉娜·李開始將她在收銀機裡取出的一捆鈔票用橡皮筋紮好，將鎳幣落成一小疊一小疊的。

「別老拿掃把撞酒吧，」她喊道。「他媽的混帳，害得我神經緊張。」

「你要人掃地安安靜靜，你去找個老媽子，我掃得年輕力壯。」

掃把又在酒吧上撞了幾次。然後那股煙雲和掃把移向了地板的另一邊。

「你該叫你的客人用用菸灰缸，告訴他們你雇來這裡做工的人還領不到最低工資。也許他們會體諒點。」

「有我給你一個機會，最好知足了，小子，」拉娜·李說。「這年頭找工作的黑小子可多著呢。」

「是啊，也還有很多黑小子，一看到人家給的是什麼工錢，就變成無業遊民了呢。有時我倒覺得，是黑人的話，不如做個無業遊民。」

「你有了工作，最好知足點。」

「每天晚上我還要下跪禱告呢。」

掃把撞在一張桌上。

「掃完地告訴我一聲，」拉娜．李說。「我有個小事要你跑趟腿。」

「跑腿？喂！我以為這工作只是掃地拖地。」瓊斯吹出一朵積雲。「哪來什麼跑腿的鬼玩意？」

「你給我聽著，瓊斯，」拉娜．李把一疊五分鎳幣丟進收銀機，在紙上寫下一個數字。「我只需要給警察局打個電話，說你沒工作了。懂嗎？」

「那我就告訴警察，說『歡樂良宵』是個高級窯子。我來這裡做事是掉進陷阱了。厚！我現在就等著收點證據。收到之後，看我非到分局裡告個狀。」

「講話給我小心點。」

「時代變啦，」瓊斯邊說邊調整他的墨鏡。「不能再嚇唬黑人嘍。我找幾個人圍成人牆在你門口一擋，讓你生意跑了不說，還得上電視新聞。黑人受夠了狗屁事情，一個禮拜才二十塊，你還想怎麼樣。不管是無業遊民，還是連最低工資都拿不到的事，我可都做厭了。要跑腿，你最好找別人去。」

「嗷，廢話少說，把地掃完吧。我叫妲琳去。」

「可憐的女孩，」瓊斯用掃把探索一個隔間裡的雅座。「騙人買水，替人跑腿。哼！」

「打電話到分局去告她呀。她是騙客人花錢的酒吧女。」

「等我能打電話到分局去告你的時候再說。妲琳根本不想做酒吧女。她是被迫做酒吧女的。她說她想進演藝圈。」

「是嗎？嗯，就憑那女孩的腦袋，沒人把她送進瘋人院是算她走運。」

「去了對她還好點。」

「她要能一心一意幫我賣酒，不再想什麼跳舞的鬼玩意兒，對她才真會好點。像她那樣的人上了我的舞台，我想得出會幹些什麼。妲琳那種人，要不好好看著的話，準能把人的投資敗光。」

襯著軟墊的門砰然打開，一個年輕男孩踢踢躂躂走進酒吧，用他佛朗明哥舞靴底部的鐵片刮著地板。

「嗯，也該來了，」拉娜對他說。

「找了個新手，呵？」男孩兩眼從他上了油的鬈髮後面打量瓊斯。「上一個怎麼了？死啦？」

「親愛的，」拉娜風情萬種地說。

男孩打開一個手工做的華麗皮夾，遞給拉娜幾張鈔票。

「沒問題吧，喬治？」她問他。「那些東西孤兒們還喜歡？」

「他們喜歡戴著眼鏡在書桌上的那個。他們還以為是什麼老師呢。這次我就只要那個。」

「你說，類似的東西，他們還會想要嗎？」

「會啊。為什麼不？也許可以弄塊黑板，擺本書。你知道。拿枝粉筆做點什麼的。」

男孩和拉娜相視而笑。

「曉得了，」拉娜邊說邊眨了眨眼。

「喂，你嗑藥的啊？」男孩向瓊斯喚道。「我覺得你看起來像是嗑藥的。」

「你要有根『歡樂良宵』的掃把插在屁股裡，保證你看起來也很像是嗑藥的。」瓊斯慢條斯理地說。「『歡樂良宵』的掃把可舊了，上面裂得都是木刺。」

「好啦，好啦，」拉娜喊道。「我這裡可不想要什麼種族暴亂。我得保護我的投資。」

「你最好叫你的白鬼小朋友走開點，」瓊斯對著兩人噴了股煙。「我可不會為了這種工作受人欺負。」

「來，喬治，」拉娜說。她打開吧檯下面的櫃子，遞給喬治一個封著牛皮紙的包裹。「這就是你要的那個。走吧。快。」

喬治跟她眨眨眼，砰地一聲出了門。

「那算是個給孤兒送信的信差？」瓊斯問。「我倒想看看跟他打交道的，都是些什麼樣的孤兒。我敢打賭『聯合基金』[57]一定不認識那幫孤兒。」

「你在胡扯什麼呀？」拉娜怒氣沖沖地問。她審視瓊斯的臉，但由於眼鏡的阻礙，她看不出任何眉目。「捐點錢做做慈善也沒什麼不對的。好啦，給我回去掃地。」

拉娜開始在男孩給她的鈔票上，像女祭司祝咒一般唸唸有詞起來。輕聲吐出的數目與詞語，從她的珊瑚嘴唇中飄浮而上。她閉起眼，在一本簿子上記下幾個數字。她玲瓏的身體，本身就是個年來獲利匪淺的投資，此刻正恭敬地傾俯在貼了膠皮飾板的祭壇之上。猶如焚香的煙，夾著她的祝禱，從她肘邊菸灰缸裡的香菸處裊裊升起，越過她舉起正待細看鑄造年份的聖餅，也就是躺在奉獻中的唯一銀元。她的手鐲叮噹作響，召喚教徒步向祭壇，但神廟中唯一的人，卻因為出身血統與持續拖地而被逐在教外。一份奉獻掉在地上，是那聖餅。拉娜雙膝落地，要向它膜拜，要將它拾回。

「嘿，當心，」瓊斯的喊聲破壞了祭儀的神聖。「你把從孤兒那裡賺來的錢掉了，笨手笨腳。」

「你有沒有見到它掉在哪裡，瓊斯？」她問。「看看你找不找得到。」

瓊斯將拖把靠在吧檯上，透過眼鏡與煙霧，瞇著眼搜尋那枚錢幣。

「真他媽怪了，」兩人在地上尋找的時候他說。「喲呵！」

「找到了，」拉娜激動地說。「找到了。」

「厚！恭喜找到。嘿！以後可最好別再那樣，把銀元掉了滿地，『歡樂良宵』會破產的。你那一大筆員工高薪可就難付了。」

「你可不可以試試把嘴閉上，小子？」

「喂，你叫誰『小子』？」瓊斯拿起掃帚的把手，使足力氣推向祭壇。「你又不是『好市價』[58]。」

5

伊內修緩緩鑽進計程車，把君士坦丁堡街的地址給了司機。他從大衣口袋裡取出一張雷維褲廠的信箋，又借來司機的記事板夾權充書桌，在計程車加入聖克勞德大道稠密的車流時開始寫作。

上班的第一天於焉結束，我也已精疲力竭。但我並非暗示自己有了氣餒或沮喪或挫敗之感。有生以來，我首次與這體系正面相視，而且決心要在其結構之內，以可謂是喬裝滲透的方法，做一個觀察者兼批判者。我相信若有更多雷維褲廠之類的公司，美國的勞動大眾必將較能適應他們的職務。真正可靠

---

57 「聯合基金」（United Fund），美國慈善機關聯合募款的組織，後來各地「聯合基金」多改名為「聯合勸募協會」（United Ways）。

58 「好市價」：原文Scarla O´Horror是以黑人口音唸的Scarlett O´Hara，亦即瑪格麗特·米契爾（Margaret Mitchell, 1900-1949）小說與同名電影《飄》（*Gone with the Wind*）女主角郝思嘉。

的員工，在此可以完全不受騷擾。我的「老闆」岡薩雷茲先生無疑是個白癡，卻尚稱相當可親。他似乎總是畏首畏尾，至少在無法批評任何員工的工作表現一事上，他是相當畏首畏尾。事實上，他對一切幾乎都能逆來順受，也因此能以其愚蠢的方式，民主得討人歡喜。舉例而言，我們商業世界中的大地之母崔喜小姐，在點暖爐時不慎燒毀了幾份重要訂單。若以公司近來訂單數量每況愈下，而這幾張又來自堪薩斯城，有高達五百大洋的需求量而觀，則岡薩雷茲先生對此閃失可謂十分包容了。然而我們也不可忘記，岡薩雷茲先生是奉了那位神祕女大亨，亦即據稱是飽學而聰慧的雷維夫人之命，必須善待崔喜小姐，必須使她覺得自己還有事可做、有所用途。但他也對我極為有禮，允許我以自己的方式處理檔案。

我希望不久便能使崔喜小姐對我推心置腹。料想這位資本主義的梅杜莎[59]必有滿腹珍貴的見識與精湛的觀察。

唯一的不爽（我的文字在此淪為俚語，俾為我將要討論的動物製造一個合適的氣氛）是速記小姐葛蘿麗亞，一個年輕厚顏的小婊子。腦袋裡裝滿了錯誤觀念與低俗不堪的價值判斷。在她對我人身與舉止發表過一兩個大膽而多餘的評論之後，我將岡薩雷茲先生拉到一旁，告訴他葛蘿麗亞計劃過完今天就要不告而別。岡薩雷茲先生聞言大怒，當場便給了自己一個享用威權的難得機會，而將葛蘿麗亞辭退。其實，令我做出此事的原因，還在於葛蘿麗亞椿釘般的鞋跟所發出的聲響。再聽一天那種喀喀嗒嗒，我的瓣膜定會永遠關閉。此外尚有睫毛膏、口紅等諸般粗俗，就不在此一一列舉了。

我對自己的檔案部門有許多計劃，並在眾多空位當中選了一張靠窗的桌子。我將小暖爐開到最大，整個下午便兀坐在此，看來自眾多遠方港口的船舶冒著蒸氣，在港中寒冷黝黑的水上駛過。崔喜小姐輕微的鼾聲與岡薩雷茲先生急迫的打字，為我的沉思提供了一個悅耳的對應。

雷維先生今天不曾出現，據聞他難得來此視察業務。岡薩雷茲先生說他其實「是想將它儘快脫手」。或許，這間辦公室有了我們三人（因為我將竭力敦促岡薩雷茲先生將明天萬一前來上班的其他員工開除；辦公室裡人多手雜，便很有令人分心的可能），即足以將業務起死回生，使小雷維先生恢復信心。我已有幾個絕佳的構想，也知道只要有我在此，總有一日雷維先生會將全副心思投入公司。

此外，我和岡薩雷茲先生還做過一場堪稱精打細算的交涉：我說服他可以用計程車接送的方式，為我替他省去葛蘿麗亞的薪水作個回報。後來的討價還價，是這愉快的一天中唯一的污點，但在向他解釋過我的瓣膜與整體健康所面臨的危險之後，我終於獲得勝利。

由此可見，在佛圖娜將我們往下旋轉之時，輪子偶爾也會暫停片刻，使我們發現自己正處身在惡性的大週期內一個良性的小週期中。宇宙的基礎，本即是圈中有圈這個原則。目前的我處在內圈。當然，這個圈內也還可能存有更小的圈。

伊內修把板夾還給司機，又附送了各種關於速度、方向與換檔的指示。他們抵達君士坦丁堡街的時候，計程車裡已瀰漫著一股劍拔弩張的靜默，最後被司機索取車錢的要求打破。

伊內修剛怒氣沖沖起身鑽出了計程車，便看到他母親正從街頭走來。身穿她粉紅色的短外套，頭上那頂小紅帽斜斜壓在一隻眼上，看起來像個從《淘金女》[60]電影系列中流浪出來的小明星。伊內修在莫可奈何中注意到，她為了添點顏色，還在外套翻領上別了一枝乾萎的聖誕紅。一身大紅與粉紅的她走在破磚的人行道上，褐色的楔底鞋便嘰咕有聲，做出了廉價的抗議。母親的衣服他雖然看了多少

59 梅杜莎（Medusa）是希臘神話中的蛇髮女妖。

60 《淘金女》（Golddiggers，或作Gold Diggers），一九三〇年代的系列歌舞片。

年，但每逢她盛裝出行，他的瓣膜總不免要小吃一驚。

「噢，親愛的，」萊里太太上氣不接下氣地說，他們剛會合在那部將人行道交通攔腰擋住的普利茅斯後保險桿旁。「出了件可怕的事。」

「噢，老天。又怎麼了？」

伊內修猜想出事的，定是他母親娘家那群常會不幸遭逢暴力或苦難的人。有個老姑媽被流氓搶過五毛錢，有個堂姊被彈藥庫街的電車撞倒，有個叔叔吃過一個餿了的奶油泡芙，有個公公碰過被颶風吹落還帶著電的電線。

「是隔壁的安妮小姐。今天早上她在巷道裡暈過去了。是神經，寶貝。她說你今天早上彈你那個班卓琴，把她給吵醒了。」

「那是魯特琴，不是班卓，」伊內修暴吼。「她以為我是馬克．吐溫筆下的哪個變態角色[61]？」

「我剛去看過她。她要在聖瑪麗街她兒子那裡住幾天。」

「噢，那個討厭的小子。」伊內修領在他母親前面爬上臺階。「呃，謝天謝地安妮小姐要出門幾天。少了她隔著小巷尖聲叫罵大肆攻擊，也許我還能彈彈我的魯特琴。」

「我到藍尼店裡給她買了一對灌了露德聖水[62]的小珠子。」

「老天。藍尼。我這輩子從沒見過一家店裡有那麼多宗教邪物的。我看那家珠寶店大概很快就會有神蹟降臨。藍尼他自己還可能上天呢。」

「安妮小姐可喜歡那對珠子了，兒子。她當場就唸了遍玫瑰經。」

「顯然那要比跟你對話有意思。」

「坐下，寶貝，我給你弄點吃的。」

「經過安妮小姐昏倒這麼一攪，你好像忘了早上把我送到雷維褲廠的事。」

「噢，伊內修，結果怎麼樣啊？」萊里太太問道，同時將火柴湊在她幾秒鐘前打開的灶上。爐子上方迸出一個局部性的爆炸。「老天爺，差點燒到自己。」

「我現在是雷維褲廠的職員了。」

「伊內修，」他母親邊喊，邊以一個粉紅毛茸的笨拙擁抱，扭歪了他油亮的頭，壓扁了他的鼻子。她的眼眶中滿盈淚水。「我真為我兒子感到驕傲。」

「我實在有點累了。那間辦公室的氣氛緊繃繃的。」

「我就知道你會出頭。」

「謝謝你的信任。」

「雷維褲廠給你多少薪水，親愛的？」

「每週六十個美國大洋。」

「噭，才那麼點？也許你該去別處找找。」

「對一個聰敏的年輕人來說，那裡有不錯的升遷機會，有很好的計劃。薪水或許不久就能改進。」

---

61 對班卓琴（banjo）似乎情有獨鍾的馬克．吐溫曾有此名言：「你若想聽真正的音樂——像假幣一樣去而復返，像鴆酒一樣麻痺全身，像仙丹一樣穿腸而過，像麻疹一樣遍體分割，像雞皮一樣疙瘩滿佈——你若想要這一切，只消砸了你的鋼琴，祭出那光芒耀眼的班卓琴便是！」。

62 露德聖水（Lourdes water）：露德位於法國南部庇里牛斯山腳，相傳曾有聖母顯靈。源自此處的泉水，因此據說能治百病，天主教徒常以一粒盛裝露德聖水的玻璃珠，懸在念珠鍊上為飾。

「你覺得會？嗯，我還是驕傲的，寶貝。把大衣脫了。」萊里太太打開一罐「利比」燉肉，倒在鍋裡。「在那裡做事的，有沒有可愛的女孩？」

伊內修想到了崔喜小姐，便說：「有，有一個。」

「單身？」

「看起來是。」

萊里太太跟伊內修眨了眨眼，把他的大衣扔在碗櫃頂上。「哪，親愛的，我這燉肉底下有火熱著。你開一罐豌豆，冰箱裡有麵包。我還在德國店裡買了蛋糕，但就是不記得放在哪裡。你在廚房找找。我得出門去了。」

「你這會又要去什麼地方？」

「曼庫索先生跟他姑媽，他們再過幾分鐘就要來接我。我們去『法齊歐』那邊打保齡球。」

「什麼？」伊內修大喊。「真的？」

「我會早去早回。我告訴過曼庫索先生，不能在外面待得太晚。他姑媽又是個老奶奶，我想她也需要睡眠。」

「我第一天上班，回來就受到這樣高級的接待，」伊內修忿忿然說。「你不能打保齡球。你有關節炎還是什麼的。荒唐透頂。你要在哪裡吃飯？」

「我可以在保齡球館買點墨西哥辣肉醬。」萊里太太已經回到房裡更衣去了。「噢，親愛的，今天你有封紐約來的信。我把它放在咖啡罐後面。看起來像是那個摩娜女孩寫的，因為信封上弄得灰撲撲髒兮兮的。那個摩娜為什麼老寄這種模樣的信？我以為你說她爸爸有錢。」

「你不能去打保齡球，」伊內修吼道。「這是你這輩子最荒謬的事。」

萊里太太的門砰然關上。伊內修找到了那個信封，在拆信的時候將它撕了個粉碎。他取出一張某家藝術電影院一年前舉辦夏季電影節的節目單。揉皺了的節目單背後，是篇以敏可夫式書法特有那種參差不齊有稜有角的手筆寫成的信。摩娜愛給編輯而非朋友寫信的習慣，向來反映在她的開頭稱謂中：

敬啟者：

你這封怪異可怕的信到底是算什麼，伊內修？你給的那一丁點證據，教我如何去聯絡「公民自由聯盟」？我想像不出為何會有警察要逮捕你。你只會成天窩在你那房裡。其實你若不提什麼「車禍」，我還有可能相信逮捕的事。但你要真是斷了兩個手腕，還能跟我寫信？

我們攤開來說吧，伊內修。讀到的這些，我是一個字也不信。但我很害怕——為你。那個關於逮捕的幻想，具備了妄想症所有的典型特質。你也當然應該知道，佛洛伊德是把妄想症和同性戀傾向連在一起的。

「齷齪！」伊內修喊道。

不過，關於幻想的那個層面，我們不說也罷。因為我知道，你對任何形式的性愛都一律堅決反對。但你情緒上的問題仍然極為明顯。由於通不過巴頓魯治教職面談的那一關（同時卻怪罪到巴士與其他事物——一種罪疚的轉嫁），你大概是受到了失敗感的衝擊。這場「車禍」就成了新的枴杖，能幫你為自己既無謂又無能的生活做個開脫。伊內修，你不能對任何事都全無認同。我苦口婆心跟你說過，你必須投身於當前一些重要的課題。

「呵哼，」伊內修打起呵欠。

在潛意識裡，你覺得必須試圖將自己身為知識分子與理念鬥士，卻不曾積極參與重要社會運動的這個失敗，做出一番辯解。而一場心滿意足的性經驗也能洗滌你的身心。你迫切需要性的治療。根據我所知道像你這樣的案例來看，恐怕你有可能變成像伊莉莎白．B．布朗寧[63]那樣一個精神肉體型的殘廢。

「簡直下流到了極點，」伊內修爆出一句。

我對你沒有太多同情。你的心靈早已封閉，愛情與社會都被你拒之門外。我自己目前則將每個清醒的時刻都用來協助幾位專心致志的朋友籌款，為了他們計劃拍攝的一部大膽驚人、關於異種通婚的電影。雖然是個低成本的製作，但劇本本身充滿了令人震撼的事實，也具有非常迷人的色調與反諷。作者是我在塔夫特高中時便已認識的一位男孩許繆。許繆也將擔任片中的丈夫一角。我們又在哈林區街頭物色到一位女孩飾演妻子。她這人有血有肉、活力十足，已經被我視為最親密的摯友。我常與她討論她的種族問題，即使她不願多談，我也總能使她開誠交心。而我也看得出來，她對我們之間的對話，心中是感激不盡的。

劇本裡有個病態而反動的角色，是個愛爾蘭裔的房東，不肯將房子租給這對剛在一個樸實無華的「道德文化」[64]儀式中成婚的夫婦。房東住在一個子宮般的小房間裡，牆上貼滿了教宗相片之類的東西。換句話說，觀眾一見那個房間，便能輕易看透此人。我們還沒找到扮房東的人。而你當然就是這個角色的絕佳人選。你要知道，伊內修，一旦你能決心剪斷將你綁在你那個蕭條城市、你那位老媽，和那張床上的臍帶，就能在此找到這類的機會。你對這個角色可有興趣？我們付不起高薪，但你可以住我這裡。

我也許會用吉他彈些情調音樂或抗議音樂，作為電影配樂。只希望這部偉大的計劃終能儘快搬上膠片，因為李歐菈，那個奇妙的哈林女孩，最近開始跟我們唸叨起薪水的事來了。我至今已在老爸身上放了將近一千大洋的血。他對整件事始終充滿疑問，他向來如此。

伊內修，在我們魚雁往返裡，我對你還就已經太久。你若仍對世事不聞不問，也可以不必再給我來信了。我最痛恨懦夫。

M‧敏可夫

又及：你若有意擔任房東一角，也請來信。

「讓這淫婦等著瞧吧，」伊內修喃喃自語，隨手便將那張藝術電影院的節目單，拋進了燉肉下面的火中。

63 英國詩人伊莉莎白‧布朗寧（Elisabeth Barrett Browning, 1806-1861）未滿二十便因騎馬出事傷及脊椎而終生殘廢。

64 「道德文化」（Ethical Culture）協會是菲利克斯‧艾德勒（Felix Adler, 1851-1933）於1876年創立之宗教性運動。

第四章

1

雷維褲廠是由兩棟結構融接成為一個陰森可怖的整體。廠房前面是個十九世紀的磚造商業建築，複摺式屋頂往外突出，成為幾個洛可可式的天窗，上面的窗玻璃大多已碎。這一部分的辦公室設在三樓，倉房位在二樓，廢料堆在一樓。與這棟建築，也就是岡薩雷茲先生所謂的「神經中樞」相連的工廠，則是一棟穀倉般的飛機棚庫原型。兩根煙囪從工廠的洋鐵皮屋頂上伸出，向兩旁傾斜出一個角度，猶如一具超大型的兔耳電視天線，這具天線接收不到外界任何樂觀的電訊，卻只會偶爾吐出色調極不健康的煙。與排列在鐵道彼方大河與運河岸邊那些整齊灰色的碼頭庫房相比，雷維褲廠似乎縮成了一團，像個沉默而多煙的哀求，籲請著都市更新。

神經中樞裡有比往常旺盛的活動。伊內修正在他檔案櫃旁的一根柱上，釘掛一塊很寬的厚紙板告示，上面用藍色粗大的歌德字體寫著：

研究參考部總管

I・J・萊里

他為了製作這塊牌子，把早上的歸檔工作放在一旁，趴在地上拿厚紙板和藍色的海報油彩，用心畫了超過一小時之久。不時會在辦公室中漫無目的晃蕩一圈的崔喜小姐，在一次周遊途中踩到了這塊招牌，幸好損害有限，只在紙板一角留下了一個小小的膠鞋印。但伊內修對這個小印記仍然耿耿於懷，終於在上面畫了個戲劇十足的傳統式百合圖案[65]。

「挺不錯的，」岡薩雷茲先生在伊內修停止敲打之後說。「給辦公室帶來了一點特別的風味。」

「這說的是什麼？」站在招牌正下方，對它做著狂亂研究的崔喜小姐追問。

「不過是塊指示牌罷了，」伊內修驕傲地說。

「我實在不懂，」崔喜小姐說。「到底這裡是怎麼回事？」她轉向伊內修。「苟梅斯，這個人是誰？」

「崔喜小姐，你認識萊里先生的。他跟我們同事已經一個禮拜了。」

「萊里？我以為是葛蘿麗亞。」

「回去弄你的數字吧，」岡薩雷茲先生告訴她。「中午之前我們得把報表交給銀行。」

「噢，對，我們要交報表，」崔喜小姐表示同意，一邊拖著腳步往女廁所去了。

「萊里先生，我不想給你壓力，」岡薩雷茲先生小心翼翼地說，「但我是注意到，你桌上還有一

65 百合（Fleur-de-lis）圖案在紋章學上是代表法國的花飾，在十九世紀中期成為紐奧良市常用的代表花飾。

大疊資料沒有歸檔。」

「噢，那個，是的。呃，我今天早上打開第一個抽屜，就看到一隻滿大的老鼠，好像正在吞吃艾伯曼織品服飾店那個檔案夾。我想上上之策還是等牠吃飽再說。我可不想傳染到黑死病，還得歸咎雷維褲廠。」

「很有道理，」岡薩雷茲先生滿懷焦慮地說，他那衣著光鮮的身體因為想到了一個工作場所意外事故的可能而打了個顫。

「而且，我的瓣膜也不聽話，害我不能彎身去開下面的抽屜。」

「我有個東西剛好派得上用場，」岡薩雷茲先生說著走進了辦公室的小儲藏間，伊內修猜他大概是去取什麼藥物。但他回來的時候，卻帶著伊內修這輩子所見過最小的一張金屬凳子。「哪。前一任管檔案的人，總是用這玩意在下層抽屜之間溜過來溜過去的。你試試看。」

「我不認為我獨特的身體構造，可以輕易適應那類的裝置，」伊內修以一隻銳眼盯著發鏽的矮凳，做出了觀察。伊內修的平衡感向來不好，而自臃腫的童年以來，他也一直因為容易跌跌絆絆而吃足了苦頭。直到他在五歲那年終於學會以幾近正常的方式走路為止，他總渾身佈滿了瘀傷和吻痕。

「不過，為了雷維褲廠，我願意試試。」

伊內修漸蹲漸低，直到他巨大的臀部與凳子接觸，他的膝蓋幾乎抵到了他的肩膀。當他終於舒舒服服坐上他棲身之枝的時候，那景象就如同一根茄子平衡在大頭釘上。

「不行不行。我覺得很不舒服。」

「試一下吧，」岡薩雷茲先生樂觀地說。

伊內修用腳推動自己，沿著檔案櫃急急滑去，直到一只小輪被裂縫卡住。凳子微微傾倚，然後翻倒，把伊內修重重拋在地上。

「噢，老天爺！」他嚎道。「我想我把背給摔斷了。」

「來，」岡薩雷茲先生用他飽受驚嚇的男高音叫道。「讓我扶你起來。」

「別來！除非你有擔架，絕對不能亂動一個斷了脊椎的人。我可不想因為你的無能而終生癱瘓。」

「拜託你試著爬起來吧，萊里先生。」岡薩雷茲先生望著腳邊的巨丘。他的心直往下沉。「我來幫你。我想你應該沒什麼重傷。」

「別碰我，」伊內修喊道。「你這笨蛋。我可不想把下半輩子葬送在輪椅裡。」

岡薩雷茲先生只覺兩腳變得冰涼而麻木。

伊內修倒地的砰然一聲，將崔喜小姐引出了女廁所。她繞過檔案櫃，被地上一座仰臥的肉山絆得跌跌撞撞。

「噢，老天，」她虛弱無力地說。「葛蘿麗亞要死啦，苟梅斯？」

「不，」岡薩雷茲先生尖聲說道。

「呃，那就好，」崔喜小姐邊說邊踩在伊內修伸出的一隻手上。

「哎喲！」雷聲隆隆的伊內修一個彈跳，換成了坐姿。「我手上的骨頭全碎了。一隻手就此廢啦。」

「崔喜小姐很輕的，」辦公室經理告訴伊內修。「我想應該不至於讓你受傷吧。」

「你有沒有被她踩過，白癡？你怎麼知道？」

伊內修坐在他同事的跟前，檢查自己手掌。

「我猜今天是沒法用它了。我最好立刻回家把它泡一泡。」

「但歸檔的事得做完才行。你看你已經積了不少。」

「這種時候你還在說歸檔的事？我打算聯絡我的律師，叫他們告你讓我坐那個可惡的凳子。」

「我們來扶你起來，葛蘿麗亞。」崔喜小姐做出一個看起來是要推舉的姿勢。她將一雙膠鞋分得遠遠的，腳趾朝外，蹲了下來，活像個峇里島的舞者。

「起來，」岡薩雷茲先生急忙向她下令。「你會摔跤的。」

「不，」她抿住的乾癟嘴唇裡發出了回答。「我要幫葛蘿麗亞。到另外那邊蹲下，荀梅斯。我們抓住葛蘿麗亞的手肘，把她拉起來。」

伊內修靜靜看著岡薩雷茲先生在他另一側蹲下。

「你們那樣分配你們的重量是不對的，」他對他們諄諄教導。「你們要想把我抬起來，這種姿勢是使不上力的。我怕我們三個都得受傷。我建議你們採用立姿。那樣才可以輕輕鬆鬆彎腰拉我起來。」

「別緊張，葛蘿麗亞，」崔喜小姐邊說邊蹲在地上前搖後擺。然後她往前一衝，撲在伊內修身上，使他又再摔了個四腳朝天。她那賽璐珞帽舌的邊緣正戳在他的喉嚨上。

「嘔嗚，」伊內修喉嚨裡的某個深處咯咯作響。「呃啊。」

「葛蘿麗亞！」崔喜小姐氣喘吁吁。她望著正下方的那張圓臉。「荀梅斯，去叫醫生。」

「崔喜小姐，從萊里先生身上下來，」蹲在兩個下屬身旁的辦公室經理出聲呵斥。

「呃啊。」

「你們幾個趴在地上幹嘛？」門口有人發問。岡薩雷茲先生活潑的臉當場硬化成一張驚恐的面具，他尖聲說道，「早安，雷維先生。非常高興見到您。」

「我只是來看看有沒有什麼私人信件。馬上還得開車回海邊去。這塊大牌子是幹什麼的？總有一天會把誰的眼睛戳瞎。」

「是雷維先生嗎？」伊內修在地上叫道。他看不見被這排檔案櫃擋住的人。「呃啊。我一直想見他一面。」

將崔喜小姐推落在地之後，伊內修掙扎起身，只見一個衣著休閒時髦的中年男子，手握著辦公室的門把，以便在逃離時能像進來時一樣迅速。

「你好，」雷維先生漫不經心地說。「新職員嗎，岡薩雷茲？」

「噢，是。雷維先生，這位是萊里先生。他很有效率。快得像一陣風。事實上，因為有了他，我們才能夠裁掉幾個其他的員工。」

「呃啊。」

「噢，對，就是牌子上這個名字。」雷維先生給伊內修一個奇怪的眼光。

「我對貴公司起了一點特殊的興趣，」伊內修對雷維先生說。「您進門時見到的牌子，只是我計劃中幾個革新項目裡的第一個。呃啊。我保證這公司會讓你耳目一新，先生。您請拭目以待。」

「真的？」雷維先生帶著特殊的好奇將伊內修審視了一番。「信呢，岡薩雷茲？」

「不太多。您收到了新的信用卡。『全球航空』送了您一份榮譽駕駛員的證書，因為您搭乘他們飛過一百個小時。」岡薩雷茲先生打開抽屜，將信件交給雷維先生。「還有邁阿密一家旅館的宣傳小冊。」

「你最好開始把我看棒球春訓的東西都先預訂好。我去各個訓練營的旅程表已經給過你了，是吧？」

「是。對了，我還有幾封信要請您簽個名。我得寫封信給艾伯曼織品服飾店。我們跟他們老起糾紛。」

「我知道。那些騙子這回又想要什麼了。」

「艾伯曼說我們上次運給他的那批褲子，褲管只有兩呎長。我正在解決這個問題。」

「是嗎？嗯，更稀奇古怪的事，我們這裡也有過，」雷維先生急急說完。辦公室已經使他情緒開始沮喪了。「最好跟廠裡的領班查一下。他叫什麼來著？哪，我看你就把這些信照往常那樣簽了算數。我得走了。」雷維先生把門拉開。「別讓他們工作太累，岡薩雷茲。再見了，崔喜小姐。我內人跟你問好。」

崔喜小姐正坐在地上，將一隻膠鞋的鞋帶重新繫好。

「崔喜小姐，」岡薩雷茲先生喊道。「雷維先生在跟你說話呢。」

「誰？」崔喜小姐怒吼。「我以為你說他已經死了。」

「希望您下次蒞臨的時候，能見到一些長足的進步，」伊內修說。「我們一定會讓您的業務起死回生，這麼說吧。」

「好。大家輕鬆點，」雷維先生說完便砰的一聲帶上了門。

「他真是個好人，」岡薩雷茲先生以熱切的語調告訴伊內修。兩人在窗口看著雷維先生進了他的跑車。引擎轟然而響，不過幾秒鐘的時間，雷維先生已疾馳而去，留下一股青色廢氣的煙雲緩緩下沉。

「我也許該去整理檔案了，」伊內修在發現自己乾瞪著窗外一條空街的時候說。「拜託你把那些信簽了，好讓我拿複印本去歸檔。現在去碰那齧齒動物吃剩的艾伯曼檔案夾，大概是沒事了。」

伊內修偷眼看著岡薩雷茲先生在那些信上一筆一畫偽造出「葛斯・雷維」幾個字。

「萊里先生，」岡薩雷茲先生說，一邊小心翼翼將筆套旋回到他那枝廉價鋼筆上。「我要去工廠跟領班說幾句話。這裡的事拜託你照顧一下。」

伊內修猜想岡薩雷茲先生所謂的**事**，指的就是此刻正躺在檔案櫃前地上鼾聲大作的崔喜小姐。

「Seguro[66]，」伊內修笑著說。「一點西班牙語，向你高貴的血統致敬。」

辦公室經理剛跨出門，伊內修便立刻將一張雷維信箋，捲進岡薩雷茲先生那台高大黑色的打字機中。雷維褲廠若要成功，第一步就得以嚴厲手段對付誹謗它聲譽的人。雷維褲廠必須變得更加好戰更加專權，才能在現代商業主義的叢林中生存。伊內修開始打出這第一步：

艾伯曼織品服飾店
堪薩斯城，密蘇里
美國

蒙古白癡I・艾伯曼先生台鑒：

頃接台端對本廠男褲所作荒謬評論一函，其中論點適足以顯示台端與現實已完全脫節。台端若非昏昧至此，應即明白或漸已瞭解，該批難以入眼之男褲，係本廠明知其長度不符需要而運出者。

66 西班牙語「當然」或「放心」。岡薩雷茲（Gonzalez）是個西班牙姓氏。

「為何如此？為何如此？」台端但知語無倫次喃喃自問，卻無法在台端遲鈍枯萎之世界觀中，引入新奇之商業觀念。

該批男褲之所以運予台端，係（一）為測試台端自動自發之精神。（聰明敏銳之商業機構，當能將七分褲轉化為男性時尚之同義詞。而台端之廣告與行銷措施則顯有缺陷。）及（二）為測試台端能力是否符合本廠高級產品代理商之資格。（本廠各忠誠可靠之經銷商店，均能販售任何帶有「雷維」商標之褲裝，無論其設計與構造如何拙劣。台端則顯屬不忠不信之徒。）

日後本廠不欲再為此等瑣碎抱怨所擾。務請台端將通信限於訂貨之用。本廠為一事務繁忙生機蓬勃之組織，類此毫無意義之無恥侵犯與厚顏騷擾，勢將有礙於本廠之使命。若繼續糾纏不休，台端卑微之肩頭恐將感受鞭笞之灼痛。專此佈意，聊表憤慨。

老總　葛斯．雷維

伊內修一邊快快樂樂思忖著這世界唯強勢與力量是問的念頭，一邊用辦公室經理的筆在信上複製出雷維的簽名，把岡薩雷茲寫給艾伯曼的信撕毀，並將他自己那封混入郵件的「發件」匣中。然後他躡手躡腳繞過崔喜小姐那了無生氣的小小身軀，回到檔案部門，抓起那疊尚未歸類的文件，拋入了字紙簍中。

2

「嘿，李小姐，那個戴綠帽的胖王八蛋，他有沒有再來過？」

「沒有，謝天謝地。那種角色能把你的投資敗光。」

「你那個孤兒小朋友什麼時候再來？厚！我還真想知道那些孤兒是怎麼回事。跟你打賭，他們會是頭一回讓警察有興趣的孤兒。」

「我告訴過你，我給孤兒送過東西。做點慈善是傷不了人的。讓人心裡覺得舒坦。」

「孤兒為了些什麼東西，得付那麼一大筆錢，聽起來還真像是『歡樂良宵』做的慈善。」

「你就少替孤兒擔憂，多給我的地板操點心吧。我的麻煩還不夠多。妲琳要跳舞。你要加薪。不但如此，還有更麻煩的問題。」拉娜想到了那些突然開始在深夜裡出現在俱樂部的便衣警察。「生意真是爛透了。」

「是啊。我也看得出來。我都要在這窯子裡餓死了。」

「喂，瓊斯，你最近到局子裡去過沒有？」拉娜小心地問，狐疑著有沒有一絲可能，是瓊斯把條子領來的。雖然薪水低，這個瓊斯可真讓人頭痛。

「沒，我沒去拜訪我的警察哥們。等我有點好證據再說。」瓊斯吐出一朵雨雲。「我等那個孤兒案子有點眉目再說。喲呵！」

拉娜扭曲著她的珊瑚嘴唇，企圖想出到底是誰在跟警察通風報信。

3

萊里太太無法相信這事真會發生在她身上。也沒有電視。也沒有抱怨。浴室是空的。連蟑螂都似乎搬了家。她坐在廚房桌上啜飲一點麝香葡萄酒，把剩下一隻正開始橫越桌面的初生蟑螂寶寶吹走。小身子從桌上起飛，消失。萊里太太道了聲「再見，親愛的。」她又倒了一吋的酒，才頭一次察覺到，這屋子聞起來味道也不同了。它的氣味近似往常，但她兒子那種奇特的，總令她想到舊茶包的體味卻已消散。她舉起杯子，猜測雷維褲廠近來是否開始有那麼一點泡過的紅茶味道。

突然間，萊里太太想起了她和萊里先生到普里坦尼亞看克拉克．蓋博和珍．哈露主演《紅塵》 67
的那個可怕的晚上。在尾隨他們回到家裡的炎熱與混亂當中，善良的萊里先生試用了個不很直接的途徑，而伊內修就受孕成胎了。可憐的萊里先生。他後來就再沒看過別的電影。

萊里太太嘆了口氣望向地板，看看那隻蟑螂寶寶是不是還在，還活著。她的心情實在太好，不想傷害任何東西。她正在檢察亞麻油氈地板的時候，狹窄的走廊裡響起了電話。萊里太太蓋上瓶塞，將瓶子放回冷的烤箱中。

「喂，」她對著話筒說。

「嘿，艾琳？」一個粗啞的女聲問道。「在忙什麼，寶貝？我是姍塔．巴塔利亞。」

「好不好哇，親愛的？」

「累死了。剛在後院裡破開了四打生蠔，」姍塔用她那搖擺不定的男中音說。「可吃力呢，不騙你，用開殼刀敲在那些磚頭上。」

「那種事我可不敢去試，」萊里太太老老實實地說。

「我不在乎。我小的時候就常幫媽媽開蠔。她在勞騰史萊格市場外面有個小小的海鮮攤子。可憐的媽。才剛下船。半句英文也不會說。我才那麼點大就開蠔了。我沒上學。沒得上，寶貝。我就在那邊人行道上敲一堆生蠔。有時候媽為了什麼事也會敲起我來。我們那攤子旁邊總是鬧哄哄的，是我們在吵。」

「你媽媽脾氣大，嗯？」

「可憐的女孩。不管下雨颳風都得站在那邊，戴著頂舊的太陽帽，大部分時間也不知道人家在說些什麼。那時候日子可不好過，艾琳。不容易啊，孩子。」

「你說的是，」萊里太太表示同意。「我們在王妃街那裡也過過一段苦日子。我爸很窮。他先在馬車修理廠做工，然後來了汽車，他的手被風扇帶給絞傷了。有時一連幾個禮拜我們就只靠紅腰豆和白米飯過活。」

「紅腰豆會讓我脹氣。」

「我也一樣。我說，姍塔，找我有什麼事，親愛的？」

「噢，對，差點忘了。你還記得那天晚上我們去打保齡球？」

「禮拜二？」

「不是，禮拜三吧，我想。反正，就是安傑婁被抓，來不了的那個晚上。」

「你說可不可怕。警察竟會逮捕自己人。」

「就是。可憐的安傑婁。他多溫柔啊。他在分局裡真是碰上麻煩了。」姍塔對著電話沙啞地咳了幾聲。「反正，就是你開你那部車來接我，我們自己上球館的那晚。今天早上我在魚市場那邊買蠔，有個老頭過來跟我說：『那天晚上你是不是在保齡球館？』我就說：『是啊，先生，我常去那裡。』然後他說：『呃，我也在，跟我女兒女婿一起，看到你跟一個頭髮有點紅的太太一道。』我說：『你是說頭髮染成紅褐色的那個太太？那是我朋友萊里小姐。我在教她打保齡球。』就這樣，艾琳。他把帽子壓了壓，就出了市場。」

---

67 克拉克．蓋博（Clark Gable）與豔星珍．哈露（Jean Harlow）主演的《紅塵》（*Red Dust*, 1932）是當時公認極為煽情的名片。哈露出浴一景尤其大膽。此片後來重拍為較為保守的版本（*Mogambo*, 1954），仍由蓋博主演。

「我在想那會是誰，」萊里太太滿懷好奇地說。「這可怪了。他長什麼樣子，寶貝？」

「人很好，有點老了。我以前在這附近見過他帶著幾個小孩去做彌撒。我想他們大概是他孫子。」

「奇怪吧？有誰會問起我？」

「我不知道，孩子，但你要當心啊。有人看上你了。」

「嗷，姍塔！我都七老八十啦，ㄚ頭。」

「說什麼呀。你還可愛的呢，艾琳。我在保齡球館看見好多男的盯著你瞧呢。」

「嗷，胡扯。」

「是真的，孩子。我不騙你。你被你那個兒子黏著，太久沒出來了。」

「伊內修說他在雷維褲廠幹得不錯，」萊里太太帶著辯護的口吻。「我不想跟什麼老先生攪在一起。」

「他也沒**那麼**老，」姍塔說，聽起來有點傷了感情。「跟你說，艾琳，我和安傑婁今晚七點左右去接你。」

「我不知道，親愛的。伊內修最近老叫我多在家裡待著。」

「你幹嘛要在家待著，ㄚ頭？安傑婁說他是個大人。」

「伊內修說我晚上把他一個人丟在家裡，他會害怕。他說他怕小偷。」

「那帶他一起來，安傑婁也可以教教他保齡球。」

「嚇！伊內修可不是那種運動型的，」萊里太太立刻接口。

「不管怎樣，你來就是了，嗯？」

「好吧，」萊里太太終於說。「我覺得這運動對我的手肘滿好。我會跟伊內修說，他可以把自己鎖在他房裡。」

「對啦，」姍塔說。「不會有人碰他的。」

「反正我們也沒值得偷的東西。我不曉得伊內修是哪裡來的念頭。」

「我跟安傑婁七點會到。」

「好，還有，寶貝，拜託去魚市場問問看那老頭是誰。」

4

雷維住宅坐落在一個小坡上的松林當中，俯瞰著聖路易斯灣灰色的水面。它的外表是高雅鄉村風格的典型。它的內部則成功地將鄉村完全排除在外，是個常保華氏七十五度（攝氏二十四度）的子宮，以通風口與管道的臍帶，與那台經年運轉的空調系統相連，安靜地為每個房間填送經過濾清經過還原的墨西哥灣微風，而吐出雷維一家的二氧化碳、香菸煙霧，與沉悶無聊。這龐大維生系統的主機，在鋪貼著隔音板的房子腹部某處跳動，像一個教授人工呼吸課的「紅十字」指導員打著拍子，「新鮮空氣**進**，污濁空氣**出**，新鮮空氣**進**。」

這棟住宅在感覺上舒適的程度，一如想像中的人類子宮。每張椅子都會在最輕的觸碰下沉陷幾吋，泡綿與羽絨紛紛屈膝臣服於任何的壓力。壓克力尼龍地毯的毛束會輕搔每個大駕光臨在它們上面的腳踝。吧檯旁邊一個看來像是收音機的旋鈕一經轉動，便能視情調的需要將全屋燈光轉柔變亮。屋裡每隔一段輕鬆的步行距離，便散置著幾張符合人體曲線的座椅、一張按摩床，和一台馬達帶動的健身檯，分成多段，以既溫柔又充滿暗示的動作刺激身體。「雷維小廬」——海邊路旁標示牌上所用的稱呼——是個感官的桃花源，在它與世隔絕的牆內，任何需要都可以在某種物件上獲得滿足。

雷維先生夫人彼此都認為對方是屋裡唯一無法令人滿足的物件，正坐在電視機前，看著螢幕上的彩色交匯融合。

「派瑞．柯摩[68]的臉都綠了，」雷維太太的語氣充滿了敵意。「他看起來像個屍體。你最好把這台機器送回店裡。」

「我這禮拜才把它從紐奧良拿回來的，」雷維先生一邊說，一邊對著他毛巾布袍V形領口處可以看到的黑色胸毛吹氣。剛洗過蒸氣浴的他希望能將全身弄乾。就算有全年不斷的空調與中央暖氣，還是不夠保險。

「呃，再送回去呀。我可不想為了看一台破電視，把眼睛弄瞎。」

「噢，別沒完沒了的。他看起來滿好。」

「他看起來才不好呢。你看他嘴唇多綠。」

「這是那些人用的化妝品。」

「你是說，他們會在柯摩的嘴上塗綠色化妝品？」

「我哪知道他們怎麼弄。」

「當然不會，」雷維太太說著用她眼瞼碧綠的眼睛，望向她那埋在黃色尼龍沙發上一堆枕墊當中的丈夫。她瞥見一片毛巾布，和一隻毛腿末端的一隻橡膠浴室拖鞋。

「別煩我，」他說。「去玩你的健身檯吧。」

「我今晚不能上那東西。今天我剛做過頭髮。」

她扶了扶頭上塑得高高的白金髮髻。

「髮型師告訴我，說我也該買頂假髮，」她說。

「要假髮幹嘛？你看自己已經有多少頭髮。」

「我想要頂褐色的假髮。可以變換一下性格。」

「哪，你頭髮本來就是褐色的，對不對？你為什麼不留著自己頭髮的天然顏色，去買頂金色假髮？」

「倒沒想過這個。」

「呃，你好好想想，安靜點。我很累。今天我進城的時候，在公司裡停了一下。每次去都會讓我心情低落。」

「又有什麼事了？」

「沒有。啥也沒有。」

「我就知道，」雷維太太嘆口氣。「你把你爸爸的生意敗光了。那是你這一生的悲劇。」

「老天，誰想要那個老工廠？他們做的那種褲子，如今根本沒人買了。都是我爸的錯。三〇年代開始流行打褶，他偏不肯從無褶褲換過來。他是服裝業的亨利．福特。等到無褶褲在五〇年代復興了，他又開始做起打褶褲。你該看看現在這批岡薩雷茲所謂的『夏季新式樣』是個什麼德行。看起來就像馬戲團小丑穿的燈籠褲。還有那個布料。我連用它洗碗都不會。」

「我們結婚的時候，我是崇拜你的，葛斯。我以為你有進取心。你本來可以把雷維褲廠搞得有聲有色。也許還能在紐約設個辦公室。它是完完整整捧到你手裡的，結果給你扔了。」

---

68 派瑞．柯摩（Perry Como, 1912-2002），風格屬於通俗輕音樂的著名歌星。

「少來那些廢話。你過得很舒服了。」

「你爸爸意志堅強。我敬佩他。」

「我爸是又兇狠又苛刻，十足一個小暴君。我年輕的時候還對公司有點興趣。很大的興趣。哪，結果也都被他的蠻橫給磨光了。對我來說，雷維褲廠可是**他的**公司。倒就倒吧。我對那公司一切好的建議，都遭到他的反對，就為他要證明他是老子我是兒子。我要說，『打褶，』他就說，『不打褶！永遠不打！』我要說，『試試新的合成布料，』他就說，『等我死了再說。』」

「他是推著車沿街賣褲子起家的。你看他把它變成了什麼。以你的起步點來說，你是該把雷維褲廠拓展到全國的。」

「那是國家有幸，不騙你。我是穿那些褲子長大的。總而言之，那些話我不想再聽了。到此為止。」

「好。我們都別說話。你看，柯摩的嘴變成粉紅了。」

「你在蘇珊和珊卓菈面前從來沒有做爸爸的樣子。」

「上次珊卓菈回家，她打開皮包要拿香菸，結果掉出一包保險套，正落在我腳邊。」

「這就是我總想跟你說的事。在女兒面前，你從沒建立一個形象。難怪她們一塌糊塗。至少**我**還跟她們試過。」

「好了，我們別提蘇珊和珊卓菈。她們都離家上大學了。我們不曉得她們的事，算是我們的福氣。她們玩倦了自然會找個可憐的傢伙結婚，然後就天下太平了。」

「然後你會做個什麼樣的外公？」

「我不知道。別煩我。去用你的健身檯，去按摩浴缸泡著。我在欣賞節目。」

「臉都變了色，你還有辦法欣賞？」

「別老提這事了。」

「我們下個月是不是去邁阿密？」

「也許。也許就搬過去住了。」

「放棄我們這一切？」

「放棄什麼？你那個健身檯裝得進搬家車的。」

「但公司呢？」

「公司該賺的錢都已經賺到了。現在是賣的時候。」

「還好你爸爸不在世了。他該活下來看看這個局面。」雷維太太以悲劇的姿態向那隻拖鞋瞥了一眼。「我看，現在你會把所有時間，都花在棒球世界大賽或肯塔基大賽馬或德通納大賽車上了。這是真正的悲劇，葛斯。真正的悲劇。」

「別想把雷維褲廠寫成一部亞瑟・米勒的舞台大劇[69]。」

「謝天謝地還有我在這裡看著你。謝天謝地我還關心公司。崔喜小姐怎麼樣了？我希望她的溝通活動都還正常。」

「她還活著，這對她來說已經很不簡單了。」

「至少我還關心她。否則你早讓她挨寒受凍去了。」

「那個女人早該退休了。」

69 喻指亞瑟・米勒（Arthur Miller, 1915-2005）的《吾子吾弟》（*All My Sons*, 1948）。

「我跟你說過，退休會要她命的。必須要讓她感覺受人需要受人關愛。那個女人很有可能在精神上返老還童。我要你哪天把她帶回家來。我想真正在她身上下點工夫。」

「把那個老太婆帶回家來？你瘋啦？我可不要一個讓我想到雷維褲廠的人，在我的起居室裡打鼾。她會把你的長椅尿得到處都是。你要跟她玩，就用長途的玩法。」

「果然如此，」雷維太太嘆口氣。「我真不曉得這麼多年的冷酷無情，我是怎麼熬過來的。」

「我已經順著你，讓崔喜小姐留在辦公室了，雖然我知道她一定是從早到晚，把那個岡薩雷茲整得發瘋。我今天早上去的時候，大家都窩在地上。別問我他們在幹什麼。什麼都有可能。」雷維先生透過牙縫吹了聲口哨。「岡薩雷茲跟平常一樣，還成天在做他的大頭夢。但你真該看看在那邊上班的另外一個角色。不知道他們是從哪裡找來的。我不騙你，你絕不會相信自己眼睛的。真不敢想像，那三個小丑一天到晚都在辦公室裡幹些什麼。到現在還沒出事，算得上是奇蹟了。」

5

伊內修決定了不去普里坦尼亞。上映的片子是部佳評如潮的瑞典電影，描寫一個失去靈魂的人[70]，伊內修沒有太大興趣去看。他得去找戲院經理談談，抗議他們排出如此無聊的戲碼。

他檢查過他的門閂，猜測著他母親什麼時候才會回家。突然她開始幾乎每晚都要出門。不過此刻伊內修心中另有其他的事。他打開書桌，看著他以前著眼於雜誌市場時所寫的一堆文章。有為意見性期刊寫的〈論包伊夏斯〉和〈為蘿絲葳莎申辯：駁否認其存在者〉。為了家庭雜誌，他寫過〈瑞克斯之死〉和〈兒童——世界的希望〉。為了希望打進星期日副刊的市場，他著有〈水上安全的挑戰〉、〈八缸汽車的危險〉、〈禁慾——最安全的節育法〉以及〈紐奧良——傳奇與文化之都〉。他一邊檢視這些舊稿，一邊覺得奇怪，為什麼他從不曾將它們投遞出去，因為這每篇都各有獨到之處。

但是手頭還有一個嶄新的、極具商業性的工作計劃。伊內修用他兩隻大掌，將那些雜誌文章與「大酋長」拍紙簿一塌括子掃落在地，迅速清出了書桌。他把一本新的活頁紙夾放在面前，用一枝紅蠟筆在粗糙的封面上慢慢描出《一位勞動青年的日記——或名：從怠惰中站起》。寫完之後，他撕去「藍馬」[71]的標籤紙帶，將一疊劃著行線的紙放進紙夾。他用一枝鉛筆在幾張已經寫有札記的雷維信箋上戳了洞，將它們併入紙夾的前部。他拾起一枝雷維褲廠的原子筆，在第一張新的「藍馬」紙上開始書寫：

親愛的讀者：

書是違逆生父而永存不滅的子嗣[72]。

——柏拉圖

親愛的讀者，我發現自己已逐漸適應上班生活的忙亂腳步，這是我原先懷疑自己能夠做到的調整。當然，我的確已在雷維褲廠有限公司這短暫的職業生涯中，成功開創出幾種節省人工的方法。讀者中若有也在辦公室工作，此刻正趁咖啡時間之類的暫時休息來閱讀這本卓越期刊的，不妨在我的創發中記取

---

70 指英格瑪・伯格曼（Ingmar Bergman, 1918-2007）執導的《野草莓》（*Wild Strawberries*, 1957）。

71 「藍馬」（Blue Horse）曾是美國最常見的活頁紙品牌，原為蒙泰格兄弟紙業公司（Montag Brothers Paper Company）所出，後為密德（Mead）公司併購。

72 柏拉圖此句原是「Books are immortal sons deifying their sires」（書是神化生父而永存不滅的子嗣）。伊內修在此將「deifying」（神化）誤為「defying」（違逆）。

一二。本文的對象也包括了小主管與大老闆。

我偏好在規定時間一小時後抵達辦公室。因此，我到班的時候，休息更為充足，精神更為清醒，也因此無須讓我仍然遲緩的感官與肢體，在工作天第一個慘澹的鐘頭裡，把每件瑣碎的工作當成贖罪的苦行。我發現由於晚到，我執行的工作品質也大為提高。

我在歸檔系統上的創新，由於頗富革命性，且尚待觀察後效，而必須暫時保密。單以理論而言，這個創新可謂絕妙。不過我可以在此透露一點：檔案櫃中變脆發黃的紙張，已構成了火災的風險。另一個不一定適用於各種情況的特點，則是我檔案櫃中顯然聚居著各種蟲豸。鼠疫是中世紀一個合理的命運。但我確信，在今天這個可怕的世紀中，若還染上此類瘟疫，就只能以荒謬名之了。

今天我們的辦公室，終於榮獲我們貴人主子G．雷維先生大駕光臨。坦白而言，我覺得此人略嫌粗枝大葉而漠不關心。我請他留意那塊牌示（不錯，讀者，它的漆畫與釘掛終已大功告成，一個堂皇的百合紋章此刻更為它添上了幾分莊嚴），但卻未能使他生出特別的興趣。他這次的停留既短暫復草率，但我們又憑什麼能評判這些一嗔一喜間可以決定我們國家福禍的商業鉅子，質疑他們的動機。假以時日，他應能體會出我對公司的一片忠忱與滿心奉獻。而反過來，我的榜樣也將促使他對雷維褲廠生出新的信心。

崔喜大娘依然守口如瓶，足證她的城府甚至比我想像還深。我猜這女人所知非比一般，而她的淡漠也只是為了掩飾她對雷維褲廠似乎心存不滿。她每談到退休，言語便清晰得多。我注意到她需要一雙新的白襪，因為她目前那雙已經泛灰。也許我該在不久的將來送她一雙吸汗的白運動襪，或能藉此使她心生感應而開啟話匣也未可知。她似乎也愛上了我的帽子，有幾回還將它戴起，而換下了自己的賽璐珞帽舌。

前面幾篇曾經提及，我為了師法詩人彌爾頓[73]，正以隔絕、冥思與讀書來度此青春，以期像他一樣，使自己的寫作技巧臻於至境。家母卻在排山倒海的放縱無度中，以滿不在乎的方式將我推入了這個世界。我的身體系統尚在變動之中。我仍在調整自己，以求適應工作世界的壓力。一旦我的身體系統習慣於辦公室之後，我將跨出巨大的一步，前去探視工廠，也就是雷維褲廠運轉不息的心臟。我雖已透過工廠大門，聽聞過一些嘶叫與咆哮，但在目前這尚稱衰弱的情況中，還不宜立刻降入那個煉獄。偶爾，廠中工人也會闖進辦公室，用目不識丁的語言申訴某些事情（通常是因為那長年酗酒的工頭又喝醉了）。一待健康恢復之後，我便將造訪工廠群眾，因為我對社會行動向來懷著深切不移的信念。相信必有某些地方，能讓我為廠中父老略盡棉薄。我無法容忍那些面對社會不公而怯懦不前的人。我的信念，是以大膽而顛覆的方式挺身擔當我們這個時代的問題。

社交附註：我常為某些特藝彩色的醜怪所吸引，前往普里坦尼亞尋求逃避。那些搬上銀幕的流產怪胎，觸犯了任何有關品味與莊重的標準。那一卷卷的變態與褻瀆，眩刺了我錯愕的眼睛，震驚了我處子的心靈，也使我的瓣膜為之封閉。

家母近來常與一些企圖將她變成某種運動員的不良分子廝混，這些人類墮落的樣本，往往一打保齡球便非至人事不知的地步不止。有時我覺得，在家中這些令人分心的事物干擾之下，要持續我正值盛放的商業生涯，真可謂相當痛苦。

健康附註：今天下午，當岡薩雷茲先生請我替他加算一欄數字時，我的瓣膜猛然關閉。後來他一見

73 約翰・彌爾頓（John Milton, 1608-1674）身為劍橋基督學院學生時，才名已著，但與校中師生格格不入，對課程亦不盡滿意，因而特立獨行，其間且曾以不明原因休學在家或被勒令退學。

那個請求將我拋入了何等狀況，便又體恤有加，自行做起了計算。我無意當眾喧鬧，但我的辯膜可不聽控制。順帶一提，那位辦公室經理今後很有令人頭痛的可能。

下回再敘。

勞動青年　戴若

伊內修高高興興讀著自己剛寫完的東西。這《日記》具備了各種的可能性。它可以成為一部當代的、重要的、真實的、關於一位青年男子種種問題的紀錄。他終於合上那本活頁紙夾，開始考慮要不要給摩娜一個回應，要不要對她個人與世界觀做一番痛斥惡罵。也許最好還是等他去過工廠，看過那裡有些什麼社會行動的可能之後再說。這種膽大妄為必須以適當的手段對付。他也許能和廠裡的工人做點什麼，以透顯出摩娜在社會行動這方面上其實是個反動派。他得向那個可憎可惡的輕浮女子證明他比她優越。

他拾起魯特琴，決定唱首歌來休息片刻。他將巨大的舌頭往上捲起，舔在鬍上做好準備，然後他撥著弦唱了起來，「莫蹉跎猶豫，向傳承迎去／精神且抖擻，邁步往前走。[74]」

「閉嘴！」安妮小姐在她緊閉的百葉窗後大叫。

「好大的膽子！」伊內修回答。他一把推開自己的百葉窗，望著暗而冷的巷道。「開窗啊。你好大的膽子，敢在百葉窗後面躲躲藏藏。」

他怒氣沖沖奔到廚房，倒滿了一鍋水，然後趕回他的房間。他正要把水潑向安妮小姐仍然緊閉的百葉窗，卻聽到外面街上一扇車門砰然關上。有人在巷道中行來。伊內修拉上他的百葉窗，關掉了燈，傾聽他母親跟人說話。他們在他窗下經過的時候，曼庫索巡警說了些什麼，而一個沙啞的女聲接著說，「我看是安全了，艾琳。燈也沒開。他一定是看戲去了。」

伊內修套上大衣，趁他們打開廚房門的時候，穿過走廊跑到了前門。他走下門階，看到曼庫索巡警那部白色的「漫遊者」[75]正停在屋前。他費盡氣力彎下身來，將一根手指塞進一只輪胎的氣閥，直到嘶聲停息，而輪胎底部也像麵餅一樣攤在磚鋪的路邊為止。然後他穿過剛好還容得下他那個大肚的巷道，走到屋後。

明亮的燈光在廚房裡燃著，他能隔著關上的窗，聽見他母親那台廉價收音機。伊內修悄悄爬上後門台階，透過後門油膩的玻璃往內張望。他母親和曼庫索巡警坐在桌旁，圍著一整瓶七百五十西西的「老時光」威士忌。曼庫索巡警看起來比平常還要一臉霉相，而萊里太太卻以一隻腳在油氈地板上打著拍子，靦腆地對著房間當中她正在觀看的景象發笑。油氈地板上，一個滿頭灰色鬈髮的粗壯女人正在獨舞，抖晃著她像鐘擺般懸吊在一件白色保齡球衫裡的胸脯。她的保齡球鞋在地板上故意重踏，帶著她搖擺的胸脯與旋轉的臀部，在桌子與爐灶間來回周繞。

原來這就是曼庫索巡警的姑媽。也只有曼庫索巡警會有這麼個姑媽，伊內修對自己哼著鼻子。

「呵！」萊里太太高興地喊。「姍塔！」

「孩子們，瞧我的，」灰髮婦人像職業拳賽的裁判那樣高聲回應，開始愈抖愈低，直到身子幾乎貼到了地上。

「噢，我的天哪！」伊內修對著風說。

74 此詩原題〈最高聖典〉（Vox Ultima Crusis），作者為十四世紀僧侶詩人李傑特（John Lydgate, c. 1370-c. 1451），1937年由英國作曲家威廉哈里斯（William Henry Harris, 1883-1973）譜為讚美詩。

75 漫遊者（Rambler）：美國汽車公司（American Motors Corporation）的車型，1969年停止生產。

「你要把腸子弄斷啦，丫頭，」萊里太太笑道。「你要把我這塊好地板弄穿啦。」

「你最好還是停停吧，姍塔姑媽，」曼庫索巡警鬱鬱不樂地說。

「叱，我現在還不想停。我才剛到呢，」那婦人邊回答，邊節奏有致地站起身子。「誰說成了老太婆就不能再跳舞了？」

那婦人伸出兩臂，扭腰抖臀，繞著油氈地板的伸展台跳起了性感豔舞。

「老天爺！」萊里太太一邊捧腹大笑，一邊拿起威士忌瓶子在她杯裡倒了點酒。「伊內修要是回家看到這個，那該怎麼辦？」

「操他的伊內修！」

「姍塔！」萊里太太倒吸一口氣，但伊內修注意到，她的震驚中似乎帶著一絲喜悅。

「你們這些人給我安靜一點，」安妮小姐透過她緊閉的百葉窗喊道。

「那是誰啊？」姍塔問萊里太太。

「再吵我就叫條子了，」安妮小姐那模糊低沉的聲音叫道。

「**拜託**停停吧，」曼庫索巡警萬分緊張地哀求。

第五章

1

妲琳正在吧檯後面往那些半滿的酒瓶裡灌水。

「嘿，妲琳，你聽聽這鬼玩意，」拉娜．李一邊下令，一邊摺起報紙，用她的菸灰缸壓住。「『同住聖彼得街七九六號的芙麗妲．克拉布、貝蒂．邦波，與麗姿．史提爾，昨晚在波根地街五七〇號「駿馬酒廊」遭警方拘捕，被控防礙安寧及製造公害。據執勤警員透露，事件係因一身分不明男子向三名女子之一搭訕而起。該男子在史女兩名同伴毆打之下，逃出酒廊。史女並向酒保丟擲一把高腳凳，另兩名女子則持高腳凳與破酒瓶威脅酒廊客人。據酒廊客人表示，逃逸的男子腳穿保齡球鞋。』你說這絕不絕？蹧蹋法國區的就是這種人。一個老實頭想找點快活，找上了個男人婆，她們就要揍人。以前這裡都是正正常常的。如今可是男不男女不女的了。怪不得生意這麼爛。我受不了男人婆。受不了！」

「最近晚上來我們這裡的就只有便衣，」妲琳說。「他們為什麼不派個便衣，去找那種女人的麻煩？」

「這裡變成他媽的警察局了。我這等於是在給『警察互濟會』辦慈善晚會，」拉娜用憎惡的口氣說。「空空蕩蕩，加上幾個條子在那邊擠眉弄眼傳遞信號。大半時間我還得看住你這個大天才，怕你去找他們買酒。」

「呃，拉娜，」妲琳說。「我又怎麼知道哪個是警察？在我眼裡，每個人看起來都差不多。」她擤著鼻子。「我也只想掙點錢過日子。」

「你要認條子，就得看人家眼睛，妲琳。他們眼睛裡都很自以為是的。我幹這行太久了。條子那些邪門歪道我清楚得很。什麼做了記號的鈔票啊，什麼偽裝啊。你要是不會看眼睛，那就看看鈔票。都是鉛筆記號或什麼的。」

「你要我怎麼看鈔票？暗成這個樣，連眼睛我都看不清楚呢。」

「嗯，我們遲早得給你想個辦法。我不要你坐在我的吧檯上。總有哪天晚上，你會找上警察局長，要叫他買杯雙份馬丁尼。」

「那就讓我上台跳舞。我有一套節目管保叫好。」

「噢，夠了夠了，」拉娜吼道。「倘若瓊斯知道了晚上這裡有警察的事，那麼廉價工友就要再見了。」「哪，你聽好，妲琳，別跟那個瓊斯說這裡晚上突然會有整個警察局出現。你曉得黑人對條子的態度。他搞不好一害怕就要辭工呢。我是說，我是想幫那小子一把，讓他別在街上鬼混。」

「好，」妲琳說。「可是我這麼擔心旁邊凳子上坐的是警察，賺不到錢啊。你知道我們這裡得要有什麼才能賺錢？」

「什麼？」拉娜惱怒地問。

「我們這裡得要有個動物。」

「要有什麼？老天爺。」

「我可不清動物的髒東西，」瓊斯邊說邊將拖把在酒吧凳上撞得乒乓作響。

「過來把這些凳子下面檢查一下，」拉娜向他召喚。

「噢厚！我漏了什麼地方？嘿！」

「打開報紙看看，拉娜，」妲琳說。「這條街上其他的俱樂部，幾乎每家都有動物。」

拉娜轉到娛樂版，透過瓊斯的煙霧研究起夜總會的廣告。

「喲，小妲琳可真仔細。想當我們這俱樂部的經理了，嗯？」

「沒有，老闆娘。」

「好，記住就好，」拉娜邊說邊以一根手指遊走在廣告之間。「你看這個。傑瑞他們有條蛇，一○四那邊有鴿子、小老虎、黑猩猩……」

「客人也都往那些地方跑了，」妲琳說。「幹這行就要跟得上時代。」

「真是感恩不盡。既然是你的主意，你有什麼建議沒有？」

「我建議我們投票一致反對變成動物園。」

「管你的地板去，」拉娜說。

「我們可以用我的鸚鵡，」妲琳說。「我跟牠練了一套管保叫好的舞。那隻鳥可聰明了。你該聽聽那小東西說話。」

「我們黑人酒吧裡，都一天到晚只想把鳥趕出酒吧。」

「給那隻鳥一個機會吧，」妲琳懇求。

「厚！」瓊斯說。「當心。你那個孤兒朋友來了。慈善時間到啦。」

垂頭彎腰的喬治正在進門，身上穿著寬大的紅毛衣與白牛仔褲，腳蹬淡褐色的佛朗明哥尖頭舞靴。他兩隻手上都有原子筆畫的匕首刺青。

「對不起，喬治，今天沒有東西給孤兒，」拉娜急急說道。

「看到沒有？那些孤兒啊，最好開始去跟『聯合基金』要錢嘍。」瓊斯邊說邊對著兩把匕首吹了股煙。「我們這裡連薪水都出問題。慈善得先從自己家裡做起。」

「啊？」喬治問。

「這年頭孤兒院裡還真養了不少小太保，」妲琳做了個觀察。「是我的話，絕對不會給他東西，拉娜。依我看，他是在搞什麼騙人的把戲。這小子要是孤兒，我就是英國女王。」

「過來，」拉娜邊對喬治說，邊領他出門到了街上。

「怎麼了？」喬治問。

「在那兩個混帳面前我沒法說話，」拉娜說。「你聽著，這個新工友可不比以前那個。這個鬼靈精從第一次見到你，就老跟我問這孤兒的屁事。我信不過他。我已經惹上條子的麻煩了。」

「那另外找個黑鬼嘛。反正多的是。」

「我付他的那個薪水，就算去找個愛斯基摩瞎子也沒轍。我雇他是用了特價，好比打了折扣。他以為他要辭職的話，我就能叫他們把他當無業遊民給抓進去。算是划得來了，喬治。我是說，幹我們這行的，得隨時睜著眼睛，有便宜就撿。懂吧？」

「那我呢？」

「這個瓊斯是十二點到十二點半之間出去吃午飯。你呢，等到十二點四十五再來。」

「叫我一個下午帶著那些包裹怎麼辦？我在三點以前什麼都不能幹。我可不想帶著那些東西到處晃蕩。」

「那就寄放到巴士站去。我管不了。只要它們安全就好。我們明天再見。」

拉娜回頭走進酒吧。

「我希望你把那小子趕走了，」妲琳說。「真該有人到『商譽促進局』去檢舉他。」

「厚！」

「好吧，拉娜。給我跟那隻鳥一個機會嘛。我們很棒的。」

「以前都是老『同濟會』那類的人，喜歡來這裡看漂亮姑娘扭一扭。如今居然還得弄個動物。你知道現在的人是出了什麼問題？他們都是病態。要老老實實掙兩個錢，還真不容易。」拉娜點上一枝香菸，跟瓊斯比起噴雲。「好。我們來試試這鳥。讓你跟鳥上台，大概總比你跟條子一起坐在我的凳子上安全點。把那隻死鳥帶進來瞧瞧。」

2

岡薩雷茲先生坐在他的小暖爐旁聆聽河上的聲響，他平靜的靈魂懸浮在雷維褲廠兩根天線上方高處的涅槃之中。他的感官在下意識中欣賞玩味著鼠群的喧嘈、舊木舊紙的氣味，和他那條寬鬆的雷維褲子所給予他的被鬼附身的感覺。他吐出一縷經過濾清的煙，像神槍手一般將他菸頭的灰直接瞄準菸灰缸的中心。不可能的事竟已發生：在雷維褲廠的日子變得更好過了。原因就在萊里先生。是哪個救命神仙把伊內修．J．萊里先生投落在雷維褲廠磨損腐朽的門階之上的？

他一人可抵四名員工。在萊里先生勝任愉快的手中，檔案彷彿都能紛紛消失一般；他對崔喜小姐也十分友善；辦公室裡幾乎毫無摩擦。岡薩雷茲先生為他昨天下午目睹的事深受感動，那是萊里先生跪在地上為崔喜小姐換襪子。萊里先生實在是好心腸。當然，他也有個壞瓣膜。但那關於瓣膜的滔滔言論尚能忍受。那是唯一的美中不足。

在快樂的環顧中，岡薩雷茲先生注意到辦公室中萊里先生手藝的成品。一塊大牌子釘在崔喜小姐桌上，上書「崔喜小姐」，一角用蠟筆畫了個老式的花束。釘在他桌上的，是另一塊上書西班牙文「岡薩雷茲先生」，綴著阿方索王[76]盾徽的牌子。在辦公室的一根柱上，釘著一個拼成的十字架，印著「利比番茄汁」和「卡夫果醬」字樣的兩條組片，將被漆上據萊里先生說會是棕色外加黑色線條的油漆，以模仿木材的紋理。檔案櫃上幾個空的冰淇淋罐中，豆子已開始發芽抽藤。懸在萊里先生桌旁窗上的紫色厚布窗帘，為辦公室劃出一塊靜坐冥思的地方。太陽在字紙簍旁一尊三呎高的聖安多尼[77]石膏像上，染出一片紫紅色的光輝。

從來沒有過像萊里先生那樣的員工。他對業務是如此投入，如此關心。他甚至計劃在瓣膜好轉之後要去視察工廠，看看如何能改進那邊的情況。其他員工卻總是漠不關心、馬馬虎虎。

大門緩緩打開，崔喜小姐在身前拎著個大袋子，做出她每日的進場式。

「崔喜小姐！」岡薩雷茲先生以對他而言算是十分嚴厲的聲調說。

「誰啊？」崔喜小姐在慌亂之中叫道。

她低頭看著自己襤褸的睡衣與絨布睡袍。

「噢，老天，」她氣喘吁吁地說。「怪不得我覺得外面冷颼颼的。」

「快回家去。」

「外面很冷哪，苟梅斯。」

「你不能這副樣子待在雷維褲廠。對不起。」

「是讓我退休了？」崔喜小姐滿懷希望地問。

「不是！」岡薩雷茲先生尖叫。「我只是叫你回家換套衣服。你住得不遠。快去吧。」

崔喜小姐拖著碎步走了出去，把門砰然帶上。然後又回頭進來拿她留在地上的袋子，再砰地一聲拽上了門。

待一小時後伊內修到達的時候，崔西小姐還沒回來。岡薩雷茲先生聽著萊里先生沉重緩慢的腳步落在台階上。然後門猛地撞開，出現了奇妙的伊內修．J．萊里，他頸上纏著一條大如披肩的花格圍巾，一端塞在大衣裡面。

「您早，」他語音莊嚴。

「早，」岡薩雷茲先生歡歡喜喜地說。「來的車程順利吧？」

「還算可以。我懷疑那司機是個潛伏性的賽車選手。我得不斷叫他小心。事實上，下車的時候，我們彼此都懷著一點敵意。我們那位女同仁今天早上到哪裡去了？」

「我不得不叫她回家。她今天早上穿著睡衣就來上班了。」

伊內修皺起眉頭說：「我不明白為什麼要叫她回家。其實我們這裡也沒那麼正式。我們都是一家人。只希望你沒有傷害到她的工作情緒。」他從飲水機盛滿一杯水去澆他的豆子。「要是哪天早上我穿著睡衣出現，你可別吃驚。我覺得那樣挺舒服的。」

---

76 阿方索王是於1931年西班牙內戰時退位的 Alfonso XIII（1886-1941）。

77 聖安多尼（St. Antony of Padua, 1195-1231）是窮人與失物的主保聖人。

「我實在沒有要指定大家該穿什麼的意思，」岡薩雷茲先生焦慮地說。

「我也希望你沒有。崔西小姐和我的容忍總有個限度。」

岡薩雷茲先生假裝在自己桌裡尋找東西，以避開伊內修向他望來的那對駭人的眼睛。

「我去把十字架漆完，」伊內修終於開口，邊從有如袋鼠腹袋的大衣袋中取出兩罐夸特裝的油漆。

「好極了。」

「目前十字架是第一要務。所有歸檔、排列之類的事，都要等我完成這項工作之後再說。然後，等我把十字架做好了，我要到工廠去走一趟。我猜那些人一定急著想找個同情的人吐點苦水，找個熱忱的人給點指導。也許我能幫得上忙。」

「當然當然。別讓我礙了你的手腳。」

「我不會。」伊內修瞪著辦公室經理。「終於，我的瓣膜似乎能允許我去工廠走走了。我不能放棄這個機會。再拖下去，它也許一關又是幾個禮拜。」

「那你最好今天就去工廠，」辦公室經理十二萬分地同意。

岡薩雷茲先生滿懷期盼地望著伊內修，卻得不到一個回答。伊內修將他的大衣、圍巾與帽子在一個檔案抽屜裡歸了檔，開始漆起十字架。到了十一點，他還在用一枝小號水彩筆仔細刷著，給十字架上第一道漆。崔喜小姐仍然行蹤不明。

中午的時候，岡薩雷茲先生邊從他正在處理的那疊文件後面引頸探視，邊說：「奇怪，崔喜小姐哪裡去了？」

「你大概是傷透了她的心，」伊內修冷冷回應。他正在紙板粗糙的邊緣上用筆拍塗。「不過，她也許會回來吃中飯。昨天我跟她說過，我會給她帶一個午餐肉三明治。因為我發現崔喜小姐對午餐肉頗有偏嗜。本來我也會請你吃一份，只可惜這剛夠崔喜小姐和我吃。」

「沒問題。」岡薩雷茲先生做出一個單薄的笑容，看著伊內修打開他油膩膩的牛皮紙袋。「反正我中午也不能休息，得把這些報表和帳單趕完。」

「對，你最好趕著做。我們絕不能讓雷維褲廠在適者生存的競爭裡落於人後。」

伊內修一口將他第一個三明治咬下一半，心滿意足地嚼了起來。

「真希望崔喜小姐能夠出現，」他在吃完第一個三明治，並且打完一串聽起來似乎拆散了他消化管道的嗝之後說。「我怕我的瓣膜禁不起午餐肉。」

他用牙將第二個三明治裡的肉從麵包中撕扯出來的時候，崔喜小姐走進了門，她那綠色賽璐珞的帽舌反戴在頭上。

「她來了，」伊內修透過掛在嘴上一大片疲軟的生菜葉，對著辦公室經理說。

「噢，是，」岡薩雷茲先生虛弱地說。「崔喜小姐。」

「我猜午餐肉應該會喚醒她的功能。在這裡，商業之母。」

崔喜小姐撞在聖安多尼的塑像上。

「我就知道我一整個上午惦記著什麼事情，葛蘿麗亞，」崔喜小姐邊說邊將三明治攫在她的爪子裡，然後回到她的桌上。伊內修滿懷興致看著那牙齦、舌頭、嘴唇在每一口三明治的驅動下所展開的複雜過程。

「你換個衣服換了好久，」辦公室經理對崔喜小姐說，惱惱然注意到她的新行頭只比那睡袍睡衣稍微像樣了一點。

「誰？」崔喜小姐伸出滿舌嚼爛的午餐肉與麵包問道。

「我說你換衣服換了好久。」

「我？我才剛去呢。」

「能不能請你別再騷擾她了？」伊內修憤怒地提出要求。

「也用不著拖了這麼久。她就住在碼頭那邊，」辦公室經理說完便繼續去辦他的文件。

「好吃嗎？」伊內修待崔喜小姐唇部停止扭曲之後問。

崔喜小姐點點頭，又孜孜不倦地吃起第二份三明治。但在終於嚥下半個之後，她卻癱倒在椅子上。

「噢，我飽了，葛蘿麗亞。真是好吃。」

「岡薩雷茲先生，你要不要崔西小姐吃不下的那點三明治？」

「不用了，謝謝。」

「我覺得你該把它吃了。否則，老鼠一定會大軍來襲。」

「是啊，荀梅斯，拿去，」崔喜小姐說著把手裡半個沒吃完的濕軟三明治落在辦公室經理案頭的文件上。

「看看你幹了什麼好事，你這老笨蛋！」岡薩雷茲先生大喊。「該死的雷維太太。那是給銀行的報表。」

「你居然敢攻擊高貴的雷維太太，批評她的精神，」伊內修雷聲隆隆。「我要檢舉你，先生。」

「這報表做了一個多小時。你看看她幹的好事。」

「我要那隻復活節的火腿！」崔喜小姐齜牙咆哮。「我的感恩節火雞在哪？我當初辭掉在戲院賣票的好工作來這公司服務。現在看來，恐怕還得老死在這間辦公室裡。我只能說，這裡的員工待遇太差了。我**現在立刻**就要退休。」

「你可不可以去洗洗手？」岡薩雷茲先生對她說。

「好主意，荀梅斯，」崔喜小姐說著便轉變了航向，往女廁所行去。

伊內修有股被騙的感覺。他原還希望能夠大鬧一場的。等辦公室經理開始重打報表，伊內修也回到了十字架旁。但首先伊內修還得把回來後便跪在十字架下他原先站著油漆的地方正在禱告的崔喜小姐拉起來。之後崔喜小姐一直在他左右環繞，其間只離開過幾次，去為岡薩雷茲先生黏幾個信封，或去上廁所，或去小睡片刻。辦公室裡唯一的聲響，來自辦公室經理的打字機和計算機，兩者都令伊內修覺得有些分神。到了一點半，十字架已將近完工，只欠伊內修預備貼在十字架下部，拼成「上帝與商業」的那些金箔字母。待貼上箴言之後，伊內修後退幾步，對崔喜小姐說，「大功告成。」

「噢，葛蘿麗亞，好漂亮，」崔喜小姐誠心誠意地說。「你看看這個，荀梅斯。」

「真是不錯，」岡薩雷茲先生邊說邊用一雙疲憊的眼睛研究著十字架。

「現在開始整理檔案，」伊內修的聲調忙碌。「然後再去工廠。我無法忍受社會的不公。」

「對，你必須趁你那瓣膜功能正常的時候到工廠去，」辦公室經理說。

伊內修走到檔案櫃後，撿起那些堆積的材料，一股腦扔進了字紙簍。趁辦公室經理正坐在自己桌前兩手摀眼，伊內修拉出檔案櫃的第一個抽屜，一個翻轉，將它按字母排列的內容也都倒進了字紙簍。然後他邁著笨拙沉重的腳步，轟轟隆隆經過此刻又在十字架前跪下禱告的崔喜小姐身旁，向廠房走去。

3

曼庫索巡警試著在晚上兼了點差，一心只圖為巡佐逮個人，什麼人都成。他將姑媽送到保齡球館之後，一個人進了酒吧，想看看能碰上什麼。結果碰上的卻是三個可怕的女子，向他動起手來。他摸著頭上的繃帶，走進分局去應巡佐的召見。

「出了什麼事，曼庫索？」巡佐一見繃帶便吼了起來。

「摔了一跤。」

「你就這副德行。你要會幹點正事的話，就該上酒吧去打探像我們昨晚逮進來的那三個女人。」

「是。」

「我不知道是哪個婊子向你打『歡樂良宵』的報告，但我們的人幾乎每晚都在那裡，到現在也沒發現什麼。」

「這個，我想——」

「閉嘴。你給了我們一條假線索。你知道我們是怎麼對付提供假線索的人？」

「不知道。」

「我們派他到巴士站的廁所裡蹲著。」

「是。」

「你給我在廁所間裡一天蹲八個鐘頭，直到你逮到人為止。」

「好。」

「別跟我說『好』。說『是』。現在你給我滾開，去看看你櫃子裡的東西。今天你扮農夫。」

4

伊內修打開《一名勞動青年的日記》，翻到第一張空白的「藍馬」活頁紙，以過於旺盛的力道，按出他的原子筆尖。但那枝雷維褲廠的筆在第一次按下的時候，筆尖沒有卡住，又溜回到塑膠管中。伊內修使足了勁再按一次，但筆尖還是不聽使喚縮了回去。伊內修盛怒之下將筆砸斷在桌緣，從地上一堆「維納斯獎章得主」[78]鉛筆中撿起一枝。他邊用鉛筆掏著耳垢開始凝思，邊傾聽他母親在做晚上去保齡球館前的準備。浴室裡傳來許多急促來回的腳步聲，他知道這是他母親在企圖一舉完成幾個階段的梳洗化妝。接著是這些年來他已漸漸熟悉的，每逢他母親要出門時必有的聲響：一把髮刷掉進馬桶的撲通、一盒敷面粉砸在地上的啪嗒、一些乍然迸出充滿困惑與混亂的呼喊。

「哎喲！」他母親喊了一聲。

伊內修被浴室裡那些低沉而孤獨的噪音攪得心煩，只盼她早點弄完。最後他終於聽到電燈關上。她敲起了他的門。

「伊內修，寶貝，我去啦。」

「好，」伊內修冷冷地回應。

「開門啊，寶貝，跟我親一個說再見。」

「媽，我現在忙得很。」

「別這樣，伊內修，開門。」

「快跟你朋友去吧，拜託。」

「噢，伊內修。」

78「維納斯」（Venus）曾是美國暢銷鉛筆品牌，原為美國鉛筆公司（American Lead Pencil Company）所出，後為德國輝柏（Faber-Castell）公司併購。「獎章得主」（Medalist）是其一型。

「你大事小事都要來煩我是吧。我正在寫一個極具電影潛力的東西。有高度商業性的。」

萊里太太用保齡球鞋踢起門來。

「你要把用我血汗錢買來的那雙怪鞋弄壞是吧？」

「啊？你說什麼，寶貝？」

伊內修從耳裡抽出鉛筆，打開了門。他母親赭紅色的頭髮在額前梳得高聳蓬鬆，她的顴骨通紅，胭脂緊張兮兮地向上蔓延直到眼珠。一整撲狂野的面粉染白了萊里太太的臉，也染白了她衣裙的前襟和幾根赭紅色的亂絲。

「噢，老天，」伊內修說，「你衣服上都是粉，但這也說不定是巴塔利亞太太傳授的什麼美容訣竅。」

「你幹嘛老跟姍塔作對，伊內修？」

「作對？我看她這輩子大概跟不少人作過。是『作成一對』，不是『作對』。不過她要想靠近我的話，那就保證會是後面那種。」

「伊內修！」

「她也總讓我聯想到胸前的『一對』。」

「姍塔都做人家奶奶了。你真不像話。」

「謝天謝地有安妮小姐扯破喉嚨的嘶叫，那天夜裡才清靜下來。我這輩子從沒見過那樣下流的狂歡。而且就在我們自家的廚房裡。那人要真是個執法的警員，他就該把那個『姑媽』當場逮捕。」

「也別老挑安傑婁的毛病。他的日子可不好過，兒子。姍塔說他得整天待在巴士站的廁所裡。」

「噢，我的老天！我能相信我聽到的話嗎？你別煩我，快跟你那兩個黑手黨的同夥去吧[79]。」

「別對你可憐的媽媽這樣。」

「可憐？我是不是聽見了『可憐』這兩個字？在鈔票因為我的勞動而流進這個家門的時候？而且以更快的速度流出去。」

「別又來那一套了，伊內修。我這禮拜只跟你拿過二十塊，還幾乎得跪下來求呢。看看你買的各色各樣的小玩意。看看你今天帶回來的那部電影攝影機。」

「電影攝影機馬上就會派上用場。那把口琴則是相當便宜。」

「照這個速度，我們永遠也還不了欠那個人的債。」

「那可不是我的責任。我又不開車。」

「是，你是事不關心。你從來也沒關心過任何事，兒子。」

「我早該知道，我每次打開房間的門，就等於是打開了潘朵拉的盒子。巴塔利亞太太不是要你在路邊等她墮落的侄子和她來接，才不至於浪擲了寶貴的保齡時光嗎？」伊內修嗝出困在他瓣膜裡那一打巧克力布朗尼所產生的氣體。「行行好，給我點清靜。我上班受人折磨了一整天，還不夠嗎？我每天必須面對的苦難，我以為都已經跟你一一描述過了。」

「你知道我是感激你的，寶貝，」萊里太太抽噎起來。「來，做個乖孩子，跟我親一個說再見。」

伊內修彎下身，輕輕地在她頰上親了一下。

79 黑手黨的比喻，只因單看安傑婁・曼庫索（Angelo Mancuso）、姍塔・巴塔利亞（Santa Battaglia）兩個名字，便知這家人是義大利裔。

「噢，天哪，」他邊說邊吐面粉。「這下我嘴裡整晚都要沙沙的了。」

「我搽了太多粉？」

「不多，正好。你不是患了關節炎還是什麼的？怎麼竟打得動保齡球？」

「我想這運動對我有益。我覺得好多了。」

外面街上響起一聲喇叭。

「你的朋友顯然是逃出廁所了，」伊內修嗤鼻冷笑。「我就知道他這種人喜歡混在巴士站裡。他大概就愛看那些可怕的『觀景長途巴士』來來去去。在他的世界觀裡，巴士顯然是好東西。由此可見他的智能低到了什麼程度。」

「我不會太晚回來，乖乖，」萊里太太說著帶上了窄小的前門。

「八成又會有不請自來的惡客來折騰我！」伊內修喊道。

把房門閂上之後，他抓起一個空墨水瓶，打開了百葉窗。他將頭探出窗外，朝過道盡頭望去，在昏暗的夜色裡見到那輛小小的白色「漫遊者」停在路邊。他使盡全力拋出瓶子，聽見它以大得出乎意料的音響效果，正打在車頂上。

「嘿！」他在悄悄關上百葉窗的時候，聽見了姍塔．巴塔利亞的叫喊。他揚揚自得，將活頁紙夾再度翻開，並拾起了他的「維納斯獎章得主」。

親愛的讀者：

偉大作家乃是讀者之益友兼良師。

——麥考萊

又一個上班日至此結束，溫和的讀者。如前所述，我終於得以在我們辦公室的騷亂與瘋狂之上，添敷了一層猶如包漿的潤澤。辦公室中一干非關緊要的活動，逐漸遭到裁減。目前我正忙於裝飾我們白領蜜蜂（三隻）那生機蓬勃的蜂巢。三隻蜜蜂的比喻，令我聯想到三個「B」，最能貼切描繪我作為辦公人員的活動：banish（逐惡）、benefit（增益）、beautify（美化）。另有三個「B」很適合我們那位小丑般的辦公室經理，也最能描繪他的活動：bait（挑撥生事）、beg（低聲下氣）、blight（點金成鐵）、blunder（笨手笨腳）、bore（無聊透頂）、boss（頤指氣使）、bother（糾纏騷擾）、bungle（辦事拙劣）、burden（添人負擔）、buzz（營營不休）。（這張單子一開出來恐怕便有點沒完沒了。）我終於認定，我們這位辦公室經理正是成事不足敗事有餘。若沒有他，我和另一位辦公人員（商業之母）必能心平氣和，在彼此體恤的氣氛下，埋首於各自的任務。我確信T小姐之所以有意退休，便是他的專制手段所致。

我終於能將我們的工廠在此作個描述。今天下午，心滿意足完成了十字架後（不錯！大功已經告成，而我們辦公室也就此添上一個亟需的精神層面），我便動身前往工廠，察看裡面那一片匡匡噹噹與嘶嘶颼颼。

入眼的景象既驚心又噁心。雷維褲廠原始的血汗工廠一直保存至今，死而未僵。集全國垃圾於一堂的「史密森尼博物館」若能設法將雷維褲廠的廠房真空包封，並將各個工人凍結成不同的勞動姿態，然後一併運至美利堅合眾國的首都，則前往那可疑博物館參觀的遊客，必將當場失禁，弄污了他們那些

80 麥考萊（Thomas Babington Macaulay, 1800-1859），英國歷史學者、作家、政治家。

花花綠綠俗不可耐的觀光裝束。那是一幅結合了《黑奴籲天錄》與弗里茨．朗《大都會》裡最可怕場景的圖象[81]；那是一種機動化了的黑奴制度；那是一個黑人從摘採棉花進步為縫製棉布的具體展現。（至少，他們在摘採的那個演化階段裡，還能在健康的戶外唱個小曲吃點西瓜〔據我所知，他們只要在光天化日之下成群結隊就會如此〕。）我對社會不公向有強烈而深刻的信念，當下大受激盪。而我的瓣膜，也做出了熱切的響應。

（關於西瓜一事，由於我向來不諳美國民俗，或許有誤也未可知，特此聲明，以免觸犯了某些職業性的民權組織。我猜想當今的人，該是一手摘採棉花，另一手抓著電晶體收音機貼在耳邊，讓它向他們的鼓膜吐送各種有關二手汽車與「柔順牌直髮劑」與「皇冠牌美髮膏」與「蓋婁牌葡萄酒」的告示，嘴上一枝帶濾嘴的薄荷涼菸搖搖欲墜，大有燒掉整片棉花田的危險。我雖住在密西西比河畔〔這河的名聲被一些不堪入耳的歌謠傳頌開來，其中最為常見的主題，便是企圖以河作為父親角色的代替品[82]。其實密西西比河的水凶險難測，其漩渦與暗流每年要奪去許多人命。我還沒碰過任何人膽敢將腳趾伸進那飽經污染，漂著由下水道穢物、工業廢料，與致命殺蟲劑混出泡沫的褐色河水。就算是魚也難以存活。因此，所謂密西西比即是父親—上帝—摩西—爹爹—陽具—老頭之說，根本就是個謬誤的主題，其來源我猜就是那無聊兼無趣的騙子馬克．吐溫。而這無法銜接現實的特徵，卻也見於幾近全部的美國「藝術」。在美國的藝術與美國的自然之間，任何的接榫均純屬偶然，而這也只因國家整體與現實脫了節。這和許多其他原因，使我始終被迫生存在社會的邊緣，局限在專為能夠辨識現實的明眼之士所保留的，人世與地獄間的過渡地帶〕，卻從來不曾眼見，亦不希望看到棉花的種植。我此生唯一一次踏出紐奧良，便落入了漩渦，來到了迴流著絕望的巴頓魯治。我或許會在未來某個篇章中做個回顧，重述我那穿涉沼澤的苦行，我那邁入沙漠而歸來時肉體精神魂靈俱已殘破的旅程。反之，紐奧良則是個舒適的都會，帶著些我所不喜的冷漠與陳滯。至少它氣候溫和，何況這「新月之城」[83]擔保我頭上有屋瓦遮蔽，肚裡有「堅果博士」，雖然非洲北部某些地區〔坦吉爾等地〕偶爾也會撩起我的興趣。然而，行船航海很有使我形銷骨立的可能，而我即使囊中有錢，也不會變態到去嘗試飛航旅行的地步。灰狗巴士公司的兇狠，亦足以使我安於現狀。我只希望那些「觀景長途巴士」遭到淘汰，我總覺得它們的高度違反了某些州際公路有關隧道行車高度之類的規定。也許親愛的讀者當中有人具備法律才識，能在記憶中打撈出相關的條文。那批東西實在應當廢棄。知道它們正在這個暗夜裡的某處呼嘯而過，便已令我毛骨悚然。）

工廠是個穀倉般的龐大結構，裡面是成捲的布疋、裁剪檯、巨大的車衣機，以及提供熨燙蒸氣的鍋爐。其整體的效果頗具超寫實的意味，特別是當我們見到那些「非洲人」在這機動的場景中往來執行各自的工作。我腦中立刻浮現約瑟夫・康拉德的東西，但一時卻似乎記不起來到底是些什麼。也許我自比為《黑暗之心》的庫茲[84]，遠放在歐洲那家貿易公司的辦公室之外，眼前是極度的恐怖。我只記得想像自己頭戴軟木髓製的防暑盔，身穿上寬下窄的白色亞麻馬褲，我神祕的臉藏在一層防蚊紗罩之後。

在這寒冷的天氣裡，鍋爐使那地方頗為溫暖舒服。但我猜一入夏天，熱氣略經這些燒煤炭造蒸氣

---

81 1903-1927年間，曾出現過十部以哈麗葉・畢徹・斯陀（Harriet Beecher Stowe, 1811-1896）名著《黑奴籲天錄》（*Uncle Tom's Cabin*, 1852）為題的默片。後者（*Metropolis*, 1926）則是德國導演Fritz Lang（1890-1976）描寫未來世界勞工苦況的名片。

82 密西西比（Mississippi）一名來自印第安語，意為「大水」（great waters）或「眾水之父」（father of waters），亦因此俗稱「老人河」（old man river），美國一著名民謠即以後者為名。

83 「新月之城」（Crescent City）是紐奧良的別名，據說因為此城位在密西西比河一個狀似新月的彎處。

84 康拉德（Joseph Conrad, 1857-1924）名著《黑暗之心》（*Heart of Darkness*, 1902）中，庫茲（Kurtz）是象牙貿易公司派駐在比屬剛果的負責人。

的機械裝置增強之後，工人們便能再度享受到他們先祖所習的氣候。我知道此刻的工廠並非全力運作，而這些機器裡我也只見一台正在開動，燒著煤和看起來像是一張裁剪檯的東西。同時，在我滯留的時間裡，雖然滿廠工人拖著蹣跚的步履，來來去去裁剪著各式各樣的布片，我卻只見到一條褲子完工。我注意到有個女子正在熨燙一些嬰兒服裝，另一個正在一台大車衣機上接合一片片的紫紅緞子，似乎進展神速。看來她正在縫製一件色彩偏豔卻還尚稱俏麗的晚禮服。我必須指出，她將布料在那巨大電動車針下旋來轉去的效率，令我大為折服。這女人顯然是個技術工人，而令我備感遺憾的是，她竟未將才能運用在創造雷維褲廠的褲子上。廠裡的士氣顯然大有問題。

我遍尋不獲廠房的工頭巴勒摩。順帶一提，平常此人與酒瓶的距離，永遠不超過幾步之遠，有他在裁剪檯與車衣機之間摔撞出來的滿身青紫可資佐證。他大概正在我們機構附近眾多小酒館的某一間裡，痛飲著他的液體午餐。雷維褲廠周圍每個街角皆有酒吧，也足見這個地區的薪資低得可憐。在某些特別悽慘的街坊裡，每個十字路口竟都有三四家酒吧之多。

在我天真的眼中，我懷疑從廠房牆上喇叭播放出來的爵士樂，正是我所目睹工人間那種麻木態度的根源。在這些節奏的轟炸之下，精神畢竟有其容忍的限度，逾此就不免會瓦解凋萎。因此，我找到並切斷了控制音樂的開關。我這個舉動在開始對我投以怒目的工人集體中，引出了一片相當頑強粗俗的高聲抗議。因此我又打開音樂，臉上堆笑，親善地招起手來，做出自承判斷錯誤的姿態，以期贏回工人的信心。（他們那些大而白的眼睛已為我打上了「查理先生」[85]的標籤。日後我還得努力向他們證明自己一心只求協助他們，而且信念幾至瘋狂。）

顯而易見，對於音樂的持續反應，已在他們體內發展出對於噪音的一種近乎巴甫洛夫式的反應，一種他們以為是快樂的反應。我曾耗費過無可數計的寶貴生命，觀察電視上那些發展受挫的孩子在這種音樂之下起舞，所以深知它會引發何種的肉體痙攣，於是也當場試著提出了自己較為保守的版本，以進一步安撫這批工人。我得承認，我身體動作之靈巧，是始料未及的。我還真有點天生的節奏感。當初我的祖先在偏佈石南的荒地上扭腰擺臀，想必也頗為可觀。我不顧工人的眾目睽睽，就在一個喇叭下方跳將起來，嘴裡瘋瘋癲癲唸著「跳！跳！來啊，寶貝，來啊！聽我跟你說。哇噢！」等到幾個人指著我發笑的時候，我知道自己在他們心中的地位已經恢復。我用笑聲回報，以顯示我也分享他們的高昂情緒。*De Casibus Virorum Illustrium*！偉人之墜[86]！我的墜落於焉展開。這非僅是比喻，而且實在如此。我那尺寸可觀的身體系統禁不起旋扭（特別是膝蓋部位），終於造起反來，就在我頭腦發昏，竟想嘗試電視上常見的一個極其放蕩的舞步時，卻直直摔落在地。工人們似乎都相當關心，堆出十分友善的微笑，以極為有禮的方式將我扶起。我立刻體會到，我已無須再為一時失察關掉他們音樂的事而擔心害怕了。

黑人雖然飽受欺凌，大體而言卻仍是群相當和樂的人。其實我與他們接觸不多，因為我除了同儕之外不願與他人為伍，但又因為鶴立雞群，從來也沒有可以匹敵的同儕，我便也不與人為伍了。工人都極想跟我說話，而與當中幾個談過之後，我發現他們的收入居然還少於崔喜小姐。

就某種意義而言，我總覺得自己與有色人種有點類似血緣關係的親近感，因為他們地位與我近似：我們都存活在美國社會的核心疆域之外。當然，我的放逐是出於自願。不過，許多黑人顯然希望躋身成為美國中產階級的正規成員，這就令人大惑不解了。我必須坦承，他們的這種願望，頗使我懷疑他們的價值判斷。但他們如果定要加入布爾喬亞，那也實在與我無關。只怕他們的未來就得斷送在他們自己手

85 所謂「查理先生」（Mr. Charlie），是美國黑人間習用之謔稱，專指僱用黑人勞工的白人老闆。

86 前一句拉丁文的翻譯，亦即中世紀義大利作家薄迦丘（Giovanni Boccaccio, 1313-1375）所著書名（英譯書名除了此處的Of the Fall of Great Men之外，尚有On the Fates of Famous Men、The Fate of Illustrious Men、Examples of Famous Men、Fall of Princes等）。

裡。就個人而言，我若懷疑有人有意拉拔我朝中產階級攀升，一定會堅決聲討。也就是說，我會聲討那個神智不清、企圖助我向上的人。聲討的形式會和帶著傳統旗幟標語的示威遊行一樣，只不過將旗幟標語換成「打倒中產階級」與「中產階級必亡」。我也不反對丟擲一兩個小型汽油彈。同時我在速簡餐吧或大眾運輸工具上也會盡力迴避，不在中產階級的身邊坐下，以維持我生命中固有的誠摯與莊嚴。萬一有哪個中產階級白人活得不耐煩，在我身邊坐下，我想我會用一隻巨掌狠狠打在他的頭上肩上，另一隻手輕輕一揮，便將一個汽油彈拋入滿載中產階級白人而過的一部巴士。不論我的圍城戰是持續一個月或一整年，我確信一旦所有的人命傷亡與財產破壞經過統計之後，遲早大家都得敬我而遠之。

我十分佩服黑人能在某些白人無產階級成員的心中挑起恐懼，也只能夢想（這是個非常私密的招供。）我有類似的恐嚇能力。黑人無須舉動便能做出恐嚇，我卻必須嚴詞厲色才能達到相同的效果。也許我該生為黑人。我猜我會是個相當高大可畏的黑人，常在公共交通工具上把肥壯的大腿往白人老太婆乾癟的大腿上不斷推擠，招來幾聲驚恐的尖叫。而且，我若是黑人，就不會被我母親逼著去找份好差事，因為根本不會有好差事。我母親自己則會是個年老體衰的黑女人，經過長年壓榨的傭婦生涯，身子已經壞得不可能晚上出去打保齡球。我和她便能在貧民區一間霉爛的小屋裡，安享毫無野心的淡泊生活，樂天知命地瞭解既沒人會要我們，而奮鬥也全無意義。

但我不欲見到黑人向中產階級攀升的可怕景象。我認為這種行動，對他們種族的純摯而言，是個極大的侮辱。但我口氣開始有點像是畢爾德或帕靈頓[87]，恐怕馬上就要將本部作品的商業繆思雷維褲廠完全拋諸腦後了。至於未來的計劃，可能包括一部由我這個有利地點觀察所得的美國社會史。如果《一名勞動青年的日記》能在書報攤上獲得任何成功，我或許會執筆為我國刻繪出一幅寫生。我們國家應由本勞動青年這樣完全置身於局外的旁觀者來做一番詳細的檢審，其實我的檔案中已有相當可觀的一批札記隨筆，對現狀頗有評估與透視。

我們必須乘馭散文的翅翼，即刻回返到使我偏離主題繞一大圈的工廠與工人身上。話說他們剛將我扶起，一股同志般的美妙情誼，從我那場表演與其後的四腳朝天中泉湧而出。我誠心誠意向他們致謝，而他們則以十七世紀的英語口音向我慇懃探問。我身體無傷無恙，而驕傲又是我覺得自己向來遠避的一個「罪宗」，所以一切完好。

於是我向他們詢問工廠的事，因為這是我來此的目的。他們發言相當踴躍，也似乎對我本人更有興趣。顯然裁剪檯間的無聊時光，使訪客特別受人歡迎。我們隨意閒聊，雖然工人們對自己的工作大多不肯暢言。其實，他們似乎對我特別有興趣。我輕鬆打發了他們提出的問題，對他們之如此關注並不介意，直到問題漸漸涉及隱私為止。其中幾個曾不時踱進辦公室的，問了些關於十字架與附帶裝飾的尖銳問題。一位極度熱心的太太希望我能允許（我自是欣然批准）她召集會友偶爾到十字架前唱唱黑人靈歌。（我痛恨靈歌與那種要命的十九世紀喀爾文教派詩歌，但如果幾支合唱曲就能給這些工人帶來快樂，我倒也願意忍痛犧牲，讓自己的鼓膜受點折磨。）我問起他們薪水的時候，發現他們平均每週薪水袋裡還不到三十美元。我思索所得的意見是，光是在工廠這種地方每週待上五天，一個人就理應得到更多的工資，尤其是雷維褲廠這樣的工廠，有個隨時可能坍塌的漏水屋頂。而且誰能斷言？比起在雷維褲廠裡晃蕩，那班人不能有更好的事可幹，譬如譜作爵士樂，或創造新舞蹈，或他們憑天賦所做的任何事情？難怪廠中洋溢著一股淡漠。生產線上的死氣沉沉與辦公室中的忙如熱鍋，這天壤之別居然能並存於

87 兩人是所謂的「進步派史學家」。畢爾德（Charles A. Beard, 1874-1948）是社會研究新學院（The New School for Social Research）創始人，著有《美國憲法之經濟解釋》（An Economic Interpretation of the Constitution of the United States, 1913）。帕靈頓（Vernon Louis Parrington, 1871-1929）專治文學史，著有《美國思潮主流》（Main Currents in American Thought, 1927-30）。

同一個（雷維褲廠的）懷抱之中，也實在不可思議。我若是廠中的工人（如前所述，我大概會是個高大而特別可畏的工人），必定早已衝進辦公室，去要求合理的薪資了。

走筆至此，必須作個說明。我在研究所做散漫進修的時候，某日在咖啡館遇見摩娜·敏可夫小姐，一位大學部的年輕學生，一位喧噪無禮、來自紐約布朗士區的少女。這個熟諳「廣場大道」[88]世界的專家被我身上的特色與磁力吸引，來到我正在坐鎮主持討論的桌上。談話之間，我世界觀中種種的宏偉新奇漸趨明朗，這位敏可夫小狐狸也就向我展開了全面攻擊，一度還曾在桌下使勁踢我。我令她目眩神迷又兼暈頭轉向，簡而言之，她不是我的對手。高譚城猶太人區的鄉愿褊狹[89]，使她對本勞動青年的獨特性質一時措手不及。須知摩娜心目之中，居住在哈德遜河以南以西的人類，若非文盲牛仔，就是等而下之的白人新教徒，亦即一個集體從事愚昧、殘忍與酷刑的人類階層。（我不想特別為白人新教徒申辯，我自己對他們也無甚好感。）

不久，摩娜粗暴的社交禮儀便將一桌的談客趕得精光，獨剩下我們兩人，咖啡冰涼，言辭火熱。我不同意她的嘶嘶與喋喋時，她便說我顯然是反猶太。她的邏輯中夾雜著斷章取義與陳腔濫調，她的世界觀裡摻混了各種錯誤概念，都來自彷彿是從地鐵隧道中管窺寫成的本國歷史。她從她那黑色的大包中掏出漬污油膩的書向我砸來（幾乎是真砸），都是些《個人與集體》與《當下！》與《斷壁頹壘》與《怒潮》與《劇變》與各色宣言和小冊，都出自她身為最積極成員的各色組織：「鼓吹自由學生會」、「爭取性愛青年團」、「黑色穆斯林」、「拉脫維亞之友」[90]、「異族通婚子弟兵」、「白人公民議會」[91]。須知摩娜對她的社會是極其入世的，反之年歲較長而智慧較高的我則是極其出世的。

她從父親那裡敲來一筆為數不小的錢，供她離家去上大學，去見識「外面」是個什麼樣子。不幸的是，她找到了我。我們首次見面的慘痛創傷，滿足了彼此對於受虐的渴望，而引出一段某種形式的（柏拉圖）戀情。（摩娜是個絕對的受虐狂。只有在警犬獠牙刺入她的黑色緊身褲，或被人從參議院聽證會裡捉住雙腳倒著拖下一列石階時，她才會得到快樂。）我必須承認，我一直覺得摩娜對我存有肉慾上的興趣。我對性愛的嚴謹態度使她好奇。而就某種意義來說，我成了她的另一項任務。不過，她對我肉體與精神城堡所發動的一切攻擊，都遭到我成功的抵擋。由於我與摩娜光是匹馬單槍，就已能使大多數其他學生感到困惑。成為一對的我倆，對構成學生主體的那些滿面笑容的南方笨鳥而言，就更令他們倍感困惑了。我知道，校園謠言曾以最無法訴諸筆墨的，最齷齪下流的醜聞將我們聯在一起。

摩娜用來治療從扁平足到憂鬱症等一切問題的萬靈丹便是性愛。兩名被她收在羽翼之下，希望改造她們落後心靈的南方淑女，就曾被她傳授這個哲理，而產生了慘痛的後果。在聽從了摩娜的建議，並獲得許多男生熱心協助之後，頭腦簡單的小可愛之一突然精神崩潰，另一個則用可口可樂的破瓶做過一次失敗的割腕嘗試。摩娜的解釋是，這兩個女孩原本就太過反動。於是她又打起精神鼓足氣力，在每間課室每家披薩館裡傳起性愛之道，結果自己險險乎就在社會研究大樓裡遭到一個工友強暴。而同時，我則力圖將她引上真理的正途。

幾個學期之後，摩娜以她那種無禮的口吻說了聲「我不知道的東西這地方是不會教的」，便從學院

88 廣場大道（Grand Concourse）是紐約布朗士（Bronx）區的通衢要道，位於一四九街的地鐵大站也以此為名。

89 高譚（Gotham）是美國漫畫《蝙蝠俠》（Batman）中影射紐約的大城。猶太人區（ghetto）一詞原指十六世紀威尼斯猶太人聚居之區，今日已成少數民族聚居地或甚至貧民區的代名詞。

90 1960年代，拉脫維亞（Latvia）曾是蘇聯境內猶太復國運動（Zionism）大本營之一。

91 「白人公民議會」（The White Citizens' Councils）是創立於1954年的白人種族至上主義團體，主張以不同於「三K黨」的合法公開、非暴力手段，鼓吹種族隔離，抗拒當時最高法院「布朗訴托皮卡教育局」（Brown v. Board of Education of Topeka）一案以學校隔離政策為非法的判決。

消失。那黑色的緊身褲、那糾結蓬鬆的一頭亂髮、那龐大無比的書包，就此一去不返。棕櫚夾道的校園重新尋回它傳統的慵慵懶懶與摟摟抱抱。後來我又見過那脫了韁的浪蹄子幾次，因為她每隔一陣就會啟程南下做個「巡訪」，還總要在紐奧良歇腳，向我大放厥詞，或用她的吉他彈些監獄裡與囚犯勞動隊中所唱的哀歌，企圖向我挑逗。摩娜十分率直。不幸的是，她也十分無禮。

我在她上次「巡訪」結束後見到她的時候，她已又髒又累不成人形。她是到南方鄉下各地，把她從國會圖書館學來的民歌教給黑人。但黑人卻都似乎偏好現代音樂，每當摩娜唱起她悲鬱的哀歌，他們就偏偏把電晶體收音機開得震天價響。黑人雖都儘量不去理她，白人倒對她顯示出濃厚的興趣。成群結幫的鄉巴佬與土包子將她逐出村莊，把她輪胎割破，還在她的手臂上抽打過一兩下。她被尋血獵狗追過，被趕牛棒刺過，被警犬啃過，被幾顆霰彈槍的鉛粒輕傷過。她熱愛其間的每一時刻，並滿懷驕傲地（不妨再加上滿帶暗示地）給我看過她大腿上部一個獠牙的疤記。而我大吃一驚不可置信的眼睛也注意到，她當時穿的是深色絲襪而非緊身褲。不過，我的血液並未上升。

我們還時有通信。摩娜信中慣見的主題不外是敦促我去參加靜臥示威、涉水示威、靜坐示威之類。但由於我既不去速簡餐吧，又不會游泳[92]，也就不曾聽從她的建議。信中次要的主題是催我前往曼哈頓，好讓我們在機動化邪魔怪道集聚的中心，再度撐起我們那雙重困惑的大纛。將來待我身體完全無恙，也許會去一遊。此刻，滿身騷味的敏可夫小狐狸可能正在布朗士區的街道底下，在地鐵車廂裡，從一個社會抗議的討論會，火速趕往另一個彈唱民歌或更齷齪的狂歡會。有朝一日，我們社會的執法當局必會將她繩之以法，只因她就是她。只有鋃鐺入獄，她的生命才能終獲意義，她的挫折也才能終獲了結。

她最近的來函比往常更加大膽更加無禮。我必須以其人之道還治其身。因此我在勘察廠中惡劣狀況時，心中想到了她。我局限在彌爾頓式的隔絕與冥思中已經太久，是該大膽踏入我們的社會了。不用摩娜·敏可夫社會行動派那種無趣兼無為的方式，而要以格調鮮明熱情澎湃的方式進行。

諸位即將目睹筆者做出英勇果敢而積極進取的決定，其中所顯示之強悍鬥志與深度力度，在我如此溫柔的稟性對照之下，當會大出諸位意料之外。明日我將詳細敘述我對世上所有摩娜·敏可夫的答覆。順帶一提，其結果可能會顛覆岡薩雷茲先生在雷維褲廠的權威（絕無誇大）。此一大敵必須擊倒。日後必將有某個聲勢強大的民權組織贈我以桂冠。

過度的書寫，使我此刻手指有如針刺，疼痛難當。我必須放下鉛筆，放下我傳佈真理的工具，以溫水浸泡我傷殘的手。這篇冗長激烈的大論，實出於我對正義使命的熱情奉獻。而我也感到我這個雷維的圈內之圈，正在往新的成功與高度直衝而上。

健康附註：手被廢了，瓣膜則暫時開啟（一半）。

社交附註：今日無事可記；母親再度扮成歌妓一般出了門；諸位或有興趣知道，她同夥之一透露出嗜戀灰狗巴士的怪癖，也因此顯示他已無可救藥。

我要為我們在工廠中的使命，向黑白混血兒的主保聖人聖馬爾定·包瑞斯禱告。由於大家又都向他祈求驅除鼠患，他對辦公室或也有所裨益[93]。

餘言後敘。

好戰的勞動青年　蓋瑞

92 美國六〇年代，在南方諸如餐館泳池等實施種族隔離的地點，抗議行動常採取此類非暴力形式。但早自1943年的芝加哥開始，便已有人在黑白隔離的速簡餐吧（Lunch Counter）上靜坐示威。

93 出生於秘魯利馬的聖馬爾定·包瑞斯（St Martin de Porres 1579-1639）本身雖是黑白混血，卻並非混血兒的主保聖人，而是理髮師的主保聖人。又人們驅鼠時祈求幫助的，其實是聖葛楚德（St Gertrude of Nivelles 626-659）。

5

陶克博士點上一枝「班森與黑吉斯」牌的香菸，望著社會研究大樓裡他那間辦公室的窗外。隔著黝暗的校園，他看見其他大樓裡亮著夜間班的燈光。整晚他在桌裡翻天覆地尋找他關於傳說中英國王室的筆記，是他從以前讀過的一本百頁左右平裝本英國簡史裡草草抄錄下來的筆記。明天就要講課，而現在已將近八點半了。陶克博士講課，向以口才便給、機鋒敏捷，和簡單明瞭的摘要概論著稱，這使他在女生當中特別吃香，也大有助於掩飾他對英國歷史乃至一切科目的不學無術。

但連陶克自己也心中有數，在他完全想不起李爾王和亞瑟王的任何事跡，只記得前者有幾個子女的時候，他那世故老練、天花亂墜的名聲是救不了他的。他將香菸放入菸灰缸，再從最底層的抽屜找起。抽屜後方有一疊他首次在桌裡搜尋時未曾細看的舊文件。他將文件放在大腿上，開始逐一翻閱，才發現這正如他所料，主要是五年多累積出來一批迄未發還給學生的報告。他在翻過一份報告的時候，眼睛落在一張粗糙泛黃的「大酋長」筆記紙上，上面用紅蠟筆端端正正寫著：

> 你對自己號稱傳授的科目一無所知，理應處以極刑。我猜你不會知道伊莫拉的聖加西盎是被他門下弟子用尖筆刺死的[94]。他為道殉身，光榮就義，因此成為教師的主保聖人。
>
> 向他祈禱吧，你這自欺欺人的愚夫，你這鎮日「有誰想打網球？」但知玩高爾夫灌雞尾酒的冒牌學究，因為你確實需要一個在天的主保。但你雖來日無多，卻不會死為殉道之人（因為你對神聖使命一無貢獻），而將死為蠢驢，也就是你的原形。
>
> 蘇洛[95]

紙的最後一行上畫了把劍。

「噢，不知道他現在怎麼樣了，」陶克脫口而出。

94 伊莫拉的聖加西盎（St Cassian of Imola, ?-304?）因身為基督徒而被下獄處死。學生被迫參與行刑時，因心有不忍下手較輕，卻反而延長他的痛苦。他是速記員而非教師的主保聖人。

95 蘇洛是美國通俗作家麥卡利（Johnston McCulley, 1883-1958）筆下劍法高強的蒙面俠Zorro。

第六章

1

「麥提的漫遊酒館」位在城裡凱洛屯區的一個街角上。聖查爾斯大道與密西西比河經過六七英里的平行之後在此交會，大道也在此終結。此處形成一個銳角，一邊是大道和它的電車軌，一邊是大河和它的河堤與火車軌。銳角的內部是個獨立的小社區。空氣中總有一股厚郁濃烈的氣味，來自河上的釀酒廠。每逢炎熱的夏日午後，當微風從河裡吹來，便直要令人窒息。社區是將近一世紀前隨興所至發展出來的，今日看來竟完全不似都市地帶。城裡的街道越過聖查爾斯大道之後，便漸由柏油變成了石礫。這是個甚至還有幾座穀倉的鄉下老鎮，是大城裡一個畸零縮形的村莊。

「麥提的漫遊酒館」外表一如街坊上的其他建築，低矮、無漆、垂直度不甚完美。「麥提」略往右側漫遊，倚向火車軌與河的那邊。它的門面因為貼滿了宣傳各色香菸啤酒汽水的洋鐵皮廣告板，幾乎堅不可摧。連門口的紗門也做著某牌麵包的廣告。「麥提」是個酒吧兼雜貨鋪，雜貨部門主要只限於選擇無多的商品、汽水、麵包與罐頭食品。吧檯旁邊有座冰櫃，凍著幾磅酸醃肉與香腸。此處也沒有麥提這人。只有個瓦森先生，也就是那沉靜的、淡褐的、牛奶加咖啡的混血主人，大權獨攬地管轄著限制性的商品。

「吃虧就吃在沒有職業技術，」瓊斯對瓦森先生說。瓊斯棲坐在一張木製的高腳凳上，兩腿在身子下彎成一把夾冰鉗，彷彿隨時要將凳子攫起，膽敢在瓦森先生的一雙老眼之前將它帶走似的。「我要有點訓練的話，也不會去拖窯子的地了。」

「乖點，」瓦森先生淡淡地答。「在小姐面前規矩點。」

「啥？喲呵。你是真不明白，老哥。我找了個跟鳥一起幹活的事。你願意跟鳥一起幹活？」瓊斯瞄準吧檯對面噴了口煙。「我是說，那女孩得到機會，我是替她高興。她跟姓李的王八蛋已經做了很久。也該出頭了。可是我敢打賭，鳥賺的一定比我還多。」

「乖點，瓊斯。」

「厚！嘿，你是真給洗過腦了，」瓊斯說。「可沒見人進來幫你拖地。為什麼？你說說看。」

「別去惹麻煩。」

「嘿！你說起話來，就跟那姓李的王八蛋一樣。可惜你們倆沒見過面。她可愛你了。她要說：『嘿，小子，你就是我找了一輩子的那種傻老黑鬼。』她要說：『嘿，你真貼心，好不好幫我地上打個蠟，牆上刷個漆？你真可愛，好不好幫我洗洗廁所擦擦鞋？』然後你就會說：『是，太太，是，太太。我可規矩呢。』然後你就會拚了老命從你在撣灰的水晶燈上掉下來，然後她哪個婊子朋友會進來跟她比較價錢，然後姓李的開始在你腳邊丟幾個銅板說：『嘿，小子，你要的把戲真不好看。把那幾個銅板還給我們，否則要叫警察了。』喲呵。」

「那個小姐不是說，你要給麻煩的話，她就叫警察？」

「我這是給她抓到弱點了。嘿！我看那姓李的跟警察有點關係。她老跟我說她在局裡的朋友。她說她那裡高級得很，警察連一隻腳都沒踏進門過。」瓊斯在小吧檯的上空做出一朵雨雲。「不過，她那套孤兒的鬼話，肯定是在搞什麼花樣。像姓李的那種人，會開口說聲『慈善』，你就知道這邪門了。我知道裡面有鬼，是因為突然之間那個『孤兒班長』不見了，因為我問了太多問題。他媽的！我真想知道到底是怎麼回事。我掉在這陷阱裡，一個禮拜拿二十塊，還得跟像老鷹那麼大的一隻鳥幹活，真是受夠了。我也想出人頭地，老哥。厚！我也想要冷氣機，想要彩色電視，想要能閒坐著喝點比啤酒高級的玩意。」

「再來一瓶啤酒？」

瓊斯透過墨鏡望著老頭說：「你想多賣我一瓶啤酒，一個拚了命賺那每禮拜二十塊的黑人窮小子？我看你賣酸醃肉汽水給窮黑人，賺了不少，也該是請我喝瓶免費啤酒的時候了。你用這裡掙來的錢，把兒子都送進了大學。」

「他已經當老師了，」瓦森先生驕傲地說，一邊開了瓶啤酒。

「了不起。厚！我上學沒超過兩年。我媽在外面給人洗衣，也沒人提上學的事。我每天都在街上滾輪胎。我滾，媽媽洗，沒人學過什麼。他媽的！有誰會找個滾輪胎的，給他工作？結果我是有了個正當職業，跟鳥一起幹活，老闆嘛大概是在跟孤兒推銷西班牙蒼蠅。喲呵。」

「呃，如果情況真的不好……」

「真的不好？嘿！我這是在現代奴隸制度裡幹活的啊。我要走，就會有人報告我是無業遊民。我要留，就會有個薪水連最低工資都夠不上的正當職業。」

「我告訴你可以怎麼辦，」瓦森先生壓低聲音，在吧檯上傾身將那啤酒遞給瓊斯。吧檯上另一個人也彎身向他們湊近來聽，他在旁邊靜聽兩人談話已經有好幾分鐘。「你試著搞點小破壞。要對付那種陷阱，這是唯一的辦法。」

「你這『破壞』是怎麼說？」

「你知道的，老哥，」瓦森先生悄悄地說。「譬如女傭工錢太少，就不小心在湯裡放多了胡椒。譬如停車場管理員受夠了氣，就在地上灑點油，讓一部車撞上了圍牆。」

「厚！」瓊斯說。「譬如在超級市場打工的男孩突然手指一滑，就把一打雞蛋掉在地上，因為沒拿到加班費。嘿！」

「這就對啦。」

「我們是正要搞個大破壞，」吧檯上那另一個人打破沉默說。「我上班的地方會有一個大示威。」

「是嗎？」瓊斯問。「哪裡？」

「在雷維褲廠。有個白人大個跑到我們工廠來，跟我們說他要在公司頂上丟個原子彈。」

「聽起來你們那幫不只是破壞，」瓊斯說。「聽起來你們是要打仗。」

「對人好點，對人多尊重點，」瓦森先生對那陌生人說。

那人格格直笑，笑得淚水盈眶，然後說道：「這個人說，他要為全世界的黑白混血兒和老鼠禱告。」

「老鼠？厚！你們那幫是碰到了個百分百的瘋子。」

「他很聰明的，」那人用辯護的口氣說。「他也很信教。他做了個大十字架，就在辦公室裡。」

「厚！」

「他說：『你們這些人要是回到中世紀，一定快樂得多。你們這些人應該備點大砲弓箭之類的，在這裡丟個原子彈。』」那人又笑了起來。「我們在那廠裡也沒別的好幹。他說起話來挺有意思，一大坨八字鬍上上下下的。他要帶領我們去搞個大示威，大到他說所有其他示威都會像是女人家在串門子。」

「是啊，聽起來他會帶你們一路走到牢裡，」瓊斯說，將吧檯用更多的煙罩起。「聽起來他是個神經病的白人王八蛋。」

「他是有點奇怪，」那人承認。「但他就在那個辦公室上班，那裡的經理岡沙拉先生覺得這傢伙很能幹。讓他隨便幹他自己愛幹的事。還讓這傢伙想來工廠就來工廠。有很多人準備跟他搞示威。他跟我們說是得了雷維先生親自批准來搞示威的，說是雷維先生要我們示威好把耿沙拉趕走。誰曉得？也許他們會給我們加個薪。那個耿沙拉先生已經有點怕他了。」

「你說，老哥，這個白人救主的傢伙長什麼樣？」瓊斯的興趣來了。

「又高又胖，老戴著一頂獵帽。」

瓊斯睜大墨鏡後面的一雙眼睛。

「這獵帽是綠的？他戴的是綠色的帽？」

「是啊。你怎麼知道？」

「厚！」瓊斯說。「這下你們可麻煩嘍。已經有警察在找那瘋子。有天晚上他到『歡樂良宵』來，跟這個叫妲琳的女孩說起一部巴士的事。」

「哎，可巧了，」那人說。「他跟我們也說過巴士的事，說他有次坐巴士一直開進了黑暗之心。」

「是他沒錯。離那瘋子遠點。有個警察正要逮他。你們這幫窮黑人弄不好全會給扔進牢裡。厚！」

「呃，那我得問問他去，」那人說。「我可不想被什麼犯人帶去示威。」

2

岡薩雷茲先生和往常一樣，一早就到了雷維褲廠。他象徵性地用一根火柴，點上了他的小暖爐和一枝濾嘴香菸，燃起代表又一個上班日子開始的兩把火炬。然後他靜下心做他的晨間冥想。前一日萊里先生又為辦公室添了點新的裝飾，在天花板的燈泡與燈泡之間懸綴了紫色灰色淡褐色的長條縐紋紙。那些十字架和告示牌和紙條，令辦公室經理想到了聖誕裝飾，感到了一絲溫馨。他愉快地望向萊里先生那邊，注意到豆子的藤已長得十分茁壯，甚至開始往下，在檔案櫃抽屜把手之間纏繞。岡薩雷茲先生覺得奇怪，不知道這位文書人員是如何整理檔案，才能避免騷擾到那些嫩苗。他正在思索著這個文書處理上的謎題，卻訝然見到萊里先生魚雷一般衝進了門。

「經理早，」伊內修匆匆說道。他的圍巾兼披肩在身後橫向飄起，彷彿是某個蘇格蘭氏族大軍出動的旗幟。一台廉價的電影攝影機掛在肩上，腋下夾著一捆東西，像是捲起來的床單。

「呃，今天來得真早，萊里先生。」

「什麼意思？我每天都是這時候到。」

「噢，當然，」岡薩雷茲先生語氣溫馴。

「你以為我早來是另有目的？」

「不，我是……」

「大聲點，先生。為什麼要這樣疑神疑鬼？看你兩隻眼睛，簡直就有妄想症在裡面閃閃爍爍。」

「什麼，萊里先生？」

「你聽到我說的了，」伊內修答完便轟轟隆隆往工廠行去。

岡薩雷茲先生正待回過神來，卻被廠裡像是歡呼的聲音一驚。也許，他想，是哪個工人剛做了爸爸或摸彩贏到了獎品。只要廠裡工人不來煩他，他也會禮尚往來，樂得不煩他們。對他而言，他們只是雷維褲廠實體廠房的一部分，脫離在「神經中樞」之外。他們不是他所該操心的。他們是在巴勒摩先生醺醺然的管轄之下。一旦他尋得適當的勇氣，辦公室經理便會以最圓滑的方式，去找萊里先生談談他在廠裡所耗費的大量時間。可惜萊里先生近來變得有些疏遠，而岡薩雷茲先生一想到與他交戰便會不寒而慄。他想到一隻熊掌不偏不倚落在他頭頂上，打樁一般使他直直穿入辦公室那不甚牢靠的地板時，兩腳就會發麻。

四名廠裡的男工正抱著伊內修兩隻史密斯菲爾德火腿般的大腿[96]，使盡氣力將他抬向一張裁剪檯上。坐在搬運工肩上的伊內修吼出指示，彷彿他正在監督一批最稀罕最珍貴的貨物上車裝船。

「往上再往右，對！」他往下面喊。「往上，往上。小心點。慢慢來。有沒有抓緊？」

「有，」扛夫之一回答。

「覺得還是鬆了點。拜託！我要落入極度焦慮的狀態了。」

工人們興沖沖看著那幾個抬他的人在重負之下搖搖晃晃。

「現在往後，」伊內修緊張地叫。「繼續往後，一直到檯子在我正下方為止。」

「別擔心，R先生，」一個扛夫喘著氣說。「我們把你對準那張檯子了。」

「顯然你是不擔心的，」伊內修才答，身體便撞在一根柱上。「噢，天哪，我的肩膀脫臼了。」

從其他工人間響起一聲呼喊。

「嘿，對R先生小心點，」有人大叫。「你們要讓他腦袋開花了。」

「拜託！」伊內修喊道。「誰來幫幫忙！再一會，我就要粉身碎骨了。」

「你瞧，R先生，檯子就在我們後面。」

「不把我丟進鍋爐，這場災難大概不會結束。我猜，明智點的辦法，還是站在地上跟大家說話好些。」

「把你的腳放下來，R先生。檯子就在你下面。」

「慢慢來，」伊內修邊說，邊小心翼翼往下伸出大腳趾。「嗯，是在這裡。好啦。等我站穩了，你們就可以放開我的身子。」

伊內修終於在長檯上面站正，並用那捆床單擋在骨盆之前，以遮掩他在被抬的過程當中變得有點興奮。

「朋友們！」伊內修氣勢磅礴，舉起沒抓著床單的那隻手。「我們的日子終於來到。我希望你們都沒忘記帶來你們的戰鬥工具。」圍在裁剪檯四周的群眾既沒有出聲承認也沒有開口否認。「我說的是棍子鍊子棒子等等。」同聲爆出傻笑之後，工人們開始揮舞籬笆竿、掃把棍、單車鍊和磚頭。「我的老天！你們還真收集了相當駭人相當多樣的一批武器。我們攻擊的暴力程度，或許會超過我的預期。不過，打擊越是明確，結果也越明確。因此，粗略檢查過你們手中的武器之後，我對我們今天這

96 史密斯菲爾德（Smithfield）是美國維吉尼亞（Virginia）州一個鎮名。此鎮所出醃製六個月以上的火腿，方得以史密斯菲爾德為名。其風味略似金華火腿。

場除惡戰爭必獲成功的信心，就更加堅定了。我們大軍過處，只能留下個劫掠一空的雷維褲廠，我們必須以毒攻毒。」

「他在說啥？」一個工人向另一個問。

「我們即刻就要向辦公室進攻，趁敵人神智還在早晨的精神迷霧當中，給他來個措手不及。」

「嘿，R先生，對不起，」群眾中有人喊道。「聽人說你跟一個警察有麻煩。是真的嗎？」

工人之間湧起一股焦慮不安的騷動。

「什麼？」伊內修暴吼。「你從哪裡聽來的這種污衊？完全不實。一定是哪個白種至上主義者，哪個上州的鄉巴佬[97]，或許就是岡薩雷茲自己，傳出來這種惡毒的謠言。先生，你好大的膽子。你們大家都得明白，有太多敵人希望破壞我們的使命。」

在工人報以熱烈掌聲的時候，伊內修開始揣測那個工人是怎麼知道蒙古白癡曼庫索企圖逮捕他的事。也許他就站在百貨公司前面的人堆裡。那個巡警真是大家粥裡的一顆老鼠屎。不過，危機似乎過去了。

「哪，我們的先鋒部隊要帶著這個！」伊內修沒等最後的稀落掌聲結束，就高聲喊道。他戲劇性十足地將床單從骨盆處一抽，將它抖開。斑斑點點的黃色污漬之間，是紅蠟筆寫的粗大正體字「前進」。下面一行「捍衛摩爾尊嚴十字軍」則是華麗的藍色書寫體[98]。

「那舊東西不曉得是誰睡過，」那位極度熱心、富於靈性、將來要領導唱詩班的婦人說。「上帝！」

另外幾個未來的暴動者，也以更淺顯的肉體術語表達了相同的好奇。

「安靜，」伊內修說，一腳雷聲隆隆地重踏在檯上。「拜託！我們開進辦公室的時候，要請我們當中兩位身材好一點的女士，把這幅標語舉在中間。」

「我才不碰那玩意，」一個女人回答。

「安靜！大家！」伊內修怒氣沖沖。「我開始懷疑，其實你們這些人根本不配從事這個使命。你們顯然還沒有做任何終極犧牲的準備。」

「為什麼要帶著那張舊床單？」有人問道。「我還以為這是爭工資的示威。」

「床單？什麼床單？」伊內修反問。「在我手上的，是面最尊貴的標語旗幟，揭櫫了我們的目標，將我們所追尋的事物轉為圖象。」工人們更認真地研究起那些污漬來。「你們如果只想衝進辦公室，像牛群一樣，那麼你們參加的就只是個暴動。唯有這幅標語，才使動盪有了形式、變得可信。這裡面存有某種的幾何學，某種必須遵守的儀式。哪，站在那邊的兩位女士，你們一邊一個舉著這標語，然後用光榮驕傲的方式這樣揮舞，手要抬高，諸如此類。」

被伊內修點名的兩位女子緩緩走到裁剪檯邊，用拇指食指小心翼翼拈起那幅標語，舉在兩人當中，彷彿那是痲瘋病人的遮屍布。

「這比我想像中的還要感人，」伊內修說。

「別在我身邊揮那玩意，姑娘，」有人對兩個女子說，引出人群中另一波的訕笑。

---

97 路易斯安那「上州」（upstate）概指亞歷山德利亞（Alexandria）城以北、塞賓（Sabine）河流域及俗稱「北岸」（Northshore）的「佛羅里達諸郡」（Florida parishes）一帶，居民多屬蘇格蘭、愛爾蘭後裔的新教徒自耕農，屬於美國南方文化典型，民風保守，而與紐奧良都會區及法裔天主教徒為主的阿凱迪亞納（Acadiana）區大不相同。

98 伊內修以摩爾族（Moors）比喻黑人的標語有點奇怪，中世紀時占據西班牙的摩爾族雖非十字軍的主要目標，但也曾是征討對象之一。

伊內修打開他的攝影機，對準旗幟與工人拍了起來。「你們能不能一起再把你們的棍棒石頭揮舞一下？」工人欣然從命。摩娜看到這幅景象的時候，準會被她的濃縮咖啡嗆死。「好，再暴力一點。殺氣騰騰亮出武器。張牙舞爪。大聲喊叫。也許你們當中有些人可以上下跳一跳，如果你們不介意的話。」

他們邊笑邊執行他的指示，全體如此，除了兩個沉著臉舉著標語的女子之外。

辦公室裡，岡薩雷茲先生看著正在進行她今天入場式的崔喜小姐撞在門框上。同時他也奇怪，廠裡那股新的狂烈騷動，到底是怎麼回事。

伊內修將面前景象又拍攝了一兩分鐘，然後順著一根柱子往上拍向天花板，以一個在他想像中饒富趣味別出心裁的電影手法，暗示出壯志凌霄。屆時摩娜身上每個散放騷味的器官都將遭到妒羨的啃齧。攝影機將焦距對準柱子頂端工廠屋頂上幾平方呎的鏽蝕內部。然後伊內修將攝影機交給下面一個工人，讓他拍攝自己。當工人將鏡頭向他對來，伊內修便橫眉怒目地揮了揮拳頭，逗得那工人大樂。

「好啦，」把攝影機拿回關上之後，他用親切的口氣說。「讓我們暫時按捺我們的暴動情緒，計劃一下策略。首先，由這兩位女士舉著標語走在前面。標語後面馬上跟著唱詩班，唱點合適的民謠或聖歌。歌曲就由帶領唱詩班的女士挑選。我對你們的音樂習俗一無所知，因此你們可以自行作主。只可惜時間不夠，否則我會讓大家體會體會某些十六世紀牧歌的美妙。我只建議你們選個比較強而有力的曲調。其餘的人就組成戰鬥部隊。我會帶著攝影機跟在整團人馬後面，錄下這個值得紀念的場面。將來我們大家還可以把這部影片租給學生組織和其他類似的可怕社團，賺點額外的收入。」

「請務必記住，我們最先的行動，將是個和平而理性的行動。我們進入辦公室的時候，由兩位女士把標語旗帶到辦公室經理面前。唱詩班接著在十字架附近集合。部隊留在後方待命。由於我們對付的是岡薩雷茲本人，大概不久就得用上部隊。如果岡薩雷茲對這場面的熱烈情緒全無反應，我會喊一聲『進攻！』這就是你們展開襲擊的信號。有沒有問題？」

有人說，「全是狗屁。」但伊內修只當沒聽見。廠中有股快樂的寂靜，大半工人都在盼望能換個步調。工頭巴勒摩先生醉醺醺地現身在兩座鍋爐中間，轉眼又不見了。

「這個戰鬥計劃顯然都清楚了，」既無人發問，伊內修便說。「能不能請兩位拉標語的女士，在靠近門的那邊就位？現在請唱詩班在她們後面集合，接著是部隊。」工人們迅速排好隊形，一邊笑著用他們的戰爭工具互相戳打。「很好！唱詩班可以開始唱了。」

那位富於靈性的女士吹了一聲調音笛，唱詩班的人便精力旺盛地唱了起來，「噢，耶穌，伴我上路，／我就永遠心滿意足。」

「這聽起來還頗能鼓動人心，」伊內修作了評論。然後他放聲喊道，「前進！」

隊伍聽命之快，使伊內修還來不及發出其他指示，標語旗就已經出了廠房，爬升在通往辦公室的階梯上。

「停！」伊內修尖叫。「哪個來扶我下檯。」

噢，耶穌，做我朋友
對，噢，是，直到路盡頭。
將手牽起
我就歡喜。
有你伴行

有你傾聽
是雨或是晴
我都一樣高興
當我有耶穌。

「停！」伊內修眼見部隊的尾巴也出了門，急急叫道。「即刻給我回來。」門戛然關上。他彎下身手腳並用地爬到了檯子邊緣。然後他轉過身來，費了好大工夫調度四肢，終於在檯邊坐好。他發現自己懸盪的腳距地面只有幾吋之遙，便決定冒這縱身一跳的險。他將自己推離檯子落到地面的時候，攝影機滑下肩頭，砸在水泥上，發出空洞崩裂的聲響。開膛剖腹之後，它的膠卷腸子撒滿了一地。伊內修將它拾起，按下原該使它啓動的開關，卻一無反應。

噢，耶穌，替我交保
當我被人關進監牢。
噢，噢，你總讓我有
生活的理由。

「那些瘋子在唱什麼？」伊內修邊企圖將一呎一呎的膠片塞進口袋，邊向空蕩的廠房發問。

絕不傷害我

也絕不，絕不，絕不拋棄我。
我不會犯罪
我永遠都對
因我有耶穌。

伊內修拖著身後散脫的膠片，匆忙出門趕進了辦公室。兩位女士面無表情，正向一頭霧水的岡薩雷茲先生展示著漬污床單的背面。唱詩班的成員則已迷失在他們的旋律裡，只閉著眼睛著了魔似地唱誦。伊內修排開那個正在場面邊緣地帶遊手好閒毫無威脅的部隊，來到辦公室經理的桌前。

崔喜小姐一見到他便問：「發生了什麼事，葛蘿麗亞？全廠的人都在這裡要幹什麼？」

「趁你還有機會，趕快逃吧，崔喜小姐，」他一本正經告訴她。

噢，耶穌，給我安全
當你把警察趕得遠遠。

「我聽不見你，」崔喜小姐抓起他手臂喊道。「這是在演白人抹黑臉的滑稽戲？」

「到馬桶上去晾你乾癟的器官吧！」伊內修野蠻地吼道。

崔喜小姐拖著腳步去了。

「怎麼樣？」伊內修邊問岡薩雷茲先生，邊調整兩位女士的位置，好讓辦公室經理看得見床單的另一面。

「這是什麼意思？」岡薩雷茲先生讀著標語問。

「你拒絕幫助這些人？」

「幫助？」辦公室經理以恐慌的語氣問。「你在說什麼呀，萊里先生？」

「我在說對社會的罪，你就有罪。」

「什麼？」岡薩雷茲先生的下唇打起顫來。

「進攻！」伊內修對著部隊喊道。「這人沒有一點善心。」

「你還沒給他機會開口呢，」心不甘情不願舉著床單的女人之一說。「你讓岡薩雷茲先生說話。」

「進攻！進攻！」伊內修鼓起更大的義憤再次喊道。他藍黃相間的眼睛決眥而出，熠熠生輝。有人虛應故事地掄起單車鍊，在檔案櫃上方一個旋抽，便把豆藤打在地上。

「看看你幹的好事，」伊內修說。「誰叫你把盆栽打翻的？」

「是你說『進攻』的，」單車鍊的主人回答。

「立刻給我住手，」伊內修向一個正用鋼筆小刀在「研究參考部總管——I．J．萊里」那塊牌子上，漫不經心由上而下劃了一刀的人暴吼。「你們這幫人以為自己在幹什麼？」

「嘿，是你說『進攻』的，」好幾個聲音一起回答。

在寂寞之中
給我恩寵
黑夜漫長

給我光芒

噢，耶穌，憐憫我悲哀

而我絕不，我絕不，絕不會讓你離開。

「別唱那爛歌了，」伊內修對唱詩班大吼。「這樣恬不知恥的褻瀆，我是頭一回聽到。」唱詩班停止歌唱，看起來是傷了感情。

「我不明白你在幹什麼，」辦公室經理對伊內修說。

「噢，閉上你的小屄嘴，你這蒙古白癡。」

「我們回工廠了，」唱詩班的發言人，也就是那位極度熱心的婦人，對伊內修憤怒地說。「你不是個好人。我**相信**有警察正在找你。」

「是啊，」有幾個聲音附和。

「先等等，」伊內修懇求。「必須有人向岡薩雷茲進攻。」他向戰鬥部隊掃視一圈。「持磚的那位，馬上過來，在他頭上敲幾下。」

「我才不拿這打人呢，」持磚的那位說。「你在警察局裡的紀錄，大概總有一哩長。」

兩個女人滿臉厭惡，將床單扔在地上，便跟到已經開始列隊出門的唱詩班後面。

「你們這些人以為要去哪裡？」伊內修叫道，聲音裡噎滿了唾液與憤怒。

戰士們沒有作聲，開始尾隨唱詩班和兩名標兵走出辦公室。伊內修搖搖晃晃，快步走向落在隊伍後面的戰士，抓住其中一個的手臂，但那人像打蚊子一般向他揮手拍來，邊說，「我們不用吃牢飯，麻煩就已經夠多的了。」

「回來！我們還沒結束呢。你們要是喜歡，也可以去攻擊崔喜小姐，」伊內修又慌又亂，對著正在消失的部隊大喊，但那行進隊伍卻繼續以安靜而堅定的方式，走下階梯，進了工廠。門終於在最末一名為摩爾族捍衛尊嚴的十字軍戰士身後關上。

3

曼庫索巡警看了看手錶。他在廁所裡已經待了整整八個鐘頭。該是把戲服還回分局然後回家的時候了。他整天沒逮過一個人，況且還好像染上了感冒。那個馬桶間裡既冷且濕。他打了個噴嚏，想要開門，門卻文風不動。他將門左拉右晃，轉弄那似乎卡住了的門鎖。經過一分鐘左右的搖撼與推撞，他喊道：「救命！」

4

「伊內修！你果然給人炒了魷魚。」

「拜託，媽，我已經瀕臨崩潰邊緣。」伊內修將一瓶「堅果博士」塞進八字鬍下喝了起來，發出吱吱格格吸吮吞嚥的嘈噪聲響。「你要想繼續喋喋不休，就是非把我推下邊緣不可。」

「辦公室裡一個小小的職位，你也做不長。虧你念過那麼多書。」

「是有人恨我嫌我，」伊內修說，把一臉的委屈對著廚房那面褐色的牆。他噗地一聲把舌頭從瓶口抽回，嗝出了些「堅果博士」。「歸根究柢，都是摩娜．敏可夫的錯。你知道她就會惹事。」

「摩娜．敏可夫？別跟我說那套瘋話，伊內修。那姑娘在紐約。我知道你，兒子。你一定是在那個雷維褲廠裡闖了禍。」

「我的傑出，令他們感到困惑。」

「把報紙給我，伊內修。我們來看看求才廣告。」

「真的？」伊內修雷聲隆隆。「我又得被踢出家門淪落苦海？你心裡的慈悲，顯然都在保齡球館裡扔得一絲不剩了。我至少應該在床上躺一個禮拜，還要有人服侍湯飯，才能完全復原。」

「說到床，你的床單呢，兒子？」

「我怎麼曉得？也許是被偷了。我早就警告過你，要防範不請自來的入侵者。」

「你是說有人闖進我們家，就為了偷你的髒床單？」

「你洗衣服要是勤快一點，床單的形容詞應該會小有不同。」

「好了，把報紙給我，伊內修。」

「你真要唸出聲來？我懷疑此刻我的身體系統能夠承受那種創傷。何況，我正在看科學版裡一篇非常有趣、講軟體動物的文章。」

萊里太太將她兒子的報紙一把扯走，只留下兩小片碎紙在他手中。

「媽！這種態度惡劣的無禮行為，是你跟那些打保齡球的西西里人來往的結果？」

「閉嘴，伊內修，」他母親說，一邊急急翻找報紙的分類廣告版。「明天一早，你就跟早起的鳥一起去搭那個聖查爾斯電車。」

「啊？」伊內修心不在焉。他在想這下該如何給摩娜寫信。膠片好像也報銷了。用一封信來解釋十字軍出征的災難結局，是不可能的。「你說什麼，我的母親？」

「我說你跟早起的鳥一起去搭電車，」萊里太太尖聲叫道。

「聽起來是很恰當。」

「找到工作你再回家。」

「顯然，佛圖娜要往下再轉一圈。」

「什麼？」

「沒什麼。」

5

雷維太太俯臥在馬達帶動的健身檯上。它分成幾段，輕輕戳刺著她富態的身子，推揉著她軟而白的皮肉，像一個充滿愛心的麵包師傅。她的兩臂環在桌下，將它緊緊摟住。

「噢，」她發出輕柔快樂的呻吟，啃咬著她臉下的那段。

「把它關上，」背後某處傳來她丈夫的聲音。

「什麼？」雷維太太抬起頭左右環顧，如在夢中。「你在這裡幹什麼？我以為你要留在城裡看賽馬。」

「我改變了主意，如果你不反對的話。」

「當然，我沒問題。隨你的意。別讓我指喚你。你自己高興就好。我才懶得管。」

「對不起。抱歉我害你離開那張檯子。」

「我們別把這檯子扯進來，如果你不介意的話。」

「噢，如果我對它有言語不恭的地方，讓我道歉。」

「別扯到我的檯子。如此而已。我只想和和氣氣。在這個家裡，我是不會起頭抬槓的。」

「閉上嘴，把那鬼玩意再打開吧。我要沖個澡去。」

「看到了吧？你沒事就這麼激動。別把你的罪疚感全出在我的頭上。」

「什麼罪疚感？我幹了什麼？」

「你自己知道，葛斯。你知道自己怎樣浪費了自己的生命。一整個事業泡了湯。一個拓展到全國的機會。你爸爸的血汗，用銀盤子端到你手上的。」

「呃唷。」

「一個正在成長的公司，現在要垮了。」

「你聽著，我今天為了設法挽救那個生意，現在頭痛得很。沒去看賽馬的原因就在這裡。」

在與父親抗爭了將近三十五年之後，雷維先生已經決定，後半輩子要儘量避免騷擾。但他在「雷維小廬」的每個日子，都得受他妻子的騷擾，只因為她憎恨他不願受雷維褲廠的騷擾。同時，也因為迴避雷維褲廠，他反而受到公司更大的騷擾，因為那邊總是問題層出。其實他若能真的管起雷維褲廠，做個朝九晚五的經理，事情會單純得多，騷擾也必然減少。但光是雷維褲廠這個名字，就足已令他胃酸倒流心口灼熱。他總把它和父親連在一起。

「你幹了什麼，葛斯？簽發了幾封信？」

「我炒了個人。」

「真的？了不得。誰？管鍋爐的？」

「你記得我告訴過你的大怪物，被岡薩雷茲那隻蠢驢請來的？」

「噢。他。」雷維太太在健身檯上滾動身子。

「你該看看他把那地方弄成什麼樣子。天花板上掛滿了裝飾紙條。一個大十字架釘在辦公室裡。我今天一進門，他就來跟我抱怨，說廠裡哪個人把他種的豆子打在地上。」

「種的豆子？他以為雷維褲廠是個菜園？」

「誰曉得那個腦袋裡在幹些什麼？他要我把那個打翻他盆栽的人，和另外一個他說把他牌子割破的人炒掉。他說他們存心要跟他過不去。我就到後面工廠去找那個當然不會在場的巴勒摩，你猜結果我找到了什麼？那些工人有一大批磚頭鐵鍊，丟得到處都是。他們都情緒激動，跟我說這個萊里傢伙，就是那個大邋遢，叫他們帶那些鬼玩意來攻打辦公室，把岡薩雷茲揍一頓。」

「什麼？」

「他對他們說，他們是薪水太低工作太多。」

「我覺得他對，」雷維太太說。「昨天蘇珊和珊卓菈才在她們的信裡提到這個。大學裡的小朋友們告訴她們，說她們的爸爸，照她們口裡形容的來看，很像是個靠奴工生活的大農莊主人。女兒們大受刺激。我原來想跟你提的，但那個新髮型師給了我太多麻煩，所以一時也就忘了。她們要你給那些可憐的人加薪，否則再也不會回家。」

「那兩個東西以為自己是誰？」

「她們以為自己是你女兒，如果你還記得的話。她們要的，也不過是能尊敬你。她們說如果你想再見到她們的面，就必須改善雷維褲廠的狀況。」

「她們幹嘛突然之間對黑人起了這麼大的興趣？男生都用完啦？」

「你又要來挑女兒的不是。你看看？這就是我也無法尊敬你的原因。你的女兒如果一個是馬，一個是棒球球員，你一定為她們把命都能賣了。」

「她們如果一個是馬，一個是棒球球員，相信我，我們日子會好過得多。可以靠她們賺點錢。」

「對不起，」雷維太太說著又啟動了健身檯。「我實在聽不下去了。我已經太過失望。我幾乎就沒法硬起心腸，去跟女兒們寫這些。」

雷維先生看過他妻子寫給女兒的信，盡是些情緒化、非理性、相形之下可以把派屈克．亨利打成保守黨的洗腦式社論[99]，使逢年過節回家的女兒們總是渾身帶刺，對將她們母親百般折磨的父親充滿了敵意。雷維太太只要把他寫成一個將年輕正義鬥士解雇的三K黨人，就真能做出一篇煽風點火的大字報。手邊的材料太好了。

「這傢伙是個十足的神經病。」

「對你來說，個性就是一種精神病。正直就是一種情結。我都聽過了。」

「我跟你說，要不是廠裡有個工人告訴我這怪物被警察通緝，我也不會炒他。我們公司裡的麻煩已經夠多，不必再添一個瘋瘋癲癲警察局裡的角色在那做事。」

「少來這套。太典型了。在你們這種人眼裡，正義鬥士和理想家都成了披頭族和現行犯[100]。這是你對他們的防衛。但謝謝你告訴我。可以增加我信裡的寫實性。」

「我這輩子沒炒過人魷魚，」雷維先生說。「但警察在找的人，我可留不起。說不準會給**我們**惹上麻煩的。」

「拜託。」雷維太太從她的檯上比了個警告的手勢。「此時此刻，那個年輕的理想家一定正在什麼地方痛苦掙扎。這會教女兒們心碎的，就像我這樣心碎。我可是個有品有德、又正直又優雅的女

---

99 派屈克．亨利（Patrick Henry, 1736-1799）在美國爭取獨立時，曾振臂高呼「不自由，毋寧死」名言。保守黨（Tory）則是當時親英的殖民地人。

100 披頭族（beatnik）指1950年代「披頭世代」（Beat Generation，或譯「垮掉的一代」、「敲打的一代」）成員。

人。你卻從來也沒欣賞過。我自從跟你在一起，就降了格。你讓所有東西都變得不值錢，包括我在內。我的心腸都已經變硬了。」

「這麼說，我也把你給毀了，是吧？」

「我曾經是個熱情善良充滿愛心的女孩，懷著崇高的理想。女兒們都知道。我原以為你會把雷維褲廠拓展到全國。」雷維太太的頭一上一下，一上一下地跳動。「你瞧。現在它成了個破破爛爛的小公司，只剩幾家代銷。你女兒的夢想飛了。我的夢想飛了。那個被你炒掉的年輕人的夢想也飛了。」

「你要我去自殺？」

「你自己做主吧。你一向如此。我存在，也只是為了你的快樂。我只是另一部舊跑車。你愛用不用。我懶得管。」

「噢，閉上嘴吧。沒人要用你的。」

「你看是不是？你就愛罵人。這都是不安全感、犯罪情結、敵意。你要是為自己和自己待人的方式感到驕傲，就會開朗得多。再拿崔喜小姐這個例子說吧。你看看你對她幹了什麼。」

「我從沒對那女人幹過什麼。」

「這就是啦。她孤獨，她恐懼。」

「她也快死了。」

「自從蘇珊和珊卓菈離家之後，我自己也感到一絲犯罪情結。我在幹嘛？我的任務在哪裡？我可是個有興趣有理想的女人啊。」雷維太太嘆口氣。「我真覺得一無用處。你把我關在籠裡，裡面有百般物質上的享受，卻滿足不了真正的我。」她跳動的眼睛冷冷地望著丈夫。「把崔喜小姐帶來這裡，我就不寫那封信。」

「什麼？我可不想讓那個邋裡邋遢的醜老太婆到這裡來。你的橋牌俱樂部是怎麼回事？上次你沒寫信，就拿到一套新洋裝。這樣可以了吧。我給你買件舞會禮服。」

「我光讓那女人保持活動是不夠的。她還需要有人協助。」

「你為了那個函授課，已經拿她當過實驗品了。何不給她一點清靜。叫岡薩雷茲讓她退休。」

「那樣做等於是殺了她。她更覺得沒人要她了。一條人命會送在你手上。」

「我的媽呀。」

「一想到我自己的媽媽。每年冬天在聖璜的海灘上。曬黑的皮膚、比基尼。跳舞、游泳、歡笑。男朋友。」

「她每次被浪沖倒，就得發一回心臟病。她在賭場沒輸光的錢，都要送給『加勒比希爾頓大飯店』的常駐醫生。」

「你不喜歡我媽是因為她對你太瞭解了。她是對的。我應該嫁給醫生，嫁給一個有理想的人。」雷維太太哀怨地跳著。「其實我也不在乎了。痛苦只會讓我變得更加堅強。」

「那個該死的檯子要是被人拆走電線，你會有多痛苦？」

「我跟你說過了，」雷維太太忿忿然說。「我們別把這檯子扯進來。你的敵意霸佔了你的腦袋。聽我的建議，葛斯。到醫學技術大樓去找那個精神分析師看看，就是幫藍尼把他那家珠寶店起死回生的那個。藍尼不肯販賣念珠的情結，就是被他治好的。藍尼對他是讚不絕口。現在他跟一群修女訂了個獨佔的協議，讓她們在全城將近四十所天主教學校裡兜售念珠。錢是滾滾而來。藍尼高興。修女高興。小孩子也高興。」

「聽起來是好得很。」

「藍尼還進了一批漂亮的雕像和宗教飾品。」

「他一定高興了。」

「他是。你也應該這樣。趁著為時還不太晚，快去找那醫生，葛斯。為了孩子，你應該去求治的。我是不在乎。」

「我猜你也不會在乎。」

「你這個人頭腦實在不清。就拿親身經驗來說吧，珊卓菈經過精神分析之後，變得快樂多了。大學裡有個醫生幫了她不少忙。」

「我猜他是幫了忙。」

「珊卓菈要是聽到你對那個年輕的社會行動者幹了什麼，也許又會倒退回去。我知道總有一天女兒們會完全跟你對立。她們熱情善良，富於同情，就像我沒受虐待之前那樣。」

「虐待？」

「拜託。不用再冷嘲熱諷了。」一個塗著藍綠色指甲油的手勢，從顛跳蠕動的檯子上發出警告。

「是把崔喜小姐交給我，還是把信寄給女兒？」

「把崔喜小姐交給你，」雷維先生終於說。「你大概會用那檯子把她屁股拆散掉。」

「別把檯子扯進來！」

第七章

1

樂園攤販[101]公司設在坡依卓斯街一棟別無他人租用的商業大樓中，位於原本是個汽車修理廠的陰暗底層。車庫的門通常敞開，為過往行人提供一股混著水煮熱狗與芥末的辛辣撲鼻的氣味，其中還夾著被「哈門斯」與「赫普汽車」[102]滴下流出的汽車潤滑劑與機油長年浸泡的水泥地味道。樂園攤販公司的濃臭，往往會使全無抵抗而充滿疑惑的行人，從敞開的門口往車庫的暗處瞟上一眼。行人的眼光會落在一隊裝著單車輪的洋鐵皮製巨大熱狗上。那算不上是批可觀的車輛收藏。有幾部車滿身都是坑坑凹凹。一條壓扁的香腸側躺著，一個輪子橫在上面，顯然已死於車禍。

在樂園攤販公司前快步通過的午後行人當中，有個兀自緩步慢搖的龐大身形。那是伊內修。他在

101 樂園攤販（Paradise Vendors）影射紐奧良街頭的「好運狗」（Lucky Dogs）熱狗車。

102 哈門斯（Harmons）是大貨車所拖槽車的廠牌。赫普汽車（Hupmobile）是美國Hupp Motor Company於1909至1940年間產製的汽車。

狹窄的車庫之前停下，嗅著來自「樂園」的氤氳，享受著無比的感官愉悅。他突出於鼻孔之外的毛，正將熱狗與芥末與潤滑劑的獨特氣味，做出分析、登記、歸類、編目。他深深呼吸，細細研究自己有沒有察覺到一個比較幽渺的氣味，也就是熱狗麵包的微香。他看看米老鼠手錶上兩根戴著白手套的指針，注意到他剛在一個鐘頭前吃過午飯。但那奇妙的香味卻依然令他猛嚥口水。

他踏進車庫，四下環顧。一角有個老頭，正在一口尺寸遠超過下面瓦斯爐的商用大鍋裡煮著熱狗。

「對不起，先生，」伊內修喚道。「你們有零售嗎？」

那人潮濕的眼睛向這龐大的客人轉來。

「你要什麼？」

「我想買一條你們的熱狗。聞起來相當可口。不知道能不能只買一條。」

「當然。」

「我能不能自己挑一條？」伊內修邊問，邊居高臨下往鍋裡探看。沸滾的水裡，條條香腸衝撞擺盪，有如經過人工染色放大的草履蟲。伊內修讓這又辣又酸的香氣把肺部填了個滿。「我要假裝是在一家高級餐館裡，把這當作一池龍蝦。」

「哪，用這支叉，」那人說著把一根彎曲腐蝕彷彿長矛一般的東西遞給伊內修。「小心別碰到水。它像強酸似的。你看它把這叉子弄的。」

「唷，」伊內修咬下一口以後對那老頭說。「滿結實的。用的是哪些原料？」

「橡膠、五穀、內臟。誰曉得？我是不敢碰的。」

「它們有股奇特的吸引力，」伊內修清著喉嚨說。「在外面的時候，我就覺得鼻子旁的鬍髭偵測到了什麼特別的東西。」

伊內修以充滿喜悅的野蠻方式嚼著，邊研究著老頭鼻上的疤，邊聽他吹口哨。

「聽起來像是史卡拉第[103]的旋律？」伊內修終於問道。

「我以為我吹的是〈稻草裡的火雞〉[104]。」

「本來我還抱了點希望，以為你或許知道史卡拉第的作品呢。他可是最後的一位音樂家了，」伊內修作完評論，又回頭去猛啃那一長條熱狗。「以你的音樂天分，應該在較有價值的東西上多做努力才是。」

伊內修趁那人再度吹起不成調子的口哨時嚼了幾口。然後他說：「我猜你是把〈稻草裡的火雞〉當成什麼有價值的美國文物了。老實說，它不是。它是個刺耳難聽的東西。」

「我不覺得這有什麼重要。」

「可重要了，先生！」伊內修大叫。「推崇〈稻草裡的火雞〉這樣的東西，就是我們當前困境的根源。」

「你從哪裡蹦出來的？你到底要什麼？」

「把〈稻草裡的火雞〉奉成了什麼文化支柱似的，這樣的一個社會，你對它有何看法？」

「有誰這麼想？」老頭緊張地問。

「每個人！特別是民謠歌手和三年級老師。蓬頭垢面的大學生和小學兒童成天像巫師唸咒似地唱個不停。」伊內修打了個嗝。「這美味的點心，我想我要再來一份。」

---

103 與巴哈同年而稍晚數月出生的義大利巴洛克時代作曲家、古鋼琴家Domenico Scarlatti（1685-1757）。

104 美國著名鄉村民謠「Turkey in the Straw」。

吃完第四條熱狗之後，伊內修用他壯觀的粉紅舌頭，在嘴唇四周和八字鬍上捲抹一圈，對老頭說：「我記不得上一次這麼滿足是什麼時候了。找到這個地方，算我幸運。我這下半天裡，還充滿了不知道是什麼樣的恐怖。我目前失業，不得不開始四處求職。其實還不就是捕風捉影。我在這商業區裡，已經來回奔走了足足一個星期。顯然我欠缺了當今雇主所尋求的某種特殊變態。」

「沒找到事，啊？」

「嗯，過去這一週來，我只應徵了兩個廣告。有些日子，我才到運河街，便已經精疲力竭。在那幾天裡，我要有足夠力氣爬到電影院，就已經算好的了。其實，城裡上演的電影我全都看過，而它們都惡劣到很有永不下片的可能，所以我看下個星期將會特別悽慘。」

老頭看看伊內修，又看看大鍋、瓦斯爐，和那些被撞扁壓皺的車，「我現在就能雇你。」

「非常感謝，」伊內修語氣傲慢。「不過，我無法在此工作。這個車庫特別陰濕，而我除了其他症狀之外，又容易感染呼吸管道的疾病。」

「你工作的地方不在這裡，年輕人。我說的是做零售攤販。」

「什麼？」伊內修咆哮。「整天待在外面，不是雨就是雪的？」

「我們這裡不下雪。」

「偶爾也會下。等我把車一推出去，說不定就會下雪。搞不好會在哪個溝裡找到我，七竅結冰，身上爬著用我最後一口氣來取暖的野貓。不，謝了，先生。我得走了。我好像還有個什麼約在身。」

伊內修心不在焉地看看他的小手錶，發現它又停了。

「先做一陣看看，」老頭懇求。「試它一天。好不好？我急需小販。」

「一天？」伊內修不可置信地重複。「一天？我可不能浪費寶貴的一天。我是有地方要去，有人要見的。」

「那好，」老頭語音堅定。「把你吃那幾條香腸欠我的一塊錢拿來。」

「這恐怕還得由貴寶店或貴寶車庫或什麼的來奉送了。我那位瑪波小姐[105]一樣的母親，昨晚在我口袋裡搜出不少電影票根，今天就只給了我車錢。」

「我要去叫警察。」

「噢，老天！」

「給錢！不給我就報警。」

老頭抄起那把長叉，便身手矯捷地將兩個蝕爛的鉗子，抵在伊內修的喉間。

「你要把我的進口圍巾戳破了，」伊內修大喊。

「把你的車錢給我。」

「我總不能一路走回君士坦丁堡街。」

「叫部計程車。到了家，自然會有人替你付車錢。」

「如果我告訴我母親，有個老頭用叉子把我那兩枚五分鎳幣給搶走了，你真以為她會相信我？」

「我不會再讓自己被搶的，」老頭說著噴了伊內修一身唾沫。「這種事專會找上賣熱狗的。熱狗小販和加油站工人，總是逃不掉。不是明搶，就是暗偷。沒人尊敬一個熱狗小販。」

「這顯然不是事實，先生。我比任何人都尊敬熱狗小販。他們提供的，是我們社會裡少數真有價值的服務之一。搶劫熱狗小販，是個象徵性的舉動。這種竊盜不是因為貪財，而是出於一股意圖貶低

105 瑪波小姐（Miss Marple）是推理小說家阿嘉莎．克莉絲蒂（Agatha Christie, 1890-1976）筆下善解疑案的老婦神探。

小販的欲望。」

「閉上你又肥又腫的鳥嘴，把錢給我。」

「以你的高齡而言，你算得上是堅定不移的了。但我絕不會去走五十條街的路回家。我寧可死在生鏽的叉下。」

「好吧，朋友，我告訴你。我這是給你個便宜。你出去推一個鐘頭的車，我們就算扯平。」

「我不需要取得衛生局或什麼的批准？我是說，我的指甲下面說不定會有什麼對人體甚為有害的東西。順便問一下，你的小販都是這樣請來的嗎？你這雇用程序很不符合當前的政策。讓我有點上了賊船的感覺。我擔心得很，都不敢請問你是如何解雇職員了。」

「只要記住，以後別再想搶賣熱狗的人。」

「這一點，你已經提出過了。其實，你提出過兩點，都貨真價實提在我脖子和圍巾上了。我希望你有為圍巾做出賠償的準備。市面上已經找不到這種了。是在一個被德國空軍炸毀的英國小廠裡織造的。當時的謠言，都說德國空軍衝著這間工廠而來，是意圖打擊英國士氣，就因為德國人在一卷沒收的新聞影片中，曾見過邱吉爾圍了一條這種圍巾。據我所知，邱吉爾在那部『電影聲』[106]裡戴的很可能就是這條。今天它們的價值上千。而且還能當披肩用。你看。」

「我看哪，」眼見伊內修把圍巾當成禮服的圍腰、肩上的飾帶、斗篷、蘇格蘭裙、兜起傷臂的吊帶和頭巾之後，老頭終於說道，「你大概也不可能在一個鐘頭之內，對樂園攤販做出太大的傷害。」

「如果除了牢獄或刺穿的喉結之外別無任何選擇，那我欣然從命，幫你推車就是。只不過我不敢預測能推多遠。」

「別把我想錯了，年輕人。我不是惡人，但逆來順受畢竟也到了極限。我花了十年工夫，想把樂園攤販搞成個有聲有色的機構，可是難啊。大家都看不起熱狗小販。他們以為我這生意只有無賴漢才肯做。我總找不到像樣的小販。等我終於找到一個好的，他又會在外面給流氓搶了。上帝為什麼要這樣刁難？」

「我們不能懷疑祂的道理，」伊內修說。

「也許不能，但我還是不明白。」

「包伊夏斯的著作，或許能給你一些指點。」

「我每天都在報上讀凱勒神父和比利．葛里翰[107]。」

「噢，我的天！」伊內修脫口而出。「怪不得你如此迷失。」

「哪，」老頭邊說邊打開爐旁一個金屬櫃。「把這穿上。」

他從櫃中取出一件像是罩衫的衣服，遞給伊內修。

「這是什麼？」伊內修快樂地問。「看起來像是學院袍。」

伊內修將它套上。綳在大衣外面的罩衫，使他看起來有如一顆即將孵化的恐龍蛋。

「用帶子繫在腰上。」

「絕對不能。這種東西本來就應該在人體四周自由活動，雖然這一件似乎沒什麼活動空間。你確定沒有尺寸大點的？」

---

106 「電影聲」（Movietone）原為美國福斯（Fox）公司於1927年所創的軟帶有聲電影攝製技術，後來也用以簡稱1928年開始製作的「福斯電影聲新聞片」（Fox Movietone News）。英國「不列顛電影聲新聞片」（British Movietone News）則始於1929年。

107 天主教的名神父Father Keller（James Keller, 1900-1977），與基督教的名牧師Billy Graham（1918-）。兩人各有宗教專欄刊於報紙。

「細看之下，我發現這件袍子的袖口有點泛黃。希望胸前這些污斑是番茄醬而不是血。前一任穿這衣服的，恐怕是被流氓捅過幾刀。」

「來，把這帽子戴上。」那人遞給伊內修一小塊長方形的白紙。

「我絕不戴紙帽。我頭上這頂好得很，也健康得多。」

「你不能戴獵帽。這才是樂園攤販的制服。」

「我可不戴那頂紙帽！我不會為了替你玩這小遊戲，而死於肺炎的。你儘管拿叉子往我的重要器官戳吧。我絕不戴那頂帽子。我寧可死，也不要恥辱和疾病。」

「好啦，不用說了，」老頭嘆口氣。「來拿這部車。」

「你以為我會跟那破爛的醜怪一起上街去丟人現眼？」伊內修憤怒地說，一邊用手將身上的罩衫撫平。「把那部全身閃亮、輪胎漆了白邊的給我。」

「好吧，好吧，」老頭惱惱地說。他將車上一個小槽的蓋子打開，開始用叉子將熱狗從鍋裡移入車上的小槽。「我現在給了你一打熱狗。」他打開金屬麵包頂上的另一個蓋子。「我在這裡放一袋麵包，知道了？」他關上那個蓋子，把開在閃亮的紅色洋鐵皮熱狗上的一個小滑門拉開。「這裡面有一小罐液態燃料，保持熱狗的溫度。」

「我的天，」伊內修的語氣帶著些許尊敬。「這些車像七巧板似的。我怕我永遠沒法找到正確的門。」

老頭又打開另一個開在熱狗後端的蓋子。

「這裡面是什麼？機關槍？」

「芥末醬和番茄醬放在這裡。」

「好，讓我來做個勇敢的嘗試，雖然也許還沒走遠，我就把那罐液態燃料給賣了。」

老頭把車推到車庫門邊，說道：「好啦，朋友，去吧。」

「非常感謝，」伊內修回應了一聲，便把那巨大的洋鐵皮熱狗推上了人行道。「我一個小時後準時回來。」

「別把那東西推在人行道上。」

「我希望你沒有要我加入車流的念頭。」

「你在人行道上推這玩意會被抓的。」

「好，」伊內修說。「警察如果跟著我，也許就能預防搶劫。」

伊內修將車緩緩推離樂園攤販的總部，穿過熙來攘往，像船首波浪一樣往大熱狗兩側移開的行人。用這方式排遣時光，要比去見那些人事經理好得多。其中有幾個，伊內修覺得，在最近幾天裡對他特別兇惡。既然電影院在阮囊羞澀的情況下置足不得，他就必須在商業區裡晃蕩到可以回家為止，了無樂趣也漫無目標。街上行人看著伊內修，卻沒人要買。他在走了將近半條街後開始吆喝，「熱狗嗳！樂園的熱狗！」

「走在馬路上，老兄，」老頭在他身後某處呼喊。

伊內修繞過街角，將車停靠在一棟建築旁邊。他打開那些蓋子，為自己做了一份熱狗，狼吞虎嚥起來。這一週來，他母親一直情緒暴躁，不但拒絕為他買「堅果博士」，會在他寫作的時候過來打門，還威脅著要賣掉房子搬進老人院。她向伊內修描述曼庫索巡警的勇氣，因為他縱然遭到百般阻撓，仍為了保持工作而奮鬥不懈，因為他希望工作，因為他在巴士站廁所的折磨與放逐中能夠逆來順受。曼庫索巡警的情形，使伊內修想到了包伊夏斯死前被皇帝囚禁的情形。為了安撫母親並改善家中狀況，他給了她一本英譯的《哲學之慰藉》，也就是包伊夏斯在冤獄中的著作，叫她拿給曼庫索巡警，讓他在廁所間裡遭受禁閉的時候展讀。「這書教我們接受我們無法改變的事。它描述一位生在不義年代的正義之士。它是奠定中世紀思想的基礎。它必能在危機的時刻中，為你那位巡警帶來幫助，」伊內修滿懷好意地說。「是嗎？」萊里太太問。「嗷，你真甜，伊內修。可憐的安傑婁收到這個一定會很高興。」至少有將近整整一天，送給曼庫索巡警的禮物，為君士坦丁堡街上的生活帶來了暫時的平靜。

結束第一份熱狗之後，伊內修邊又做出另外一份吃了起來，邊思索還有什麼其他的善行，能讓他把必須再度工作的事繼續拖延下去。十五分鐘之後，他注意到小槽裡的備用熱狗正在明顯減少，才決定暫時克制一下慾望。他開始慢慢推著車往前走去，再度吆喝起來，「熱狗嘍！」

正抱了滿手牛皮紙封的包裹，在卡隆德勒街上閒晃的喬治聽見了吆喝，向那巨無霸的小販走去。

「喂，停停。給我來一個。」

伊內修正起色來，看著這個擋在推車前的年輕男孩。面對那些粉刺、那張似乎是掛在油亮頭髮下的陰鬱長臉、那根夾在耳後的香菸、那水藍色的夾克、那精緻的皮靴，和那在襠部噁心鼓起違反了一切幾何學與神學規則的緊身褲，他的瓣膜提出了嚴重抗議。

「對不起，」伊內修從鼻子裡出氣。「我只剩幾條香腸了，必須省下來。麻煩讓讓路。」

「省下來？給誰啊？」

「那就用不著你來操心，小太保。你怎麼沒去上學？請你停止騷擾。再說，我也沒零錢找。」

「我有兩毛五，」薄而白的嘴唇以輕蔑嘲弄的口吻說。

「香腸我是不能賣的，先生。聽清楚了嗎？」

「你是怎麼了，朋友？」

「我怎麼了？你又怎麼了？你難道是如此違反自然，下午才剛開始，就要吃熱狗？我的良心不允許我賣給你。你看看你可怕的皮膚。你是個還在發育的小孩，你的身體需要大量補充蔬菜和柳橙汁和全麥麵包和菠菜之類。至少，敗壞一個未成年人的事，我是做不出來的。」

「你在胡說什麼？賣個熱狗給我。我餓了。我沒吃中飯。」

「不賣！」伊內修暴吼一聲，其憤怒的程度招得過往行人紛紛矚目。「你再不走開，我就拿車輾你了。」

喬治拉開麵包箱的蓋子說：「嘿，你這裡東西多得很。給我弄根香腸。」

「救命！」伊內修突然想起老頭關於搶劫的警告，當場喊道，「有人要偷我的麵包！警察！」

伊內修把車一拉，正撞在喬治的胯間。

「哎喲！你小心點，神經病。」

「救命！有小偷！」

「閉嘴，拜託，」喬治說著把門甩上。「你應該被關起來的，你這大玻璃。知道嗎？」

「什麼？」伊內修大喊。「竟敢如此無禮？」

「你個大瘋子大玻璃，」喬治吼得更兇，然後用鞋跟的鐵片刮在人行道上，懶洋洋地走開。「你那雙玻璃手碰過的東西，會有誰要吃？」

「你膽敢跟我污言穢語。哪個人把那小子抓住。」伊內修眼見喬治消失在街道那頭過往的人群當中，言語便狂亂起來，「哪個還算是正人君子的，把那個不良少年抓住。那個未成年的臭小鬼。他眼裡還有尊長嗎？應該把那個小乞丐打到昏死為止！」

聚在活動熱狗旁的人群裡，有個女的說：「你說可不可怕？他們從哪裡找來這種賣熱狗的人？」

「無賴。都是無賴，」有人回答。

「問題出在酒上。他們都是喝酒喝瘋的，你要問我的話。真不該讓他這種人跑上街來。」

「是我的妄想症完全失去了控制？」伊內修問那群人。「還是你們這些蒙古白癡真的在說我？」

「別理他，」有人說。「你看那雙眼睛。」

「我眼睛又怎麼了？」伊內修兇狠地問。

「我們走吧。」

「請便，」嘴唇打顫的伊內修應道，又做了一份熱狗來安撫他震顫不已的神經系統。他用發抖的手，將一呎長的紅橡膠和麵團往嘴裡送，每次送進兩吋。這大口咀嚼對他脈動不已的頭部起了按摩作用。待他將最後一絲麵包屑塞進口中，他也覺得平靜多了。

他再度抓起把手，輕搖慢擺地將車順著卡隆德勒街往前推去。遵循著自己那繞行一匝的承諾，他在下個街角轉了個彎，然後停在蓋利爾廳[108]殘舊的花崗石牆邊，又吃了兩份「樂園」熱狗，才繼續他最後一段的旅程。伊內修轉過最後一個街角，見到樂園攤販公司的招牌斜斜突出在坡依卓斯街的人行道上方，便稍將步伐加快，一路喘著大氣進了車庫的門。

「救命！」伊內修可憐兮兮地吐著氣，把洋鐵皮熱狗撞在車庫低矮的水泥窗台上。

「發生了什麼事，朋友？我以為你會在外面待滿一個鐘頭。」

「我能回來，已經算我們兩人有幸。可不是又被他們找上了。」

「誰？」

「黑幫。不管他們是誰。你看我的手，」伊內修把兩隻大爪推在老頭面前。「我整個的神經系統，為了我讓它受到這種創傷，已經瀕臨造反的邊緣。假如我突然進入休克狀態，還得請你包涵。」

「到底發生了什麼事？」

「我在卡隆德勒街上，遭到龐大少年地下組織一個分子的攻擊。」

「你被搶啦？」老頭激動地說。

「夠殘暴的。我太陽穴上被一支生鏽的大手槍頂著。事實上是正好壓在穴位，害得我左半邊頭部的血液停止流動了好一陣子。」

「光天化日在卡隆德勒街上？居然沒人阻止？」

「當然沒人阻止。大家都鼓勵這種事。眼見一個可憐掙扎的小販公然遭人欺負，他們大概都看得津津有味。大概還都佩服那小子的敢作敢為。」

「他長什麼樣？」

「長得跟其他成千上萬的青年一樣。粉刺、飛機頭、腺狀腫，不外那些青少年的標準配備。好像還有個胎記或膝蓋受過傷之類的。我實在記不得了。那把槍戳到我頭上之後，因為腦裡血液循環不足，再加上恐懼，我當場昏了過去。他顯然就趁我趴在人行道上的時候，把小車洗劫一空。」

「他拿走多少錢？」

「錢？錢沒被偷。其實也沒錢可偷，因為這點心我連一份也沒賣出去過。他偷的是熱狗。沒錯。不過，他顯然沒把它們全部偷走。我醒來的時候，把車子檢查過一遍。還剩下一兩根，我想。」

108 曾為紐奧良市政廳的蓋利爾廳（Gallier Hall）位於市中心聖查爾斯大道（St. Charles Avenue）上，面對拉法葉廣場（Lafeyette Square）。

「我從來也沒聽過這種事。」

「也許他是餓極了。也許他正在發育的身體，因為缺乏某種維他命，迫使他必須稍作安撫。人類對食與色的慾望是一樣的。如果有持械強暴，為什麼就不會有持械搶劫熱狗的事？我看不出這裡有什麼不同。」

「你是滿嘴狗屁。」

「我？這種事件有它社會學上的根據。過錯就在我們的社會。這個飽受誨淫電視節目與色情期刊刺激的青年，顯然交往過幾個相當保守的年輕女性，而被她們拒絕他那充滿想像的性計劃。他無法滿足的生理慾望，因此要在食物上尋求昇華。我不幸便成為這一切的犧牲品。但我們可以感謝上帝，這個青年轉向食物來獲取發洩。要不然，我當場被他強姦也說不定。」

「他拿得只剩四條，」在熱狗槽裡察看的老頭說道。「王八蛋，不知道他是怎麼把它們抱走的。」

「我實在不知道，」伊內修說。然後他忿忿不平地補充，「我醒來的時候，發現車上的蓋子開著。當然沒有人肯幫忙扶我起來。我的白罩衫就標明了我是個小販，是個會玷污了手的穢物。」

「再試一次如何？」

「什麼？以我目前的情況，你還真想叫我再上街叫賣？我的十分錢，馬上就要投在聖查爾斯大道電車司機的手裡。我得把今天剩下的時間，都花在熱浴缸裡，試著恢復一點點正常。」

「那好不好明天回來，朋友，再試一次？」老頭滿懷企盼地問。「我是急需小販。」

伊內修盯著老頭鼻上的疤，打著豐盛頻繁的嗝，把這提議思考了半晌。至少他會有個工作。這應該能滿足他的母親。工作裡沒有太多的監督與騷擾。他清清喉嚨，結束冥想，然後打了個嗝，「如果早晨我的身體運作無恙，也許我會回來。我無法預測到達這裡的時間，但我想十之八九你是會見到我的。」

「那好，年輕人，」老頭說。「就叫我克萊德先生。」

「是，」伊內修邊說邊將剛在嘴角找到的一粒麵包屑舔去。「順便提一下，克萊德先生，我想把這件罩衫穿回家，向家母證明我被雇用了。你知道，她就是好酒貪杯，她要知道我勞動的報酬即將到手，而她的烈酒也不會斷絕供應，心裡才會踏實。我的生活夠悲哀了。也許哪天我會為你細說一下。但是目前，你得先對我的瓣膜有個瞭解。」

「**瓣膜**？」

「沒錯。」

2

瓊斯用海綿在吧檯上盲目擦拭。拉娜．李剛上街去做她很久不曾做過的採購，走前還把收銀機大聲鎖好，又叮囑警告了一番。瓊斯將吧檯略微抹濕之後，把海綿扔進水桶，坐進雅座，開始看妲琳給他的最近一期《生活》。他點上一根香菸，但那煙雲更使雜誌朦朧難讀。「歡樂良宵」裡最好的閱讀燈光，是那收銀機上的小燈，瓊斯便走到吧檯將它打開。他正要仔細研究一幅「施格蘭VO白蘭地」廣告中的雞尾酒會場景，拉娜．李卻推門而入。

「我就知道不該把你一個人丟在這裡，」她說，邊打開一個袋子，取出一盒教室用的粉筆，放進吧檯下一個櫥櫃裡。「你在我收銀機上搞什麼鬼？回去拖我的地板。」

「我早把你的地板拖完了。我現在成了地板專家。我想黑人哥們的血液裡都有掃地拖地，天生就會。到了今天，這對黑人來講，都有點像吃飯呼吸了。我敢打賭，你在一歲大的黑寶寶手裡塞根掃把，管保他就會開始賣命掃地。厚！」

瓊斯回頭去看那廣告的時候，拉娜把櫥櫃重新鎖上。然後她看著地板上長條的灰塵，彷彿瓊斯是在犁地而非拖地。乾淨地板的條條長線是畦溝，灰塵的條條長線是小丘。這就是瓊斯嘗試的微妙破壞，雖然拉娜並不知道。他還有較大的計劃留待將來。

「喂，你啊。過來看看我他媽的地板。」

瓊斯不情不願地透過墨鏡望去，什麼都沒看到。

「厚！你的地板好棒。喲呵。『歡樂良宵』裡什麼東西都是一流。」

「你看到那些垃圾了？」

「一個禮拜才二十塊，有點垃圾總是難免的吧。薪水要開始漲到五十六十，垃圾當然就會開始不見了。」

「我既然付了錢就得看表現，」拉娜怒氣沖沖地說。

「我問你，你有沒有用我這種薪水過過日子？你以為黑人買的雜貨衣服，都有特別價錢？你坐在那上面玩你的銅板，大半時間都在想些什麼？厚！你知道我住的地區，大家是怎樣買香菸的？那些人買不起一整包，他們得買一根兩分的零菸。你以為黑鬼過日子容易？操。我不是鬧著玩的。這種要嘛是無業遊民，要嘛就得靠這點薪水填肚子的生活，我已經受夠了。」

「當初條子要把你當無業遊民抓進去的時候，是誰收留你給你工作的？你躲在那副死眼鏡後面打混的時候，也不妨想想看。」

「打混？操。打混就清不了這他媽的窯子了。你那些可憐的笨客人灑了一地的東西，不總是有人又掃又拖的都清理掉了。我真可憐那些上這裡來以為能找到樂子的客人，八成酒裡被人下了迷藥，或者從冰塊上傳到了淋病。厚！還有，說到付錢，你那孤兒朋友沒再來過，我看你也許能多付一點。既然你不再做慈善，也許可以把『聯合基金』的錢偷偷塞給我一點。」

拉娜沒有說話。她把粉筆的收據夾在帳簿裡面，將來好把它列在她報所得稅時必定附上的列舉扣除額那一欄裡。她已經買了一個二手的地球儀。也一樣收在那個櫥櫃裡。她現在只欠一本書。下次看到喬治的時候，她會叫他帶一本來。他從高中輟學之前用過的書，一定還留了幾本。

拉娜經過好一段時間，才湊齊了這批道具。晚上有便衣來的那一陣子，她因為日夜掛慮心神不定，無法替喬治料理這項計劃。妲琳是個大麻煩，是拉娜抵禦便衣警察那道護城牆上的弱點。但現在那些便衣又都走了，走得跟當初出現時一樣突然。拉娜從一進門就能識破每個便衣，後來妲琳也遠離危險，跳下高腳凳去跟她的鳥排練節目，那些便衣漸漸也就無法繼續了。拉娜千叮萬囑，確保無人搭理他們。認出條子得全靠經驗。但能認出條子的人，也可以避免很多麻煩。

現在只剩兩件事尚待解決。一件事是找本書。喬治如果要她備一本書，就該自己替她帶來。拉娜可不想花錢買書，連二手書也不想。另一件事是現在便衣走了，該叫妲琳回到高腳凳上。讓妲琳這種人抽成，總比讓她賺薪水好。而且據拉娜所見，妲琳和鳥在台上的那套，也告訴她「歡樂良宵」此刻最好還是別去迎合動物市場的口味為妙。

「妲琳哪裡去了？」拉娜問瓊斯。「我有事要告訴她跟那隻鳥。」

「她打過電話，說她下午會來，再做一點排練，」瓊斯對著他正在研究的廣告說。「她說她要先帶鳥去看獸醫，她覺得牠好像掉了點毛。」

「是嗎？」

拉娜開始設計地球儀、粉筆與書的組合。這件事若要具備商業潛力，就必須做得技巧一點高級一點。她在腦中排出幾種既優雅又猥褻的擺設方法。不需要太過粗鄙。畢竟，她要吸引的是小孩。

「我們來了，」妲琳從門口快樂地宣佈。她身穿便褲和雙排釦海軍外套，手上拎著罩住的鳥籠，步履輕快進了酒吧。

「呃，別計劃待太久，」拉娜應道。「我有個消息要告訴你跟你的鳥。」

妲琳將鳥籠放在吧檯上，拉起罩子，現出一隻巨大頹萎桃紅色的鳳頭鸚鵡，看起來就像一部曾經有過許多主人的舊車。那鳥把冠羽一傾，發出了駭人的叫聲，「啊啊。」

「好了，把牠拿走，妲琳。你今晚開始，回到你的高腳凳上。」

「噉，拉娜，」妲琳撒起嬌來。「怎麼了嘛？我們排練得好好的。等我們把小問題全部搞定。我這表演保證走紅。」

「坦白告訴你，妲琳，我對你跟那鳥有點害怕。」

「我跟你說，拉娜。」妲琳脫下外套，給經理看她褲子襯衫上用別針固定的小環圈。「看到這些東西了？表演要順暢好看，就靠它們。我在我公寓裡練過。這是個新戲法。牠用嘴啣住環圈這麼一扯，就能把我衣服掀掉。我是說，這幾個環圈只是排練用的。等我去做戲服的時候，會把環圈縫在一個暗鉤上，牠一扯戲服就會綳開。不騙你，拉娜。這絕對會是叫好賣座的熱門表演。」

「我告訴你，妲琳，最好你還是讓這個死東西在你頭邊飛來飛去或什麼的，比較安全點。」

「可是現在牠會真正加入表演。牠會揪——」

「對，也說不準會把你奶子揪掉。我這地方就巴不得有場他媽的意外，巴不得有輛救護車來把客人趕跑，把我投資敗光。或者這鳥突然起了念頭，飛到觀眾當中把誰的眼珠揪出來。不行，老實說，我信不過你跟一隻鳥，妲琳。安全第一。」

「嗷，拉娜，」妲琳心都碎了。「給我個機會吧。我們才剛進入情況呢。」

「不行。去。趁那東西還沒拉屎，把牠從吧檯上拿開。」拉娜把罩子擲回籠上。「你心裡有數的那幫東西都走光了，你也可以回去坐你的高腳凳了。」

「我想，我要把你心裡有數的那幫，告訴你心裡有數的那個，把你心裡有數的那個嚇得不幹。」

瓊斯從廣告上抬起頭來說：「你們這些人老是嘰哩呱啦窮賣關子，我看不下書。咦，哪個是『你心裡有數的那幫』，哪個又是『你心裡有數的那個』？」

「給我從凳子上下來，小鬼，拖地去。」

「那隻鳥老遠跑到『歡樂良宵』來努力練習，」瓊斯坐在他那朵雲裡微笑。「操。你得給牠個機會，不能把牠當黑人看待。」

「就是說，」妲琳衷心贊同。

「我們既然不做孤兒慈善，又不把錢分給工友，也許就該拿點出來，給一個得賣了命抽幾個成，為生活掙扎的窮女孩。嘿！」瓊斯見過妲琳企圖跳舞的時候，那鳥在台上滿場亂飛。他沒見過更爛的表演；妲琳和那鳥可算得上是正宗的破壞了。「有些小地方或許還可以改進，扭一扭，擺一擺，再加點溜來滑去，不過我覺得那套表演很不錯了。喲呵。」

「你看是不是？」妲琳對拉娜說。「瓊斯應該知道。黑人節奏感比較豐富。」

「厚！」

「我不想用關於某些人的故事來嚇某個人。」

「噢，閉上嘴吧，妲琳，」拉娜喊道。

瓊斯用煙將兩個人罩住，然後說：「我覺得妲琳跟那邊那隻鳥很特別。厚！我覺得你這裡會招來很多新客人。還有哪家酒吧會搞隻大禿鷹上台的？」

「你們兩個混帳真以為可以做到鳥的生意？」拉娜問。

「嘿！肯定有鳥的生意。白人就喜歡跟鸚鵡金絲雀什麼的親來親去。只要等他們發現『歡樂良宵』裡推出了個什麼樣的鳥。你得在門口雇個門房。你會做起上流社會的生意。」瓊斯造出一朵形狀險惡，彷彿隨時就要炸裂的雨雲。「妲琳跟那隻鳥只需要改進幾個小地方。操。人家女孩才剛踏進演藝圈。她需要一個機會。」

「對啊，」妲琳說。「我才剛踏進演藝圈。我需要一個機會。」

「閉嘴，笨蛋。你真以為可以讓那隻鳥幫你脫衣？」

「可以，老闆娘，」妲琳熱衷地說。「我是突然想到的。我坐在公寓裡看著牠玩牠的環圈，我就對自己說，『妲琳，幹嘛不在衣服上放幾個環圈？』」

「閉上你的白癡嘴，」拉娜說。「好，我們來看看牠的能耐。」

「厚！這就對啦。什麼混帳王八蛋都會上門來看的。」

3

「姍塔，我不得不打電話給你，寶貝。」

「怎麼回事，艾琳寶貝？」巴塔利亞太太蛙叫般的男中音裡充滿了同情。

「是伊內修。」

「他這會又幹了什麼，親愛的？告訴姍塔。」

「等等。讓我看看他是不是還在浴缸裡。」萊里太太小心聽著浴室裡大聲的液體激盪。一聲鯨魚般的吐氣，透過油漆斑駁脫落的浴室門，飄進了廳房。「沒問題。他還在裡面。我得老實跟你說，姍塔。我是傷透了心。」

「嗷。」

「大概一個鐘頭之前，伊內修回來，一身屠夫打扮。」

「好哇。他找到別的事了，這個大肥豬。」

「但也不能去幹屠宰啊，寶貝，」萊里太太的聲音裡充滿悲痛。「他是個熱狗小販。」

「嗷，算了，」姍塔哇哇叫道。「熱狗小販？你是說在街頭賣的。」

「是在街頭，寶貝，像個無賴。」

「就是無賴，丫頭。還更糟。有時候看報上的警察通告，都是些無業遊民。」

「多可怕呀！」

「哪個人應該對準那孩子的鼻子，給他一拳。」

「他剛回來的時候，姍塔，還叫我猜他找到了什麼事。我第一個就猜『屠夫』，你知道嗎？」

「當然。」

「他就兇巴巴地說：『繼續猜。你差得遠了。』我連著猜了五分鐘，把所有穿白制服的工作都猜光了。結果他說：『沒一個對。我找到的是賣香腸的工作。』我差點沒昏過去，姍塔，差點沒摔在廚房地板上。我要真是頭破血流倒在油氈地板上，那可精采了。」

「他才不會管呢，他那個人。」

「他不會。」

「太陽從西邊出也不會。」

「他一點也不關心他可憐的媽，」萊里太太說。「還受了這麼多教育，你知道。光天化日下到街頭去賣香腸。」

「那你怎麼跟他說，ㄚ頭？」

「我什麼都沒說。我才張嘴，他已經跑進浴室了。他現在還鎖在裡面，把水潑了一地。」

「等一下，艾琳。我今天有個小孫女在這裡，要幫忙帶一天，」姍塔說完便對電話那頭的什麼人吼了起來：「給我從爐子旁邊滾開，夏綿，到人行道上玩去，小心我給你一巴掌。」

一個小孩的聲音做了某種回應。

「老天，」姍塔若無其事地繼續與萊里太太對話。「孩子乖是乖，但有些時候我也不曉得。夏綿！滾出去，趁我還沒過去揍你一頓，趕快給我騎腳踏車去。別掛，艾琳。」

萊里太太聽見姍塔放下電話。然後有個小孩尖叫，接著是門砰然關上，最後姍塔回到了線上。

「上帝，我說實話，艾琳，那孩子誰的話也不聽！我給她煮點麵條跟燉肉，她就非要在我的鍋裡玩。我希望她學校裡的修女能多打打她。你知道安傑婁。你該看看他小時候是怎麼被修女打的。有個修女把他丟到黑板上。所以今天安傑婁才會這麼溫柔體貼。」

「修女可疼伊內修了。他小時候真是可愛。教義問答的時候，他總能贏回一大堆小聖像。」

「那些修女早該把他的頭揍扁。」

「他以前捧著那堆小聖像回來的時候，」萊里太太抽起鼻子，「我說什麼也想不到，他將來會在光天化日下賣起香腸。」萊里太太對著話筒緊張而兇猛地咳了起來。「不過，我倒要問你，安傑婁怎麼樣了？」

「前幾天他太太莉塔打電話給我，說她覺得他老被丟在那個廁所裡，好像是得了肺炎。我說真的，艾琳，那個安傑婁臉色白得跟鬼一樣。條子對待他也真是太差了。他是愛局裡的。他從他們條子學校畢業的時候，你會以為他是從什麼番薯藤學校出來的。那真叫驕傲啊。」

「是啊，可憐的安傑婁，臉色真差，」萊里太太表示同意。「咳得好兇，那孩子。呃，也許他讀了伊內修讓我拿給他的那本東西，會感覺好過一點。伊內修說那是激勵人的文學。」

「是嗎？我才不會相信那個伊內修給的『激勵人的文學』。大概都是些下流故事。」

「要是我認識的哪個人見到他在推車，那怎麼辦？」

「用不着羞恥，寶貝。你家裡有個臭小子，又不是你的錯，」姍塔埋怨。「你需要的，就是家裡有個男人，丫頭，讓那孩子走上正路。我要幫你去找那個問起過你的好老頭。」

「我不想要好老頭。我只要個好小孩。」

「你別擔心。一切交給姍塔。我來幫你撮合。管魚市場的那個人說他不知道這人的名字。但我會查出來的。其實，我好像前幾天還看過他在聖佛第南街上走呢。」

「他問起我了？」

「這，艾琳，我是說，我當時沒機會跟他說話。我連是不是同一個人都不太確定。」

「你看？那老頭也不管。」

「別這麼說，丫頭。我會到啤酒館那邊問問。我會去禮拜天的彌撒晃晃。我會查出他名字的。」

「那老頭不喜歡我。」

「艾琳，見個面也沒什麼大不了的。」

「我有個伊內修就夠頭痛了。真是丟臉啊，姍塔。萬一讓安妮小姐，我們隔壁那個太太，看到他推著車。她已經快要叫警察強制執行禁止騷擾的命令了。她一天到晚在小巷那裡她的百葉窗後面偷看。」

「你不能為人家操心，艾琳，」姍塔勸她。「我這條街上的人嘴巴都髒。你要是能住在『克露尼的聖奧多教區』裡，任何地方你都能住。簡直就是惡毒，我不騙你。我這條街上有個女人，如果再跟人囉唆我的事，管保叫她臉上吃塊磚頭。有人告訴我說她叫我『風流寡婦』。但你別擔心。我會好好整她的。總之，我看她跟在船塢做事的一個男人有過一腿。我看我會跟她丈夫寫個匿名信，給那女孩一點教訓。」

「我知道這種事，寶貝。記得我小時候住在王妃街上。我爸爸常接到匿名信……關於**我**的。真是惡毒。我總覺得是我堂姊，那個可憐的老小姐寫的。」

「哪個堂姊？」姍塔滿懷興趣地問。艾琳．萊里的親戚總會有些值得一聽的血腥故事。

「是小時候把一鍋滾水打翻在胳膊上的那個。看起來燙得不輕。知道我的意思？我老是看到她在她媽媽家的廚房桌上寫東西。大概就是在寫我的事。萊里先生開始跟我約會的時候，她還很吃醋。」

「總是這麼回事，」姍塔說。在艾琳那個充滿戲劇性的陳列館裡，燙傷的親戚算是一幅單調無趣的圖畫了。「我要開個派對，找你跟安傑婁跟他太太，如果她肯來的話。」

「噉，你真甜，姍塔，但我最近沒有派對的心情。」

「扭扭身體對你會有好處的，丫頭。如果我能查出那老頭是誰，我就把他也給請來。你跟他可以跳跳舞。」

「呃，你要是見到那個老頭，寶貝，就告訴他萊里小姐說『好』。」

浴室門後，伊內修正靜靜躺在微溫的水中，用一根手指把塑膠肥皂碟在水面上推來推去，時而傾聽他母親講著電話。偶爾他會按下肥皂碟，直到它盛滿水而下沉。然後他又會在浴缸底部將它摸回，把水倒光，再度放它出航。他藍黃相間的眼睛，望著馬桶上的一個馬尼拉信封。伊內修已經猶豫了許久，企圖決定要不要打開那個信封。找到工作的創傷，對他的瓣膜起了不良影響，他只希望這缸讓他像隻粉紅河馬在裡面打滾的溫水，能對他身體產生安撫的效果。然後他會對那信封展開攻擊。樂園攤販應該會是不錯的雇主。他可以將車停在河邊某處，把時間花在收集《日記》的材料上。克萊德先生有一種伊內修喜歡的慈父性質。這老頭，這臉上帶疤乾癟枯萎的香腸鉅子，該會成為《日記》裡一個值得歡迎的新角色。

伊內修終於覺得足夠放鬆，便從水中抬起他水淋淋的龐大身軀，拾起了那個信封。

「她為什麼非用這種信封不可？」他邊憤怒地問，邊研究著褐色厚紙上一小圈「紐約市天文台站」的郵戳。「內容大概是用記號鉛筆，還是什麼更糟的東西寫的。」

他將信封撕開，弄濕了紙，取出一張摺疊的海報，上面用大字印著：

演講會！演講會！

M．敏可夫大膽討論

「政治中的性：情色自由

作為抗拒反動派之利器」

二十八日，星期四，晚上八時

廣場大道希伯來青年會

入場費：一元，或連署M．敏可夫「為全民積極爭取更多更好的性愛並為少數人種要求短期密集訓練之請願書」。（請願書將寄往華盛頓。）請即刻連署，以拯救美國於性無知、貞節，與恐懼的水深火熱之中。你是否足夠投入，願意協助此一大膽重要的運動？

「噢，我的天！」伊內修在滴著水的八字鬍下吐出驚呼。「他們現在讓她公開演說了嗎？這荒誕的講演題目到底是什麼意思？」伊內修再把海報惡狠狠地讀了一遍。「至少，我知道她會大膽放言，而我也有股變態的衝動，希望能聽聽這小狐狸在觀眾面前如何胡說八道。這回她對品味和莊重的觸犯，可真是變本加厲了。」

循著海報底下那個手寫的箭頭和「見背面」的字樣，伊內修順從地看起海報的另一面，有摩娜寫的一些東西：

敬啟者：

怎麼回事，伊內修？我沒接到你的消息。其實，我不怪你不肯提筆。我想自己在上封信裡，話是說得太重了點，但那也只是因為我受不了你的偏執妄想，而這妄想的根源很可能就在你對性的那種不健康的態度。你知道，自從我們首次相遇，我就曾不斷向你提出過尖銳的問題，想要釐清你的性傾向。我的另一個欲望，是幫助你在愉悅的自然的性高潮中，臻至真正的自我表達與滿足。我敬重你的心靈，也一向接受你怪異的脾氣，因此我也希望你能達到心靈與性愛完美平衡的境界。（只要一次美好的爆炸性的高潮，就能淨化你的存在，帶領你走出陰影。）可別為了那封信跟我嘔氣。

我要為這張海報作個說明，因為我猜你定想知道這個大膽而投入的演講是怎麼來的。但首先我得告訴你電影已經取消，所以你若還在計劃飾演那個房東，也大可不必費神了。基本上，我們是碰到了經費問題。我從老爸身上再也擠不出一個銅板，而我們在哈林區發掘到的那位李歐菈，就為了薪水（或缺乏薪水）而變得敵意重重，終於說了幾句在我聽來有點反猶太的話。一個信念不深，不肯為促進自己種族利益的計劃做出犧牲奉獻的人，要來又有何用？山繆[109]已決定到蒙大拿去做森林騎警，因為他正在計劃一部以幽暗樹林（無知與習俗）為場景的戲劇寓言，希望去體驗一下森林。據我對山繆的瞭解，他做騎警一定砸鍋，但我知道這寓言必將極富挑戰性與爭議性，充滿令人不快的真理。祝他成功。他太棒了。

回頭再說這演講會。我似乎終於找到了一個講壇，可以宣揚我的哲學之類。幾週之前，我參加了朋友為剛從以色列回來的，一個非常**真實**的男孩所辦的派對。他實在令人無法相信。我不騙你。

伊內修釋出一點「樂園」之氣。

一連幾個鐘頭，他唱著在那邊學來的民歌。這些具有真正重要意義的歌曲，就證明了我的理論，也就是音樂基本上應該作為社會抗議與表達的工具。他讓我們在那間公寓裡一待就是幾個鐘頭，聽他唱歌，請他繼續。後來大家開始天南地北聊了起來，我也讓他知道了我心中大概的觀念。

---

[109] 前一封信中的許繆（Shmuel），即是此處山繆（Samuel）的希伯來形式。

「呵哼，」伊內修打了個兇猛的呵欠。

他說，「為什麼懷玉自珍深藏不露，摩娜？為什麼不讓全世界分享？」我告訴他我常在討論小組和我的集體治療小組裡說話。我也跟他提起我那些刊印在《新民主》與《個人與集體》與《當下！》上的致編者函。

「從浴缸裡出來，兒子，」伊內修聽見母親在浴室門外喊。

「為什麼？」他問。「你要用嗎？」

「不要。」

「那就請你走開。」

「你在裡面太久了。」

「拜託！我正要讀一封信。」

「一封信？誰給你寫了封信？」

「我親愛的朋友，敏可夫小姐。」

「你上次才說是她害你被雷維褲廠炒魷魚的。」

「那個嘛，是她。不過，也許是禍中有福。我的新工作可能會相當令人滿意。」

「可怕不可怕，」萊里太太悲哀地說。「一個工廠裡小小的文書職位被人炒了，現在你又上街去賣香腸。行，讓我告訴你，伊內修，你最好別讓香腸老闆給炒掉。你猜姍塔是怎麼說的？」

「不管是什麼，絕對明察秋毫一針見血。我猜想她對我們母語的打擊，不是輕易就能瞭解的。」
「她說應該有人照你鼻子就是一拳。」
「從她嘴裡出來，這算是有文化的了。」
「那個摩娜在做什麼？」萊里太太一肚子疑惑。「她為什麼寫這麼多信？她需要洗洗澡，那女孩。」
「摩娜的心理只能以口腔的方式來對待水。」
「什麼？」
「你可不可以不要像魚販那樣喊叫，走開一點？你烤箱裡不是烘著一瓶麝香葡萄酒嗎？讓我清靜清靜。我緊張得很。」
「緊張？你在熱水裡泡了一個多鐘頭了。」
「根本就不熱了。」
「那就出來。」
「我從浴缸出來，為什麼對你就有那麼重要？媽，我對你真是完全不懂。作為一個管理家庭的人，難道現在沒有什麼你覺得該做的事？我今天早上注意到，走廊裡的灰塵球都積成棒球那麼大了。去清清房子。打電話問問正確時間。幹點什麼事。躺下來睡一會。你最近像是憔悴多了。」
「我當然是，兒子。你傷透了你可憐媽媽的心。我要死了你怎麼辦？」
「呃，我不想加入這種愚蠢的討論。你要願意，就在外面繼續獨白。小聲點講。我得集中精神，對付那個M・敏可夫在信裡發明出來的新謬論。」
「我受不了了，伊內修。你總有一天會發現我中了風，躺在廚房裡。你看著吧，兒子。你會孤零零一個人在這世上的。那時候你就要跪下來，為你如何對待你可憐親愛的媽媽，向上帝懺悔了。」

浴室裡只是一片寂靜。萊里太太等待著至少是濺水或紙張窸窣的聲音，但那浴室門就如同是墳塚的門一般。等了無用的一兩分鐘之後，她開始穿過走廊，往烤箱走去。伊內修聽到烤箱門咿啞開啟，才又繼續看那封信。

他說，「以你這種嗓音和個性，應該去給監獄的囚犯演說。」這傢伙實在驚人。除了心志堅強之外，他還是個真正的「*mensch*」[110]。他的溫柔體貼，也令人無法相信。（特別是在跟山繆相處之後，因為山繆這人雖然專心致志無懼無畏，畢竟是太過大聲也稍嫌粗野。）我還是頭一次遇見像這民謠歌手那樣，為抗拒反動觀念與偏見而如此獻身的人。他說他最好的朋友是個黑人抽象畫家，能在畫布上塗抹出美妙的抗議與反叛，有時還用刀把布割成碎片。他給過我一本精采的小冊，詳細顯示教皇正在建立核子武裝。我才恍然大悟，於是又將它轉給《新民主》的編輯，希望為他與教會的抗爭提供一臂之力。但這傢伙也極力反對「WASPS」[111]。好像恨透了他們。總之，他聰明得很。

第二天我接到他的電話。問我願不願去對他要在布魯克林高地某處組織的一個社會行動團體講話？我大受感動。在這狗咬狗的世界裡，很不容易找個朋友……一個真心真意的朋友……至少我是這麼以為。好啦，長話儘量短說，我終於從**痛苦**的經驗中，學到了講演這行真有點像是演藝圈：導演選角用的沙發和那一大套。懂吧？

「我能相信自己眼前這種對於品味的嚴重冒犯嗎？」伊內修向漂浮的肥皂碟發問。「這女孩已經全無羞恥了！」

我再次覺悟到一個事實，那就是對某些人而言，我的肉體遠比我的心靈引人。

「呵哼，」伊內修嘆了口氣。

我自己是很想揭發這個冒牌的「民謠歌手」，我猜此刻他正在追獵其他熱情的年輕女性自由主義者。我認識的一個人告訴我，她聽說「民謠歌手」這傢伙其實是個阿拉巴馬來的浸信會徒。結果我一查他給我的那本小冊，才發現原來是三K黨印的。這就可以告訴你，我們今天面對的意識型態有多微妙複雜。我還以為那是本不錯的自由主義小冊呢。現在我又得厚起臉皮給《新民主》的編輯寫信，告訴他們那本小冊雖具挑戰性，執筆的人卻大有問題。哎，這回「WASPS」終於反攻，讓我栽在了他們手上。這個事件，令我想起有一回在愛倫．坡公園[112]餵松鼠，突然發現那其實是隻乍看之下隨時可能被人誤為松鼠的老鼠。吃一次虧學一次乖。這個冒牌貨給了我一個主意。一草一芥，都可以讓你學到東西。我決定去問此地青年會能不能將會堂借我用一晚。經過一段時間，他們終於答應。當然，布朗士區青年會的聽眾大概稍嫌褊狹了點，但如果我講得夠好，有朝一日也許便能登上列克星敦大道那個青年會[113]的講台。也就是曾有諾曼．梅勒與西摩．克林姆[114]這輩大思想家在裡面宣揚過見解的青年會。何妨試它一試。

110 德文的「人」。也是猶太人意第緒語（Yiddish）的「正人君子」。此處當取後一義。
111 WASP是白種盎格魯撒克遜基督新教徒（White Anglo-Saxon Protestants）的簡稱。
112 愛倫．坡公園（Poe Park）在紐約布朗士區，內有愛倫．坡（Edgar Allan Poe, 1809-1849）故居。
113 俗稱「92街Y」（92nd Street Y）的92街希伯來男女青年協會（92nd Street Young Men's and Young Women's Hebrew Association）。
114 諾曼．梅勒（Norman Mailer, 1923-2007）與西摩．克林姆（Seymour Krim, 1922-1989）除了寫作文學外，也同屬「新新聞學」（New Journalism）代表人物。

我希望你正在逐步解決你個人的問題，伊內修。妄想症是否更厲害了？我覺得妄想的根源，就在於你總把自己關在那間房裡，而對外面的世界開始產生疑懼。我不知道你為何堅持住在僻遠的南方，非要跟鱷魚為伍。紐約不但能使你亟待整修的心靈完全翻新，也能使你的頭腦真正茁長開花。但若長此以往，你就只會戕害自己與自己的精神。上次我路經密西西比與你見面的時候，你的情況相當不妙。你住在那個破爛的舊屋裡，只有你老媽作伴，此刻怕是已經完全退化了。難道你的自然衝動不在吶喊著要求發洩。只要一場美麗而有意義的戀情，便能完全將你轉化，伊內修。我確信如此。巨大的伊底帕斯鏈結正在纏繞你的頭腦，將你毀滅。

我想你的社會與政治理念也不可能有所進步。你是否已放棄了成立政黨或提名一位君權神授的總統候選人的計劃？記得我最後見到你，向你挑戰你的政治冷感時，你就想出了這麼個主意。我知道這是個反動的計劃，但它至少證明你在發展出一些政治意識。請你來信談談此事。我極為關切。我們國家需要一個三黨制度，而我覺得法西斯派的力量正在日漸壯大。這個「君權神授黨」便屬於某種邊緣群體的設計，可以吸走一大部分的法西斯支持力量。

不多談了。我希望講演成功。你，尤其是你，本該能從它的信息裡獲益的。順便一提，你若開始推展這「君權神授」的運動，我可以助你一臂之力，在這裡成立支部。請你走出那棟房子，踏入你周圍的世界，伊內修。我為你的未來擔憂。你向來是我最重要的計劃之一，我也很想聽聽你近來的精神狀態，所以請你**務必**離開枕頭寫封信來。

M．敏可夫

稍後，伊內修將他起皺的粉紅皮膚裹在法蘭絨睡袍裡，用一枚別針在臀部固定，然後在他房裡的桌前坐下，給鋼筆灌上墨水。他母親正在走廊上跟別人講電話，「而且他可憐的萊里老奶奶遺下來的保險金，每一分錢都用來供他上大學了。可怕吧？那些錢全泡了湯。」伊內修打了個嗝，拉開抽屜翻找他相信還剩下一些的信紙。他找到一個溜溜球，是從幾個月前在附近賣這玩意的一個菲律賓人那裡買來的。溜溜球的一面，是那個菲律賓人應他要求而刻的一株棕櫚樹。伊內修將溜溜球往下拋旋，繩子卻應聲繃斷，球搖搖擺擺滾到了地板那端的床下，躺在一堆「大酋長」拍紙簿與舊雜誌上。他將手指上那段繩子解下，再往抽屜裡挖掘，終於找到一張印著雷維褲廠的信紙。

摩娜吾愛：

頃接你的無禮來函。你真以為我有興趣知道你與民謠歌手這班次人類的低俗接觸？在你每封信中，我似乎都能找到關於你私生活不檢的提示。務請你約束自己，以討論大事之類為限，並藉此避免猥褻與冒犯。但我認為，這老鼠與松鼠，或老鼠—松鼠，或松鼠—老鼠之象徵，實在是意味深邃極為貼切。

在那個怪異演講的暗夜裡，你唯一的聽眾，大概會是個孤老不堪的男性圖書管理員，因為見到講堂窗口的燈光，便滿懷希望進來，以求逃離自身地獄中的清冷恐怖。大廳當中，只有他佝僂的身形孤坐在講台之前，和你鼻音濃厚的聲調迴響在空椅子間，將無聊、困惑，與性的暗示，往這可憐蟲的光禿腦殼中不斷敲送。而他在飽受驚駭瀕臨歇斯底里之餘，無疑會暴露自己，在絕望中捧起他殘破的器官揮舞如棒，以對抗在他頭上嗡嗡不息的可怕聲響。我若是你的話，當會立刻取消演講。我確信青年會管理人士接到你退出的要求，也必會鬆下一口大氣，尤其是在他們有機會看到那張全無品味，此刻想必已經貼在布朗士區每根電線桿上的海報之後。

關於我個人生活的種種評語，既屬多管閒事，也顯示出一種在品味與莊重上的嚴重欠缺。

其實我的個人生活已歷經一番蛻變：目前我以極其重要的方式涉足於食品銷售業，因此日後是否能有餘暇與你書信往來，似乎甚有疑問。

百忙之中的伊內修

第八章

1

「別去碰她，」雷維先生說。「你看，她正想睡覺。」

「別去碰她？」雷維太太將崔喜小姐的身子從黃色的尼龍沙發上扶起。「你知不知道，葛斯，這可憐女人一生的悲劇就在這裡。她總沒人碰。她需要別人。她需要愛。」

「呃啊。」

雷維太太是個有興趣有理想的人。這些年來，她把自己託付給橋牌、非洲堇、蘇珊和珊卓菈、高爾夫球、邁阿密、范妮．赫斯特[115]和海明威、函授課程、髮型師、太陽、美食、社交舞，以及近年來的崔喜小姐身上。她向來只能與崔喜小姐作有距離的接觸，這對函授心理學課程中所鋪陳的計劃來

115 范妮．赫斯特（Fannie Hurst, 1889-1968），美國小說家兼婦女運動健將。她曾是小羅斯福總統夫人的摯友，支持當時的「新政」（New Deal），力爭勞工與婦女權益。

說，在實行上是個極不理想的安排，也因此使她在期末考中全軍覆沒。函授學校甚至拒絕給她一個「不及格」。但雷維太太在年輕理想家被炒魷魚的這場牌戲裡出對了牌，終於贏來了皮皺肉縮、帽舌膠鞋全副武裝的崔喜小姐。岡薩雷茲先生也樂得批給這位助理會計一個無定期的休假。

「崔喜小姐，」雷維太太柔聲細氣地說。「醒醒。」

崔喜小姐睜開眼喘著息，「讓我退休了？」

「不是，親愛的。」

「什麼？」崔喜小姐咆哮起來。「我以為我退休了！」

「崔喜小姐，你以為自己老了倦了。這是很不好的。」

「說誰？」

「你啊。」

「噢，我是。我是很疲倦。」

「你還不明白？」雷維太太問。「那都在你腦子裡。你患了這種老年精神病。其實你還是個很漂亮的女人。你必須告訴自己：『我還漂亮。我是個漂亮的女人。』」

崔喜小姐對著雷維太太上了亮漆的頭髮，吐出一鼻子的抱怨之氣。

「你能不能讓她清靜一會，佛洛伊德醫生？」雷維先生從《體育畫報》上抬起頭來，憤怒地說。「我幾乎希望蘇珊和珊卓菈在家，好讓你跟她們去玩。你那幫打卡奈斯塔[116]的搭子哪裡去了？」

「別跟我說話，你這一事無成的東西。有個急需救助的神經病在，我能去打卡奈斯塔嗎？」

「神經病？那女人是老年癡呆。我們回來這一路上，就停過將近三十個加油站。我後來實在懶得下車帶她去看哪個是男廁所，哪個是女廁所，就乾脆讓她自己選吧。我弄出了一套系統。就是平均律。我在她身上下注，結果是不輸不贏打了個平。」

「別再說了，」雷維太太警告。「什麼也別說。真是狗改不了吃屎。老克制不了這種肛門失禁式的愚蠢行為。」

「現在不是有勞倫斯．威爾克[117]的節目？」崔喜小姐突然發問。

「沒有，親愛的。放輕鬆點。」

「今天是禮拜六啊。」

「會播的。別擔心。哪，告訴我，你都做了些什麼夢。」

「我現在記不得了。」

「試試看，」雷維太太說，邊用一枝鑲著假鑽的自動鉛筆，在她的記事簿上做著某種筆記。「你必須試試，崔喜小姐。親愛的，你的腦袋有點扭曲。就像是跛了一樣。」

「我老歸老，可沒有跛，」崔喜小姐狂亂地說。

「你看，你這是在刺激她，南丁格爾，」雷維先生說。「你用自己肚子裡那一大套精神分析，可要把她腦袋裡所剩無幾的也都弄壞啦。其實她想要的，不過是退休、睡覺。」

「你已經毀掉了自己的生命。別把她的生命也毀了。這個病人不能退休。必須讓她覺得有人想、有人要、有人愛……」

「去把你那該死的健身檯打開，讓她睡個午覺吧！」

116 以兩副撲克牌玩的canasta牌戲，規則略似麻將。

117 勞倫斯．威爾克（Lawrence Welk, 1903-1992），1955年開始的美國電視輕音樂（或他所謂的「香檳音樂」）節目*The Lawrence Welk Show*主持人。

「我以為我們都同意不把檯子扯進來的。」

「別吵她。別吵她。去踩你的健身車去。」

「安靜點，拜託！」語音嘎啞的崔喜小姐揉著眼睛。

「我們在她面前說話必須和和氣氣，」雷維太太悄聲說。「大的聲響，鬥嘴吵架，都會令她感到更不安全。」

「這我倒相信。安靜一點。把那個癡呆的醜老太婆帶出我的休閒室。」

「對。就像平常那樣，只顧你自己去吧。真希望今天你爸爸能看到你。」雷維太太水色的眼瞼在恐怖中抬起。「一個敗得千瘡百孔的花花公子，到處在找樂子。」

「樂子？」

「現在你們都給我住嘴，」崔喜小姐發出警告。「我得說，被你們帶來這裡，可真叫倒楣。跟苟梅斯在一起好多了。平平靜靜的。這如果是什麼愚人節的把戲，我可不覺得好笑。」她用眼屎重重的眼睛望著雷維先生。「你就是那個把葛蘿麗亞炒掉的傢伙。可憐的葛蘿麗亞。在那個辦公室裡上過班的，就數她人最好。」

「噢，不！」雷維太太嘆口氣。然後她把矛頭對準丈夫。「原來你就只炒過一個人，是嗎？這個葛蘿麗亞呢？曾經有人把崔喜小姐當人看待。曾經有人是她朋友。你知道嗎？你關心嗎？噢，不。你眼裡的雷維褲廠，等於是在火星上。你有天從跑馬場過去，進門就把葛蘿麗亞給踢走了。」

「葛蘿麗亞？」雷維先生問。「我可沒炒過什麼葛蘿麗亞！」

「你有！」崔喜小姐尖聲叫道。「我親眼看見的。可憐的葛蘿麗亞心腸真好。我記得她給過我襪子和午餐肉。」

「襪子和午餐肉？」雷維先生從牙縫裡吹氣。「哎喲我的媽。」

「對，」雷維太太喊道。「儘管取笑這個沒人在乎的東西吧。只別告訴我你還在雷維褲廠幹了些什麼。我受不了。我不會跟女兒講葛蘿麗亞的事。她們不會瞭解你這種鐵石心腸的。她們太天真了。」

「對，你最好別去跟她們說什麼葛蘿麗亞，」雷維先生怒氣沖沖地說。「再要這麼胡鬧，你就跟你媽一起到聖璜的海灘上去歡笑，去游泳，去跳舞吧。」

「你這是威脅我？」

「安靜點！」崔喜小姐咆哮得更大聲。「我現在就要回雷維褲廠去。」

「你看到了？」雷維太太問她丈夫。「你聽到那個工作的欲望了？而你居然還想用讓她退休的方法打擊她。葛斯，拜託。去找醫生看看吧。你這樣下去不會有好結果的。」

崔喜小姐伸手要拿那個她當作行李帶來的一袋碎布。

「好，崔喜小姐，」雷維先生像喚一隻愛貓似地說。「我們上車去。」

「謝天謝地，」崔喜小姐嘆口氣。

「你別碰她！」雷維太太大喊。

「我還沒從椅子上站起來呢，」她丈夫回答。

雷維太太把崔喜小姐重新推回沙發，然後說：「給我坐著別動。你需要幫助。」

「可不需要你們的幫助，」崔喜小姐喘著氣。「讓我起來。」

「讓她起來。」

「拜託。」雷維太太舉起一隻圓圓胖胖戴著戒指的手，做出警告。「這個沒人要的東西既然有我負責照顧，你就用不著擔心。你也不用擔心我。你可以把兩個小女兒忘掉。開你的跑車去。今天下午有帆船比賽。你看。從你用爸爸血汗錢裝的落地大窗看出去，就可以見到船帆了。」

「我會跟你們兩個算帳的，」崔喜小姐在沙發上咆哮。「沒關係。你們等著瞧。」

她企圖起身，但雷維太太已把她釘在黃色的尼龍上。

2

他的感冒是越來越嚴重了，而每次咳嗽也使他肺中產生微痛，在咳嗽灼傷他的喉頭與胸部之後，這痛還會殘留一陣。曼庫索巡警擦掉嘴上的唾沫，試著清除喉裡的痰液。有天下午，他的幽閉恐懼症大發，幾乎令他昏倒在廁所的馬桶間裡。而此刻，在感冒引起的暈眩之下，他似乎又要昏倒。他暫時將頭歇靠在馬桶間的側牆上，閉上了眼睛。紅色藍色的雲絮飄過他的眼瞼。在這寒熱尚未惡化到巡佐每天得將他抬進抬出馬桶間之前，他必須趕緊抓個人，離開這間廁所。他一向希望能在隊上爭得榮耀，但在一個巴士站的廁所裡死於肺炎，這裡面又有何榮耀可言？連自家親戚都會笑話的。他的孩子在學校裡對其他小朋友要怎麼說？

曼庫索巡警望著地上的瓷磚。它們有點模糊。他大感恐慌。他再仔細端詳，才發現那霧翳只是水汽，在這廁所幾乎所有的表面上都敷著一層灰濛濛的水汽。他重新看著攤在大腿上的《哲學之慰藉》，翻過疲軟潮濕的一頁。這書越發使他憂鬱頹喪。寫書的傢伙將被國王酷刑折磨。序言是這麼說的。這傢伙在寫這篇東西的時候，哪知道結果自己還是沒能把頭顱保住。曼庫索巡警對這傢伙深感同情，覺得有義務讀讀他寫的東西。截至目前為止，他只讀了將近二十頁左右，但已開始懷疑這包伊夏斯是不是什麼賭徒。他總是在講命運和機會和命運之輪。總之，這不是那種真正能令人樂觀振奮的書。

讀了幾句，曼庫索巡警的精神便開始遊蕩起來。他透過馬桶間門板的縫隙往外探看，他一向將門保持一兩吋的開口，以便觀察有誰在用小便池、盥洗台與紙巾箱。盥洗台前，是個曼庫索巡警似乎每天都會見到的男孩。他看著那雙精緻的皮靴在盥洗台與紙巾箱間來來去去。然後那男孩靠在盥洗台上，開始用原子筆在手背上畫了起來。這裡面也許有點苗頭，曼庫索巡警想。

他打開隔間的門，走向男孩。他邊咳邊努力裝出親切的口吻：「你在手煞寫舌麼呀，修弟？」

喬治望了望他手肘旁邊的單片眼鏡和大鬍子，然後說：「趁我沒一腳踹爛你的卵蛋，先給我滾遠點。」

「叫幾察呀，」曼庫索巡警向他挑釁。

「不必，」喬治回答。「給我走開就好。我不想找麻煩。」

「你怕幾察？」

喬治在猜這瘋子是誰。他跟那個賣熱狗的一樣討厭。

「告訴你，老怪物，走開。我不想惹條子的麻煩。」

「你不下？」曼庫索巡警快樂地問。

「不想，像你這種怪東西也不會想的，」喬治邊說，邊望著單片眼鏡後面那水汪汪的眼睛，和鬍子上靠嘴處的一片潤濕。

「你被逮捕了，」曼庫索巡警咳道。

「什麼？真是，我看你神經有問題。」

「罷庫叟徐幾。彆衣。」一枚警章亮在喬治的粉刺之前。「哥我走。」

「你他媽的抓我幹嘛？我不過是站在這裡，」喬治緊張兮兮地抗議。「又沒幹什麼。這算哪門子？」

「你有協疑。」

「有什麼嫌疑？」喬治恐慌地問。

「啊哈！」曼庫索巡警口流唾涎。「你是遮的怕了。」

曼庫索巡警伸手去抓喬治的胳膊要銬住他，但喬治卻一把從他腋下抽出那本《哲學之慰藉》，拍在他的腦側。伊內修買的是本龐大精美限量發行的英文翻譯版，那整整十五美元的書價便以一部字典的重力，足斤足兩地打在曼庫索巡警頭上。曼庫索巡警彎腰去撿從他眼上滑落的單片眼鏡。他再直起身來的時候，只見那男孩手裡拿著書，踢踢躂躂快步出了廁所的門。他想去追，無奈頭痛得實在厲害。他回到馬桶間裡休息，也越發地沮喪起來。他該怎麼跟萊里太太提那本書的事？

喬治儘快打開了巴士站候車室裡的保管箱，取出他在裡面存放的牛皮紙包。他連箱門也沒關，便衝到外面運河街上，鏗鏗鏘鏘向城中商業區跑去，一邊還回頭尋找那鬍子與單片眼鏡。但他身後沒有任何鬍子。

這真是倒了大楣。整個下午，那便衣探員都會潛伏在巴士站裡找他。而明天呢？巴士站是再也不會安全，再也去不得了。

「他媽的李小姐，」喬治一邊咒出聲來，一邊仍儘快走去。要不是她錢包抓得這麼緊，這也不會發生。她本來可以把那黑鬼炒掉，讓他繼續照兩點鐘的老時間去拿包裹。結果呢，他差點被逮了。就因為他必須把東西寄放在巴士站，就因為現在每天下午東西得在他手上多留兩個鐘頭。這種東西你能放到哪裡？整個下午把它帶在身上，那可太累了點。而老媽又是一天到晚都在家裡，也不能把它帶回去。

「小氣婆娘，」喬治嘟囔著。他把腋下的包裹往上塞緊，才發現從便衣警探那裡拿來的書原來還在手上。偷條子的東西。也好得很。李小姐叫他把她需要的書帶去。喬治看看書名，《哲學之慰藉》。好啦，她現在可有本書了。

3

姍塔．巴塔利亞嘗了一匙洋芋沙拉，用舌把湯匙舔淨，然後把湯匙整整齊齊放在沙拉盤邊的紙餐巾上。她吸著牙縫裡的一點芫荽與洋蔥，對壁爐架上她母親的相片說道：「他們一定喜歡。誰也做不出像姍塔這樣好的洋芋沙拉。」

客廳幾乎已為派對收拾得差不多了。落地型的老收音機上，有兩瓶七百五十西西的「老時光」，和一紙箱半打的「七喜」。她向姪女借來的唱機，放在房間中央那拖抹乾淨的油氈地板上，電線直直爬升，插在上面吊燈的地方。兩大袋洋芋片躺在紅色厚絨沙發的兩角。摺起罩住的活動床上有個錫製托盤，上面一瓶打開的橄欖裡豎著根叉子。

姍塔抓起壁爐架上的相片，影中是位古老而外表滿帶敵意的女人，一身黑衣黑襪，站在牡蠣殼鋪成的陰暗巷道裡。

「可憐的媽，」姍塔充滿感情地說，並給那相片一個又響又濕的吻。相片上的玻璃油油膩膩，顯示出這類親暱攻擊的頻率。「你是真夠命苦的，丫頭。」小黑煤渣似的西西里眼睛，彷彿從攝影中活了起來，對著姍塔怒視。「我只有這麼一張你的相片，媽，竟還是站在小巷裡。可憐吧。」

姍塔為世事的不公平嘆了口氣，猛地把相片放回到壁爐架上一碗蠟製水果、一捧紙製百日草、一尊聖母瑪利亞像，和一個「布拉格聖嬰」[118]的小像當中。然後她走回廚房去拿冰塊和一張廚房裡的椅子。帶著椅子和一個野餐用的小型保溫冰盒回來之後，她把家裡最好的一些果醬杯[119]，排列在壁爐架上她母親的相片之前。由於相片近在手邊，她又抓起它親了一次，把嘴裡的冰塊砸碎在玻璃上。

「我每天都為你禱告，寶貝，」姍塔邊平衡著舌上的冰塊，邊語音含糊地對著那張小照說。「你別不相信，『聖奧多』[120]裡總有根蠟燭是為你點的。」

有人在敲前門。姍塔放下相片，在匆忙中使它往前傾倒。

「艾琳！」姍塔開門大叫。門前階上是略帶猶豫的萊里太太，她侄子曼庫索巡警則站在下面人行道上。「進來，甜心寶貝。打扮得真是可愛。」

「謝謝，親愛的，」萊里太太說。「嚇！我忘記來你這裡要開多久車了。我跟安傑婁在那車裡坐了將近一個鐘頭。」

「是一為塞車的瓜係，」曼庫索巡警提供說明。

「你聽聽這感冒，」姍塔說。「嗷，安傑婁。你最好叫他們分局裡的人把你調出那個廁所。莉塔呢？」

「不來了。她頭透。」

「唉，也難怪，成天跟那幾個孩子關在屋裡，」姍塔說。「嗷，她應該出門走走的，安傑婁。那女孩到底怎麼回事？」

「舌機，」安傑婁悲傷地答。「她有舌機幾扎的毛必。」

「神經最麻煩了，」萊里太太說。「你猜發生了什麼事，姍塔？安傑婁把伊內修給他的書丟了。你說可惜不可惜？書我是不在乎，但千萬別告訴伊內修。那可是要大鬧一場的。」

萊里太太將一根手指放在唇上，表示這書必須成為永久的祕密。

「哪，把大衣給我，丫頭，」姍塔熱心地說，幾乎把萊里太太身上那件紫色老舊的毛料外套扯破。她下定決心不讓伊內修·J·萊里的陰魂，像多少個打保齡球的晚上那樣，在她的派對裡縈繞不散。

「你這地方真好，姍塔，」萊里太太滿懷敬意地說。「乾淨。」

「是啊，但我想給客廳換個新的油氈地板。你用過那種紙窗帘沒有，寶貝？看起來滿不錯的。我在『白屋』[121]百貨那裡見過一些。」

「我給伊內修的房間買過很不錯的紙窗帘，可是他一把就從窗上扯了下來，捏成一團。他說那是流產的怪胎。你說可怕不可怕？」

「各人有各人的口味，」姍塔立刻作評。

「伊內修不知道我今天到這裡來。我告訴他我是去參加一個九日敬禮。」

「安傑婁，幫艾琳調杯好酒。你自己也喝點威士忌，對感冒好。我還有可樂在廚房裡。」

「伊內修也不喜歡九日敬禮。我不曉得他到底喜歡什麼。老實說，我真有點受夠了伊內修，就算他是我親生的。」

---

118 布拉格聖嬰（Infant of Prague）是捷克布拉格「迦密山派赤足托缽僧侶」（Discalced Carmelites）的一尊嬰兒基督小像，據說曾經顯靈。

119 當時美國果醬花生醬，常以具有彩色圖案的果醬杯（jelly glass）裝瓶販售，瓶子可供顧客留作杯子使用。

120 本書其他地名多屬真實，但前述「克露尼的聖奧多教區」與此處的聖奧多教堂則為虛構。

121 「白屋」（Maison Blanche）是紐奧良著名百貨公司，1948年創立，1998年停業。

「我弄了個不錯的洋芋沙拉，丫頭。那個老頭跟我說他喜歡洋芋沙拉。」

「你得看看他拿給我洗的那些大制服。還給了一大堆指示，叫我應該怎麼洗。說起話來就像是電視上賣肥皂粉的。伊內修是一副在城裡推車混得不錯的樣子。」

「你看安傑婁，寶貝。他在給我們調點好喝的。」

「你有阿斯匹靈嗎，親愛的？」

「噉，艾琳！你怎麼會是這麼個蹧蹋派對的人？先喝點酒。等那老頭來。我們得樂一樂。你看，你跟老頭可以就在那唱機前面跳舞。」

「跳舞？我不想跟什麼老頭跳舞。何況，我的腳因為今天下午燙那些制服，都腫起來了。」

「艾琳，你不可以讓人家失望的，丫頭。我在教堂前面邀請他的時候，他的表情你真該看看。可憐的老頭。我猜是從來沒人邀請過他。」

「他願意來，啊？」

「願意來？他問我要不要穿西裝打領帶呢。」

「那你怎麼告訴他，親愛的？」

「哪，我說，『先生，你愛穿什麼就穿什麼。』」

「嗯，那好。」萊里太太低頭看著身上那件綠色塔夫綢的宴會裝。「伊內修問我為什麼去九日敬禮要穿宴會裝。現在他正坐在房裡寫什麼亂七八糟的東西。我說，『你在寫些什麼，兒子？』他就說，『我在寫香腸小販的經驗。』你說可怕不可怕？誰會要看那種故事？你猜他今天從那個香腸地方掙了多少錢回來？四塊大洋。叫我怎麼去還那個人的錢？」

「你看，安傑婁給我們弄了威士忌加汽水。」

萊里太太從安傑妻手中接過一個果醬杯，兩口就喝掉一半。

「你從哪裡弄來這麼個『高撞針』[122]，親愛的？」

「你說什麼？」姍塔問。

「那個你放在地板當中的唱機。」

「那是我小姪女的。她真是乖。才從『聖奧多高中』畢業，就已經找到了個店員的好差事。」

「你看看？」萊里太太激動起來。「我敢打賭她賺的一定比伊內修多。」

「老天，安傑妻，」姍塔說。「別咳了。到後面去躺下歇著，等那老頭來再說。」

「可憐的安傑妻，」萊里太太等巡警離開房間之後說。「他真是個乖孩子。你們倆真是我的好朋友。想想看，我們居然還是在他要抓伊內修的時候認識的。」

「我在奇怪那老頭怎麼還沒來。」

「也許他不來了，姍塔。」萊里太太喝完了她的酒。「我再去弄一杯，寶貝，如果你不介意的話。我心裡煩著呢。」

「你去弄，寶貝。我把你的大衣放到廚房去，順便看看安傑妻怎麼樣了。我這派對到目前為止至少有了兩個快樂的人。希望那老頭沒在來這裡的路上，一跤把腿給跌斷了。」

姍塔離開之後，萊里太太便在她杯裡斟滿了波本威士忌，再加上一小盅的「七喜」。她拿起湯匙，嚐了口洋芋沙拉，然後用嘴唇將湯匙抹淨，再放回到紙餐巾上。姍塔這棟雙拼式房子另一半裡的那家子人，聽來像是開始搞起了暴動。萊里太太一邊抿著酒，一邊把耳朵湊在牆上，希望在那大聲吆

122 萊里太太口中的「高撞針」（原文high-fly）其實是「高傳真」（hi-fi）之誤。

喝中篩濾出一點意思來。

「安傑婁在吃咳嗽藥，」姍塔回到客廳之後說。

「你這房子裡的牆真好，寶貝，」萊里太太說，因為她聽不出牆的另一邊是在爭執什麼。「真希望我跟伊內修能住這裡。那樣安妮小姐就沒有東西可以抱怨了。」

「那老頭呢？」姍塔向前門發問。

「也許他不會來了。」

「也許他忘記了。」

「老人就是這樣，親愛的。」

「他沒那麼**老**，艾琳。」

「那他多老？」

「大概六十好幾，快七十了吧，我猜。」

「嗯，還不算太老。我可憐的瑪格麗特老姑媽，就是我跟你說過的，被一幫小鬼毆打，就為了搶她錢包裡五十分錢的那個，她快八十了。」萊里太太喝完了那杯酒。「也許他想去看個好電影或什麼的。姍塔，我能不能再給自己弄一杯？」

「艾琳！你會喝醉的，丫頭。我可不想給那個和善的老頭介紹一個醉鬼。」

「我弄杯小點的。我今天晚上神經緊張。」

萊里太太在杯中倒了不少威士忌，又回去坐下，正壓在一包洋芋片上。

「噢，老天，我幹了什麼？」

「你剛把那包洋芋片壓爛了，」姍塔的口氣略帶惱怒。

「嗷，都碎成粉了，」萊里太太從身下拉出那個袋子說。她研究那壓扁了的玻璃紙。「喂，姍塔，現在幾點了？伊內修說他肯定今晚會有小偷，要我早點回家。」

「噢，別緊張，艾琳。你才剛到呢。」

「老實跟你說，姍塔，我看我不想見這老頭了。」

「呃，現在才講已經太遲了。」

「是嗎，那我跟這老頭要幹什麼呢？」萊里太太憂心忡忡地問。

「嗷，輕鬆點，艾琳。你害得我也緊張兮兮。真不該請你來的。」姍塔把萊里太太的酒從她唇邊暫時拉下。「你聽我說。你有很厲害的風濕。打保齡球對那個有幫助。對吧？在碰到姍塔之前，你每天晚上都得跟那瘋孩子窩在家裡，跑也跑不開，對吧？你現在好好聽姍塔的話，寶貝。你不想拖著那個伊內修，孤單一輩子。這老頭看起來手上還有兩文。他穿得滿像樣。他在哪裡認識過你。他喜歡你。」姍塔盯著萊里太太的眼睛。「這老頭能幫你還債！」

「是嗎？」這一點萊里太太還沒想到過。老頭的吸引力突然間增了幾分。「他人乾淨？」

「當然乾淨，」姍塔發了火。「你以為我會把朋友介紹給一個無賴？」

有人在輕敲前門的百葉門板。

「噢，這一定是他了，」姍塔興沖沖地說。

「告訴他我不得不先走，親愛的。」

「走？走到哪去，艾琳？那人就在門口。」

「他在，啊？」

「讓我去看看。」

姍塔開了門，把百葉門板往外推出。

「嘿，羅畢蕭先生，」她對著夜色裡一個萊里太太看不到的人說。「我們都在等你。我這朋友萊里小姐還在猜你到哪裡去了。快進來，外面冷。」

「是，巴塔利亞小姐，對不起我來遲了點，可是我得帶外孫在家裡附近走一圈，他們在幫修女賣念珠抽獎。」

「我知道，」姍塔說。「前兩天我也跟一個小孩買了個中獎的機會。念珠很漂亮的。我認識的一個太太，在去年修女辦抽獎的時候，贏了一台船外機。」

萊里太太全身凍結，端坐在沙發上，盯著手中的酒，彷彿剛發現有隻蟑螂浮在裡面。

「艾琳！」姍塔喊道。「你在幹嘛呀，丫頭？來跟羅畢蕭先生打個招呼。」

萊里太太抬頭望去，立刻認出了曼庫索巡警在D．H．侯姆斯門前逮捕的那個老頭。

「幸會幸會，」萊里太太對著她的酒說。

「萊里小姐也許記不得了，」羅畢蕭先生告訴滿面笑容的姍塔，「但我們以前見過。」

「沒想到你們還是老朋友，」姍塔高興地說。「世界真是小。」

「哎呀呀，」萊里太太的聲音裡哽著悲苦。「嗨喲喲。」

「你記得，」羅畢蕭先生對她說。「在城裡的侯姆斯旁邊。那個警察原來想抓你兒子，結果卻把我給抓了。」

姍塔睜大了眼睛。

「噢，對，」萊里太太說。「我想我記得。一點。」

「也不是你的錯，萊里小姐。是那些警察。他們全是一幫共產黨。」

「別那麼大聲，」萊里太太提醒。「他們這棟房子的牆壁很薄。」她手肘一動，就打落了沙發扶手上的空酒杯。「噢，老天。姍塔，也許你該去叫安傑妻自己回家去吧。我可以坐計程車。跟他說可以從後門出去。這樣方便點。知道吧？」

「我曉得了，親愛的。」姍塔轉向羅畢蕭先生。「我問你，你在保齡球館碰見我跟我朋友的時候，沒看到有個男的跟我們在一起啊？」

「只有你們兩位女士。」

「是不是小安自己被逮的那晚？」萊里太太在姍塔耳邊細語。

「噢，對，艾琳。是你開自己那部車來接我的。你還記得那保險桿整個掉了下來，就在保齡球館前面。」

「我知道。它還在後座上。害我把車撞壞的就是伊內修，是他從後座上搞得我緊張兮兮。」

「嗷，真是，」羅畢蕭先生說。「我最受不了的就是輸不起，沒風度的人。」

「如果有人對我不起，」姍塔繼續說道，「我會把另一邊臉頰也轉過來讓他打。懂我的意思？這是基督徒的道理。對不對，艾琳？」

「沒錯，親愛的，」萊里太太敷衍道。「姍塔，寶貝，你有好的阿斯匹靈？」

「艾琳！」姍塔動了氣。「如果說，羅畢蕭先生，你見到那個抓你進去的條子。」

「我再也不想見到他，」羅畢蕭先生激動地說。「他是個臭共產黨。那幫人就想建立一個警察國家。」

「是，不過假設一下。你難道不會原諒，不會忘記？」

「姍塔，」萊里太太插嘴，「我想去廚房看看你有沒有好的阿斯匹靈。」

「因為那天大的恥辱，」羅畢蕭先生對姍塔說。「我全家人都知道了這件事。警察打電話給我女兒。」

「噭，這沒什麼，」姍塔說。「人活一輩子，總有被抓進去的時候。看到她了？」姍塔拿起面朝下倒在壁爐架上的相片，向她的兩位客人展示。「我可憐親愛的媽媽。前後四次有警察把她抓出勞騰史拉格市場，說她妨礙安寧。」姍塔暫時打住，給相片一個濕吻。「你以為她在乎？她才不。」

「那是你媽媽？」萊里太太滿懷興趣地問。「她是吃過苦的，啊？做媽媽的過日子可不簡單，相信我。」

「所以，像我說的，」姍塔繼續，「我要是被抓也不會難過。警察那行可不是容易幹的。有時候是會犯個小錯。他們畢竟也是人嘛。」

「我是向來奉公守法，」萊里太太說。「讓我去廚房水槽裡，把杯子沖乾淨。」

「噢，去坐下吧，艾琳。讓我跟羅畢蕭先生說話。」

萊里太太走到老舊的落地收音機旁邊，給自己倒了一杯「老時光」。

「我不會忘記那個曼庫索巡警的，」羅畢蕭先生說。

「曼庫索？」姍塔的語氣無比驚訝。「我有很多親戚就姓這個。其實，有一個就在隊上服勤。其實，他現在就在這裡。」

「我好像聽見伊內修在叫我。我最好是回去了。」

「叫你？」姍塔問。「你在說什麼，艾琳。伊內修人在六哩遠的上城[123]。你看，我們還沒給羅畢蕭先生倒酒呢。我去叫安傑妻的時候，你給他倒一杯，寶貝。」萊里太太使盡全力研究她手上的酒，希望找到個蟑螂，或至少是蒼蠅。「把大衣給我，羅畢蕭先生。你朋友都怎麼叫你？」

「克勞德。」

「克勞德，我是姍塔。那邊那個是艾琳。艾琳，說『你好』。」

「你好，」萊里太太木木然地說。

「趁我走開的時候，你們倆交個朋友，」姍塔說著便消失在另一個房間裡。

「你那位又乖又壯的孩子好吧？」羅畢蕭先生希望打破突然出現的靜默。

「誰？」

「你兒子。」

「噢，他。他還好。」萊里太太的心已經飛回到君士坦丁堡街上，她離開的時候，伊內修正在房裡寫字，喃喃唸著什麼摩娜．敏可夫的事。萊里太太透過那扇門，聽得伊內修在裡面自言自語，「真得刑杖伺候，把她打個半死。」

然後是一大段靜默，中間只夾著萊里太太在杯緣上狠狠吸啜的聲音。

「吃點不錯的洋芋片吧？」萊里太太終於問道，因為她發現這靜默更加令她不安。

「好，可以來點。」

「就在你身邊袋子裡。」萊里太太看著羅畢蕭先生打開那玻璃紙袋。他的臉和他那灰色軋別丁的西裝看起來都整齊乾淨，彷彿剛剛熨燙過。「也許姍塔需要幫忙。也許她進去摔了一跤。」

「她才去了一會。她會回來的。」

123 紐奧良上城（uptown）下城（downtown）之分，是以密西西比河之流向為準，上城即在河的上游。此區介於法國區（French Quarter）與傑佛遜縣（Jefferson Parish）之間，居民多為英語系後裔。

「這種地板很危險的，」萊里太太用心研究那發亮的油氈，做出了評論。「一滑就會把腦殼摔裂。」

「過生活得要處處小心。」

「真是這樣。我這個人就向來小心。」

「我也是。小心是有好處的。」

「的確是。所以伊內修前幾天才說，」萊里太太撒起謊來。「他跟我說：『媽，小心是有好處的，是吧？』我就對他說：『對啦，兒子。要當心自己。』」

「這是明智的勸告。」

「我常給伊內修勸告。你知道？我是盡心盡力地幫助他。」

「我敢打賭你一定是個好媽媽。我在城裡見過你跟那孩子好幾次，我老是在想，他真是個相貌堂堂的大孩子。有點與眾不同，你知道？」

「我是盡心盡力了。我說：『小心，兒子。留神別滑倒把腦殼摔裂，或把手跌斷了。』」萊里太太吸了吸冰塊。「伊內修一丁點大，我就教他注意安全。為了這個，他一直感謝我。」

「這訓練很好，說真的。」

「我告訴伊內修，我說：『過馬路要當心點，兒子。』」

「我們必須注意車子，艾琳。你不介意我直接叫你名字吧？」

「沒問題。」

「艾琳這個名字很漂亮。」

「你覺得？伊內修說他不喜歡。」萊里太太在胸前畫了個十字，把酒喝完。「我這日子真不好過，羅畢蕭先生。不瞞你說。」

「叫我克勞德。」

「有上帝作證，我身上背了個很重的十字架。你要不要來一杯？」

「好，謝謝。但不要太烈。我酒量不行。」

「噢，老天，」萊里太太邊抽著鼻子，邊在兩只杯裡倒滿了威士忌。「我想到自己受的苦。有時候真能大哭一場。」

話沒說完，萊里太太就爆出了狂暴大聲的哭泣。

「噭，別哭，」羅畢蕭先生一邊哀求，一邊為這晚上突然做出悲劇性的轉向而大惑不解。

「我得做點什麼。我得叫警察來把他帶走，」萊里太太抽抽噎噎。她暫時止住啜泣，喝了一大口「老時光」。「也許他們能把他放進少年感化院或是什麼的。」

「他不是三十歲了？」

「我傷透心了。」

「他不是在寫作？」

「都是胡說八道，永遠也沒人會看的。現在他和那個摩娜又互相寫信罵來罵去。伊內修告訴我，他要好好整那女孩。你說可怕不可怕？可憐的摩娜。」

羅畢蕭先生想不出什麼話好說，便問：「為什麼不找個神父跟你兒子談談？」

「神父？」萊里太太哽咽道。「伊內修才不肯聽什麼神父的話。我們教區的神父被他叫成異端。伊內修那條狗死掉的時候，他們大吵過一場。」羅畢蕭先生對那句謎一樣的話無法置評。「真是可怕。我還以為我會被踢出教堂呢。我不知道這孩子一腦子的想法都是哪裡來的。還好他可憐的爸爸死了。他那個香腸車會傷透他爸爸心的。」

「什麼香腸車？」

「他在街上把一部香腸車推來推去。」

「噢。他現在有工作了。」

「工作？」萊里太太哽咽道。「街坊鄰居都傳開了。隔壁的太太問過我一百萬個問題。整條君士坦丁堡街都在談他。我想到自己在這孩子教育上花了那麼多錢。你知道，我以為養兒是為了防老。但伊內修又怎麼能替我防老？」

「也許你兒子是上學上得太久了點，」羅畢蕭先生建議。「大學裡共產黨可多了。」

「是嗎？」萊里太太好奇地問，邊用她那綠色塔夫綢宴會裝的裙邊擦著眼睛，不知道她正在向羅畢蕭先生展示她絲襪膝部抽了絲的一大條。「也許這就是伊內修的問題。對自己媽媽這麼壞，真像是共產黨。」

「問問那孩子，他對民主有什麼看法？」

「我一定會，」萊里太太快樂地說。伊內修正是會變成共產黨的那種。他甚至看起來有點像。

「也許我能嚇嚇他。」

「那孩子不應該給你添麻煩。你的個性真好。女人這樣，我最佩服了。你在保齡球館跟巴塔利亞小姐一起被我認出來的時候，我就告訴自己，『希望哪天我能認識她。』」

「你說過這話？」

「我佩服你老實，敢在那個骯髒條子面前挺身而出，就為了保護你那孩子，特別是你在家裡還跟他不對頭。這是需要勇氣的。」

「可惜當時我沒讓安傑婁把他帶走。要不然其他這些事也不會發生。伊內修會安安全全關在牢裡。」

「誰是安傑婁？」

「真是！我非打開我這張大嘴不行。我說了什麼，克勞德？」

「什麼安傑婁的事。」

「老天，讓我去看看姍塔有沒有事。可憐的東西，也許她在爐上把自己燙到了。姍塔常常會燙到自己。她用火的時候不小心，你知道。」

「她要是被燙到，應該會叫的。」

「姍塔可不。她勇敢得很，那個丫頭。從她那裡，管保你一聲也聽不到。因為那個頑強的義大利血統。」

「基督保佑！」羅畢蕭先生大叫。「那就是他！」

「什麼？」萊里太太恐慌地問，然後轉頭看見房間門口站著姍塔和安傑婁。「你看，姍塔。我就知道會發生這種事。老天，我神經已經夠緊張了。我真該留在家裡。」

「你要不是個骯髒條子的話，我早就一拳打在你鼻子上了，」羅畢蕭先生對著安傑婁大吼。

「噉，輕鬆點，克勞德，」姍塔平靜地說。「我們安傑婁也不是存心要害你的。」

「他毀了我，那個共產黨。」

曼庫索巡警猛咳起來，面容沮喪。他在猜下一步還會有什麼災難掉在他的頭上。

「噢，老天，我看我還是回去吧，」萊里太太絕望地說。「我現在最怕的就是打架。我們都會上報的。那時候，伊內修可要樂了。」

「你為什麼要請我來？」羅畢蕭先生狂亂地問著姍塔。「這算什麼？」

「姍塔，親愛的，能不能幫我叫部計程車？」

「噭，閉嘴，艾琳，」姍塔回答。「哪，我跟你講，克勞德，安傑婁說他抱歉他抓過你。」

「那一點意義也沒有。抱歉已經太遲了。我在外孫面前丟光了臉。」

「別生安傑婁的氣吧，」萊里太太哀求。「都是伊內修的錯。他是我的親骨肉，但他出門那個打扮也實在太怪。安傑婁應該把他關起來的。」

「沒錯，」姍塔補充。「你該聽聽艾琳的話，克勞德。也當心別踩到我那可憐小姪女的唱機。」

「當初伊內修要是對安傑婁好一點，這一切都不會發生，」萊里太太向她的聽眾解釋。「看看可憐的安傑婁身上這個感冒。他的日子可不好過，克勞德。」

「你告訴他，丫頭，」姍塔說。「安傑婁患上這個感冒，就是因為他抓了你，克勞德。」姍塔舉起一根粗短的手指，向羅畢蕭先生略帶指控地搖著。「他現在被關在一個廁所裡。下一步他們就要把他踢出隊上了。」

曼庫索巡警悲哀地咳著。

「也許我是激動了點，」羅畢蕭先生承認。

「我不該把你抓寄去的，」安傑婁吸著氣。「我是太幾扎了。」

「都是我的錯，」萊里太太說，「就為了保護那個伊內修。我該讓你把他關起來的，安傑婁。」萊里太太把她粉撲撲的白臉轉向羅畢蕭先生。「羅畢蕭先生，你不知道伊內修。他是到處惹是生非。」

「應該有人一拳打在那個伊內修的鼻上，」姍塔熱心的說。

「應該有人一拳打在他嘴上，」萊里太太補充。

「應該有人把那個伊內修揍一頓，」姍塔說。「好啦。大家做個朋友。」

「好吧，」羅畢蕭先生說。他握起安傑婁白中帶青的手，疲軟無力地搖了起來。

「這多好啊，」萊里太太說。「來沙發上坐著，克勞德，姍塔可以放她小乖姪女的『高擋針』。」

當姍塔在唱機裡放上一張胖子多明諾[124]的唱片，抽著鼻子、看起來略帶困惑的安傑婁，便在萊里太太和羅畢蕭先生對面那張廚房椅上坐了下來。

「哪，這多好啊，」萊里太太在震耳欲聾的鋼琴與低音大提琴中高興地叫。「姍塔，親愛的，能不能把它轉低一點。」

砰砰作響的節奏略減了些許音量。

「好啦，」姍塔對著她的客人說。「現在大家交交朋友，讓我去拿幾個盤子吃我那個不錯的洋芋沙拉。嘿，來啊，艾琳跟克勞德。讓我們看你們倆扭一扭。」

她興高采烈，大步走出房間的時候，兩隻小小的黑煤眼睛從壁爐架上對她現出不豫之色。三名客人淹沒在唱機那震天價響的節拍裡，靜靜研究著桃紅色的牆和油氈上的花卉圖案。突然間，萊里太太向兩位男士大叫起來：「你們知道？我走的時候伊內修正在浴缸裡放水，我敢打賭他忘了關上。」見無人回答，她又補充：「做媽媽真是苦啊。」

124 胖子多明諾（Fats Domino, 1928-），1950年代走紅的「紐奧良節奏與藍調風格」鋼琴師兼歌手。

第九章

1

「我們收到一份衛生局對你的警告，萊里。」

「噢，只是這個？看你的臉色，我還以為你要發什麼癲癇了呢，」伊內修邊把他的車撞進車庫，邊透過滿嘴的熱狗與麵包，對克萊德先生說。「我不敢猜這是在警告什麼，或是因什麼而起的。我向你保證，我可是清潔的表率。我的私人習慣絕對無懈可擊。我身無性病，也看不出我能讓你的熱狗傳到什麼它們原來沒有的東西。你看我的指甲。」

「別跟我來那套狗屁，你這個胖子懶鬼。」克萊德先生不理伊內修伸出來讓他檢查的那雙巨爪。「你才上了幾天班。有些傢伙幫我做了幾年，也沒跟衛生局惹過麻煩。」

「顯然他們都比我狡猾。」

「他們有人對你做過檢查。」

「噢，」伊內修平靜地說，一面嚼著像雪茄菸屁股般從他嘴裡伸出的一截熱狗。「原來就是那個一望可知的小吏。看起來一副官僚爪牙的樣子。公務員最容易辨認，因為普通人有張臉孔的地方，他們只有一片虛空。」

「閉嘴，你這個邋遢鬼。你吃的那根香腸，付錢了沒有？」

「這個，間接付了。你可以從我可憐的薪水裡面扣。」伊內修看著克萊德先生在一本簿子上記下數目。「你說，我到底觸犯了什麼過時的衛生禁忌？我猜是那個檢查員自己的捏造。」

「衛生局說他們看見七號小販……就是你……」

「沒錯。老天保佑的七號！在這一點上，我只能認罪。他們逮到了我的把柄。我原來就猜這七號很諷刺地，會是一部倒楣的車。我得立刻換一部。顯然我在街上推的是個不祥之物。相信換車以後我會改運。新車新氣象。」

「你聽還是不聽？」

「呃，如果我非聽不可的話。但也許我該警告你，由於焦慮症和全面性的憂鬱症，我有隨時昏倒的可能。昨晚我看的電影特別累人，是部青少年的海灘歌舞片。看到衝浪板上歌唱的那段，我幾乎當場癱倒在地。此外，昨晚我還連做了兩個惡夢，其中一個跟『觀景長途巴士』有關。另一個和我認識的一個女孩有關。實在是殘暴而猥褻。我如果跟你描述，管保嚇你一跳。」

「他們看到你在聖若瑟街的溝裡撿起一隻貓。」

「這是他們最好的指控？簡直是個荒謬的謊言，」伊內修說著舌頭一閃，便將最後可見的那段熱狗抽了進去。

「你在聖若瑟街上幹嘛？都是些倉庫碼頭的。聖若瑟街上根本沒人。甚至也不在我們路線圖上。」

「呃，這我倒不曉得。我只是因為精疲力竭到那裡休息一會。偶爾也會有個行人路過。但我們運道不濟，他們似乎沒有吃熱狗的興趣。」

「所以你**是**在那裡？怪不得你什麼也賣不出去。而且我猜你是在跟那隻該死的貓玩。」

「既然你提到這個，我是好像記得，附近有一兩隻人家飼養的動物。」

「所以你是在跟貓玩。」

「不，我不是在跟貓『玩』。我只是抱起來摸了一下。是隻相當好看的三色貓。我給牠一根熱狗。但這貓拒吃。牠這個動物，頗有點品味與莊重。」

「你知道犯這個規有多嚴重，大猩猩？」

「這恐怕我就不瞭解了，」伊內修氣沖沖地說。「好像貓不乾淨是天經地義的事。我們怎麼知道？貓的衛生是出了名的，只要牠們懷疑自己有一絲一毫令人不快的地方，就會舔個不停。那個檢查員一定對貓心存偏見。也不給這貓一點機會。」

「我們不是在談這隻貓！」克萊德先生說話之猛，使伊內修眼見他鼻上疤痕變白，周圍暴出了青筋。「我們是在談你。」

「呃，**我**當然是乾淨的。這點我們已經討論過了。我只想讓那隻貓有個申訴的機會。先生，我是不是要繼續接受無止無休的騷擾？我的神經已經瀕臨完全衰化的邊緣。你剛才檢查我指甲的時候，希望你已經注意到我兩手的猛烈顫抖。我不想對樂園攤販公司提出控告，要公司賠償我的精神科醫師費用。但也許你不知道，我沒有任何住院的保險。樂園攤販當然還留在石器時代，不可能考慮為員工提供這種福利。其實，先生，我對聲譽欠佳的貴公司，已經有相當的不滿。」

「為什麼？哪裡有問題？」克萊德先生問。

「恐怕到處都有問題。更何況，我也根本不覺得受到重視。」

「呃，至少你每天都來報到。這點我可以說。」

「那只是因為我要膽敢留在家裡的話，會被一個烤過的酒瓶打成半死。打開我家的門，就跟侵入一頭母獅的窩一樣。我母親是越來越暴虐惡毒了。」

「你知道，萊里，我也不想炒你，」克萊德先生以父親的口吻說。他聽過萊里小販的悲慘故事：貪杯酗酒的母親、必須賠償的損害、母子面臨的貧窮、母親淫蕩的朋友。「我替你重畫一條新的路線，再給你一次機會。我有幾個推銷的噱頭，也許有點幫助。」

「你可以把我的路線圖寄到慈善醫院的精神病房。那些熱心的修女和精神科醫師可以利用電擊治療的空檔幫我做做解說。」

「給我閉上嘴。」

「你看？你已經摧毀了我自動自發的精神。」伊內修打了個嗝。「呃，希望你選的是條景色優美的路線，最好靠近公園地帶，有很多座椅，專為因兩腳疲憊孱弱而受苦的人所設置。我今天早上起床的時候，腳踝就沒撐住。幸好我及時抓住了床柱。否則會把一身骨頭都摔爛在地上。我的跗骨隨時會有宣告退休的可能。」

伊內修用沙漠靴刮擦著油膩的水泥，顛顛簸簸繞著克萊德先生走了一圈，作為示範。

「停，你這個大邋遢。你沒有跛。」

「還沒有完全跛。不過，許多小骨和韌帶都開始舉起投降的白旗了。我的生理器官似乎在準備宣告某種的停戰。我的消化系統幾乎已經完全停止運作。或許有某種組織在我的幽門瓣膜上生長，要把它永遠封住。」

「我要把你排在法國區。」

「什麼？」伊內修咆哮。「你以為我會在那個罪惡之窩裡到處巡迴？不，法國區恐怕是談也不用談的。我的精神會崩潰在那個氣氛裡。何況，那裡的街道又狹窄又危險。我說不定會被車撞倒，或被壓在哪棟建築上動彈不得。」

「不幹就拉倒，你這個胖雜種。那是你最後的機會。」克萊德先生的疤又開始變白。

「是嗎？那麼，拜託你別再發癲癇了。你一不小心可能會跌進那鍋香腸，把自己燙傷的。你如果堅持如此，我猜我也不得不把我的香腸推進所多瑪和蛾摩拉[125]了。」

「好。那就這樣決定了。你明天早上來，我給你配上一點噱頭。」

「我可無法擔保到了法國區就能賣多少熱狗。面對那邊妖魔鬼怪的居民，我可能無時無刻不在忙著捍護自己的尊嚴。」

「你在法國區大半會做觀光客的生意。」

「那更糟。只有退化的動物才會觀光。我本人就只出過一次城。順便問一下，我有沒有跟你講過那次到巴頓魯治的特殊苦行？出了市界，有太多的恐怖。」

「沒有。我不想聽。」

「那麼，是你的損失。其實你也許能從那場旅行的慘痛故事裡，領悟到一些很有價值的東西。不過，我也很高興你不想聽。那個旅程在心理與象徵上的微妙意義，大概不是一個樂園攤販式的心智所能瞭解的。幸運的是，我都寫下來了。而在將來某個時刻，較為聰敏的讀者大眾，就能夠受益於我的敘述，體驗到我進入沼澤、直達終極恐怖的內部中心的、那個暗無天日的過程。」

「你給我聽著，萊里。」

「在這個敘述裡，我做出一個特別貼切的比喻，把『觀景長途巴士』比為一個超現實遊樂園裡的雲霄飛車。」

「給我閉嘴！」克萊德先生大吼一聲，威脅般地搖起了手上的叉子。「我們來看看今天的收據。賣了多少？」

「噢，老天，」伊內修嘆道。「我就知道遲早要來這一套。」

兩人為了營業收入討價還價了好幾分鐘。伊內修其實整個上午都坐在伊茲廣場上[126]，看著港裡船來船去，在「大酋長」拍紙簿上塗寫關於航運史和馬可波羅的筆記。在筆記的空檔裡，他思考過各式毀滅摩娜·敏可夫的方法，卻無法獲得令人滿意的結論。他最具潛力的一個設計牽涉到下列步驟：從圖書館借一本關於武器彈藥的書，製造一個炸彈，再用紙包好，寄給摩娜。然後他才想起他的借書卡已被吊銷。他的下午則都花在了貓的身上。伊內修原想試著把牠關在麵包箱裡，帶回家作個寵物。牠卻逃之夭夭。

「我以為你應該會大方一點，至少給自己的員工打個折扣，」伊內修大模大樣地說，因為他們核計了當天收據，才發現扣除他吃掉的熱狗成本之後，他今天領回家的正好是一塊兩毛五。「畢竟，我已經變成了你的最佳主顧。」

克萊德先生把叉子抵在萊里小販的圍巾上，命令他滾出車庫，威脅他如果不一早就來，開始到法國區工作的話，就可以嘗嘗被解雇的滋味。

125 所多瑪（Sodom）和蛾摩拉（Gomorrah）是《聖經》中被上帝毀滅的兩個罪惡之城。
126 伊茲廣場（Eads Plaza）已於1976年改名西班牙廣場（Spanish Plaza）。

情緒黯淡衣衫拍飛的伊內修趕上了電車，往上城馳去，一路上嗝著「樂園」之氣，其勢之猛，使得滿滿一個車廂裡，竟無人坐在他的旁邊。

走進廚房的時候，他母親以雙膝落地的儀式做出了歡迎，口中說道：「主啊，告訴我，為什麼要我背這可怕的十字架？我幹了什麼呀，主？告訴我。給我個啟示。我向來是規規矩矩。」

「立刻停止這種褻瀆神明的事，」伊內修大叫。萊里太太用眼睛望著天花板，想在油污與裂縫之間找個答案。「我在這野蠻的城市裡，度過令人失望的一天，在街上為我自己的生存奮鬥，回到家卻要受這種歡迎。」

「你手上是怎麼受的傷？」

伊內修看著那些抓痕，是他企圖說服小貓留在麵包箱裡的時候得來的。

「我跟一個捱餓的妓女做過一場頗具末日意味的戰鬥，」伊內修打了個嗝。「若不是我筋骨健壯得多，我的推車大概會毀在她的手上。但最後她終於放棄爭吵，拖著跛腳離去，一身考究的衣衫也變得凌亂不整。」

「伊內修！」萊里太太悲從中來。「你是一天比一天糟糕。你到底怎麼了嘛。」

「把你的瓶子從烤箱裡拿出來吧。我看應該烤好了。」

萊里太太一邊狡猾地看著她兒子，一邊問道：「伊內修，你確定自己不是共產黨？」

「噢，我的天！」伊內修吼道。「每天我都得在這棟快要倒塌的房子裡，受到麥卡錫派[127]捕風捉影的政治迫害。不是！我已經告訴過你。我不是同路人。到底是誰在你腦袋裡灌輸這個主意的？」

「我在報上哪裡看到，說是大學裡很多共產黨。」

「呃，還好我沒碰到過。他們要是遇見我的話，準被我打個半死不活。你以為我願意跟你那個叫巴塔利亞的朋友那樣的人，活在一個公社制的社會裡，清掃街道，敲砸石頭，或是做那些垂死國家裡的人做的什麼事？我想要的，是一個良好強壯的君主制度，有個既富品味也夠莊重，對神學與幾何學都有所涉獵的國王。我要的是培養豐富的內心生活。」

「國王？你想要國王？」

「噢，別跟我嘮叨。」

「我沒聽過有人要國王的。」

「拜託！」伊內修一掌敲在廚房桌的防水布上。「去掃掃前門，去看看安妮小姐，去打電話給那個巴塔利亞老鴇，去巷子裡練你的保齡球。別來煩我！我正在一個很壞的週期裡。」

「你說什麼，『週期』？」

「你不停止騷擾我的話，我就要用烤箱裡那瓶酒，在你那部爛普利茅斯的船頭上做破瓶命名的儀式了，」伊內修用鼻子噴氣。

「跟哪個可憐女孩在街上打架，」萊里太太悲哀地說。「你說可怕不可怕。還是在一台香腸車的前面。伊內修，我覺得你需要幫助。」

「呃，我要看電視去，」伊內修憤怒地說。「那個瑜伽熊的節目快開始了。」

「等等，兒子。」萊里太太從地上起身，從毛衣口袋裡抽出一個小的馬尼拉信封。「哪。這是今天收到給你的。」

127 麥卡錫（Joseph R. McCarthy, 1908-1957），美國參議員，韓戰時期在國會主持清除政府、軍隊、媒體、社會名流間共產黨人的調查委員會，一時間全國為之風聲鶴唳。

「噢？」伊內修起了興趣，將那淡褐色的小信封一把抓來。「我猜你現在該背得出裡面的內容了。」

「你最好到水槽裡把手上的傷沖乾淨。」

「有的是時間，」伊內修說。他撕開信封。「M．敏可夫這次回覆我的書信，顯然急得有點手忙腳亂。我那封信把她狠狠罵了一頓。」

萊里太太坐了下來，兩腿交疊，晃起她的白襪和黑漆皮低跟包腳的老鞋。她兒子那雙藍黃相間的眼睛，則來回掃視著一個攤開的梅西百貨公司紙袋，信就寫在上面。

敬啟者：

我總算是接到了你的音訊，伊內修。而這信也實在病態，實在病態。信箋上印的「雷維褲廠」字樣不提也罷。這大概是你想出來的一個反猶太的惡作劇[128]。還好我不在乎那種層次上的攻擊。但我沒料到你竟會低級到這個地步。真叫活到老學到老了。

你對演講會的評論，正顯示出一種小鼻小眼的嫉妒，是一個自稱寬宏而淡泊的人所不該有的。演講會已經開始引起某些投入人士的興趣。一位我在尖峰時間的傑榮姆大道地鐵線上新認識的卓越友人答應參加（而且會帶幾個聰明的朋友同來）。他名叫昂噶，是個肯亞來的交換學生，正在紐約大學撰寫一部關於十九世紀法國象徵主義者的論文。你當然不可能瞭解或喜歡一個像昂噶這樣卓越而投入的人。但他的談話我總百聽不厭。他非常認真，也不會像你那樣，用一大套偽理論來招引注意。昂噶口中的一言一語都有意義。昂噶不僅**真實**，而且充滿活力。他雄偉而進取。他會撕裂現實，扯下障眼的紗幕。

「噢，我的老天！」伊內修流出涎水。「這狐狸被一個『毛毛』[129]強暴了。」

「你說什麼？」萊里太太滿心疑問。

「去把電視打開讓它暖暖機，」伊內修心不在焉地敷衍一句，繼續以風捲落葉之勢讀那封信。

你應該可以想像，他和你截然不同。他也是個音樂家兼雕塑家，一分一秒都在從事真實而有意義的活動，不斷創造，不斷感受。他的雕塑充滿生命與存在，幾乎能跳出來一把將你攫住。

但你的來信至少顯示你還活著，如果你能稱之為「活」的話。那一大套關於「食品銷售業」的謊言是怎麼回事？是企圖攻擊我老爸的餐館供應生意？若真如此，這招對我也全無效用，因為我老爸和我在意識型態上彼此對立已經有年。面對現實吧，伊內修。自從我們上次見面之後，你除了躺在房裡發霉長蛆，根本無所事事。你對我這場演講會的敵意，正是你自己失敗感、一事無成感，與精神（？）無能感的表徵。

「這個自由主義的浪蹄子，應該被一匹特別高大的種馬用牠的器官釘死。」伊內修在怒不可遏中喃喃自語。

「什麼？你說什麼，兒子？」

128 雷維（Levy）是個猶太姓氏。

129 「毛毛」（Mau-Mau），1950年代在肯亞致力驅逐白人的革命黨。

伊內修，嚴重的崩潰即將到來。你必須找點事幹。就算是去醫院當個義工，也能使你從漠不關心中脫身出來，而對你的瓣膜和其他東西大概也不會影響太多。每天至少要離開那棟子宮般的房子一個鐘頭。去散散步，伊內修。去看看樹，看看鳥。體會一下你四周的蓬勃生機。你那瓣膜之所以關閉，是因為它以為它活在一個僵死的生物裡。只要打開你的心房，伊內修，你就能打開你的瓣膜。

如果你有任何性幻想的話，請在下回來信時詳細描述。我也許能為你解釋其中的含意，助你度過你此刻面臨的心理性愛危機。在大學的時候，我就曾多次告誡你，將來你會經歷一個這類的精神病階段。

我想你會有興趣知道，我剛在《社會劇變》中讀到，路易斯安那的文盲率是全國第一。在尚未太遲之前，從那團烏七八糟裡鑽出來吧。你對演講會的那些評論，我是真不在意。我瞭解你的狀況，伊內修。我那集體治療小組裡的成員，都滿懷興趣注意觀察你的案例（我已經跟他們從你的偏執妄想症開始，一節一節作過描述，其間還附上一些背景式的評論），他們也都在為你加油。若非忙於演講的事，我原想啟程做個已經一延再延的巡視，去親眼看看你。在我們見面之前，你要撐著點。

M．敏可夫

伊內修將信猛然摺起，然後再將疊好的「梅西」紙袋團捏成球，拋進了垃圾桶。萊里太太望著她兒子通紅的臉，問道：「那女孩又要什麼了？她現在在幹嘛？」

「摩娜正準備要對什麼可憐的黑人驢叫春。在大庭廣眾之下。」

「多可怕。你真是交了些好朋友，伊內修。那些黑人已經夠苦的了，兒子。他們的日子也不好過。生活不容易啊，伊內修。你將來就會曉得。」

「非常謝謝你，」伊內修官腔十足地說。

「你知道在公墓門口賣杏仁核桃的那個黑人窮老太婆?噭，伊內修。我真覺得她可憐。前幾天我看她穿了件到處是洞的小棉布大衣，外面還冷得很。我就跟她說，我說：『嘿，親愛的，你穿那個到處是洞的小棉布大衣，會得要命的重感冒的。』她就說——」

「拜託！」伊內修在忿怒中吼道。「我沒心情聽方言故事。」

「伊內修，你聽我說。那個太太可憐啊，真是。她說：『噢，我不怕冷，親愛的。我冷慣了。』你說勇敢不勇敢?」萊里太太情緒激動地望著伊內修，希望得到一個贊同，卻只見那八字鬍輕蔑地撇了一撇。「你說是不是。然後，你猜我幹了什麼，伊內修。我給她一個兩毛五的銅板，我說：『哪，親愛的，去給你的小孫子買個小玩意。』」

「什麼?」伊內修爆了。「原來我們的收入都去了這種地方。我已經落到幾乎上街要飯的地步，你卻把我們的錢扔給騙子。那女人的衣服根本是個幌子。她在公墓佔了個招財進寶的絕佳地點。她賺的肯定有我十倍之多。」

「伊內修!人家是窮途潦倒，」萊里太太悲哀地說。「我真希望你能跟她一樣勇敢。」

「我明白了。我現在得跟一個墮落的老女騙子相提並論。不只這樣，我還比不過她。連我自己的母親都這麼作踐我。」伊內修一掌拍在防水布上。「好，這我受夠了。我要去客廳看瑜伽熊的節目。請你趁著喝酒的空檔，給我拿個點心什麼的。我的瓣膜已經在哀叫求饒了。」

「你們那邊別吵了，」安妮小姐在她的百葉窗後叫道。伊內修拾起身邊的罩衫，大搖大擺進了走廊，心中研究著他最重要的課題：籌劃一輪新的攻勢來對抗那狐狸的厚顏無恥。上次的民權攻勢因為陣前倒戈而失敗。總還有什麼別的攻勢，可以在政治或性愛的領域裡發動。最好是政治。他必須以全副精神來構思這個策略。

2

拉娜．李坐在高腳凳上，她兩隻淡褐色麂皮長褲裡的腿交疊著，她肌肉鮮明的臀部將凳子釘死在地上，命令它以完全垂直的姿勢支撐她。她稍微移動的時候，下面那兩頰上結實的肌肉便會波動起來，以防凳子做出任何傾倚或搖晃，一吋也不允許。肌肉波動在椅墊的四周，將它抓住，使它挺立。多年來的鍛鍊與使用，已將她的屁股變成一個用途廣泛而技巧嫻熟的東西。

她的身體常令她自己為之驚喜。那個身體得來不費一文，但它對她的幫助，卻遠超過她花錢購買的任何東西。在拉娜．李感情氾濫或甚至信起宗教的罕見時刻裡，她曾向上帝感謝祂的仁慈，因為祂造出了一個同時也是朋友的身體。她報答這件禮物的方式，是以一個汽車機工那種不涉感情的精確性，給它無微不至的照顧，給它專業性的服務與保養。

今天是妲琳第一次彩排。幾分鐘前妲琳才帶著一個大的衣盒進來，然後消失在後台。拉娜看著台上妲琳的道具。一位木匠做了個像是帽架的架子，只是柱頂用幾個大環圈取代了彎鉤，另有三條長短不一的鍊子懸吊著三個環圈。截至目前為止，拉娜所見的表演實在乏善可陳，但妲琳說這套戲服能使它搖身成為一件藝術品。拉娜不能抱怨。整體而言，她還是慶幸自己當初在妲琳和瓊斯的遊說之下，准許妲琳上台表演。她這節目便宜得很，而她也不得不承認這鳥還很不賴，是個巧妙而專業的表演家，幾乎能彌補這節目裡的人類缺陷。街上的其他俱樂部，也許能招徠老虎、猩猩和蛇的生意。但「歡樂良宵」絕對能包下鳥的生意，而拉娜對人性某一方面的特殊知識，也告訴她這鳥的生意很可能非同小可。

「好啦，拉娜，我們準備好了，」妲琳在後台喊道。

拉娜望向正在一股香菸與灰塵的雲霧中清掃雅座的瓊斯，說道：「把唱片放上。」

「對不起，放唱片最低要從一個禮拜三十塊起算。」

「放下掃帚，去管唱機，否則我要打電話到分局去了，」拉娜對他吼道。

「那你也從凳子上下來，去管唱機，否則我就打電話到分局，叫那些警察王八蛋去找你那個失蹤的孤兒朋友。喲呵。」

拉娜研究著瓊斯的臉，但他的眼睛在煙霧與墨鏡的後面，無法看到。

「你說什麼？」她終於問。

「你給孤兒的東西，我看也只有梅毒。厚！別跟我來他媽的唱機那套狗屁。哪天我破了孤兒這個案子，我就自己去叫警察。我受夠了這窯子，連個最低工資都沒有，還成天受人恐嚇。」

「喂，孩子們，我們的音樂呢？」姮琳的聲音在急急呼喚。

「你能跟條子證明個啥？」拉娜問瓊斯。

「嘿！這麼說這孤兒是有點邪門了。厚！我早就知道。好，你如果要打電話跟警察告我，我也要打電話跟警察告你。警察局的電話就會響個不停嘍。喲呵。哪，讓我安安靜靜掃地拖地。放唱片對黑人來說是太高級了點。恐怕會砸了你的機器。」

「我倒想看看，像你這樣的小鬼無業遊民，憑啥去叫條子相信你，尤其是等我告訴他們你常到我的收銀機裡沾點油水。」

「在搞什麼嘛？」姮琳在小簾幕的後面發問。

「我在這裡就只沾過拖把水桶裡的髒水。」

「我說我的，你說你的。反正警察已經盯上你了。他們只需要像我這樣的老朋友說一句話。你想他們會相信誰？」拉娜望著瓊斯，看出他的沉默已經回答了她的問題。「現在給我去弄唱機。」

瓊斯把掃帚丟進一個雅座，放上了〈樂園裡的陌生客〉[130]那張唱片。

「好啦，各位，我們來了，」妲琳邊喊邊扭上了舞台，手臂上架著那隻鳳頭鸚鵡。她身穿一件低胸的橙色絲緞晚禮服，並在向上梳起的頭髮頂端，插了一朵巨大的人造蘭花。她擺出幾個笨拙的誘惑動作，向架子行去，膀上的鳳頭鸚鵡顛晃欲墜。她邊用一手抓住架子的頂部，邊以骨盤向那柱子做了個可怕的挑逗，口中嘆道：「噢。」

鳳頭鸚鵡先被放在最低的那個環圈上，然後再喙爪並用地爬上了次高的環圈。妲琳以一種淫樂狂歡的放縱，繞著柱子扭腰擺臀，直到那鳥爬到她腰部的位置。於是她將縫在長裙一側的環圈獻給那鳥。牠用喙將它一拉，長裙便當場迸開。

「噢，」妲琳嘆了一聲，扭到小舞台的邊緣，向觀眾展示那開口處露出的內衣。「噢，噢。」

「厚！」

「停，停，」拉娜大喊，又從凳子上跳起來，關掉了唱機。

「嘿，怎麼了嘛？」妲琳以不悅的口吻問。

「怎麼了，爛。光說你穿的，就像個野雞。我這俱樂部，要的是文雅高尚的節目。我們這是規規矩矩的生意，傻瓜。」

「厚！」

「你穿起那件橘紅色的裙裝就像個妓女。還有你那些小騷貨的哼哼唧唧是怎麼回事？十足是個倒在小巷裡的醉酒花癡。」

「可是拉娜……」

「鳥還好。你太爛。」拉娜在她的珊瑚嘴裡插上一根香菸，將它點上。「我們得重新想想這整個節目。你看起來像是馬達壞了還是什麼的。這一行我清楚。脫衣舞是對女人的一種侮辱。來這裡的變態不會想看一個婊子遭到侮辱。」

「嘿！」瓊斯把他的雲對準拉娜．李的雲吹來。「我以為你說晚上來這裡的，都是文雅高尚的人。」

「閉嘴，」拉娜說。「你聽著，妲琳。阿貓阿狗都能侮辱一個婊子。這些混蛋想看的，是一個又乖巧又潔淨的處女被人侮辱，被脫衣服。看在老天份上，你也得用用**腦袋**啊，妲琳。你得**清純**一點。我要你像一個文雅高尚的女孩，在鳥開始拉你衣服的時候要大吃一驚。」

「誰說我不高尚？」妲琳忿忿地問。

「好，你高尚。那就在我臺上高尚一下。表演的**戲劇性**就在這裡，他媽的。」

「喲呵。『歡樂良宵』靠這節目，就能得個奧斯卡。鳥也能得一個。」

「回去掃地。」

「遵命，『好市價』。」

「等等，」拉娜仿照歌舞片導演的傳統典範大喊一聲。她一向喜歡自己這行業裡的戲劇成分：表演、擺姿勢、構思場景、導演節目。「有了。」

「有什麼了？」妲琳問。

130〈樂園裡的陌生客〉（Stranger in Paradise）出自百老匯歌舞劇《天命》（*Kismet*），1954年由東尼．班奈特（Tony Bennett）唱紅。此曲曲調原為鮑羅定（Alexander Borodin, 1833-1887）之〈韃靼人舞曲第十七號〉（Polovtsian Dance No. 17）。

「一個主意，笨蛋。」拉娜一邊回答，一邊將香菸舉在唇前，彷彿那是導演用的傳聲筒。「現在來看看這個節目。你要扮成一個南方淑女，來自舊日南方的一個溫順乖巧的大處女，在老農莊裡養了這麼隻鳥。」

「嘿，這我喜歡，」妲琳熱心地說。

「你當然喜歡。現在你聽我的。」拉娜的腦子開始飛轉。這套節目可能會是她畢生的戲劇傑作。那鳥很有點明星潛力。「我們給你一大套農莊的正式服裝，帶襯的寬裙、蕾絲。一頂大帽。一把陽傘。非常高尚。你的頭髮是一綹綹小卷，垂在肩上。你剛從一個大舞會回來，那裡面有很多南方紳士，一邊吃著炸雞塊和豬頸肉，一邊想在你身上亂摸。但你不讓他們。為什麼？因為你是個淑女呀，他媽的。你走上台來。舞會結束了，你也守住了貞操。你跟你的小寵物在一起，要跟牠道個晚安，你就對牠說，『舞會有好多男孩，親愛的，可是我守身如玉。』然後這他媽的鳥就開始扯你衣服。你大吃一驚，你沒有想到，你天真無邪。但你太高尚了，沒辦法阻止牠。曉得了吧？」

「這真叫棒，」妲琳說。

「這叫戲劇，」拉娜糾正她。「好，我們來試一次。音樂，大師。」

「厚！我們現在可真回到農莊上了。」瓊斯把唱針刮在唱片上，滑過開頭的幾道溝槽。「我真是夠笨，會在這個摳門窯子裡張開我的大嘴。」

妲琳扭扭捏捏上了舞台，滑著故作端莊的步子，撮起了櫻桃小口，「男孩真的有好多舞會，寶貝，可是……」

「停！」拉娜大吼。

「給我個機會嘛，」妲琳哀求。「人家是第一次。我練的是豔舞，又不是演戲。」

「你連這麼簡單的一句都記不來？」

「妲琳得了『歡樂良宵』神經緊張症。」瓊斯把台前那塊地方弄得霧起雲湧。「就因為這低薪水加高恐嚇。鳥大概也快得了，要開始亂吼亂抓，從牠那架子上摔下來了。」

「妲琳是你好朋友，啊？我看她老是在給你雜誌，」拉娜發了火。這個瓊斯已開始讓她擦了乳液的全身不舒服。「這個節目，基本上是你的主意，瓊斯。你確定你想看她得到一個上台的機會？」

「當然。厚！總該有人在這地方出頭。反正，這節目夠高級了，會招來很多生意。我就可以加薪了。嘿！」瓊斯笑出一條黃黃的新月，打開了他臉的下半部。「我把所有希望都放在那隻鳥上了。」

拉娜想到一個對生意有利，對瓊斯有害的主意。她以前太縱容他了。

「好，」拉娜對他說。「現在你聽我說，瓊斯。你想幫我們妲琳。你覺得節目不錯，啊？我記得你說過，妲琳和這鳥會招來很多生意，我得去雇個門房。哪，我已經有門房了。你。」

「嘿！晚上我可不會來這裡，賺那不到最低工資的錢。」

「開演那晚你會來，」拉娜沉穩地說。「你會在前面人行道上。我們會替你租套制服。真正老南方的門房。你就把客人給拉進來。知道吧？我要見到滿座的客人，給你的好朋友和她的鳥捧場。」

「操。這家操他媽的酒吧我不幹了。你也許能把『好市價』和她的禿鷹弄上台，但你要想在前面也弄個農莊奴工，免談。」

「分局會接到一份特別的報告。」

「他們會接到另一份孤兒報告，也說不定。」

「我看不會。」

瓊斯心知這是真的。終於他說：「好，我開演那晚來。我拉幾個客人進來。我拉個能讓你永遠關店的進來。我要拉像那個戴綠帽的王八蛋進來。」

「我在想他哪裡去了，」妲琳說。

「閉嘴，讓我聽你唸你的台詞，」拉娜向她吼道。「你這位朋友想看你出頭。他要幫你呢，妲琳。讓他瞧瞧你有多厲害。」

妲琳清了喉嚨，開始小心翼翼發起音來：「舞灰有很多男海，親愛的，可是我守玉如身。」

拉娜把妲琳和鳥拉下舞台，推到外面巷子裡。瓊斯聽著巷裡傳來的大聲爭吵與哀求，聽到啪嗒一記耳光落在誰的臉上。

瓊斯走到吧檯後面倒了杯水，開始思索一個破壞的方法，讓拉娜．李就此完蛋。外面是鳳頭鸚鵡在哇哇大叫，加上妲琳的哭泣：「我不是演員，拉娜。我跟你說過了。」

稍一低頭，瓊斯發現拉娜．李在大意中忘了關上吧檯後面那小櫥櫃的門。整個下午她都把心放在觀看妲琳的彩排上。瓊斯跪下身去，同時摘掉了墨鏡，這是他在「歡樂良宵」裡的第一次。開始的時候，他的眼睛必須適應那較顯明亮卻仍然暗淡，照出吧檯後面地上塵土板結成塊的燈光。他往小櫥櫃裡看去，只見將近十個紙紮的包裹整整齊齊疊成一落。角落裡還堆著一個地球儀、一盒粉筆，和一本看起來相當昂貴的大書。

他不想為了拿櫥櫃裡的東西，而破壞了他的發現。拉娜．李憑著她的鷹眼和狗鼻，一定馬上就會注意到。他想了一想，然後拿起收銀機上的鉛筆，順著那疊包裹的側面，由上而下，用極其微細的字體，在每一包的邊上寫下「歡樂良宵」的地址。像一張封在瓶中的字條，這地址有可能會帶來某種回應，也許會來自某個合法的、專業的破壞者。一個牛皮紙包上的地址，就跟一把槍上的指紋一樣具有破壞力，瓊斯想。那是一種不該出現的東西。他重新將包裹小心堆好，把那一落整理成原來的對稱形狀。然後他將鉛筆放回收銀機，喝完了杯中的水。他研究著櫥門，確定這打開的角度跟他發現時一樣。

他剛從吧檯後面出來，繼續他漫無目標的掃地工作，拉娜、妲琳，和那鳥突然從巷裡推門進來，看起來有如一小群失去控制的暴民。妲琳的蘭花垂著，而鳥身上所剩無幾的羽毛也亂了。唯獨拉娜．李還是一絲不紊，彷彿有什麼旋風奇蹟式地，只放過了她一個人。

「好，來，妲琳，」拉娜抓著妲琳的肩膀說。「你他媽的該說什麼？」

「厚！你這導演真夠體諒。你要是去拍部大片，裡面一半的人會死。」

「閉上嘴掃地去，」拉娜邊對瓊斯說，邊將妲琳晃了幾晃。「現在給我好好講，蠢貨。」

妲琳絕望地嘆了口氣，然後說：「舞會有很多藍海，親愛的，可是我守身如玉。」

3

曼庫索巡警倚在巡佐的桌邊，吁吁喘氣：「起你把我調出那接廁所。我已機不呢呼吸了。」

「什麼？」巡佐看看面前那個蒼白瘦弱的人形，看看雙焦距鏡片後面的粉紅眼睛，又看看白色山羊鬍後面的乾裂嘴唇。「你是怎麼了，曼庫索？為什麼不能像個男人那樣站直了？患了感冒？在隊上服勤的人是不患感冒的。在隊上服勤的人都很**強壯**。」

曼庫索巡警在山羊鬍上咳出一片濕潤。

「你在那個巴士站還沒逮過一個人。還記得我是怎麼告訴你的？你就待在那裡，直到你給我抓個人進來為止。」

「我要得肺耶了。」

「吃點感冒藥。給我出去抓個人去。」

「我姑巴說如果留在那接廁所裡，我會死的。」

「你姑媽？這麼一個大人還要聽姑媽的？老天。你認識的都是些什麼人啊，曼庫索？一個人跑去看脫衣舞的老太太、姑媽。你大概是參加了什麼婦女慈善會吧。**給我站好**，」巡佐審視著這個可憐的人形，在一個致命咳嗽的餘波中震動。他不想弄出人命。最好是給曼庫索一個留隊察看的時期，然後再把他踢掉。「好吧。不用再去巴士站了。回到街上曬點太陽。但我告訴你。我給你兩個星期。到時候你還抓不到人，就可以滾蛋了。聽清楚了，曼庫索？」

曼庫索巡警抽著鼻子點了點頭。

「我一地會努力。我一地給你抓個折來。」

「別靠在我桌上，」巡佐吼道。「我可不想傳到你的感冒。站好。滾出去。去吃點藥喝點橘子水。老天。」

「我一地給你抓個折來，」曼庫索巡警又喘吁吁地說，卻比前一次還欠缺說服力。然後他彳亍而去，身上那套新奇的戲服，是巡佐對他開的最大玩笑。他頭戴一頂棒球帽，身穿一套聖誕老人的服裝。

4

伊內修沒有理睬他母親為了他工作一天只帶回家五毛錢薪資，而在外面走廊上打門哭叫的事。他把桌上那些「大酋長」拍紙簿、溜溜球和橡皮手套全部掃落在地，打開《日記》開始書寫：

親愛的讀者：

好書是偉大心靈之寶貴鮮血，由吾人供奉珍藏，以得永生[131]。

——彌爾頓

克萊德變態的（我確信也是危險的）心靈，再次設計出另一種方法，企圖屈辱我堅不可摧的存在。我原先以為，在這香腸大王肉類鉅子的身上，我或許找到了一個代理父親。但他對我的厭惡與嫉妒與日俱增，最後勢必將他淹沒，將其心靈摧毀。我體格之雄偉，我世界觀之繁複，我一舉一動所蘊涵之莊重與品味，我在當今世事紛紜中之運作無礙，在在皆使克萊德大感困惑與驚愕。如今他將我貶謫到法國區，這個淵藪包藏了人類在荒佚無度中所構思出來的一切罪惡，其中想必還雜有科技奇蹟所催生的現代變型。我想此區大概與蘇活區或非洲北部某些地區大同小異。不過法國區的居民，挾著美國「犟脾氣」與「高科技」之助，此刻大概正在力爭上游，意圖在形色之多與想像之富上，趕超世上其他人類退化地帶居民所享受的消遣。

法國區的環境，顯然不適合一個生活潔淨、純樸、謹慎，而易受影響的年輕勞動青年。但不知愛迪生、福特與洛克斐勒當初是否也得在類似的逆境中奮力抗爭。

然而克萊德的心狠手辣，尚不止於如此單純的羞辱。我還據稱得要經營克萊德所謂的「觀光客生意」，必須穿戴一套類似戲服的行頭。

131 彌爾頓此句出自《論出版自由》（*Areopagitica*, 1644）。

（據我在這新路線第一天裡所接觸的顧客看來，「觀光客」似乎無異於我在商業區的銷售對象，是一幫相同的無業遊民。他們想必是在固態酒精引起的迷醉狀態下，遊蕩到法國區來，而在克萊德年老癡呆的心中，就成了「觀光客」。我懷疑克萊德甚至有機會親眼見識那些購買「樂園」產品，並似乎賴此維生的變態狂、破落戶、流浪漢。其他小販都是些飽經風霜、滿身病痛、名字不外乎「老兄」、「老鄉」、「老弟」、「老哥」、「老黑」、「老大」的巡迴商旅，夾在他們與我的顧客之間，我顯然是陷入了一個充滿野鬼遊魂的靈薄獄中。然而，他們既然身為本世紀最徹頭徹尾的失敗者，也就因此具備了某種精神上的資格。據我們有限的所知來看，這些飽受壓榨的可憐人，很可能即是我們這個時代的聖人：眼睛淡褐、極為馴服的老黑人；窮途潦倒、來自德克薩斯或奧克拉荷馬荒原的流民；一無所有、在鼠患成災的都市樓舍裡求個安身之地的佃農。

（但儘管我對熱狗情有獨鍾，仍希望自己不至於以此為業。我的寫作或能賺取一些收入。如有必要，我也可以轉入巡迴演講一行，尾隨那可怕的M．敏可夫——此人對於品味與莊重的冒犯，我已為讀者諸君作過詳述——以將她在我國無數講堂中所拋擲的無知與猥褻的巨石一一清除。但或許在她第一批的聽眾當中，就會有某個有識之士將她拉下講台，對她性感帶的部位稍予鞭笞。貧民區的街道就算具有某種靈性，在肉體舒適的方面仍顯有不足，所以我十分懷疑自己壯碩健美的身軀，能輕易適應露宿小巷的生活。我自然寧可去垂掛在公園長椅之上。因此，單是我的體型，便已構成一種保護，不讓自己在這個文明的結構裡太過沉淪。〔其實我原就不信一個人必須沉淪到底，才能客觀審視他的社會。我們可以不取垂直的下落，而改以水平的外移，直到達成足夠的脫離，而尚不必放棄一切物質享受的地步為止。諸位已經熟知，當我母親翻天覆地的酗酒無度，將我推落在現代生存的狂潮之中時，我便已到過這個地步，到過我們時代的邊緣地帶。我必須承認，自那時開始，事情便每況愈下。如今形勢更為惡化。我全無熱情的舊愛敏可夫已經與我反目。連我自己母親，也就是一手導致我毀滅的代理人，也開始反噬那隻餵她的手。我的週期是愈轉愈低了。噢，佛圖娜，你這反覆無常的妖女！」就個人而言，我發現食物與舒適上的匱乏，不但不能使靈魂趨於高貴，反而只能在人的心中製造焦慮，將人一切較為善良的衝動全部轉移在覓食果腹上。我雖擁有豐富的內心生活，卻仍需要一點食物與舒適。）

但言歸正傳，回頭再談克萊德的報復。前一任專跑法國區路線的小販，穿戴的是套驚人的海盜裝，這就是「樂園攤販」向紐奧良民俗與歷史所致的一點敬意，是企圖將熱狗與克里奧傳說聯繫起來的一個克萊德式的手法[132]。克萊德強迫我在車庫裡先行試穿。當然，戲服是為前任小販那患了肺癆、發展不良的身材所訂做的，不論如何前拉後扯吸氣擠塞，也套不上我那肌肉結實的軀幹。於是只得做個妥協。我將紅絲緞的海盜頭巾，纏在自己的帽邊。我又在左耳垂上戴了一只新奇玩具店那種環圈式的金耳環。我再把黑色塑膠的彎刀用別針固定在我那白色小販罩衫的一側。各位會說，這個海盜顯然有欠威風。但在鏡中檢視的時候，我卻不得不承認這個扮相頗富戲劇性、堪稱討喜。我向克萊德揮起那把塑膠彎刀，大喝一聲，「跳海就死吧，艦隊司令！」其實我早該知道，他一板一眼的香腸腦袋根本無法接受這個。他變得無比緊張，開始用他那根長矛般的叉子向我攻來。我們在車庫裡東突西撞，像兩名劍客在一部特別可笑的歷史電影裡，以叉子和彎刀互相猛擊。我心知自己的塑膠武器敵不過瘋狂的瑪土撒拉[133]手中那柄長叉，心知我眼前的克萊德正處於最嚴重的失控狀態，便企圖結束這場小小的決鬥。我好言安撫；我極

132 克里奧（Creole）意為「土生」，原指美國南部（特別是路易斯安那州）早期法國「土生」移民的後裔及其方言，而與來自其他法語地區的其他族裔無關。但今日此詞已與非裔密不可分。

133 瑪土撒拉（Methuselah）是《聖經》上活到九百六十九高齡的長壽老人，見〈創世記〉五章二十七節。

力懇求；我終於宣告投降。但克萊德仍不罷休。顯然是我身上的戲服太過成功，已使克萊德完全相信我們回到了浪漫的老紐奧良，回到了當年紳士間但凡涉及熱狗榮譽的事，都要以二十步的距離來解決的那個黃金時代。就在此刻，我機巧的腦中靈光一閃，突然體會到克萊德是真要置我於死地了。他有個完美的藉口：自衛。我正落在他的轂中。好在我命不該絕，適時跌了一跤。我在後退中，碰到一部車子，失去了我原已搖搖欲墜的平衡，而摔在地上。雖然頭被車撞得甚痛，我仍在地上愉快地喊道，「你贏了，先生。」然後我默默感謝親愛的老佛圖娜，將我從喪命於生鏞叉子的鬼門關前拉了回來。

我儘快將車推出車庫，向法國區行去。一路上不斷有行人向我的半套戲服投以讚許的眼光。我的彎刀拍打著身體一側，耳環懸盪在耳垂上，紅巾在日光下閃亮，耀眼得足以引來一頭蠻牛。我堅毅不拔地大步穿過城市，一邊慶幸我還活著，一邊為我將在法國區中遇到的恐怖預做防備。許多大聲的禱告自我貞節粉紅的唇中飛升上天，有些是致謝，有些是祈求。我向常被人召喚以求治癒癲癇與狂症的聖馬蒂蘭禱告[134]，求他幫助克萊德先生（順帶一提，馬蒂蘭也是小丑的主保聖人）。我又為了自己，向保佑眾人腸胃平安的隱士聖梅德利古[135]聊致微薄的敬意。我在思忖那幾乎降臨在我身上的死神之召時又想到了我的母親，因為我始終無法確定，如果我為了償付她品行不端的後果而一命嗚呼，她的反應究竟會是如何。我可以看到她在某個難登大雅的殯儀館地下室裡，主持一個費用低廉、粗略草率的葬儀。悲慟欲絕、紅眼眶裡滾著淚水的她，大概會從棺材裡把我的屍體扒出來，口中醉醺醺地嘶叫，「不要把他帶走！為什麼總是紅顏薄命、天才早夭啊？」葬儀大概會亂成一場馬戲，我母親會不斷用她的手指，伸進我頸上被克萊德先生那把生鏽叉子戳穿的兩個洞中，一邊哭喊著粗鄙不文的希臘式詛咒與報復。其實這個儀式原本應該有些可看的地方，我想。但只要有我母親在場坐鎮，其中的悲劇就會立刻轉為鬧劇。她會將那朵白色的百合花，從我全無生命的手中扯去，然後一折兩斷，對著擠了滿堂的致哀者、弔問者、執事者、參觀者嚎啕，「伊內修原來就跟這朵百合一樣。現在兩個都被奪走了、折斷了。」在將百合擲回棺材的時候，她出手之欠準，會使它直直砸在我敷滿白粉的臉上。

為我的母親，我向一生為人幫傭而生活嚴謹的路加的聖女紀達[136]送出祈禱，希望她能助我母親戒除酒癮，克制夜間的胡鬧。

這段拜神的插曲使我信心大增之後，我聽著彎刀在我身旁拍打。它像是一把道德的利器，驅策著我往法國區行去，每一個塑膠的拍打聲響都在說，「奮起，伊內修。你身懷可畏的利劍。[137]」我開始覺得自己頗有幾分十字軍的味道了。

我終於穿過了運河街，一路假裝對過往行人的矚目視若無睹。前面是法國區狹窄的街道。一個無業遊民向我要求熱狗。我揮手將他攆開，繼續往北行去。不幸的是，我的精神有餘而腳力不足。腳踝以下的組織已開始高聲抗議，要求休息與撫慰。於是我將車停在路邊，坐了下來。那些老樓房的陽台伸在我的頭上，像是寓言中邪惡森林的陰暗枝椏。一部「慾望」巴士帶著象徵的意味[138]，在身旁呼嘯而過，排出的柴油廢氣幾乎令我死於窒息。當我閉上眼睛沉思片刻以求重振氣力的時候，大概是睡著了，因為我記得被人以粗魯方式喚醒，那是一個警察站在身旁，正用鞋尖戳踢我的肋骨。我身上想必有某種體香，

134 聖馬蒂蘭（St. Mathurin, d. 500）其實是愚人白癡的主保聖人。

135 聖梅德利古（St. Medericus or St. Merry, d. 700）晚年隱居不出，其實是法國塞納河（Seine）右岸地區的主保聖人。

136 路加的聖女紀達（St. Zita of Lucca, d. 1278）確實是家庭僕傭的主保聖人。

137 「可畏的利劍」（terrible swift sword）云云，不免令人聯想到美國內戰期間開始流行的愛國歌曲〈共和國戰歌〉（The Battle Hymn of the Republic）。

138 名喚「慾望」（Desire）的街車路線，於1948年後停行電車，改成巴士路線。田納西．威廉斯（Tennessee Williams 1911-1983）象徵主義意味濃厚的名劇《慾望街車》（A Streetcar Named Desire 1947）即指原來的電車。

對政府當局特別具有魅力。有誰會在百貨公司門口等待母親的時候，無緣無故遭到一個警察盤問？有誰會為了從溝裡抱起一隻小野貓，被人在旁窺探做出報告？我就像隻發情的母狗，似乎總能引來有志一同的警察與衛生官員。總有一天，這世界會以荒謬的藉口向我做出報復；我只能等著那一天的來臨，等著他們將我拖進一個具有空調設備的地牢，丟在日光燈與隔音天花板下，令我為了蔑視他們小小的橡膠心臟所珍惜的一切，而償付代價。

我將單憑高度便已十分壯觀的身子站起，向下俯視那個討厭的警察，並當頭砸出一個幸而非他所能理解的評論。然後，我推著車繼續深入法國區。由於剛過晌午，街上來往的行人並不多。我猜，經過前一晚各式各樣下流的活動之後，這個地區的居民大概都還在床上休養。不少人無疑需要就醫，以將撕裂的洞孔與破損的器官做一番縫縫補補。我只能想像，有多少雙憔悴墮落的眼睛，正在掩上的百葉窗後面，對我投以飢渴的注視。我試著不去想它。但我已開始覺得自己像是肉市裡一塊特別可口的牛排。然而，並沒有誘人的呼喚從百葉窗後傳來。這些跳動在暗室裡的變態心理，在誘惑一道上，顯然比較狡黠。我以為至少會飄下一張字條。卻不料一扇窗裡飛出一個冷凍橙汁的罐頭，險險將我打個正著。我彎腰將它拾起，看看那空罐的圓筒中是否藏有某種通訊，但只有殘餘一點黏稠的濃縮果汁，滴漏在我手上。難道這是個什麼猥褻的信息？我正望著扔出罐頭的窗口，思索著這件事情的時候，一個老無業遊民走到車旁問我要起香腸。我不情不願賣了一份給他，並在懊惱中做出結論：工作總會在緊要的時刻成為干擾。

當然，飛出罐子的那扇窗子，此刻已經關上。我沿街往前推去，一邊不斷望著那關閉的窗子，希望得到某種指示。狂野的笑聲從我經過的幾棟樓中傳出。顯然裡面那些迷失的住民正在恣意進行他們覺得有趣的猥褻消遣。我盡力閉起我的處子耳朵，不聽那些令人毛骨悚然的喋喋笑聲。

街上遊蕩著一團觀光客，他們手裡舉著相機，閃亮的眼睛放出寶石般的光彩。他們注意到我，便停下腳步，用尖銳難聽、像打麥機的聲響一般（不論那聲響可怕到何種想像不出的地步）衝擊著我細緻鼓膜的中西部口音，請求我讓他們照一張相。我很樂於見到這種親切的關注，也就勉強同意。於是我應他們要求，擺出數種美妙的姿態，讓他們拍了好幾分鐘。我在其中一個特別值得記憶的姿勢裡，兇狠地亮出彎刀，另一手抓著洋鐵皮熱狗的船首。為了提供高潮，我企圖爬上車頂，但我身體的厚實，卻顯非那單薄的車子所能承受。它開始從我身下滑開，幸虧那群人當中的幾位先生將它拉住，扶我下來。最後這群和善的人向我道別。當他們沿街走去，仍在瘋狂地為眼裡一切東西拍照時，我聽見一位好心女士的聲音，「你說可憐不可憐？我們應該給他點什麼的。」不幸的是，其他人（無疑都是右翼保守分子）竟無一對她慈善的呼籲做出熱烈反應，顯然他們以為朝我丟幾分錢，就等於是對社會福利國家投了信任票。「他還不是會拿去買酒喝，」另外一個女人，一個滿臉寫著「基督教婦女禁酒會」[139]的乾癟老太婆，用她鼻音濃重的智慧，加上大量的捲舌音[140]，對她朋友做出勸告。其他團員顯然也都站在那個「禁酒會」臭婆娘的一邊，因為一行人並未停下腳步。

我必須承認，當時若有人做出某種形式的奉獻，我絕不會推拒。一個「勞動青年」應該用得上他以滿懷抱負全力拚搏的雙手所掙來的每一分錢。何況，這群玉米帶的鄉巴佬還有可能用那些照片在什麼攝影比賽裡賺上一筆。正在我考慮片刻，衡量是否該去追趕他們的時候，眼前突然蹦出一個極盡誇張諷刺的觀光客版本，向我出聲問好。那是一個蒼白瘦小的人，身穿百慕達短褲，被一部其大無比、配備著想

139 「基督教婦女禁酒會」（Woman's Christian Temperance Union, WCTU）成立於1874年。

140 美國中西部口音一大特徵，即是濃厚的鼻音與捲舌（rhotic）或濁重的［r］音（harsh r's）。

必是「新藝綜合體」[141]電影鏡頭的器材壓得喘不過氣。細看之下，我發現那不是別人，居然就是曼庫索巡警。我當然只裝是在旋緊耳環，沒有理會那個馬基維利主義者蒙古白癡式的微微一笑。顯然此人已從他服刑的廁所裡獲釋出來了。「好不好哇？」他仍粗鄙無文地堅持。「我的書呢？」我便氣勢洶洶地逼問。「我還在讀。很好看的，」他惶惶作答。「要學取書中的教訓，」我諄諄告誡。「你讀完之後，我會叫你寫份報告，就這本書給予人類的信息做個批評與分析！」這個命令的餘音還在空中裊裊迴盪，我已經昂首闊步而去。然後，發現我忘了車子，才又大模大樣回去把車推走。（這車是個沉重的負擔。我覺得像是身邊黏著一個不斷要人照顧的低能兒。我覺得像是一隻母雞，坐在一個特別巨大的洋鐵皮雞蛋上。）

此刻已將近兩點，而我只賣了一份熱狗。「勞動青年」為了成功這個目標，必須加緊賣力。法國區的居民顯然都不認為香腸該在他們那張美食榜上名列前茅，而觀光客來到多彩多姿景色優美的紐奧良，又顯然不是為了飽餐「樂園」的產品。我無疑是碰到了一個我們商業術語中所謂的行銷問題。邪惡的克萊德基於報復，給我的路線是個中看不中用的「白象」，這個名詞也曾在我們某次業務會議中，被他冠在我的頭上。厭惡與嫉妒又再次將我擊倒。

除此之外，我也必須想出一個方法，來對付M．敏可夫近來的厚顏無恥。也許法國區能為我提供一些材料，讓我發動一場宣揚品味與莊重、揭櫫神學與幾何學的除惡之戰，也許。

社交附註：我最喜歡的女演員最近一部浮濫無度的馬戲團歌舞片，令我震驚有餘而抵抗無力。她的新片即將在城中心幾家劇院上映。我得設法一睹為快。只可惜車子是個累贅。據宣傳稱，她的新片是部「世故」的喜劇[142]，無疑她會在片中達到一個變態與褻瀆的新境界。

健康附註：體重驚人遽增，顯然是我親愛母親日趨兇惡而引發的焦慮所致。人到頭來往往總會恩將仇報，這是人性之常。也因此，我母親與我為敵了。

未完待續。

四面楚歌的勞動青年　蘭斯

5

可愛的女孩向陶克博士綻出充滿希望的微笑，輕聲細氣說，「我好喜歡您的課。我是說，這門課真棒。」

「噢，這個，」陶克高興地答。「你過獎了。我倒嫌這門課太過籠統了點……」

「您看歷史的方法真是充滿了生命，真是現代，真是清新而不落俗套。」

「我的確相信我們必須拋開一些老的形式與方法。」陶克的嗓音聽起來尊貴而博學。他是否該請這迷人的動物去陪他喝一杯？「歷史本來就是個不斷演化的東西。」

「我**知道**，」女孩邊說邊將眼睛睜大，大到可以讓陶克暫時迷失在那片湛藍中。

「我只希望能激起學生的興趣。老實說吧，一般的學生是不會對凱爾特統治的不列顛發生興趣的。其實，我也沒有興趣。我得承認，這就是為什麼我總能在自己學生當中感到一種親密的聯繫。」

---

141 「新藝綜合體」（CinemaScope）商標，是指1928年由法國人亨利．克瑞雄（Henri Chrétien, 1879-1956）發明，1952年由二十世紀福斯公司（20th Century-Fox）買下專利的電影攝製技術，即以尺寸遠大於一般鏡頭的變形鏡頭將寬幅畫面壓縮到普通的三十五毫米膠片上，然後再以特殊的放映鏡頭將影像還原放大。

142 「世故的成人喜劇！」（Adult sophisticated comedy!）是桃樂絲．黛名片《春淚濺花紅》（*That Touch of Mink*, 1962）宣傳海報上的用語。

「我知道，」女孩伸手去拿皮包的時候，以優雅的姿態在陶克那件昂貴的粗呢上裝袖邊擦拂而過。她的觸碰使陶克一陣酥麻。這種女孩才是上大學的料，而那個可怕的敏可夫丫頭，那個粗暴邋遢、差點就在他辦公室門外被一個工友強暴的女孩可別提了。光是想到她，陶克就打了個哆嗦。在課堂上，她每有機會便要羞辱他、挑戰他、醜化他，還慫恿那個萊里怪物加入攻擊。他永遠不會忘記這兩個；沒有一個教員會。他們像是兩個匈奴韃子橫掃千軍直下羅馬。陶克博士無聊地猜想著他們到底結婚了沒有。倒真是天作之合。也或許兩人已經叛逃到古巴去了。「有些歷史人物實在沒趣。」

「非常正確，」陶克表示同意，他很願意加入任何戰爭，去聲討英國史上的人物，那批多年來一直在鞭笞懲罰著他的人物。單一個誰是誰的問題，便已夠他頭痛的了。他點上一枝「班森與黑吉斯」，清了清喉裡那些英國史的痰液。「他們都犯過許多愚蠢的錯誤。」

「我知道。」女孩看了看她粉盒上的鏡子。然後她目光轉硬，聲音也變得有點怏怏不悅。「呃，我也不想閒扯太多歷史，浪費您的時間。我是要問您，兩個月前我交給您的那份報告到底怎麼了。我是說，我想知道這門課我會拿到什麼樣的分數。」

「噢，是，」陶克博士淡淡回應。他那充滿希望的泡沫已經幻滅。剝去了外表，學生們都是一個樣的。可愛的女孩搖身變成了一個兩眼銳不可當的女商人，在核算她成績上的利潤。「你交過報告，是吧？」

「我當然交了。放在一個黃色的文件夾裡。」

「那讓我找找看。」陶克博士站起身來，開始翻查書架頂上一堆堆各色各樣的古董期末報告、小報告和考卷。他在重新整理紙堆的時候，一只用粗行線拍紙簿紙摺成的飛機，從一個紙夾中掉出，滑向地板。陶克沒有注意到的這架飛機，只是幾年前某個學期裡，從他的氣窗與大窗中飄入的許多飛機之一。女孩將它從降落的地方撿起，看到那發黃的紙上有字，便將它攤開。

「陶克：你因誤導與誘惑青年，被判有罪。特此宣諭將你發育不良之睪丸吊起處死。蘇洛」女孩把紅蠟筆寫的信重讀一遍，然後趁著陶克還在書架頂上忙著搜尋，她打開皮包，放入飛機，按上了釦子。

第十章

1

葛斯・雷維是個好好先生。他也是個很四海的人。他交遊廣闊，在全國各地都有贊助商與訓練員與教練與經理的朋友。不論是哪個球場或運動場或跑馬場，葛斯・雷維都有把握自己至少認識一個與場地有關的人。他認識老闆和售票員和球員。他甚至每年會收到巴爾的摩「陣亡將士紀念球場」對面停車場一個花生小販寄來的聖誕卡。他是很受歡迎的。

「雷維小廬」是他在不同球季之間所待的地方。他在那裡沒有朋友。「雷維小廬」在聖誕節時唯一的季節標誌，唯一顯示聖誕氣息的氣壓計，是他兩個女兒的出現。她們從大學裡玉駕親臨專程下訪，帶來了額外的金錢要求，和他若繼續虐待她們母親就將從此不被她們認作父親的威脅。雷維太太每逢聖誕節開列的清單，也總和禮物無關，而是她自八月以來所受委屈與暴虐的清單。女兒會在襪子裡收到這張單子。雷維太太向女兒要求的唯一禮物，就是要她們去攻擊父親。雷維太太最愛聖誕節了。

此刻雷維先生正在小廬裡等待春季訓練的開始。岡薩雷茲已將他在佛羅里達和亞利桑那預訂的旅館安排就緒。但「雷維小廬」裡卻像又來了一次聖誕，而這樁正在「雷維小廬」裡進行的事，就雷維先生看來，其實根本可以延到他去訓練營以後再說。

雷維太太讓崔喜小姐平躺在他最喜歡的、黃色尼龍的那張沙發椅上，正往那老女人臉上搽護膚乳膏。偶爾崔喜小姐會將舌頭翻出，抽樣品嘗一下她上唇地帶的乳膏。

「我看著都覺得噁心了，」雷維先生說。「你就不能帶她出門去？今天天氣不錯的。」

「她喜歡這張沙發，」雷維太太回答。「讓她享受一下。為什麼你不出門，給你的跑車打個蠟去？」

「安靜！」崔喜小姐咧嘴咆哮，露出雷維太太剛為她買的巨大驚人的假牙。

「你聽聽，」雷維先生說。「這裡當家的還真是她了。」

「她在保護自己的權益。又礙著你了？假牙給了她一點自信。當然，你對這個女人連這麼一點也不情不願。我開始瞭解她為什麼會這樣缺乏安全感了。我發現岡薩雷茲對她整天不理不睬，千方百計讓她覺得沒有人要。在潛意識裡，她是恨雷維褲廠的。」

「哪個不恨？」崔喜小姐說。

「可憐呀，可憐，」雷維先生只做了這個回答。

崔喜小姐咕嚕著從唇間吹出一點氣來。

「可以結束了吧，」雷維先生說。「我已經讓你在這裡玩過不少荒謬的遊戲。但這次簡直就是胡鬧。你要想開殯儀館的話，我幫你去弄。只別在我的休閒室裡開。你現在把她臉上那些黏乎乎的東西擦乾淨了，我開車送她回城裡。給我在這屋子裡留點清靜。」

「怎麼。突然又生氣啦。至少你有了點正常的反應。這對你來說，可不多見。」

「你幹這些就為了讓我生氣？其實你讓我生氣，根本用不著多此一舉。你別煩她了。她一心只想退休。你這樣就像在折磨一隻笨頭笨腦的動物。」

「我是個漂亮的女人，」崔喜小姐在睡夢中嘟囔著。

「你聽到了！」雷維太太快樂地喊道。「你還想把她扔出去？我才剛開始跟她建立溝通呢。她像是一個象徵，代表了你沒做過的一切。」

突然崔喜小姐跳了起來，齜牙咆哮，「我的帽舌哪裡去了？」

「可有好戲看了，」雷維先生說。「你等著她用那口五百大洋的牙來咬你吧。」

「誰拿了我的帽舌？」崔喜小姐咄咄逼問。「這是什麼地方？別碰我。」

「親愛的，」雷維太太才剛開口，崔喜小姐卻已經側身躺下睡著，把一臉乳膏塗在沙發上了。

「看吧，我的大善人，你在這個小遊戲上已經花了多少錢？沙發要重換布面，我是不付的。」

「對啦。把你的錢都去花在那些馬的身上。讓這個人受苦受難吧。」

「你最好把她那口牙拿掉，免得她把自己舌頭咬斷。那她才叫慘了。」

「說到舌頭，可惜你沒聽到她今天早上跟我講的葛蘿麗亞的事。」雷維太太做出一個手勢，表示承受委屈與悲劇。「葛蘿麗亞是善良的化身，是許多年來第一個關心崔喜小姐的人。結果莫名其妙地，你一進門就把葛蘿麗亞從她生命裡踢走了。我想這給了她一個很嚴重的創傷。我們女兒一定會想聽聽葛蘿麗亞的事。她們會問你一些問題的，我跟你擔保。」

「我也擔保她們會。告訴你，我看你是神經出了問題。根本就沒有葛蘿麗亞。你如果還要繼續跟那邊那個你收養保護的小東西講話，她會帶你直直走進陰陽交界的幽暗地帶。等復活節蘇珊和珊卓菈回來的時候，她們就會看到你抱著一袋子破爛，在那張檯上顛顛跳跳了。」

「噢，噢，我明白了。都是葛蘿麗亞這事引起的罪咎感。又要吵來吵去，又要嫌這嫌那。這不會有好結果的，葛斯。拜託你就少看一場比賽，去看看藍尼的醫生吧。這個人可以造出奇蹟的，我不騙你。」

「那讓他把雷維褲廠接手過去好了。我這禮拜跟三個經紀談過。每個都說這是他們見過最賣不出去的房地產。」

「葛斯，我的耳朵沒毛病吧？我真的聽到你說要賣掉你祖上傳下來的家產？」雷維太太喊道。

「安靜！」崔喜小姐咆哮。「我會跟你們討回公道的。等著瞧吧。你們跑不掉。我會報仇的。」

「噢，閉嘴吧，」雷維太太邊向她大吼，邊將她推回沙發上，而她也倒頭就睡著了。

「哪，有個傢伙，」雷維先生冷靜地繼續，「這個看起來滿有幹勁的經紀人，給了我一絲希望。跟其他幾個一樣，他說：『今天是沒人會要成衣廠的。市場已經垮了。你這地方已經過時。整修更新要花好幾千。它有個鐵道調車線，可是今天像衣服這樣輕的貨品得靠卡車，這地方的位置又不適合卡車。公路在城的另一邊。南方的成衣業都在收了。就連這塊地也值不了太多。整個地帶都在變成貧民區。』諸如此類的一大套。但這個經紀說，也許他能說動哪個連鎖超級市場，把這工廠買下開店。哪，這聽起來是不錯。但問題來了。雷維褲廠旁邊沒有停車的地方，鄰近地區的生活中位數字或什麼的太低，支持不了一家大型市場，又是諸如此類的一大套。他說唯一的希望是當作倉庫租出去，可是倉庫的租金不高，而且這地方的位置也不適合做倉庫。又是公路的問題。所以不用擔心，雷維褲廠還在我們手上，像個傳家的夜壺一樣。」

「夜壺？你爸爸的血汗是一把夜壺？我知道你的動機了。你要把你爸爸一生成就的紀念碑給拆掉。」

「雷維褲廠是個紀念碑？」

「我永遠不會明白，當初為什麼會去那裡做事，」崔喜小姐埋在雷維太太將她壓得動彈不得的枕頭中，氣沖沖地說。「還好葛蘿麗亞逃得快。」

「失陪了，兩位女士，」雷維先生從牙縫裡吹著口哨說。「你們自己去談葛蘿麗亞吧。」

他起身走進了按摩浴缸。水在他四周旋流噴射的時候，他想著如何能把雷維褲廠丟到某個可憐的買主懷裡。它總該有點用吧。溜冰場？體育館？黑人天主教堂？然後他想著，如果他把雷維太太那張健身檯扛到防波堤上丟進海灣，不知會有什麼後果。他將自己仔細擦乾，套上毛巾布的浴袍，走進休閒室去拿他的賽馬情報。

崔喜小姐坐在沙發上。她的臉擦乾淨了。她的嘴塗得一片橙紅。她虛弱無力的眼上添了陰影強調。雷維太太正在這老女人稀薄的頭髮上，調整一頂有型有樣的黑色假髮。

「你現在又在我身上幹了什麼？」崔喜小姐對著她的保護人哮喘。「你會有報應的。」

「你能不能相信？」雷維太太驕傲地問她丈夫，語音裡已經全無一絲敵意。「你看看。」

雷維先生不能相信。崔喜小姐看起來就跟雷維太太的母親一模一樣。

2

在「麥提的漫遊酒館」裡，瓊斯斟滿一杯啤酒，把他一口長牙刺進了泡沫中。

「那個姓李的女人對你太差了，瓊斯，」瓦森先生正在告訴他。「我最不喜歡看到黑人自己笑自己皮膚黑。她把你扮成一個農莊小黑奴，就是這個意思。」

「厚！黑人哥們用不著別人笑他們皮膚黑，就已經夠艱苦的了。我就錯在當初告訴那個姓李的娘們，有個警察叫我出來找事。我該告訴她是公平就業局的人叫我去的，嚇嚇那女孩。」

「你最好去告訴警察，說你要辭掉那裡的工，不過還會另外再找一個。」

「嘿！我才不去分局跟警察扯淡呢。那些警察只要看我一眼，沒準就把我扔進牢裡了。厚！黑人找事沒有，可是絕對能在牢裡找個空缺。關進牢裡是一日三餐的最好保障。但我寧可在**外面**挨餓。我寧可去拖窯子的地，也不想到牢裡去做那些車牌啊地毯啊皮帶啊什麼的狗屁。我只是笨得可以，一頭鑽進了『歡樂良宵』的陷阱。我得自己想個辦法。」

「我還是說你該去找警察，告訴他們你在換工作，得等一陣子。」

「是啊。也許我一等就是五十年。我可看不到有誰在喊著要找沒有技術的黑人哥們。喲呵。像姓李的那個雜種認識的警察可多了。否則那個有酒吧女下迷藥的窯子早關門了。我才不會冒這風險，去跟姓李的在局子裡的朋友說：『嘿，老兄，我要無業遊民一下。』他說：『可以，小子，你也進來蹲一下吧。』厚！」

「那，這破壞的事，進行得怎麼樣了？」

「不行。姓李的那天叫我加班掃地，她看到垃圾越積越厚，不久灰塵就要堆到她那些可憐笨客人的腳踝那麼高了。操。我告訴過你，我在她的孤兒包裹上寫了地址，所以如果她還在幫『聯合基金』跑腿的話，也許我們馬上就能有個答案。我還真想看看這地址會帶回來什麼東西。也許帶回來個警察也說不定。厚！」

「顯然再下去你也混不出個名堂。去跟警察談談，兄弟。他們會瞭解的。」

「我是**怕**警察呀，瓦森。喲呵。要是你在鄔司沃斯店裡站一站，就被哪個警察拖走的話，你也會怕的。特別是這姓李的跟局裡一半的警察大概都有一腿。厚！」瓊斯將一朵如雲的煙送上天空，一朵帶著放射線、終會在吧檯與裝滿酸醃肉的冰櫃上降下一些落塵的雲。「嘿，那天在這裡的那個傻蛋，在雷維褲廠做工的那個，到底怎麼樣了？你後來看過他沒有？」

「說要去示威的那個？」

「對啊，哥們找了個白人胖瘋子作頭，叫那些窮黑人在工廠上丟個核子彈自殺，再把沒死光的都送進牢裡的那個。」

「後來就沒見過了。」

「操。我倒想知道這胖瘋子躲在哪裡。也許我該打個電話到雷維褲廠去問問。我想把他當成核子彈，丟進『歡樂良宵』。他應該就是那種會把姓李的嚇得屁滾尿流的人。厚！要我去做門房是吧，保證我在所有看守過農莊的門房裡，搞破壞絕對第一。喲呵。我看這棉花田要燒個精光嘍。」

「當心點，瓊斯。別惹麻煩。」

「厚！」

3

伊內修愈來愈覺得難過。他的瓣膜像是用膠黏住一般，不論如何跳動都無法打開。巨大的嗝從他胃部那個氣囊裡掙脫出來，撕裂了他的消化管道。有些大聲逃逸。另一些依依不捨的嗝則卡在他的胸腔，造成了嚴重的心口灼熱。

他心裡有數，這次健康惡化的生理因素，是他在消耗「樂園」產品的時候太過辛勞所致。但也另有一些比較微妙的原因。他母親最近愈趨理直氣壯乃至公然敵對，要控制她已漸成不可能的事。也許她是參加了某個極右翼的邊緣組織，因而變得黷武好戰、敵意重重。總之，她近來常在那褐色的廚房裡，進行捕風捉影的政治迫害，向他詢問各種關於他政治哲學的問題。這很奇怪。因為他母親向來不問政治的事，投票也總是投給看起來對母親可算孝順的候選人。萊里太太對富蘭克林・羅斯福是一連四任堅決支持，倒不是為了他的「新政」，而是因為他的母親莎拉・羅斯福夫人似乎總是受到兒子的尊敬與善待。萊里太太也為站在密蘇里州獨立城那棟維多利亞式房子前的杜魯門女人投過一票，而不是特別要投給哈瑞・杜魯門。對萊里太太來說，尼克森與甘迺迪就是漢娜和蘿絲。沒有母親的候選人令她困惑，而逢到沒有母親的選舉，她也會留在家裡。伊內修無法瞭解她這些突然而笨拙的舉動，就為了保衛「美國之道」不受自己兒子的破壞。

此外還有摩娜，她近來屢屢出現在一系列的夢中，形式彷彿他小時候在普里坦尼亞看過的老蝙蝠俠系列影片[143]。一章接著一章。其中一章特別恐怖，他以殉道於猶太人之手的小聖雅各[144]肉身重現，站在一個地鐵月台上。摩娜從一個轉門中出現，手裡舉著一塊「性愛匱乏者非暴力協會」的告示牌，開始向他騷擾。「耶穌基督將與我們同在，不論有形無形，」伊內修做了堂皇的預言。但摩娜口出訕笑，用那塊牌子將他推落在軌道上飛馳而來的地鐵列車之前。他在將被列車輾斃的那一剎那醒來。M・敏可夫的夢已變得比以前那些關於「觀景長途巴士」的惡夢更加可怕。在以前的那些夢中，伊內修會正襟端坐在車的上層，乘著命中該絕的巴士飛越橋梁的護欄，而與正在機場跑道上滑行的飛機撞

143 1949年的《蝙蝠俠》（*Batman and Robin*）系列共計十五章長約二十分鐘的短片。每章短片總在緊張懸宕中結束，欲知後事的觀眾必須下週再往電影院觀看新的一章。

144 小聖雅各（St. James the Less d. 62）是耶穌的（堂表）兄弟，曾任耶路撒冷主教，也是《雅各書》的作者。被猶太人處死。

個正著。

夜裡有惡夢糾纏，日間則有克萊德先生派給他的那條艱難無比的路線。法國區裡似乎無人對熱狗有興趣。他帶回家的薪水因此越來越少，使他母親也更加鬱鬱寡歡。這個惡劣的週期將伊于胡底？

他曾在早報上看到，有個婦女藝術協會要在海盜巷裡掛畫展覽。想像中這些畫必然粗鄙得很，或許還能勾起他短暫的興趣，於是他將車推上了巷道的石板路，往懸在教堂後面鐵欄杆上的各色藝術作品行去。為了在法國區招徠生意，伊內修特別在車頭上貼了一張「大酋長」的紙，上面端端正正用蠟筆寫著：「十二吋的樂園」。截至目前為止，這個信息還不曾獲得反應。

巷中擠滿了衣著光鮮頭戴大帽的女士。伊內修將車對準人群推了進去。一個女人讀了「大酋長」的宣告，開始尖叫招呼她的同伴退向兩旁，迴避這個在她們藝術展覽會上出現的駭人怪象。

「熱狗，各位女士？」伊內修親切地問。

女士們的眼睛打量著那些招貼、耳環、頭巾、彎刀，然後籲請他快快走開。展覽會若碰上下雨就算是糟糕的了。但是**這個**——

「熱狗，熱狗，」伊內修開始略帶惱怒。「可口點心，來自清潔衛生的『樂園』廚房。」

他在接下來的寂靜裡打了個兇猛的嗝。女士們紛紛假裝是在研究天空或教堂後面的小花園。

伊內修將車子所信奉的無望目標置諸腦後，搖搖擺擺踱到了柵欄前，開始觀賞懸掛成串的油畫與粉彩與水彩。各幅畫風雖具備了不同的粗糙程度，畫的主題卻都相當近似：茶花浮在一碗水上，杜鵑花被折磨成野心重重的花藝，木蘭花宛如白色的風車。伊內修獨自將陳列的展品狠狠檢查了一番，女士們則都已從柵欄旁退開，聚成一個看起來像要互相保護的小組。那車也孤零零站在石板上，離藝術協會最新的那個會員數呎之遙。

世。」

「噢，我的老天！」伊內修沿著欄杆來回漫步之後吼道。「你們竟敢把這種流產怪胎公諸於

「請你走吧，先生，」一位膽大的女士說。

「木蘭花不是這樣的，」伊內修說著抽出彎刀戳向冒犯他的那朵粉彩木蘭。「你們這些女士需要上點植物學的課。或許也該加上幾何學。」

「你也不是一定得看我們的作品，」人群中一個被他觸怒的聲音說，聲音出自畫那朵木蘭的女士。

「我當然得看！」伊內修吼道。「你們這些女士需要一個有點品味與莊重的批評家。老天幫忙！你們哪個是畫這茶花的？說呀。這碗裡的水跟汽車機油一樣。」

「少管閒事，」一個尖銳刺耳的聲音說。

「你們這些女人最好少請人喝茶吃早午餐，多靜下心來學學怎麼畫圖，」伊內修聲如洪鐘。「第一，你們得學會如何運筆用刷。我建議首先你們一起到哪個人家裡去油漆粉刷，練習一下。」

「走開。」

「如果西斯汀教堂有你們這些『藝術家』幫忙裝飾的話，一定成了個特別粗俗的火車站，」伊內修從鼻孔裡出氣。

「我們可不是來讓一個粗野的小販隨便侮辱的，」大帽幫的一位發言人傲慢地說。

「我懂了！」伊內修大喊。「原來誹謗熱狗小販名譽的，就是你們。」

「他瘋了。」

「他真低級。」

「真是粗野。」

「別火上加油。」

「這裡不歡迎你，」發言人的話尖刻而簡單。

「我猜也不會歡迎！」伊內修呼吸急促。「你們顯然懼怕一個尚未脫離現實，也能直言無諱指出你們在畫布上所做種種冒犯的人。」

「請你離開，」發言人下了命令。

「我會。」伊內修抓起把手將車推開。「你們這些女人應該為了我在這柵欄上看到的東西，一起跪下祈求饒恕。」

「有**那種東西**滿街亂跑，這個城看來是真要完了，」一個女人在伊內修搖搖擺擺沿著巷子離去的時候說。

伊內修在驚訝中感到一粒小石在他後腦勺上彈落。他怒氣沖沖地將車猛力推在石板路上，直到巷子盡頭。他在一個小過道裡停下車子，將它藏起。他兩腳痠痛，不希望在休息的時候被想買熱狗的人騷擾。生意雖已壞得不能再壞，但有時人必須誠實對待自己，先顧慮到自己的福利。要再繼續這種叫賣的話，他的腳就會變成兩根血淋淋的樹樁了。

伊內修極不舒服地蹲坐在教堂的側面台階上。他近來增加的體重，和因瓣膜停止運作而造成的脹氣，使得任何不是站立或躺臥的姿勢都覺得萬分彆扭。他脫下靴子，開始檢查兩隻巨大的腳板。

「哎喲，天哪，」伊內修頭上有個聲音說道。「我是看到什麼了？我出來看這個可怕俗氣的展覽，結果展品第一號是什麼呢？是海盜拉菲特[145]的鬼魂。不。是胖子阿巴寇[146]。還是瑪莉．德萊斯勒[147]？快告訴我，別把我急死了。」

伊內修抬頭望去，竟是那個在「歡樂良宵」裡買走他母親帽子的年輕人。

「離我遠點，你這花花大少。我媽的帽子哪裡去了？」

「噢，那個，」年輕人嘆口氣。「可惜在一個瘋狂透頂的聚會裡被弄壞了。大家都愛死它了。」

「我相信是如此。至於它是怎麼被褻瀆蹧蹋的，我就不問也罷。」

「問我，我也不記得。人家那天晚上喝多了馬丁尼。」

「噢，我的天。」

「我實在搞不懂你穿這套怪衣服是要幹嘛？看起來就像查爾斯・勞頓[148]穿上女裝演吉普賽女王。你**到底**在扮什麼？我是真想知道。」

「走開點，你這紈袴子弟。」伊內修打了個嗝，那氣體的噴射在巷子兩側的牆間回響。婦女藝術協會的帽子集體轉向那火山聲響的來源。伊內修怒目瞪視著年輕人茶褐色的絲絨夾克，和那淡紫色的開司米毛衣，和那額前的一波金髮，捲落在他輪廓鮮明閃閃發亮的臉上。「再不走我要揍人了。」

「我的媽呀，」年輕人發出短促歡樂而童稚的喘息，笑得那毛茸茸的夾克亂顫。「你是真的瘋了，是吧？」

「你好大的膽子！」伊內修大吼。他解下彎刀，開始用那塑膠武器砍打年輕人的小腿。年輕人格格笑著，在伊內修面前左突右閃地躲避戳刺，他柔軟的動作使他成為一個滑溜難纏的目標。他終於跳

145 拉菲特（Jean Lafitte, 1780?-1825?）是曾經橫行於墨西哥灣的紐奧良海盜。
146 胖子阿巴寇（Fatty Arbuckle, 1887-1933）原名Roscoe C. Arbuckle，是默片時代的著名諧星。
147 胖女星瑪莉・德萊斯勒（Marie Dressler, 1871-1934）原以默片喜劇起家，後成為有聲電影的嚴肅演員。
148 著名演員查爾斯・勞頓（Charles Laughton, 1899-1962），以鐘樓怪人一角最為著名。

到巷子對面，向伊內修招起手來。伊內修撿起一隻巨大無比的沙漠靴，向那踮足旋舞的人形砸去。

「噢，」年輕人尖叫起來。他接住鞋子，向伊內修擲回，正打在他的臉上。

「噢，我的天！我被毀容了。」

「少來。」

「我很容易就能叫他們用傷害罪把你逮捕。」

「我要是你的話，會儘量離警察遠點。你以為他們看見這套衣服的時候會說什麼，瑪麗‧馬佛[149]？還要用傷害罪來逮捕**我**？我們現實點吧。我還奇怪他們居然會讓你穿了那套算命師的衣服上街遊蕩呢。」年輕人咯嗒一聲打開了打火機，點上一枝「賽冷」，又咯嗒一聲將它關上。「還加上那雙光腳丫，跟那把玩具劍？你開什麼玩笑？」

「我說的話警察絕對相信。」

「你省省吧，拜託。」

「你可能一坐就是幾年的牢。」

「噢，你真是在作夢了。」

「好吧，至少我沒必要坐在這裡聽你講話，」伊內修邊說邊穿上他的麂皮靴。

「噢！」年輕人快樂地尖叫。「你臉上那個表情。像是消化不良的貝蒂‧戴維斯[150]。」

「別跟我說話，你這下流胚子。去找你那些小朋友玩吧。我敢說，他們在法國區裡滿地都是。」

「你那位親愛的媽媽好吧？」

「我不想聽到她神聖的名字，從你頹廢的嘴裡說出來。」

「哪，既然已經說出來了，她還好吧？她可真是體貼溫柔，那個女人，一點也沒嬌生慣養的習氣。你福氣好。」

「我是不會跟你討論她的。」

「你非要這樣，那就算了。我只希望她不曉得你在街上招搖過市，像個匈牙利的聖女貞德。那個耳環。真夠馬札兒的[151]。」

「你想要這樣的服裝，就去買一套吧，」伊內修說。「別來煩我。」

「我知道像那樣的東西是買不到的。噢，可是在派對裡，這絕對大受歡迎。」

「我猜你參加的那些派對，大概都是一幅幅如假包換的啟示錄景象。我就知道我們的社會總有一天會走到這步田地。再過幾年，你和你的朋友大概就會接管這個國家了。」

「噢，我們是有這個計劃，」年輕人帶著愉快的笑容說。「我們在最高層裡有點內線。到時候保證你大吃一驚。」

「不，我才不會。蘿絲葳莎應該早就預料到了。」

「那又是誰啊？」

「一個中世紀的修女預言家。她是我一生的引導。」

「噢，你真夠絕了，」年輕人喜孜孜地說。「而且，雖然我本來還以為那不可能，但你真的又胖了點。你到底要胖到什麼地步？你這種癡肥，有股不可思議的俗氣。」

伊內修站起身來，拿起他的塑膠彎刀，往年輕人的胸口刺去。

---

149 瑪麗・馬佛（Mary Marvel）1940至1953年間，漫畫《馬佛隊長》（*Captain Marvel*）中的女英雄。

150 貝蒂・戴維斯（Bette Davis 1908-1989）是號稱「美國銀幕第一夫人」的老牌影星。

151 馬札兒（Magyar）是匈牙利的主要民族，與吉普賽人淵源密切。羅馬尼亞境內的吉普賽人也多說馬札兒語。

「來試刀吧，你這廢物，」伊內修喊道，一邊把彎刀逕往開司米的毛衣裡戳去。彎刀的刀尖突然折斷，掉落在石板走道上。

「哎喲，」年輕人尖叫。「你要把我毛衣戳破了，你這大瘋子。」

巷子那邊，婦女藝術協會的會員正在將她們的畫從柵欄上卸下，將她們的鋁製摺椅收起，活似一批悄悄拔營準備開溜的阿拉伯人。她們每年一度的展覽算是報銷了。

「我是品味與莊重的復仇之劍，」伊內修喊著。他用斷破的武器砍在毛衣上的時候，女士們開始從皇家街的那一頭衝出巷子。殿後的幾個在恐慌中緊抓著她們的木蘭與茶花。

「我真不知道為什麼會停下來跟你說話，你這神經病，」年輕人上氣不接下氣，用狠毒的細聲說，「這是我最好的一件毛衣。」

「娼妓！」伊內修邊叫邊用彎刀刮擦著年輕人的胸膛。

「噢，太恐怖了。」

他企圖逃開，但臂膀已被伊內修那隻沒有持刀的手緊緊抓住。年輕人將一根手指穿進伊內修的大耳環，往下一拉，輕聲說道，「把劍放下。」

「哎呀。」伊內修把劍丟在石板上。「我想我的耳朵破了。」

年輕人將耳環放開。

「這下你可完了！」伊內修口齒不清地說。「你準備把下半輩子花在聯邦監獄裡等死吧。」

「看看我的毛衣，你這噁心的怪物。」

「只有那些最愛招搖的廢物，才會穿那種怪胎出門。你在衣著上總得有點羞恥，或起碼有點品味吧。」

「你這可怕的人。你這胖**東西**。」

「我大概要在眼耳鼻喉醫院裡待上好幾年，才治得好這個傷了，」伊內修邊說邊用手指摩挲耳朵。「你等著每個月收些數字驚人的醫藥帳單吧。明天早上我的律師團會上門拜訪，不管你是在什麼地方從事你那些邪門歪道的活動。我會事先把他們可能看到聽到的東西，跟他們做個警告。他們都是傑出的律師、社會的棟梁、出身克里奧貴族的學者，對那種見不得人的生活方式所知不多。他們可能連見都不想見你。也許會派一個地位遠低於他們的代表，一個他們出於憐憫收進門來的資淺合夥律師去找你。」

「你這討厭的、可怕的動物。」

「不過，你如果不想滿懷焦慮，待在你那個蜘蛛網一般的公寓裡，等候這批法界菁英大軍兵臨，我也能同意在這裡接受一個和解，如果你希望如此的話。五六塊錢大概也就夠了。」

「我的毛衣花了我四十大洋，」年輕人說。「你準備賠嗎？」

「當然不。絕對別跟一窮二白的人發生糾紛。」

「我有充分理由去告你。」

「或許我們都該放棄法律解決的念頭。你要碰到開庭審判這種大吉大利的場合，說不定會頭戴后冠身穿禮服長裙出場。年老的法官會大感困惑。我們兩個大概也都會被按上某種捏造的罪名而判處有罪。」

「你這可惡的野獸。」

「你還是走開的好，去幹些你覺得有意思的邪門娛樂吧，」伊內修嗝道。「你看，有個水手在沙特爾街上閒晃。他好像寂寞得很。」

年輕人往沙特爾街那邊的巷頭瞥了一眼。

「噢，他呀，」他說。「那只是提米。」

「提米？」伊內修怒氣沖沖地問。「你認識他？」

「當然認識，」年輕人的語氣裡充滿了無聊。「他可是我最親、**最老**的朋友了。他根本不是水手。」

「什麼？」伊內修雷聲隆隆。「你的意思是，他假扮成我們國軍的一員？」

「他假扮的也不只這個。」

「這可是件非常嚴重的事。」伊內修皺起眉頭，他獵帽上的紅絲緞頭巾也順勢一沉。「我們見到的每個士兵水手，都可能是哪個瘋狂墮落的人在喬裝假扮。我的老天！我們可能都身陷在什麼可怕的陰謀裡。我就知道會發生這種事。美國大概是全無防備了！」

年輕人和水手用熟稔的方式互相揮手招呼之後，那水手便晃晃蕩蕩，消失在教堂前的轉角後面。跟在水手身後幾步之外，出現在海盜巷口的，是一頂扁帽一把山羊鬍的曼庫索巡警。

「噢！」年輕人看著曼庫索巡警跟蹤那個水手，快樂地尖叫起來。「是那個妙警察。他們難道不曉得法國區裡的人都認得出他？」

「你也認識他？」伊內修帶著戒心問道。「這是個危險人物！」

「大家都認識他。謝天謝地他又回來了。我們都在猜他到底發生了什麼事。我們愛死他了。噢，我每天就等著看他們給他換了什麼新的偽裝。可惜幾個禮拜前他還沒失蹤的時候你沒見到他，那套牛仔裝實在太誇張了。」年輕人爆出了狂笑。「他穿那雙靴子，腳踝扭來扭去，幾乎連路都走不動。有次我特別瘋癲，戴著你媽媽那頂『工作計劃署』[152]的帽子走在沙特爾街上，結果被他攔下。後來在杜緬街上，他又過來跟我搭訕。那天他戴了一副牛角框的眼鏡，穿了件圓領毛衣，說是普林斯頓的學生，下來度假的。他實在太可愛了。我很高興警察局能把他還給真正欣賞他的人。不管他最近是被派在哪裡，我覺得都是浪費了。噢，他那個口音。有些人最愛他扮的英國觀光客。妙透了。但我一直還是喜歡他的南方上校。個人口味的問題吧，我想。我們有兩次告他意圖猥褻妨害風化，讓他因此被抓。總是把警察局搞得昏頭轉向。只希望我們沒給他惹來太多麻煩，因為我們都關心他。」

「他是徹底的邪惡，」伊內修做了個評論。然後他說，「我懷疑我們的『軍方』有多少其實是像你朋友這樣的婊子偽裝假扮的。」

「誰知道呢？最好他們都是。」

「當然，」伊內修用深思而嚴肅的口氣說，「這也可能是個廣達全世界的騙局。」紅絲緞的頭巾沉沉浮浮。「下次戰爭也許會是一場集體淫樂的狂歡。天哪。世上的軍事將領，不知有多少其實只是喪心病狂的老同性戀，在那裡扮演虛假的幻想角色？其實這對世界來說，或許還是好事一樁。或許這就意味著從此不會再有戰爭。或許這就是長保和平的關鍵。」

「的確可能，」年輕人親切地說。「謀求和平不計代價。」

伊內修腦中兩個神經末梢突然相遇並立刻接合。他也許找到了一個方法，可以還擊M・敏可夫的厚顏無恥。

「一旦世上那些權力薰心的領導人發現他們的軍事將領和部隊都只是喬裝的同性戀，一心只想去

152 小羅斯福總統「新政」時期設立的「工作計劃署」（Works Project Administration，簡稱W.P.A.），目的在創造工作提供訓練，使大蕭條中失業的人民重返職業市場。此處則特指當時大批W.P.A.宣傳海報中的服裝式樣。

跟其他國家喬裝的同性戀軍隊碰面，一起大開舞會宴會，學點外國舞步，絕對會大吃一驚。」

「那就太好了，你說是不是？政府會付錢請我們去旅遊。多棒啊。我們會結束世上的紛爭，重新建立人們的希望與信仰。」

「也許你就是未來的希望，」伊內修邊說邊充滿戲劇地，將一掌敲在另一隻掌中。「至少放眼所及，還看不到什麼其他的選擇更富潛力。」

「我們還可以幫忙解決人口爆炸的問題。」

「噢，我的天！」藍黃相間的眼睛裡精光亂射。「你的方法，比起我一向鼓吹的那種稍嫌嚴苛的節育方法，也許還更有效果、更為可行。我得在文章中為這留點篇幅。一個對世界文化發展抱有獨特見解的深刻思想家，確實該在這個主題上花點工夫。我很高興你給了我這個寶貴的新觀點。」

「噢，今天可真有意思。你是吉普賽人。提米是水手。妙警察是個藝術家。」年輕人嘆道。「就像嘉年華會一樣[153]，害我覺得孤零零的。我想我該回家去穿戴點什麼。」

「稍等一下，」伊內修說。他不能讓這個機會從他肥腫的指間流失。

「我去穿上木底鞋吧。我最近滿腦子都是茹比．基勒[154]。」年輕人快樂地告訴伊內修。「『你回家拿你的短褲，我回家拿我的襯褲，然後一起走。噢——吼——吼。我們慢慢地晃，晃到水牛城裡頭——吼——吼……』[155]」

「停止你那討厭的表演，」伊內修憤怒地下令。這些人真需要嚴格管教。

年輕人繞著伊內修跳了幾步踢躂舞，然後說：「茹比太可愛了。電視上放她的老電影，我絕對都不放過。『只要兩毛五的銀洋，就能叫那臥車茶房，把燈光轉柔。噢——吼——吼。我們慢慢晃，晃到……』」

「請你正經一下。別在這裡飛來飛去的。」

「我啊？飛來飛去？你要幹嘛，吉普賽女郎？」

「你們那幫人有沒有考慮過組一個政黨，推一個候選人出來競選？」

「政治？噢，奧良之女[156]。多無聊啊。」

「這點非常重要！」伊內修憂慮地喊道。他要讓摩娜瞧瞧，該怎樣在政治中注入性愛。「雖然我以前從未想到過，但通向未來的鑰匙可能就在你手上。」

「你要怎麼樣呢，埃莉諾・羅斯福[157]？」

「你必須建立一個政黨組織。我們得要從長計議。」

「噢，拜託，」年輕人嘆了口氣。「這種男性的話題，讓我聽得暈頭轉向。」

「我們或許還能拯救世界！」伊內修用演講家的洪亮聲調宣告。「真是。我以前怎麼沒想到過？」

「這種談話使我情緒低落到什麼地步，你絕對無法想像，」年輕人告訴他。「你讓我想起了我

153 嘉年華會即「豐盛星期二」（Mardi Gras, Fat Tuesday的法語名），是紐奧良的狂歡節，在「聖灰星期三」（Ash Wednesday）的前一日。因在天主教大齋期的前夕，故此日也是教徒可以吃肉的最後一天。紐奧良嘉年華會盛裝打扮、頭戴面具的歡慶模式，大致定型於1872年。

154 茹比・基勒（Ruby Keeler, 1909-1993）是1930年代美國歌舞影片明星，以跳踢躂舞著名。

155 基勒主演的著名歌舞片《四十二街》（Forty-Second Street, 1933）中的名曲〈慢慢晃到水牛城〉（Shuffle Off to Buffalo）。此處倒置歌詞前兩句。

156 紐奧良一名來自法國奧良（Orleans）。百年戰爭時，奧良被英軍圍城，幸賴聖女貞德（Joan of Arc 1412-1431）解圍。她因此博得「奧良之女」（Maid of Orleans）的稱號。

157 埃莉諾・羅斯福（Eleanor Roosevelt, 1884-1962），小羅斯福總統夫人。

爸，還有比這更令人難過的嗎？」年輕人嘆口氣。「我最好先走一步。化裝時間到了。」

「不行！」伊內修抓住年輕人的夾克翻領。

「我的媽呀，」年輕人輕聲細氣，把手放在喉嚨上。「這一來我整夜都得吃藥了。」

「我們必須立刻開始組織。」

「我簡直沒法形容，你讓我情緒有多低落。」

「必須有個盛大的組織會議，來正式宣告政治活動的展開。」

「那不就像個派對？」

「就某個方面來說，是的。不過，它必須能闡明你的目標。」

「那也許還有點意思。你根本想像不到，最近這些派對有多麼多麼無聊。」

「這不是個派對，蠢驢。」

「噢，我們會很正經的。」

「好。你聽我說。我得來作一個演講，將你們引上正確的道路。我對政治組織有相當廣泛的知識。」

「好極了。而且你必須穿那套奇妙的戲服。保證大家會給你百分之百的注意，」年輕人一手遮嘴，尖聲叫道。「哎喲，這個聚會一定熱鬧了。」

「時間相當緊迫，」伊內修嚴肅地說。「末日已經近在眼前了。」

「我們下禮拜在我那裡舉辦。」

「你應該去準備一些紅白藍的小旗，」伊內修指示。「政治集會都有這個。」

「我會去買它一大串。這佈置的工作可不簡單。我得去找幾個好朋友來幫忙。」

「對，你去，」伊內修興奮地說。「開始進行各方面的準備。」

「噢，真沒想到認識之後，才發現你是這麼有趣。在那間又可怕又俗氣的酒吧裡，你可是兇巴巴的。」

「我的存在裡，有許多不同的層面。」

「我真服了你，」年輕人盯著伊內修那身行頭。「想想看，他們居然會讓你滿街亂跑。就某個方面來說，我尊敬你。」

「非常感謝。」伊內修的語調圓順愉快。「大多數的愚人對我的世界觀毫無瞭解。」

「我想他們也不會。」

「據我猜測，你那個討厭粗俗的陰柔外表之下，或許還有某種靈魂的存在。你有沒有好好讀過包伊夏斯？」

「誰？噢，當然沒有。我連報紙也不看的。」

「那你應該立刻展開一個讀書計劃，從而理解我們這個時代的危機，」伊內修莊嚴地說。「從羅馬時代開始，當然要包括包伊夏斯。然後你應該對中世紀早期多下工夫。文藝復興與啟蒙運動不妨跳過。那些大半都是危險的政治宣傳。順便提醒一下，你最好也跳過浪漫派和維多利亞時代的作家。至於現代時期，你應該選看一些比較好的漫畫。」

「你真是妙極了。」

「我特別推薦蝙蝠俠，因為他還算能夠超越他那個無底深淵的社會。他的道德也頗為嚴謹。我是相當尊敬蝙蝠俠的。」

「噢，你看，提米又在那邊了，」年輕人說。水手正在沙特爾街上往回走。「老走那條路，他難道不累？來來去去，來來去去。你看看他。已經到了冬天，他還一身夏季的白制服。他當然不曉得自己根本就成了海軍巡岸憲兵隊的靶子。你絕對想像不到，這孩子有多蠢多笨。」

「他的臉孔是有點渾渾噩噩的樣子，」伊內修說。戴著扁帽與山羊鬍的藝術家在沙特爾街上走過，忙忙碌碌地跟在水手身後幾呎開外。「噢，我的天！這件事會壞在那個荒謬的執法官員手裡。他是大家鍋裡的老鼠屎。也許你該把那個瘋水手拉回家去。海軍當局要是逮到他，就會發現他是冒牌，而我們的政治策略也就泡湯了。在那個小丑還沒把西方文明史上最慘烈的政治行動毀掉之前，快去把他帶走。」

「噢！」年輕人快樂地尖叫。「我回去把這告訴他。他聽到自己差點幹出的好事，一定會大喊一聲當場昏倒的。」

「哪，準備工作可不許偷懶，」伊內修警告。

「我會做到精疲力竭為止，」年輕人快樂地說。「小組聚會、選民登記、宣傳冊、委員會。我們大概八點左右開始誓師大會。我住在聖彼得街靠皇家街口的那棟黃色灰泥樓房裡。很容易找。這是我的名片。」

「噢，我的天！」伊內修看著那張樸素的小名片，嘴裡嘟噥著。「你不可能真叫多利安·格林[158]吧。」

「沒錯，瘋狂吧？」年輕人柔弱無力地問。「我要是把真名告訴你，你一定不會再跟我說話了。土得我一想到就要死掉。我出生在內布拉斯加一個小麥農場上。其餘的，你自己想想也就知道了。」

「好吧，無論如何，我叫伊內修·J·萊里。」

「那還不算太可怕。我還猜你是個賀瑞斯或亨佛萊之類的呢。好啦，別讓我們失望。練練你的演講。我保證會來一大群人。大家都無聊和鬱悶得快死掉了，所以一定會爭先恐後搶著參加。哪天來找我，把確實的日期敲定吧。」

「不要忘了強調這個歷史性祕密會議的重要性，」伊內修說。「我們這個核心小組裡不可以有朝三暮四的人。」

「也許會有一兩個人化了裝。紐奧良好就好在這裡。你要想的話，全年都可以來搞嘉年華會的化裝和狂歡。真的，有時法國區就像是一個大型化裝舞會。有時我連誰是敵人誰是朋友都會分不清。但你要是反對化裝的話，我也可以告訴大家，雖然他們小小的心就會因為失望而破碎。我們已經好幾個月沒有像樣的派對了。」

「我不反對一兩個既有品味也還莊重的人戴上面具，」伊內修終於開口。「他們也許能為這個聚會添上適當的國際氣氛。政治家似乎總喜歡跟穿上民族與土著服裝的蒙古白癡握手。既然如此，你可以鼓勵一兩個人化上裝。不過，我們不要有男扮女裝的人。我不認為政治家特別喜歡跟他們在一起出現。他們會使農村選民產生厭懼，我猜。」

「我現在得趕緊去找那個傻提米了。看我把他嚇個半死。」

「當心那個信奉馬基維利的警察。要是給他探出風聲，我們就完了。」

「噢，要不是因為我看到他重操舊業覺得特別高興，我會打電話給警察局告他召妓，立刻讓他被抓進去。你不知道，以前警車來把他帶走的時候，他臉上的表情有多好玩。還有逮捕他的警察。實在

158 多利安．格林（Dorian Greene）一名，變自王爾德（Oscar Wilde, 1854-1900）涉及同性戀的名著《格雷的畫像》（*The Picture of Dorian Gray*, 1890）主角多利安．格雷（Dorian Gray）一名。此處只將姓從「灰」（gray）改成了「綠」（green）。年輕人下一句話中的「瘋狂」（wild），亦暗喻王爾德這個姓氏。

是太寶貴了。但他能夠回來，我們都很高興。現在可沒人會折磨他了。再見，吉普賽媽媽。」

多利安蹦蹦跳跳行往巷頭，去尋找那個墮落的海員。伊內修往皇家街的方向望去，心中狐疑著婦女藝術協會到底發生了什麼事。他慢慢走到他藏車的過道裡，做了一份熱狗，然後祈禱在今天結束之前會有顧客上門。他悲哀地體會到，他的輪子已被佛圖娜轉到多麼低落的程度。他從來沒有想到，有一天他竟會祈求人們來跟他買熱狗。但至少他有了一個美妙的新計劃，可以隨時發動，與M．敏可夫對抗。這個誓師大會的念頭使他精神大振。這回小狐狸可要潰不成軍夾尾而逃了。

4

這完全是個存放的問題。每天下午將近一點到三點之間，包裹都得在喬治手上。有天下午他去看電影，但即使是在漆黑之中觀看一票兩部的天體營影片，他也舒服不了。他不敢將包裹放在旁邊的空椅子上，特別是在這種戲院。整整三個鐘頭裡，曬得黝亮的皮肉橫陳在銀幕上，而將包裹抱在腿上的他也不斷獲得提醒，感受到那個負擔。另一天，他帶著它們無聊透頂地逛到街上，走遍了商業區和法國區。但到了三點的時候，他已在馬拉松的閒蕩下精疲力竭，幾乎提不起精神來進行他當天的生意交涉。而經過兩個鐘頭的攜帶，包裹外面的紙也因為潮濕而開始破裂。萬一其中的內容物在街上綻現出來，他就可以計劃把今後幾年花在少年感化院裡了。那個便衣探員為什麼要在廁所裡逮捕他？他明明什麼也沒幹。那個探員一定有什麼專司偵查的超感官知覺。

喬治終於想到一個地方，至少能為他提供一點休息，提供一個坐下來的機會，那就是聖路易斯大教堂。他在靠近祈願蠟燭的一排長椅上坐下，將包裹堆在身邊，開始在手上畫起裝飾。手畫好之後，他從前面架上拿出一本彌撒書翻看起來，藉著研究每個敬禮中主禮神父的圖畫，重溫他對彌撒過程的那點模糊的知識。彌撒其實相當簡單，喬治心想。他將一本彌撒書翻來翻去，直待時間到了。然後他收起包裹，出門走到沙特爾街上。

一名水手倚在路燈桿上向他擠眉弄眼。喬治用他刺了青的手，比出一個猥褻的手勢，算是回應了那個招呼，然後彎腰垂首沿街慢慢踱去。當他經過海盜巷的時候，聽見裡面有人喊叫。巷中竟是那個瘋狂的熱狗小販，手持塑膠刀正在戳刺一個娘娘腔的人。那小販可奇了。喬治停了一會，看著那耳環與頭巾跳動起伏，而那娘娘腔則尖叫不停。那個小販大概連今天幾號或是哪年哪月都弄不清楚。他顯然以為今天是嘉年華會。

喬治及時見到廁所裡的那個便衣探員跟在水手後面，沿街走來。他看起來就像是個披頭族。喬治跑到那棟古老的西班牙政府建築「市政廳」下[159]，閃身在一道拱門之後，然後迅速穿過拱廊，跑上聖彼得街，一直到皇家街才慢下腳步，往上城的巴士走去。

那個便衣探員現在潛伏到教堂一帶來了。喬治不得不佩服條子。他們是有一套。老天。簡直叫人混不下去了。

於是他的腦袋又回到存放的問題上。他開始覺得自己像是一個在躲條子的逃犯。現在還有什麼地方能去？他爬上一部開向城外的「慾望」巴士，心中思索著這個問題。巴士掉轉過來，在波本街上往城外駛去，經過了「歡樂良宵」。拉娜．李正在人行道上指點那個黑鬼，把一幅招貼放進酒吧門前一個玻璃框內。那黑鬼揮手彈出一根菸蒂，若非他出手神準，很有點燃李小姐頭髮的可能。還好菸蒂在李小姐的頂上險險飛過，離頭只差一吋左右。這些黑鬼是越來越囂張了。喬治得找個晚上，開車到他

159「市政廳」（Cabildo）是西班牙殖民政府於1795-99年間所建，現為路易斯安那州最重要的歷史建築。

們住的地區去丟幾個雞蛋。他跟他的哥們很久沒有開著誰的大馬力改裝車，去把那些笨得會站到人行道上的黑鬼砸個滿身雞蛋了。

但再回到存放的問題上。巴士已穿過了極樂園街，喬治才想到一個辦法。就是它了。一直近在眼前，他卻偏偏視而不見。他真可以用他那雙佛朗明哥舞靴的尖頭來踢他自己的腿脛。他眼前浮現一個安全寬敞風雨不侵的金屬櫃，一個世上再厲害的便衣探員都不會想到去開的活動保管箱，一個由世上最大的蠢蛋操作的保險庫：那個怪小販車上的麵包櫃。

第十一章

1

「嗷，你看，」姍塔把報紙貼在眼前說。「附近在放一部可愛的片子，是小黛比．雷諾[160]演的。」

「嗷，她真是甜，」萊里太太說。「你喜歡她嗎，克勞德？」

「她是誰啊？」羅畢蕭先生和藹地問。

「小黛布拉．雷諾，」萊里太太回答。

「我實在想不起來。我不常看電影。」

「她真教人心疼，」姍塔說。「嬌小玲瓏。你看過她演黛蜜那部可愛的片子沒有[161]，艾琳？」

160 以歌舞片走紅的黛比．雷諾（Debbie Reynolds 1932-）原名是Mary Francis Reynolds，而非「黛布拉」（Debra）。

161 黛蜜（Tammy）是黛比．雷諾在《玉女思情》（*Tammy and the Bachelor*, 1957）一片中扮演的角色。

「是她變成瞎子的那部？」

「不對，ㄚ頭！你一定想到別的片子去了。」

「噢，我知道我想的是誰了，寶貝。我想的是瓊·惠曼[162]。她也好甜。」

「嗷，她是不錯，」姍塔說。「我記得她有部片子，演一個被人強暴的啞女[163]。」

「老天，還好我沒去看那個電影。」

「嗷，可好看了，寶貝。戲劇性十足。你知道？可憐的啞女被人強暴的時候，她臉上的表情我永遠不會忘記。」

「誰還要再來點咖啡？」羅畢蕭先生問。

「好，給我加點，克勞德，」姍塔說著將報紙摺起，丟回冰箱頂上。「可惜安傑婁來不了。可憐的孩子。他告訴我他得一個人從早班做到晚班，好抓個人進去。他今天晚上是在哪個地方忙吧，我猜。你們該聽聽他的莉塔是怎麼告訴我的。好像安傑婁最近買了不少昂貴衣服給自己穿，希望能釣出個什麼人物。你說冤枉不冤枉。這就告訴你，那孩子有多愛警察這行了。他們要是把他踢掉，他的心都會碎的。我真希望他能抓個無賴。」

「安傑婁的日子不容易過，」萊里太太心不在焉地說。她是在想伊內修下班回家後，在他們屋前釘的「和平歸於善願之人」[164]那塊牌子。它一出現，安妮小姐便立刻從她的百葉窗後喊叫發問，展開了一場宗教審判。「你對想要和平的人有什麼看法，克勞德？」

「聽起來像是共產黨。」

萊里太太最大的恐懼終於實現了。

「是誰想要和平？」

「伊內修在屋子前面弄了一塊講和平的牌子。」

「我就知道，」姍塔憤怒地說。「那孩子先是要國王，現在又要和平。我告訴你，艾琳。這是為了你好。該把那孩子關起來。」

「他沒戴過耳環。我問他的時候，他說：『我沒戴過耳環，媽。』」

「安傑婁可從來不會撒謊的。」

「也許他只買了個小的。」

「耳環就是耳環。你說是吧，克勞德？」

「沒錯，」克勞德答覆姍塔。

「姍塔，親愛的，你電視機上那個聖母像，真是小巧可愛，」萊里太太企圖打斷這個耳環的話題。

大家望向冰箱旁的電視機，姍塔說道：「可不是嗎？是個小小的電視聖母。上面有個吸盤做的底座，這樣我在廚房裡東撞西碰，就不會把它砸了。我在藍尼店裡買的。」

「藍尼那裡什麼都有，」萊里太太說。「看起來它還是用好塑膠做的，不容易壞。」

「哪，你們兩個孩子吃得還好吧？」

「實在好吃，」羅畢蕭先生說。

---

162 飾演《天荒地老不了情》（*Magnificent Obsession*, 1954）片中盲女一角的是珍．惠曼（Jane Wyman），不是萊里太太說的瓊．惠曼（June Wyman）。

163 珍．惠曼獲頒奧斯卡獎的影片《心聲淚影》（*Johnny Belinda*, 1948）。

164 「和平歸於善願之人」（peace to men of good will）語出《聖經》（路加福音二：十四）。

「實在沒話說，」萊里太太附和。「我好久沒吃頓好飯了。」

「嗷呃，」姍塔打了個嗝。「我想我在烤茄子裡放多了大蒜，但一碰到大蒜我下手就重了。連我孫子孫女都告訴我，他們說：『嘿，奶奶，你放大蒜的時候下手太重了。』」

「真乖啊，」萊里太太評論這批美食家孫兒。

「我覺得茄子是剛剛好，」羅畢蕭先生說。

「我只有在洗地燒菜的時候才覺得快樂，」姍塔告訴她的客人。「我喜歡煮一大鍋肉丸或蝦仁的『醬不來呀』[165]。」

「我喜歡燒菜，」羅畢蕭先生說。「有時候也能幫我女兒一把。」

「那是一定，」姍塔說。「會燒菜的男人，在家裡絕對是一大幫手，不騙你。」她在桌下踢了踢萊里太太。「女人要是有個喜歡燒菜的男人，那可真叫有福氣了。」

「你喜歡燒菜嗎，艾琳？」羅畢蕭先生問。

「你在跟我說話，克勞德？」萊里太太正在揣測伊內修戴上耳環會是什麼樣子。

「別神不守舍了，丫頭，」姍塔下令。「人家克勞德在問你喜不喜歡燒菜。」

「喜歡，」萊里太太撒了個謊。「我還滿喜歡燒菜。但有時候廚房裡實在太熱了，尤其到了夏天。我們那小巷裡一點風也沒有。反正，伊內修也喜歡亂吃零食。你只要給伊內修幾瓶『堅果博士』，再加一堆蛋糕餅乾，他就稱心了。」

「你應該買個電爐灶，」羅畢蕭先生說。「我給女兒買了一個。它不像瓦斯爐那麼熱。」

「你哪來的這麼多錢，克勞德？」姍塔滿懷興趣地問。

「我在鐵路公司有筆不錯的退休金。我跟他們做了四十五年，你知道。我退休的時候，他們還給了我一個漂亮的金別針。」

「真好，」萊里太太說，「你混得不錯，呵，克勞德？」

「還有，」羅畢蕭先生說，「我在我們家附近，有幾個房子出租。我總把一部分薪水留下來投資房地產。房地產是個很好的投資。」

「當然啦，」姍塔邊說，邊猛向萊里太太擠眉弄眼。「所以你現在安穩了，呵？」

「日子還滿過得去。不過你知道，有時我覺得跟女兒女婿在一起住得有點厭了。我是說，他們還年輕。他們有自己的家庭。他們對我很好，但我還是想要個自己的家。懂我的意思吧？」

「我要是你的話，」萊里太太說，「就不會動。你的小女兒如果不介意跟你住在一起，那你這安排好得很嘛。我真巴不得有個乖孩子。小心別想著想著就弄假成真了，克勞德。」

姍塔把一隻鞋跟盡往萊里太太的腳踝蹭去。

「哎喲！」萊里太太大叫。

「老天，真對不起，寶貝。我跟我的大腳。這大腳向來是個麻煩。他們在鞋店裡已經快找不到我的尺碼了。店員一見到我去，就要說：『天哪，巴塔利亞小姐又來了。叫我怎麼辦？』」

「你的腳不算大，」萊里太太邊看著廚房桌下，邊做出了評論。

「我只是把它們擠在這雙小鞋子裡。你該在我光腳的時候看看這兩隻東西，丫頭。」

「我有雙爛腳，」萊里太太告訴另外兩個。姍塔給了個信號，叫萊里太太別提自己缺點，但萊里

165 Jambalaya，以米飯加蔬菜、海鮮、肉類與辣椒香料燉煮而成的紐奧良名菜，可依料理方法與食材之不同而分為克里奧式與凱均（Cajun）式兩種。

太太非講不可。「有些日子我連路都走不動。我想是因為伊內修小時候我總把他抱來抱去，它們才出了問題。可是老天，他學走路真慢。老是摔跤。他也真夠重的。也許我的關節炎就是這麼來的。」

「我說，你們兩個，」姍塔趁萊里太太還沒談起什麼新的可怕缺陷，趕緊開口。「我們一起去看那個小可愛黛比．雷諾怎麼樣？」

「好啊，」羅畢蕭先生說。「我從來沒機會看電影。」

「你們要去看電影？」萊里太太問。「我很難講。我的腳。」

「嗷，拜託，丫頭。我們出門走走吧。這屋裡一股大蒜味道。」

「我記得伊內修好像告訴過我，說這電影不好。那孩子，上演的片子他是全部看過。」

「艾琳！」姍塔動了氣。「你一天到晚念著那孩子，他還給你惹了這麼多麻煩。你最好醒醒吧，寶貝。你要還有點腦筋的話，老早就會把那孩子關進『慈善醫院』去了。他們會給他灌灌水。他們會給那孩子接接電插座。他們會給那個伊內修一點顏色看看。他們會把他治得乖乖的。」

「是嗎？」萊里太太起了興趣。「那得花多少錢？」

「都是免費的，艾琳。」

「集體化的醫療制度，」羅畢蕭先生評道。「在他們那裡做的大概有共產黨跟同路人。」

「他們那裡是群修女管理的，克勞德。老天，你從哪裡學來那一大套共產黨的玩意？」

「也許那些修女被人矇了。」

「那多可怕，」萊里太太悲傷地說。「那些可憐的修女。幫一群共產黨管理。」

「我不管那個地方是誰在管理。」姍塔說。「如果他們不要錢又肯關人，伊內修就該去那裡。」

「伊內修一開口跟他們那些人說話，他們大概就會滿肚子火，要關他一輩子了，」萊里太太說，但也想到就算是這個可能的情況，也並非全無吸引人的地方。「也許他不會聽醫生的話。」

「他們會叫他聽的。他們會打他腦袋，他們會用瘋人衣把他綑住，他們會對他澆水，」姍塔的語氣略顯熱心過頭了點。

「你得為自己想想，艾琳，」羅畢蕭先生說。「你那個兒子會把你送進墳墓的。」

「就是。你跟她說，克勞德。」

「呃，」萊里太太說，「我們給伊內修一個機會吧。也許他還有出頭的可能。」

「靠賣香腸？」姍塔問。「老天。」她搖起頭來。「哪，讓我把這些盤子扔進水槽。我們走吧，去看那個漂亮的黛比．雷諾去。」

幾分鐘後，待姍塔在客廳裡跟她母親做過了吻別，三人便向電影院行去。這一天日裡天氣和煦，不斷有南風從海灣吹來。入夜以後還相當溫暖。地中海式烹調的濃郁香味，從每棟公寓與雙拼房屋敞開的廚房窗中，飄過這人口密集的社區。而每個居民也似乎都盡了一己之力，為這由落地的鍋子、喧鬧的電視、爭吵的人聲、尖叫的孩童，和砰然關上的門所組成的刺耳音樂提出了棉薄的貢獻。

狹窄的人行道夾在每段街上蓋得密實整齊的成排雙拼房屋的台階和馬路之間。三個人在上面慢步踱去的時候，姍塔做了個深刻的評論，「聖奧多教區今晚可真熱鬧。」路燈照在一片沒有樹的柏油水泥和綿延不斷的老石瓦屋頂上。「夏天的時候更糟。每個人都要在外面街上待到十點十一點。」

「你還用跟我說，寶貝，」萊里太太夾在她朋友當中，戲劇性十足地拖著腳步說。「要記得我是在王妃街長大的。我們以前要把廚房椅搬到人行道上等屋裡涼下來，有時候要在那裡坐到半夜。還有街上那些人說的話！老天。」

「簡直惡毒，」姍塔同意。「嘴巴都不乾淨。」

「可憐的爸爸，」萊里太太說。「他實在是窮。後來他去把手捲進那個風扇皮帶的時候，左鄰右舍的人居然還說他一定是喝醉了。我們收到過這種匿名信。還有我可憐的波波姑媽。八十歲了。她為過世的可憐丈夫點根蠟燭，結果它從床頭桌上倒下來，她的床墊就起了火。他們還說她是在床上抽菸。」

「我相信人在被證明有罪之前，都是無辜的。」

「我也是這麼想，克勞德，」萊里太太說。「前兩天我才對伊內修說：『伊內修，我覺得人在被證明有罪之前，都是無辜的。』」

「艾琳！」

他們趁著車流稍微疏緩的空檔，穿過了聖克勞德大道，走在大道另一邊的霓虹燈下。經過一間殯儀館的時候，姍塔停下腳步，跟站在人行道上的一個弔祭者說起話來。

「喂，先生，他們裡面在辦誰的喪事？」她問那人。

「他們在守婁佩斯老太太的夜，」那人回答。

「真的。是在法國人街開小鋪子的那個婁佩斯的太太？」

「就是她。」

「嗷，真是不幸，」姍塔說。「她是怎麼死的？」

「心臟的毛病。」

「太可惜了，」萊里太太充滿感情地說。「可憐的丫頭。」

「哪，我身上衣服要是正式一點，」姍塔告訴那人，「一定會進去致個哀的。我跟我朋友正要去看電影。謝謝你了。」

他們繼續往前的時候，姍塔把構成婁佩斯老太太那悽慘人生的悲哀與苦難，向萊里太太做了個描述。最後姍塔說，「我想我會給他們家送一台奉獻彌撒。」

「老天，」萊里太太已被籠罩在婁佩斯老太太一生行狀的愁雲慘霧之中。「我想我也會送一台彌撒，讓那可憐女人的靈魂早日安息。」

「艾琳！」姍塔喊道。「你根本不認識他們。」

「呃，這倒也是，」萊里太太細聲同意。

他們到達戲院之後，姍塔和羅畢蕭先生為了由誰買票的事爭論了半天。萊里太太說她本來也會買票，要不是這個禮拜她得繳付伊內修那把小喇叭的分期付款的話。但羅畢蕭先生十分堅持，最後姍塔也只好由他。

「反正，」姍塔在他將票遞給兩位女士的時候說，「你是我們裡面最有錢的。」

她對萊里太太眨眨眼，但後者的心卻又已兜到了伊內修拒絕向她說明的那塊牌子上。電影放映的時候，萊里太太大半時間在想著伊內修急遽下降的薪水，想著小喇叭的錢，想著受損房子的賠款，想著耳環與牌子。只有姍塔那些「她多漂亮啊！」和「你看她那身可愛的洋裝，艾琳！」之類的快樂驚嘆，才將她帶回到銀幕上的情節中。然後，另一個舉動，更把她的心思從自己兒子與生活難題這其實是同一件事上生生拉回。羅畢蕭先生的手，先是溫柔地擱在她的手上，現在已將它握住。萊里太太嚇得不敢移動。為什麼電影總會讓她認識的男人——萊里先生和羅畢蕭先生——如此情不自禁？她茫然瞪視著銀幕，看到的不是在彩色中蹦跳的黛比．雷諾，而是在黑白中出浴的珍．哈露。

萊里太太正在猜想，如果將手從羅畢蕭先生的手中抽出，然後拔腳逃出戲院，是不是件容易的事，突然姍塔叫道：「你注意看著吧，艾琳，我敢擔保小黛比會生一個寶寶！」

「一個什麼？」萊里太太激動地喊道，然後狂烈有聲的眼淚就一湧而出，直到膽戰心驚的羅畢蕭先生將她赭紅的頭輕輕放在他的肩上，才漸漸平息。

2

親愛的讀者：

癡騃漢或偶為天生；浮誇子卻皆屬人為。

——阿狄生[166]

正當我在法國區的石板人行道上，將一雙沙漠靴底磨成兩片橡膠薄皮，汲汲皇皇於一個既無腦子也無心腸的社會中營求生計之時，一位親愛的舊識（變態）前來招呼。我在數分鐘的交談中，輕易印證了自己道德遠較這位墮落人士優越，然後便又開始思忖我們時代的危機。我向來天馬行空不可羈勒的心，向自己輕聲獻上一個計劃，其美妙大膽的程度，令自己幾乎不敢去想耳中所聞的事。「住口！」我向自己宛若神明的心呼籲請求。「簡直瘋狂。」但我仍繼續傾聽腦子的建議。它為我提供了一個「在墮落中拯救世界」的機會。就在法國區磨損的石板上，我向這萎萎蔫蔫的人求得協助，由他將一幫紈袴夥伴，召集在一面同仇敵愾的大纛之下。

我們第一步的行動，是在他們之中推選一人出任政府某高層職位，如果佛圖娜助以一旋之力，或是總統也未可知。他們接著會滲入軍中。身為士兵的他們會繼續忙於彼此交誼交媾、裁製有如香腸皮一般合身的制服、發明新穎多樣的野戰服、舉辦雞尾酒會等等，而使他們再無時間打仗。我們最後擢升為參謀長的那位，應只求注意自己時髦的衣裝，而這批衣裝，也將能使他在參謀長與大閨女之間隨意搖身變換。舉世的變態人士，一旦目睹他們的同志兄弟如何獲得成功，也必將團結起來，奪下各自國家中的軍隊。對於變態人士在爭取控制時遭逢困難的某些反動國家，我們將援助他們成為叛軍，以顛覆他們的政府。待我們終將現有的政府全數推翻之後，世界將享有的不是戰爭，而是在最適當的外交禮儀與最真誠的國際精神下舉行的全球性集體狂歡，因為這些人確實超越了單純的國家藩籬。他們眾志成城；他們精誠團結；他們同心同德。

自然，在掌權的男色者當中，無人會務實到對炸彈之類有任何知識的地步。核子彈將躺在某處倉庫中鏽爛腐蝕。偶爾，參謀長與總統等人，將會一身亮片與彩羽，在舞會與派對中招待其他各國的領導人，亦即變態人士。任何爭端皆能在裝潢一新的聯合國男廁中解決。芭蕾舞與百老匯歌舞劇與類似娛樂，將在各地蓬勃發展，或許也將比之前那些領袖所頒布的陰沉可怕、敵意重重、法西斯蒂的東西，更能為升斗小民帶來快樂。

他人幾乎都有過統治世界的機會。我看不出任何原因，不該也給這班人一個機會。他們顯已受到太久的壓迫。他們邁向權力的運動，以某種角度而言，將會是全球邁向共享機會、公義與平等之運動的一部。（舉例而言，各位能否指出一位現在參議院的公然變裝者？不能！這班人缺乏代表已經久矣。他們的命運是國家之恥、世界之恥。）

往日，墮落是社會衰亡的標識，而今墮落則是一個苦難世界中和平到來的信號。新的問題須以新的方法解決。

我將出任此一運動的顧問兼指導。我在世界史、經濟學、宗教與政治策略上堪稱廣博的學識，正如

166 英國作家約瑟夫．阿狄生（Joseph Addison, 1672-1719）。

同一座水庫，足供這班人汲取，並藉以擬定運作過程的規則。包伊夏斯曾在墮落的羅馬，扮演過頗為類似的角色。一如切斯特頓[167]對包伊夏斯的評語：「他確實身兼眾多基督徒之良師、哲人兼益友，其所處之時代雖然腐敗，其所備之文化卻極圓足。」

這次我必定會讓摩娜小狐狸大吃一驚。那個僵滯不化的、自由主義的狐狸腦袋，深陷在閉塞的陳腔濫調泥沼中，必然無法消受這個計劃。我對當前時代問題所做的第一個巧妙攻擊，亦即「捍衛摩爾尊嚴十字軍」，原可能成為相當壯偉而致命的奇襲，孰料先鋒部隊那批頭腦可謂簡單的成員，竟抱持著大致屬於布爾喬亞的世界觀。不過，這次與我共事的人，都鄙夷中產階級味同雞肋的哲學，而願意站在引人爭議的立場上，追隨自己的信念，不論其如何不受歡迎，如何威脅到中產階級的喬模喬樣。

M．敏可夫不是要在政治中加入性愛？我會給她政治中的性愛。而且是大量的性愛！無疑她會驚惶失措，無法應付此一計劃的原創性。至少，她會滿腔嫉妒。（那女孩必須稍予注意。不能任其如此厚顏無恥。）

實用主義與道德此刻正在我腦中激辯。和平這個光榮的目標，是否值得墮落這個可怕的手段？彷彿中世紀道德劇中的兩個角色，實用主義與道德在我腦中的拳擊場上競技。我無法等待他們這場激辯的結果：我對和平太過執著了。（任何可能的製片人若有意購買本《日記》的電影版權，我可以為這場辯論的拍攝，在此提供一點意見。鋸琴可作極佳的背景音樂，主人翁的眼珠可以極富象徵的方式重疊在辯論的景象上。至於飾演「勞動青年」的人選，想必可在藥店[168]或旅館或人們通常被「發掘」的任何巢穴中，找到受人矚目的新發現。拍攝地點則可選西班牙、義大利，或演員們希望看看的其他任何有趣之地，譬如北美洲。）

萬分抱歉。讀者中對最新而枯燥的香腸消息有興趣者，在此將大失所望。我一門心思都放在這件計劃的宏偉壯闊上，已無暇旁騖。此刻我必須去給M．敏可夫回信，並為誓師大會的演講做些筆記。

社交札記：我不務正業的母親又不在家，其實這樣還更好些。她對我生命的極力攻擊與無情批評，對我的瓣膜產生了惡劣的效果。她說她要去參加某個教堂的「五月皇后加冕禮」[169]，但現在既非五月，我不得不懷疑她的誠實。

那部由我最偏愛的女星主演，號稱「世故的喜劇」，即將在城中心一家電影院上演。首映那天我必須想盡方法一睹為快。我只能想像此片必將帶來新的恐怖，必將在神學與幾何學、品味與莊重之前公然炫耀其低劣粗俗。（我無法瞭解自己為何會對電影上癮，就彷彿「血中流著」電影一般。）

健康札記：我的腹部已失去控制；我那小販罩衫的縫邊開始發出不祥的嘰嘎之聲。

餘言後敘。

和平主義的勞動青年　泰布

3

雷維太太扶著翻修一新的崔喜小姐走上台階將門打開。

---

167 英國作家吉爾伯特．切斯特頓（Gilbert Keith Chesterton, 1874-1936）。

168 早期電影明星被人發掘，據說不少是在這類地方。其中最富傳奇性的，便是好萊塢日落大道上的「徐瓦布藥店」（Schwab's Pharmacy）。一九三〇、四〇年代，這間藥店曾為影劇圈聚會之所。據傳拉娜．透納（Lana Turner）便是在此吃冰喝水時被人發掘（當時所謂「drug store」多兼售雜貨與冷飲餐點）。艾娃．嘉娜（Ava Gardner）出道之前，更在此處賣過冷飲。

169 傳統英國五朔節（May Day，或稱「花魁日」）習俗多與春季或百花有關，因有挑選美少女為「五月皇后」（May Queen）並為之加冕的慶典。羅馬天主教則以五月為聖母瑪利亞之月。故此「五月皇后加冕禮」（Crowning of the May Queen）特指「五月皇后為聖母光榮加冕禮」。

「這是雷維褲廠！」崔喜小姐咆哮。

「你回到有人想你要你的地方了，親愛的。」雷維太太哄小孩似地說。「大家都想念你呢。岡薩雷茲先生每天都打電話求你回來。知道你對一個企業有多重要，這個感覺不錯吧？」

「我以為我退休了。」巨牙像捕熊的機關一般啪地闔上。「你們騙我！」

「你現在高興啦？」雷維先生問他妻子。他走在她們後面，手裡拎著崔喜小姐的一袋碎布。「她身上要是有刀的話，我現在大概就得送你去醫院了。」

「你聽聽她話裡的火氣，」雷維太太說。「充滿了活力。簡直教人不能相信。」

他們走進辦公室的時候，崔喜小姐企圖掙開雷維太太的掌握，但她那雙包腳鞋比膠底鞋滑溜得多，只讓她搖晃了一下。

「她回來了？」岡薩雷茲先生傷心欲絕地喊。

「你能相信自己的眼睛嗎？」雷維太太問他。

岡薩雷茲先生不得不看著崔喜小姐。她的兩眼是虛弱淡薄的池水，圈在藍色的陰影中。她的嘴唇被橙紅的線條加大，幾乎伸到鼻孔。靠近耳環處，幾綹灰髮從稍嫌歪斜的黑色假髮之下逃出。短裙下面露出兩條乾癟彎曲的腿，和一雙使包腳鞋看起來大如雪屐的小腳。在太陽燈下打了幾天瞌睡的崔喜小姐，已被烤成一片金褐。

「她看起來是很健康，」岡薩雷茲先生說。他的語音虛假，他的笑容殘破。「您對她的照顧，好得沒話說了，雷維太太。」

「我是個漂亮的女人，」崔喜小姐喃喃自語。

岡薩雷茲先生緊張地笑了。

「你聽清楚了，」雷維太太對他說。「這個女人的問題，一部分就是那種態度造成的。被人取笑，這她是絕不需要的。」

岡薩雷茲先生企圖去吻雷維太太的手，卻撲了個空。

「我要你讓她感覺有人需要她，岡薩雷茲。這個女人的腦筋還清楚得很。給她點能夠鍛鍊她那些機能的工作。給她一點權威。她急需在這企業裡扮演一個活躍的角色。」

「的確如此，」岡薩雷茲先生同意。「我也總是這麼說。是不是，崔喜小姐？」

「誰？」崔喜小姐齜牙咧嘴。

「我總是要你多擔負一點責任和權威，」辦公室經理喊道。「對不對？」

「噢，閉嘴，荀梅斯。」崔喜小姐的牙像響板似地喀嗒作聲。「那個復活節的火腿給我買了沒有？說啊。」

「好啦。你也玩夠了。我們走吧，」雷維先生對他妻子說。「走吧。我的心情已經開始低落了。」

「請稍等一下，」岡薩雷茲先生說。「您有幾封信。」

辦公室經理回桌上拿信的時候，辦公室後方傳來匡噹一聲。除了已經趴在桌上睡著了的崔喜小姐之外，大家都轉過頭來看著檔案部門。一個身材奇高，一頭黑色長髮的男人，正在拾起一個落在地上的檔案抽屜。他粗手粗腳把檔案塞回抽屜，然後將抽屜往櫃上的槽中砰然關上。

「那是塞勒提默先生，」岡薩雷茲先生輕聲說道。「他已經上了幾天班，我看他不很合適。我不認為我們該把他算在『雷維褲廠計劃』裡。」

塞勒提默先生一邊在身上搔抓，一邊滿臉困惑地看著檔案櫃。然後他打開另一個抽屜，一手笨拙地翻著裡面的內容，一手伸入了破舊的線衫，搔起他的腋窩。

「你想不想認識他？」辦公室經理問。

「不必了，」雷維先生說。「你這辦公室的人都是去哪找來的，岡薩雷茲？我在別的地方從沒見過這樣的人。」

「我覺得他像是黑道的人，」雷維太太說。「你這裡沒留現金吧？」

「我覺得塞勒提默先生人是老實的，」辦公室經理輕聲說道。「就是在字母的順序上有點問題。」他遞給雷維先生一束信件。「大部分是確定您看春季訓練預訂旅館的信。有一封是艾伯曼來的。信封上寫著您的名字，不是公司的，還註明了是私函，所以我覺得最好讓您來拆。來了好幾天了。」

「那個強盜這會又想要什麼了？」雷維先生憤怒地說。

「也許他在奇怪，一個正在成長的優秀公司是怎麼了，」雷維太太評道。「也許他在奇怪，李昂．雷維去世之後到底出了什麼問題。也許這個艾伯曼對花花公子有幾句忠告。讀啊，葛斯。讀完這封信，你這個禮拜在雷維褲廠的工作也就做完了。」

雷維先生看著信封，上面用紅色原子筆寫了三遍「私函」。他將它打開，取出一張上面釘著附件的信。

親愛的葛斯．雷維：

接獲附上的來函之後，我們極為震驚，也大感傷痛。我們作為貴產品的忠實代理已有三十年之久，迄今對貴公司也一向懷著最為熱忱的關注。也許你還記得令尊逝世時，我們不計花費送上的花圈。

長話短說。經過許多失眠的夜晚，我們已將原函呈送律師。此刻他正慫恿我們提出一個五十萬美元的誹謗訴訟。或能為我們受創的感情稍作補償。

奉勸你找個律師。咱們君子相爭，法庭見面。但請勿再惡言威脅。敬頌

大安。

艾伯曼織品服飾店經理

I．艾伯曼

雷維先生翻到後面那張熱傳真的複印本，看著給艾伯曼的這封信，只覺身體發涼。太離譜了。有誰會花工夫寫出這麼一封信？「蒙古白癡I．艾伯曼先生台鑒」；「台端與現實已完全脫節」；「台端遲鈍枯萎之世界觀」；「台端卑微之肩頭或將感受鞭笞之灼痛」。最可怕的是，那個「葛斯．雷維」的簽名幾可亂真。艾伯曼此刻大概正咂著嘴巴，親吻著那張正本。對艾伯曼這種人來說，這信就如同儲蓄債券，如同任君填寫數額的銀行匯票。

「這是誰寫的？」雷維先生把信交給岡薩雷茲，厲聲責問。

「什麼呀，葛斯？出了問題？你碰到問題了？你的問題就在這裡。你從來不告訴我你的問題。」

「噢，我的天哪！」岡薩雷茲先生尖聲叫道。「太可怕了。」

「安靜！」崔喜小姐發了火。

「什麼呀，葛斯？是哪件事你沒辦對？還是你授權給哪個手下的什麼事？」

「沒錯，是有問題。一個可能把我們掃地出門的問題。」

「什麼？」雷維太太一把扯去岡薩雷茲先生手中的信。她將信讀完，頓時變成了一個妖婆。她一頭上了亮漆的鬈髮全幻成了蛇。「你幹的好事啊。為了報復自己的父親，把他的生意也毀了。我就知

道會有今天。」

「噢，省省吧。我從來沒在這裡寫過信。」

「蘇珊和珊卓菈都得從大學裡輟學。她們都得賣身給水手和像那邊那個一樣的黑道了。」

「啊？」覺得自己正在受人議論的塞勒提默先生問。

「你有**病**，」雷維太太向她丈夫大吼。

「安靜！」

「我又能好得到哪裡去？」雷維太太水藍色的眼皮亂顫。「我會變成什麼？我的生命是早就毀掉了。現在又得出什麼事？在垃圾桶裡討生活，去追水手。我媽一點都沒錯。」

「安靜！」崔喜小姐用更加兇狠的口氣下令。「沒碰過像你們這幫這麼吵的。」

雷維太太已經癱倒在一張椅子裡，哭哭啼啼說什麼要出門兜售「雅芳」化妝品之類的話。

「這件事你知道多少，岡薩雷茲？」雷維先生向嘴唇已經發白的辦公室經理發問。

「我什麼也不知道，」岡薩雷茲先生尖聲回答。「這封信我是頭一次見到。」

「這裡的信都是你寫的。」

「我沒寫過**那封**。」他的嘴唇抖了起來。「我是不可能對雷維褲廠做出這種事的！」

「嗯，我知道你不可能。」雷維先生企圖思考。「顯然有人對我們懷恨在心。」

雷維先生走到檔案櫃旁，推開正在搔癢的塞勒提默先生，打開了「A」部的檔案。艾伯曼的檔案夾不在裡面。抽屜裡空無一物。他打開另外幾個抽屜，一半也是空的。為誹謗訴訟辯護的第一步，居然會有這麼個好的開始。

「你們這些人是怎麼歸檔的？」

「我也正覺得奇怪，」塞勒提默先生茫茫然說。

「岡薩雷茲，你原先雇來上班的那個大怪物叫什麼名字，又大又肥戴綠帽的那個？」

「伊內修．萊里先生。他管發出的信函。」誰會寫出這麼封可怕的信？

「喂，」瓊斯的聲音從電話筒中傳來，「你們那邊還有沒有一個戴綠帽的胖子王八蛋，在你們雷維褲廠做事？一個又肥又大的白人，嘴上留撇八字鬍的？」

「沒有，我們沒有，」岡薩雷茲先生以刺耳的聲音回答，然後把電話砸了回去。

「怎麼回事？」雷維先生問。

「噢，我不知道。有人找萊里先生。」辦公室經理用手帕擦著額頭。「那個叫廠裡工人來殺我的。」

「萊里？」崔喜小姐說。「那不是萊里，那是……」

「那個年輕的理想家？」雷維太太抽抽噎噎。「誰要找他？」

「我不知道，」辦公室經理回答。「聽起來像是黑人的口音。」

「嗯，我猜也是，」雷維太太說。「他現在又在外面幫助哪個不幸的人了。知道他的理想主義還沒有破碎，我心裡很欣慰。」

雷維先生剛想到什麼事，他問辦公室經理，「那個怪物叫什麼？」

「萊里。伊內修．J．萊里。」

「是嗎？」崔喜小姐起了興趣。「奇怪。我一直以為……」

「崔喜小姐，拜託，」雷維先生語氣惱怒。艾伯曼那封信上的日期，正落在那個萊里肉球在公司上班的期間裡。「你覺得那個萊里有沒有可能寫出這樣的信？」

「也許，」岡薩雷茲先生說。「我不知道。我原來對他期望很高的，直到他企圖叫那個工人砸我的頭。」

「對啦，」雷維太太呻吟。「把事情栽到那個年輕理想家的頭上嘛。把他關起來，他的理想主義就煩不著你了。像年輕理想家那樣的人，是幹不出這種偷雞摸狗的事的。等蘇珊和珊卓菈聽到了，看你該怎麼辦。」雷維太太做出一個姿勢，表示兩個女孩顯然會大受刺激。「黑人打電話到這裡來求他幫助。你要誣告他。我再也受不了了，葛斯。受不了，受不了了！」

「那你要**我**說那是我寫的嘍？」

「當然不要！」雷維太太向她丈夫大喊。「要我去進收容所？如果真是那個年輕的理想家寫的，就讓他去坐偽造文書的牢。」

「喂，什麼事啊？」塞勒提默先生問。「這鬼地方是要關門了還是怎麼的？我是說，我想瞭解一下。」

「閉嘴，你這個黑道，」雷維太太狂亂地回答。「要不然就栽在你頭上。」

「吭？」

「你安靜點好不好？你這是在搗亂嘛，」雷維先生對他妻子說。然後他轉向辦公室經理。「把這個萊里的電話號碼給我。」

岡薩雷茲先生將崔喜小姐喚醒，問她要一本電話簿。

「所有電話簿都歸**我**保管，」崔喜小姐惡狠狠地說。「沒有人可以碰。」

「那就請你查查君士坦丁堡街的一個萊里。」

「呃，好吧，苟梅斯，」崔喜小姐齜牙咧嘴。「你別催我。」她把囤積的三本辦公室電話簿，從她桌子的深處取出，用放大鏡翻查研究，終於給了他們一個號碼。

雷維先生撥了號碼，一個聲音回答：「至尊洗衣店，您早。」

「電話簿給我一本，」雷維先生暴吼。

「不，」崔喜小姐邊用刺耳的音調說，邊將手拍在那疊電話簿上，用她剛上過油的指甲來保護它們。「你們只會把它弄丟。我會找到正確號碼的。真是，你們這些人性子又急又躁。在你們家待著，減了我十年的壽命。你們為什麼不讓可憐的萊里清靜清靜？你們已經無緣無故就把他踢掉了。」

雷維先生撥了她給的第二個號碼。一個聽起來略帶醺醉的女人接了電話，告訴他萊里先生要到下午晚點才會回家。然後她開始哭泣，弄得雷維先生頓時心情大壞，只好向她道謝，掛了電話。

「哪，他不在家，」雷維先生告訴辦公室裡的觀眾。

「萊里先生似乎總把雷維褲廠的利益放在心裡，」辦公室經理悲哀地說。「他為什麼搞出那場暴動，我永遠也不會明白。」

「至少有一個原因，他在警察局裡有過紀錄。」

「他來應徵的時候，我確實壓根就沒想到他會是個警察局的角色。」辦公室經理搖著頭。「他一副很高雅的樣子。」

岡薩雷茲先生看著塞勒提默先生把細長的食指戳進鼻孔。這一個又會幹出什麼？恐懼使他的雙腳開始發麻。

廠房的門突然砰然打開，一名工人喊道：「嘿，岡薩雷茲先生，巴勒馬先生剛在鍋爐門上燙傷了手。」

廠房裡一片騷亂的聲音。一名男子正在咒罵。

「噢，天哪，」岡薩雷茲先生喊道。「叫工人們靜一靜。我馬上過去。」

「走吧，」雷維先生對他妻子說。「我們離開這裡。我心口開始灼熱了。」

「等一等。」雷維太太向岡薩雷茲先生比了個手勢。「關於崔喜小姐。我要你每天早上給她一個歡迎。給她點有意義的工作。過去，她的不安全感大概使她不願去做任何需要負責的事。我覺得她現在已經克服了這點。因為她對雷維褲廠有股根深柢固的怨恨，而在我的分析裡，這是出自恐懼。不安全感和恐懼造成了怨恨。」

「當然，」心不在焉的辦公室經理說。廠房裡的聲音聽來不妙。

「你去工廠看看，岡薩雷茲，」雷維先生說。「我會去找萊里。」

「是。」岡薩雷茲先生對他們深深一鞠躬，然後衝出了辦公室。

「好啦。」雷維先生撐著打開的門。只要走近雷維褲廠，你就會受到各種煩擾，各種令人沮喪的影響。你一分鐘都不可能離開這個地方。喜歡清靜不願操心的人，最好手上沒有一個像雷維褲廠這樣的公司。連什麼樣的信從辦公室寄出去，岡薩雷茲都不知道。「走吧，佛洛伊德醫生。我們走吧。」

「看你多鎮定啊。那個艾伯曼要有機會的話，會把我們告到傾家蕩產，你卻全不關心。」水藍色的眼皮跳著。「你不去找那個理想家？」

「不是現在。我這一天已經受夠了。」

「這會人家艾伯曼倒已經找好蘇格蘭場，要置我們於死地了。」

「他根本就不在家。」雷維先生不想再跟那個哭哭啼啼的女人講話。「我今晚再從海邊打電話給他。沒什麼好擔心的。他們不能為了一封不是我寫的信來告我，要我賠五十萬。」

「噢，不能嗎？我相信像艾伯曼這樣的人就能。我可以想像他請的那個律師。追救護車追得腳都瘸了。或被自己為了保險金放的火困住，燒成了四肢不全。」

「哪，你再不快點，就自己坐巴士回海邊吧。這間辦公室已經夠讓我消化不良了。」

「好，好。你自己的生命浪費掉了，卻連一分鐘也不肯施捨給這個女人，對吧？」雷維太太指著鼾聲如雷的崔喜小姐。她搖搖崔喜小姐的肩膀。「我走啦，親愛的。一切都不會有問題。我跟岡薩雷茲先生講過，他很高興又見到你了。」

「安靜！」崔喜小姐下令。她的牙惡狠狠地啪嗒咬住。

「走吧，否則我得帶你去打狂犬預防針了。」雷維先生一邊憤怒地說，一邊透過毛皮大衣將她一把抓住。

「你看看這個地方。」一隻戴著手套的手，指著髒污的辦公室家具、高低不平的地板、從I．J．萊里擔任檔案總管時便一直掛到現在的長條縐紋紙，以及因為字母問題大受挫折正在踢字紙簍出氣的塞勒提默先生。「悲哀啊悲哀。不快樂的理想家為了討回公道，幹出偽造文書這種低級的事，一個生意就這麼泡了湯。」

「滾出去，你們兩個，」崔喜小姐一邊咆哮，一邊用掌拍打桌子。

「你聽聽那個語氣有多堅決，」她圓滾毛茸的身體被拖出大門的時候，雷維太太說。「我創造了一個奇蹟。」

門關上之後，塞勒提默先生茫然搔抓著自己，走到了崔喜小姐旁邊。他拍拍她的肩頭，問道：「喂，這位女士，也許你能幫幫我。你覺得哪個該排在前面，『威理斯』還是『威廉斯』？」

崔喜小姐向他怒視了一會，一口牙突然咬在他的手上。廠房裡的岡薩雷茲先生聽見了塞勒提默先生的嚎叫。他不知道是該放下灼焦了的巴勒摩回去看看，還是該留在這開始有工人在喇叭底下跳起舞來的廠房裡。雷維褲廠要一個人肩負太多責任了。

在穿過鹽沼駛回海邊的跑車裡，雷維太太拉起她在風中翻飛的毛裘，裹在頸子周圍，說道：「我要建立一個基金。」

「這樣啊。要是艾伯曼的律師能逼我們吐錢出來呢。」

「不會的。那個年輕的理想家已經逃不掉了，」她平靜地說。「警察局裡有個紀錄，還煽起過暴動。他的品格名譽，根本全無擔保。」

「噢，你也突然同意你那個年輕的理想家是個罪犯了。」

「顯然就他一個是。」

「但你還是要管崔喜小姐的事。」

「對。」

「那麼，基金就免談了。」

「蘇珊和珊卓菈一定不想知道，你對世界那種漫不經心的態度差點就把她們給毀了，她們一定不想知道為了你不肯花時間監督自己的公司，我們落到被人索賠五十萬的地步。兩個女兒一定會滿肚子怨恨。以前你至少還能給她們物質上的舒適。蘇珊和珊卓菈一定不想知道，她們有可能淪落成妓女，或甚至更糟。」

「那樣她們至少還能掙點錢。目前她們是免費奉送。」

「拜託，葛斯。別再說了。就算是我這樣飽經摧殘的心靈，也還剩下一點敏感的地方。我不能讓你這樣污衊我的女兒。」雷維太太滿足地嘆道，「艾伯曼這件事，是這些年來你所犯過最嚴重的過失和錯誤和逃避。女兒們讀到這事的時候，一定會毛骨悚然。當然啦，你不想要我去嚇她們的話，我也可以聽你的。」

「你這基金要多少錢？」

「我還沒有決定。我只在構想章程和規則。」

「我能問問這基金要叫什麼名字嗎，古根漢夫人？蘇珊與珊卓菈賄賂基金？」

「就叫『李昂．雷維基金』，來紀念你爸爸。為了彌補所有你沒做過的事，我得做點什麼來紀念你爸爸的名字。獎項就用來緬懷追憶那個偉大的人。」

「我明白了。也就是說，只有那些在兇惡程度上超人一等的傑出老頭，才會讓你拋出桂冠。」

「拜託，葛斯。」雷維太太舉起一隻戴了手套的手。「兩個女兒以前聽我報告崔喜小姐那個計劃的進展，就都興奮得很。這個基金應該能讓她們對自己的姓氏真正建立信心。我必須盡一切力量，來補救你作為一個父親的完全失敗。」

「獲得『李昂．雷維基金』頒獎，會等於是個公開的污辱。到時候你會捧著滿手的誹謗起訴書，得獎人提出的誹謗起訴書。算了吧。橋牌是怎麼回事了？其他人都還在玩呢。你不能再去『湖林』打高爾夫了嗎？多上幾節舞蹈課。帶崔喜小姐一起去吧。」

「老實告訴你，到了最後幾天，崔喜小姐已經有點讓我生厭了。」

「原來這返老還童課程突然結束的緣故就在這裡。」

「我對那女人已經盡心盡力。能讓她保持活動這麼久，蘇珊和珊卓菈都為我感到驕傲。」

「那麼，用不著『李昂．雷維基金』了？」

「你覺得討厭？你的語氣裡有一股討厭的味道。這就是敵意。葛斯，為了你自己好。醫學技術大樓裡的那個醫生。藍尼的救星。趁著為時還不太晚。我現在得時時刻刻盯著你，讓你立刻去找那個理想主義的罪犯。我對你清楚得很。你會一拖再拖，拖到艾伯曼的貨車停在『雷維小廬』門口，把東西搬光為止。」

「包括你的健身檯。」

「我已經告訴過你！」雷維太太大叫。「別把檯子扯進來！」她把皺亂的毛衣整平。「你現在給我去找那個姓萊里的神經病，別等艾伯曼過來把這部跑車的輪軸蓋都給扒走了。有個那樣的人，艾伯曼一點轍也沒有。藍尼的醫生可以給萊里做個分析，政府就能把他關進什麼地方，讓他再也害不了人。幸虧蘇珊和珊卓菈不知道，她們差點就得去挨家挨戶推銷蟑螂藥了。她們要是知道自己爸爸在照顧她們的福利上，是怎樣的草率疏忽，她們一定會心碎的。」

4

喬治在坡依哲斯街「樂園攤販公司」車庫的對面，設立了盯梢的據點。整個上午，他等著那個胖小販，卻不見他現身。也許他因為在海盜巷裡刺那個娘娘腔，被人炒了魷魚。中午喬治離開他的哨站，到法國區李小姐那裡去取包裹。此刻他又回到坡依哲斯街，心中只是狐疑那小販到底會不會來。喬治已經決定要對他儘量友善，先立刻塞給他幾塊錢。熱狗小販想必都窮。能拿到幾塊大洋，一定會讓他高興。這小販是個絕佳的幌子。他永遠不可能知道真相。不過他好像受過高等教育。

終於，過了一點之後，一件白罩衫才從電車上翻滾下來，飛進那間車庫。幾分鐘後，那個怪小販將車推上了人行道。喬治注意到，他仍然戴著耳環、頭巾和彎刀。如果他是在車庫裡戴上的，那就必然是他的銷售噱頭。但是，從他講話的方式來看，他上學一定上過很長的一段時間。也許他的問題就出在這裡。喬治自己則聰明得很，一早就踏出了學校。他不想變成這傢伙的樣子。

喬治看著他將車在街上推了幾呎，然後停下，在他的車頭上貼了一張筆記紙。喬治要在他身上用點心理學，他要捧一捧這小販的教育程度。憑著這個，再加上幾塊錢，應該就能讓他將車上的麵包箱出租。

一個老頭突然從車庫裡探頭出來，跑到小販身後，用一把長叉打在他的背上。

「走啊，你這隻猿猴，」老頭喊道。「你已經遲到了。現在都下午了。今天你非得給我帶點收入回來不可。」

小販平靜地低聲說了一陣。喬治聽不明白，但這段話持續了很久。

「我不管你媽吸不吸毒，」老頭回答。「我也不要聽什麼車禍啊夢想啊你他媽的女朋友啊那套狗屁。現在你給我去，你這隻大狒狒。我要你今天至少給我賺到五塊錢。」

借著老頭一推之力，小販滾到街角，消失在聖查爾斯大道上。待老頭回到車庫之後，喬治才彎腰垂頭向那車子追去。

不知道自己被人跟蹤的伊內修推著他的車，在聖查爾斯大道上迎著車流，向法國區行去。他昨夜為了草擬誓師大會的講稿，熬到很晚才睡，害得他在漬污泛黃的床單上動彈不得，直到將近中午才在他母親猛烈的敲打喊叫中醒來。他現在置身街頭，碰到了一個難題。今天那部世故的喜劇要在雷電華奧芬劇院首演[170]。他在母親身上榨出了十分錢的回家車費，雖然她連這點也不情不願。他得想辦法儘

---

[170]「雷電華」（RKO, Radio-Keith-Orpheum）電影公司是好萊塢黃金時期八大電影公司之一，成立於1928年，由美國廣播公司（Radio Corporation of America）、KAO院線（Keith-Albee-Orpheum theatre chain）合併而成。1957年停止電影製作，只剩院線業務。雷電華奧芬（RKO Orpheum）劇院位於紐奧良市中心，1989-2005年間是路易斯安那愛樂交響樂團（Louisiana Philharmonic Orchestra）總部。

快賣出五六份熱狗，把車停在某個地方，然後趕到那間劇院，讓每分每秒褻瀆神明的特藝彩色片段都盡數收在他不可置信的眼底。

伊內修迷失在如何籌錢的盤算裡，沒有注意到自己的車已經筆直地走了好一大段。直到他想將車往路邊靠回的時候，才發現車子不肯往右。他停車檢查，只見一只單車輪卡在電車軌的溝槽裡。他試著把車撞出溝槽，但它太過沉重，輕易彈跳不得。他彎下身企圖把車的一側抬起。他正把手伸在那巨大洋鐵皮麵包的下面，卻聽到薄霧中傳來電車駛近的軋軋聲響。他手上出現了硬而小的疹子，他的瓣膜在片刻的驚惶猶豫之後啪嗒關閉。伊內修在狂亂之中將那洋鐵皮麵包猛地一抬。單車輪便從軌道中彈射出來，向上拔升，在空中平衡了一會，然後隨著在巨響中往一側翻倒的車子，成了水平。洋鐵皮麵包上的一個小蓋迸開，將幾根冒著蒸氣的熱狗堆放在街道上。

「噢，我的天！」伊內修一邊喃喃自語，一邊看著電車的輪廓漸漸顯現在半條街外。「佛圖娜又在跟我玩什麼惡毒的遊戲？」

棄下失事的車，伊內修劈里啪啦順著軌道奔向電車，白色夏威夷寬裙般的制服在他腳踝處窸窣作響。橄欖綠與銅紅的電車悠閒地左搖右擺，向他緩緩輾了過來。司機見到那個龐大滾圓的白色人形在軌道當中喘著大氣，立刻將車滑停，打開了前面的車窗。

「抱歉，先生，」耳環男向他呼喚。「麻煩你稍等片刻，我會嘗試將我傾倒的車子扶正。」

喬治可逮到了機會。他奔向伊內修，嘴裡愉快地說：「來吧，教授，咱們一起來把這傢伙從街上移開。」

「噢，我的天！」伊內修大吼。「是我未成年的宿敵。今天似乎是個大喜的日子。我顯然就要被電車撞倒，再加上同時被搶，而就此創下『樂園』的新紀錄了。走開，你這個混蛋惡少。」

「你抓那頭，我抓這頭。」

電車對他們敲了聲鐘。

「噢，好吧，」伊內修終於說。「其實，我巴不得讓這個荒謬的負擔就這樣躺在此地。」

喬治抓住麵包的一頭說：「你最好把那小門關上，免得有更多香腸掉出來。」

伊內修一副打職業足球賽全力以赴的姿態，用腳把小門踢上，也當場將一根突出在外的熱狗，整整齊齊截成了六吋長的兩段。

「輕點，教授，你要把你的車弄壞了。」

「住嘴，你這個逃學小孩。我可沒找你跟我聊天。」

「可以，」喬治聳了聳肩說。「其實，我也不過是想幫你一把。」

「你又能拿什麼幫我？」伊內修吼道，露出一兩顆黃褐的獠牙。「某個社會當局大概正跟著你令人窒息的髮油味道，要追上來了。你是哪裡來的？為什麼跟著我？」

「哪，你到底要不要我幫你把這一堆垃圾抬開？」

「一堆垃圾？你在說這部『樂園』的車？」

電車又對他們敲了聲鐘。

「來啊，」喬治說。「**抬**。」

「我希望你瞭解，」伊內修邊喘著大氣將車抬起，邊說，「我們的關係，完全是出於一個緊急事故。」

車子彈回到兩只單車輪胎上，洋鐵皮麵包內的東西劈啪亂響，打在車身兩側。

「好啦，教授，沒事了。很高興我幫得上忙。」

「如果你還沒注意到，你這個流浪兒童，我得提醒你，你快要被電車的排障器鉤住了。」電車在他們身旁緩緩晃過，好讓車掌與司機仔細打量伊內修的一身裝束。

喬治抓起伊內修的一隻巨爪，往裡面塞了兩塊錢。

「錢？」伊內修興高采烈地問。「謝天謝地。」他迅速接過兩張鈔票，揣入口袋。「這背後有什麼猥褻的動機，我還是別問的好。我姑且把它當作是你頭腦簡單的賠償方式，為了你在我推這部荒謬車子的第一個悲慘的日子裡，對我所做的污衊。」

「沒錯，教授。你說得真好，這種話我一輩子也講不出來。你真是滿肚子學問。」

「噢？」伊內修非常高興。「看來你還有點希望。來份熱狗？」

「不了，謝謝。」

「那就請別介意我自己來一份。我的身體急需一點安撫。」伊內修往他車上的槽中俯視。「我的天，熱狗亂成了一團。」

在伊內修乒乒乓乓、乒乒乓乓翻那些門，並把爪子伸進槽中的時候，喬治說道：「我現在幫了你的忙，教授。或許你也能幫幫我的忙。」

「也許，」伊內修邊咬熱狗，邊漠不關心地說。

「你看到這個了？」喬治指著夾在他腋下的牛皮紙包裹。「這些是學校用品。我的問題在這裡。我得在中午從代理商那邊收貨，但要等到學校放學之後才能交貨。這樣我就必須把它們帶在身邊，幾乎兩個鐘頭。你懂了吧。我想找的，是個在下午寄放這些東西的地方。哪，我可以在一點鐘跟你到哪裡碰頭，把它們放進你的麵包箱，三點之前再來把它們收回。」

「一派謊言，」伊內修打了個嗝。「你真以為我會相信你？在放學之後去送學校用品？」

「我每天可以給你兩塊。」

「是嗎？」伊內修起了興趣。「那麼，你就必須預付我一個星期的租金。我不做零零碎碎的生意。」

喬治打開皮夾，遞給他八塊錢。「哪，加上你已經收下的兩塊，就是這禮拜的十塊。」

伊內修高高興興把幾張新鈔揣進口袋，然後從喬治腋下抽出一個包裹說：「我得看看要我儲存的是什麼東西。或許你是在賣鎮靜藥丸給嬰兒也說不定。」

「嘿！」喬治大叫。「這貨要是撕破，我就送不出去了。」

「那是你的問題。」伊內修擋開男孩，扯去了褐色的包裝紙。眼前一疊彷彿是明信片的東西。「這是什麼？是用在公民課，還是一樣愚民的哪個中學科目裡的視覺教材？」

「給我，你這瘋子。」

「噢，我的天！」伊內修瞪著他所見到的東西。有一回在高中裡，人家給他看一張春宮照片，令他當場癱倒在一座飲水機上，撞傷了耳朵。眼前的照片好得太多。一位裸女坐在書桌邊一個地球儀旁。以粉筆手淫的那個暗示，令伊內修頗感好奇。她的臉躲在一本大書後面。趁著喬治在旁躲閃他騰出的那隻巨爪漫不經心的甩打，伊內修仔細研究封面上的書名：阿尼夏斯・曼里烏斯・賽維里努斯・包伊夏斯，《哲學之慰藉》。「我能相信我的眼睛嗎？何等的聰明。何等的品味。我的天哪。」

「還給我，」喬治哀哀懇求。

「這張是**我的**，」伊內修沾沾自喜，將頂上那張卡片收在袋中。他把撕破的包裹還給喬治，然後看著手中包裝紙的碎片。上面有個地址。他也將它收進了口袋。「你從哪裡弄來的？這個聰明的女人是誰？」

「用不著你管。」

「我明白了。是個祕密行動。」伊內修想到了那片紙上的地址。他會親自做一番調查。某個窮困潦倒的女知識分子，為了一文錢不惜任何犧牲。如果她的閱讀材料確有所指的話，她的世界觀必然極為敏銳。也許她和「勞動青年」處境相同，是一個觀察者兼哲學家，被非她所能控制的力量，拋進一個充滿敵意的世紀。伊內修必須見見她。她或許會有些新穎而珍貴的洞察。「好吧，儘管我還有些顧慮，但已決定讓你用我的車。不過，今天下午你必須幫我看守。我有個相當緊要的約會。」

「嘿，這算什麼？你要去多久？」

「兩個小時左右。」

「我三點就得出城。」

「那你今天下午就遲一點到，」伊內修發了火。「我跟你交往，玷污我的麵包箱，已經算是降格屈就了。我沒有把你報警，是你應該慶幸的事。我在警察局裡有位聰明絕頂的朋友，是個詭計多端的便衣探員，曼庫索巡警。像你這種案子所能提供的線索，正是他在找的。你最好下跪叩謝我的大恩大德。」

曼庫索？這不正是那個在廁所裡將他攔下的便衣探員？喬治可緊張了。

「你這個便衣朋友長什麼樣？」喬治強作勇敢，以嘲訕的口氣問。

「他瘦小刁鑽。」伊內修語調狡黠。「他善做各種偽裝。他是貨真價實的千面人，忽而在東，忽而在西，不斷地查捕盜匪。有段時間他選擇廁所作為掩護，此刻他正混跡街頭，隨時會應我召喚而來。」

喬治的喉頭哽著一塊東西。

「這是栽贓，」他嚥了下去。

「可以住嘴了，你這個市井無賴。竟敢鼓動一個高貴的女學者步上墮落之路，」伊內修狺狺吠道。「你該親吻我制服的衣邊，感謝我不向福爾摩斯．曼庫索檢舉你的邪惡商品。兩個小時後，到雷電華奧芬劇院前面跟我會面。」

伊內修大模大樣地、波瀾起伏地、沿著公眾街行去。喬治把他的兩個包裹放進麵包箱，在路邊坐下。碰上了曼庫索的朋友，這真叫運氣了。胖小販把他瞜得死死的。他怒氣沖沖看著車子。現在他手上不只是有包裹。他手上還多了一部巨大的熱狗車。

伊內修把錢丟給售票員，以形同衝鋒的方式跑進奧芬劇院，搖搖擺擺在走道上向舞台的腳燈行去。他時間拿捏得剛好。第二部正片正要開始。這個身懷美妙照片的男孩真是個挖到的寶。伊內修考慮著是否可以要挾他每天下午來幫他看車。這野孩子一聽他說有朋友在警察局便起了反應。

伊內修對片頭工作人員的字幕連連嗤之以鼻。參與拍攝這部電影的人，沒有一個能獲得他的認可。特別是一個佈景設計師，過去曾屢次令他驚駭不已。女主角比她在那部馬戲團歌舞片中還要惹人嫌惡。她在影片中扮演一個年輕聰明的祕書，遭到一個年長世故的男人引誘。他用私人飛機將她帶到百慕達，安置在一間套房裡。他們共處的第一個夜晚，風流男子才剛打開她臥室的門，她就滿身起了疹子[171]。

「無恥！」伊內修大喊一聲，把潤濕的爆米花噴在好幾排座位上。「她好大的膽子，還敢冒充處

171《春淚濺花紅》片中年近四十的桃樂絲．黛扮演處子之身的妙齡女郎，其對性所表現之矜持畏懼，即使在當時也顯得過分矯揉做作。尤其是出疹子一幕，一時成為單口相聲界常用的笑話。

女。看她那張墮落的臉。強姦她！」

「他們這早場電影，還真有些怪人來看，」一位帶著購物袋的女士對她同伴說。「你看看。他還戴了耳環。」

然後出現了一個柔焦的愛情鏡頭，伊內修便當場開始失去控制。他可以感覺自己漸漸淹沒在歇斯底里中。他想要安靜，但發現他不能。

「他們是蒙上好幾層紗布來拍這兩個的，」他的聲音狂亂急促。「噢，我的天。誰能想像這兩個人的臉上其實有多少皺紋，有多令人作嘔？我想我要吐了。放映室裡有哪位能把電源切掉？拜託！」

他用彎刀在座椅旁邊一陣亂拍。一位年邁的女領位員步下走道，要拿走他手裡的彎刀，但伊內修跟她較起勁來，害她滑倒在地毯上。她站起身一拐一拐地去了。

相信自己名譽已成為話柄的女主角，起了一連串的偏執妄想，想像自己跟她那位風流男士躺在一張床上。床又被拖到街上，還在度假勝地旅館的游泳池裡漂過。

「天哪。這種淫穢的東西算是喜劇？」伊內修在黑暗中責問。「我一次也沒笑過。我的眼睛簡直不能相信這種變了色的垃圾。這女人該用鞭子打個半死。她是在挖我們文明的牆腳。她是中國共產黨派來毀滅我們的間諜。拜託！哪位有點莊重的人，快去控制配電箱。這戲院裡幾百個人都要被敗壞光了。只希望我們運氣還好，奧芬也許忘了繳電費。」

伊內修在電影結束的時候大喊：「在那張純粹的美國臉孔底下，她其實是個『東京玫瑰』[172]。」

他要留下來再看一次，但又記起了那個流浪兒童。伊內修不想壞了一樁好事。他還需要那個男孩。他從椅子前面四個爆米花的空盒當中虛弱地爬了出來，那是他在電影當中堆積出來的戰果。他已完全精疲力竭。他的情感也已消耗殆盡。他喘著大氣步上走道，出門來到灑滿陽光的街上。喬治正在羅斯福大飯店的計程車停靠站旁，面色陰霾地看著車子。

「真是，」他撇著嘴。「我還以為你不會出來了呢。你這是什麼約會？明明是去看電影。」

「拜託，」伊內修嘆口氣。「我剛受到創傷。去吧。我們明天一點準時在運河跟皇家的街口見面。」

「好，教授。」喬治拿出包裹，開始低頭行去。「別告訴人，啊？」

「看情形吧，」伊內修嚴肅地說。

他用顫抖的手，吃下一份熱狗，然後往下方口袋中的照片窺了一眼。從這個高度看去，女人的身材似乎更有母性更令人安心了。是個家徒四壁的羅馬史教授？是個窮途潦倒的中世紀專家？她要是露出臉來，那就好了。這裡面有股孤寂離世的氣氛，一種單獨的肉慾，一種學術的快樂，使他大為傾倒。他看看那片包裝紙，看著上面笨拙細小的地址。波本街。這個一無所有一絲不掛的女人是在商業剝削者的掌握之下。這對《日記》而言，將是一個極富挑戰的角色。伊內修覺得，那部作品在肉慾這方面還頗嫌不足。需要在其中注入一針令人舔嘴咂舌的強烈暗示。或許，這女人的懺悔能使它為之一振也未可知。

伊內修將車推進法國區，在一個狂野而非常短暫的瞬間，考慮過一場韻事。摩娜定會在嫉妒中啃起她義大利濃縮咖啡的杯緣。以她的背景和她包伊夏斯式的世界觀，她對他在性這方面所犯的各種笨拙與錯誤，必將採取一種堅忍的、認命的態度。她會充滿體諒。「仁慈點吧，」伊內修會向她輕嘆。

172 二戰期間日本對南太平洋美軍進行心戰廣播，用以瓦解士氣。當時總數約十餘位的女性英語播音員，即被美軍名為「東京玫瑰」（Tokyo Rose）。

摩娜對性，大概是以社會抗議那種既兇猛又嚴厲的方式來從事的。當伊內修為她描述他溫柔的喜悅時，她將會受到何等的痛苦煎熬。

「我敢嗎？」伊內修問他自己，同時將推車心不在焉地撞在路邊停靠的一輛車上。車的把手陷入他的腹部，令他打了個嗝。他不會告訴這女人他是怎麼知道她的。首先，他要談談包伊夏斯。她一定會大為所動。

伊內修找到那個地址，說了聲「噢，我的天！」可憐的女人落入了歹徒手裡。他研究著「歡樂良宵」的門面，邁著笨重的步子，踱到玻璃框前。他讀著：

羅伯妲・E・李[173]

鄭重推出

純情玉女

郝思春[174]

（與寵物！）

誰是郝思春？更重要的是，什麼寵物？伊內修大為好奇。為了怕招引那位納粹女店東的盛怒，他彆彆扭扭地在路邊坐下，決心等待。

拉娜・李正看著妲琳和那鳥。他們的首演已將近萬事俱備。只欠妲琳那句台詞了。她從舞台前晃開，去給瓊斯一些清掃高腳凳下的額外指示，然後走到襯了軟墊的門邊，在門上的玻璃小窗中向外張望。她這一下午已經看夠了表演。其實就它的獨特性來說，這節目還挺不錯。最近喬治賣那新產品，還真替她賺了不少錢。看來是萬事順遂，時來運轉。就連瓊斯，也似乎終於被她馴服了。

拉娜開門對著街上大吼，「喂，你。別坐在我的路邊，你這怪物。」

「拜託，」一個渾厚的聲音從街上應道，然後暫停片刻思索著藉口。「我只是在歇歇我疲乏已極的腳。」

「到別的地方歇腳去。別把那部爛車停在我店門口。」

「我向你擔保，在你這毒氣室一樣的巢穴門口崩潰，可不是我的選擇。我不是自願回到這裡來的。我是因為兩腳突然宣告罷工。我癱瘓了。」

「到街上那一頭去癱著。我可不需要你再來這邊晃蕩，把我的投資敗光。你戴起那耳環就像個同性戀。人家還以為這是同性戀酒吧呢。走啊。」

「沒有人會犯那種錯誤的。毫無疑問，你開的是城裡最陰暗慘澹的酒吧。有興趣買份熱狗嗎？」

妲琳來到門口說：「喲，你看是誰來了。你可憐的媽媽好吧？」

「噢，我的天，」伊內修口出嗥叫。「佛圖娜怎麼把我領到這裡來了？」

「喂，瓊斯，」拉娜．李喚道。「別拿掃把在那裡亂敲，過來把這怪角色給我趕走。」

「對不起。保鏢薪水是一個禮拜五十塊起算。」

「你對你可憐的媽媽真兇，」妲琳對著門外說。

「我無法想像你們兩位女士會讀過包伊夏斯，」伊內修嘆口氣。

173 李小姐的藝名「Roberta E. Lee」，是諧擬美國內戰的南軍司令羅伯特．E．李將軍（Robert E. Lee, 1807-1870）。

174 「郝思春」原文Harlett O´Hara變自《飄》或《亂世佳人》中的Scarlet O´Hara（郝思嘉）。而「Harlett」又與「harlot」（娼妓）諧音。

「別跟他說話，」拉娜告訴妲琳。「他他媽的還自以為了不起。瓊斯，我給你兩秒鐘到外面來，別等到我把你跟這個角色一起，讓警察當成無業遊民帶走。我受夠了這幫自以為聰明的混帳。」

「天知道會有什麼納粹突擊隊員出來，把我打得不省人事，」伊內修做了個冷靜的評論。「你嚇不了我。今天該受的創傷，我已經受過了。」

「喲呵！」瓊斯往門外一看便說。「是戴綠帽的王八蛋。親自到場。真人現身。」

「看得出來，你是做了明智的決定，雇了個特別兇狠的黑人，來保護自己不受發怒和上當的顧客侵擾，」戴綠帽的王八蛋對拉娜說。

「把他攆走，」拉娜對瓊斯說。

「厚！你說一頭大象要怎麼攆？」

「看看那副墨鏡。他的五臟六腑大概都泡在毒品裡。」

「給我回到裡面去，」拉娜告訴正盯著伊內修看的妲琳。她邊推著妲琳，邊對瓊斯說，「好啦。趕人吧。」

「拿你的剃刀出來割我啊，」伊內修在拉娜和妲琳進去的時候說。「在我臉上潑鹼水啊。來刺我啊。你們當然不會瞭解，我就是為了對民權有一股熱忱，才落到今天這個跛腳香腸小販的地步。我為了在種族問題上堅持立場，丟掉了一個特別成功的職位。我這跛腳，就間接來自我敏感的社會良心。」

「厚！你為了想叫他們那幫窮黑人去坐牢，結果給雷維褲廠踢出門了，是吧？」

「你怎麼知道？」伊內修滿懷戒備地問。「你參加過那場一敗塗地的奇襲？」

「沒有。我是聽人說過。」

「是嗎？」伊內修起了興趣。「他們想必提到過我的氣勢與舉止。我太鶴立雞群了。我不懷疑自己已經變成了一個傳奇人物。也許我不該倉促放棄那個運動。」伊內修十分欣慰。經過許多慘澹的日子後，今天似乎正在變成光明的一天。「我大概已成了某種殉道者。」他打了個嗝。「要不要來份熱狗？我為客人服務，對不同種族不同信仰的人向來一視同仁。我們小販是為公眾提供便利的先鋒。」

「像你這樣的白人哥們，又會說話，怎麼賣起香腸來了？」

「請你對著別的地方噴煙。我的呼吸系統不幸有點缺陷。我猜是因為受孕成胎的時候，我父親那方面特別有點不足。他的精子大概射得草率了點。」

真是走運，瓊斯心想。這個胖王八蛋正好在他最需要的時候從天而降。

「你瘋了你，老兄。你該找份好工作，開輛別克大車什麼的。厚！還有冷氣機、彩色電視……」

「我這個職業相當稱心，」伊內修冷冷地回答。「在戶外工作，又沒人監督。唯一的壓力是在兩隻腳上。」

「我要是上過大學，才不會拉著一部賣肉車，到處去兜售那一大堆垃圾什麼的。」

「對不起！『樂園』產品可是品質第一的。」伊內修把彎刀敲在路邊。「在那家邪門酒吧裡做事的人，沒有資格批評別人的職業。」

「操，你以為我喜歡『歡樂良宵』？喲呵。我是希望混出頭的，我也想往上爬，找個好差事，賺點能過日子的錢。」

「果不其然，」伊內修憤怒地說。「這也就是說，你想徹頭徹尾變成布爾喬亞。你們這些人都被洗過腦了。我猜你要的是飛黃騰達，或是什麼同樣醜惡的東西。」

「嘿，這你就說對了。厚！」

「我實在沒時間討論你在價值判斷上所犯的錯誤。不過，我想請你給我一點情報。你們這個巢穴裡，可有一個喜歡讀書的女人？」

「有啊。她老要塞東西給我看，說是這樣能夠自我提升。她人滿好的。」

「噢，我的天。」藍黃相間的眼裡閃著光芒。「有沒有辦法讓我見見這位尤物。」

瓊斯奇怪這到底是怎麼回事。他說：「厚！你想見她，那就找個晚上來這裡，看她跟她的寵物跳舞嘛。」

「哎呀。難道她就是這個郝思春？」

「對啦。就是『好時辰』沒錯。」

「包伊夏斯，外加寵物，」伊內修喃喃自語。「真是挖到寶了。」

「她再過三天就要開演了，老兄。你該過來看看。是我見過最好的表演。厚！」

「我只能想像，」伊內修滿懷敬意地說。「一個對腐敗的老南方所做的巧妙諷刺，展現在「歡樂良宵」那批懵懂無知的豬玀觀眾面前。可憐的思春。「告訴我。她那是個什麼寵物？」

「嘿！這我可不能講，老兄。你得自己來看。這個表演保證讓你大吃一驚。時辰還有幾句話要講。這可不是普通的脫衣舞表演。時辰會開口的。」

老天。還夾帶了沒有一個觀眾能夠完全瞭解的透徹評論。他必須來看思春。他們必須交流一下。

「有一件事我想知道，先生，」伊內修說。「這個罪惡淵藪的納粹女店東，她是不是每天晚上都在？」

「誰？李小姐？不。」瓊斯對著自己微笑起來。破壞進行得太順利了。這胖王八蛋還真的想來「歡樂良宵」。「她說好時辰簡直是沒話說，好得很，用不著她每天晚上跑來監督。她說等時辰一開演，她就要去加州度個假。厚！」

「運氣不錯，」伊內修口中流涎。「那麼，我一定來看郝小姐的表演。不妨請你私下幫我預留一張台前的桌子。她所做所說的一點一滴，我都不能放過。」

「喲呵。絕對歡迎，老兄。過兩天你晃過來。我們給你店裡最好的服務。」

「瓊斯，你在跟那個角色聊天還是怎麼了？」拉娜在門口質問。

「不用擔心，」伊內修告訴她。「我正要走。你這打手還真嚇人。以後我絕不會再犯同樣的錯誤，連從這個醜惡豬圈的門前經過，也不會了。」

「那好，」拉娜說完甩上了門。

伊內修對著瓊斯喜孜孜地擠眉弄眼。

「喂，聽著，」瓊斯說。「你走之前，先告訴我。你說一個黑人哥們該怎麼辦，才能不當無業遊民，也不做少過最低工資的事？」

「拜託。」伊內修透過罩衫一陣摸索，才找到路邊，站起身來。「你大概完全意識不到自己有多糊塗。你的價值判斷簡直錯得離譜。你一日爬到頂端，或走到不論你想去的什麼地方之後，不是精神崩潰，就是更糟的事。你知道有黑人生潰瘍的嗎？當然沒有。找個茅舍過過知足的生活。謝謝佛圖娜你沒有白種父母糾纏不休。讀讀包伊夏斯吧。」

「誰？讀什麼？」

「包伊夏斯會為你指示，奮鬥終究是無意義的，我們必須學會承受。去向郝小姐問問他的東西。」

「我問你。你會喜歡有大半時間在做做無業遊民？」

「喜歡得很。我在比較快樂比較愜意的日子裡，也曾是無業遊民。我還巴不得有你的處境呢。那樣我每個月只會出一次房門，去信箱裡找我的救濟金支票。你應該惜福啊。」

這胖王八蛋真是個瘋子。雷維褲廠那幫可憐的人沒進安哥拉，算是他們走運。

「好吧，記得過兩晚再來。」瓊斯對著耳環吹了朵雲。「時辰就要表演了。」

「我會專程前來捧場，」伊內修快樂地說。那時摩娜將會如何地咬牙切齒。

「厚！」瓊斯繞到車頭，看著那張「大酋長」紙。「好像有人在跟你開玩笑。」

「那只是個推銷的噱頭。」

「喲呵。你最好再檢查一下吧。」

伊內修拖著沉重的腳步繞至車頭，看到那流浪兒童在「十二吋的樂園」那張告示上，綴飾了各色各樣的性器官。

「噢，我的天！」伊內修一把扯下那張畫滿原子筆塗鴉的紙。「我剛才在街上推著這個玩意？」

「到時候我會在門口找你，」瓊斯說。「嘿！」

伊內修揮著一隻快樂的大掌，搖搖擺擺而去。至少他有了個賺錢的目標：郝思春。他將裸露的車頭對準阿爾及爾的渡船坡道，向一群碼頭工人在下午聚集的地方推去。他一邊呼叫一邊懇求，將車推入人群，成功地賣光了他的熱狗，並在售出的貨品上，禮貌十足地、感情洋溢地、以消防隊員的精力噴擠番茄醬與芥末醬。

真是光明的一天。佛圖娜所顯露的跡象豈止是樂觀而已。張口結舌的克萊德先生從萊里小販那裡接獲了愉快的招呼，外加十塊大洋。而伊內修便在罩衫裡塞滿了從流浪兒童與香腸鉅子處得來的鈔票，懷著一顆快樂的心，波浪起伏地上了電車。

他走進家門，發現母親正壓低聲音在講電話。

「我在想你說的事，」萊里太太對著電話輕聲細語。「其實，寶貝，那個主意也不算太壞。你懂我的意思？」

「當然不壞，」姍塔回答。「『慈善』那邊的人，能讓伊內修好好休息一下。克勞德可不會想要伊內修黏在身邊，親愛的。」

「他喜歡我，啊？」

「喜歡你？他今天早上還打電話來，問我覺得你有沒有可能再婚。老天。我說：『哎，克勞德，你得自己問哪。』嘿喲。你們這旋風式的戀愛，我還沒見識過呢。那可憐的男人是寂寞得慌了。」

「他確實是體貼，」萊里太太對著話筒吹氣。「可是有時他那套共產黨的東西又讓我緊張兮兮。」

「你在胡言亂語些什麼？」伊內修在門廊裡大吼一聲。

「老天，」姍塔說。「聽起來像是伊內修剛到家。」

「噓，」萊里太太對著電話說。

「哪，我跟你說，親愛的。克勞德結婚以後，就不會再想那些共產黨了。他的毛病，就是他心裡空虛。你要給他一點愛。」

「姍塔！」

「老天，」伊內修口沫飛濺。「你在跟那個巴塔利亞婊子講話？」

「閉嘴，兒子。」

「你最好在那個伊內修的頭上揍他一拳，」姍塔說。

「我真希望自己能堅強點，親愛的，」萊里太太回答。

「噢，艾琳，我差點忘了說。安傑婁今天早上過來喝杯咖啡。我幾乎認不出是他。你得看看他穿那套毛料西裝的樣子。花俏的呢。可憐的安傑婁真是賣命。他現在都去高級酒吧，他說。他最好趕快逮到個人。」

「真是可怕，」萊里太太悲哀地說。「要是被警察局給踢出來，安傑婁該怎麼辦？他還要養活三個小孩。」

「『樂園攤販』倒有幾個富於挑戰性的空缺，很適合積極進取、品味良好的人。」

「你聽聽那個瘋子，」姍塔說。「嗷，艾琳。你最好去給『慈善』打個電話吧，親愛的。」

「我們得再給他一個機會。或許他會中個頭彩也說不定。」

「我不知道我為什麼要費神跟你說話，丫頭，」姍塔沙啞地嘆了口氣。「那我們晚上七點見。克勞德說他會過來。來開車帶我們到湖邊去好好吃頓螃蟹。呵！你們這兩個孩子福氣好，有我做伴遊。你們需要我，特別是有個克勞德在。」

姍塔用比平常粗嘎的聲音笑了一陣，然後把電話掛斷。

「你到底在跟那個老鴇胡言亂語些什麼？」伊內修問。

「閉嘴！」

「謝謝。我看得出來，這裡的氣氛跟往常一樣歡樂。」

「你今天帶回來多少錢？兩毛五？」萊里太太尖叫。她跳起來將手伸進一個罩衫口袋裡，掏出了那張耀眼的照片。「伊內修！」

「給我！」伊內修暴吼。「你膽敢用你酒販的手指，來糟蹋這幅美妙的圖像。」

萊里太太再次偷看那照片一眼，然後閉上了眼睛。一滴眼淚爬出她闔起的眼瞼。「我早知道你一開始賣香腸，就會跟這種人混在一起。」

「你這是什麼意思，『這種人』？」伊內修邊怒氣沖沖地問，邊把照片揣回口袋。「這是個被人利用的聰明女人。你要講她，最好帶點敬意與尊重。」

「我什麼都不想講了，」萊里太太抽著鼻子，她兩眼仍然閉著。「去你房裡坐著，繼續寫你那些胡說八道去。」電話鈴突然響起。「一定是那個雷維先生。他今天已經打過兩次了。」

「雷維先生？那個怪物想要什麼？」

「他不肯告訴我。去啊，瘋子。接啊。把電話拿起來。」

「呃，我可不想跟他說話，」伊內修吼道。他拿起電話，用帶著濃厚梅菲爾腔[175]的做作口音說，「喂咿？」

「萊里先生？」

「萊里先生不在。」

「我是葛斯・雷維。」後面有個女聲說，「看你現在怎麼講吧。又一個機會泡了湯，神經病逃啦。」

「非常對不起，」伊內修字正腔圓地說。「萊里先生今天下午為了處理要事，出城去了。其實，他是在曼德維爾的州立精神病院。自從被貴公司狠狠解雇以來，他就一直在曼德維爾進進出出。他的自尊受了嚴重挫傷。你們也許就會收到他心理醫師的帳單。數字相當可觀。」

「他瘋了？」

「猛烈地、徹底地瘋了。他在這裡給過我們不少麻煩。他第一次進曼德維爾的時候，還得用裝甲

175 梅菲爾（Mayfield）是英國倫敦西邊的上流富裕地區。

車運去。你也知道，他的體型相當龐大。不過今天下午，他是坐州警的救護車離開的。」

「曼德維爾讓他會客嗎？」

「當然。你不妨開車過去看看他。給他帶點餅乾。」

伊內修將電話重重砸下，在他繼續抽抽噎噎閉著眼睛的母親手中塞了枚兩毛五的硬幣，然後搖搖擺擺走回房間。在開門之前，他先停下來，將他釘在油漆斑駁的木板上那塊「和平歸於善願之人」的牌子扶正。

所有跡象都呈上指之勢；他的輪子正在一飛沖天。

第十二章

1

外面出現一串騷動。郵差狂暴的吹哨聲、郵車在君士坦丁堡街上的軋軋聲、他母親激動的喊聲、安妮小姐告訴郵差他的哨音嚇著了她的叫聲，這一切打斷了伊內修為誓師大會所做的著裝準備。他簽過郵件投遞的收據，然後衝回房間，鎖上了房門。

「怎麼啦，兒子？」萊里太太在走廊裡問。

伊內修看著馬尼拉信封上那個「航空快遞」的戳記，以及「緊急」與「最速」兩個細小的手寫請求。

「噢，我的天，」他快樂地說。「這個敏可夫狐狸一定是發狂了。」

他撕開信封，將信拉出。

敬啟者：

這封電報真是你發給我的，伊內修？

摩娜速設和平黨東北區中央委員會。建立各層組織。只招男同性戀。政治中的性。細節後敘。全國主席伊內修。

這是什麼意思，伊內修？你真要我去招募玻璃？請問有誰會肯註冊成為雞姦黨員？伊內修，我十分擔心。你是否在和男同性戀鬼混？我早該料到會有今天。那些關於逮捕與車禍的偏執妄想，就是第一個徵兆。因為正常的性發洩受到太久的阻塞，你在性方面的滿溢，也就滲入了錯誤的管道。自從當初發生妄想以來，你經歷過一段危機時期，終於導致公然的性偏差。我早就看出總有一天你會發瘋。今天終於發生了。聽到你病情急轉直下，我的集體治療小組一定會大感沮喪。請立刻北上，離開那個腐爛的城市。你可以打由對方付費的電話給我，來談談你面臨的性取向問題。你應該儘速去做精神治療，以免變成一個搔首弄姿的男同性戀。

「她好大的膽子！」伊內修暴吼。

你的「君權神授黨」是怎麼了？我已經找到幾個願意加入的人。我不知道他們對雞姦這檔子事會有何看法，雖然我可以想像用這雞姦黨來分化屬於邊緣群體的法西斯分子。也許我們能把右翼一分為二。但我仍不認為這是個好主意。萬一有非雞姦者想要參加而被我們拒絕，必將指控我們存有偏見，而整個工作就會垮了。我的演講恐怕算不上是個成功。講是講了，只不過是雞同鴨講。有兩三個中年聽眾企圖用充滿敵意的評語叫罵騷擾，好在我那集體治療小組的兩名成員以牙還牙，終於將那些反動派趕出了會堂。不出所料，對於那個地區的聽眾而言，我是太進步了點。昂噶那個鬼東西沒來。要問我的話，他們盡可以把他踢回非洲。我原還以為那傢伙確有兩把刷子。顯然他對政治十分冷感。他答應過我，說他一定到場，那個混蛋。伊內修，雞姦黨這個計劃聽起來有欠實際。況且，我覺得這只是一個危險的表象，足證你的精神健康正在惡化。我真不知道該如何把這個怪異的發展，告訴我的集體治療小組，不管我們對它是否早該有所預料。我們小組確實是一直在為你暗中打氣。有些甚至已經向你認同。你要是完蛋，他們也會跟著完蛋。我需要立刻與你溝通。請在晚上六點以後的任何時間打電話來。我非常非常掛念。

M．敏可夫

「她是完全不知所措了，」伊內修快樂地說。「她就等著聽我和郝小姐這富於末日意味的會面吧。」

「伊內修，你收到了什麼東西？」

「摩娜狐狸寄來的通訊。」

「那個女孩要什麼？」

「她威脅說她要自殺，除非我發誓我的心非她莫屬。」

「多可怕呀。我敢打賭你一定跟那個可憐的女孩講過很多謊話。我知道你，伊內修。」門後是穿衣的聲響，一個聽起來像是金屬的東西掉在地上。

「你要去哪裡？」萊里太太向斑駁的油漆發問。

「拜託，媽，」一個莊嚴的男低音回答。「我在趕時間。請你別來煩我。」

「就憑你賺的那點錢，你最好還是成天待在家裡算了。」萊里太太對著那門大喊。「要我怎麼去付欠人家的那筆債？」

「我希望你能給我一點清靜。我今天晚上要在一個政治聚會裡演講，必須整理一下腦裡的東西。」

「政治聚會？伊內修！那多好哇。也許你能在政治界出頭，兒子。是哪個俱樂部，親愛的？『新月城民主黨員』？『老黨員』[176]？」

「對不起，這個黨目前還是個祕密。」

「有哪個政黨是祕密的？」萊里太太滿懷疑慮地問。「你是不是要給一幫共產黨講話？」

「又來了。」

「有人給了我一些講共產黨的小冊，兒子。我讀了不少講共產黨的東西。別想來騙我，伊內修。」

「是，我今天下午看到走廊裡那些小冊了。你要不是故意扔在那裡，希望我從這些信息裡受益，就是你在每天下午固定的飲酒狂歡中，不小心錯把它們當成超大型的五彩碎紙，而撒了一地。我猜你的眼睛，每逢下午兩點左右，就會發生聚焦的問題。哪，我讀過這些小冊了。簡直是不知所云。天知道你從什麼地方拿來的這種垃圾。也許是從在公墓賣杏仁核桃的老太婆那裡來的。哪，我不是共產黨，所以別來煩我。」

「伊內修，你不覺得如果你去『慈善』那邊休息一下，會快樂一點？」

「你說的有沒有可能是精神病房？」伊內修在大怒中質問。「你覺得我瘋了？你以為有哪個愚蠢的心理醫生能夠開始想像我的心理如何運作？」

「你可以只去休息，親愛的。你可以在你那本小筆記本裡寫點東西。」

「他們會試圖把我變成一個喜歡電視喜歡新車喜歡冷凍食品的白癡。難道你不明白？心理治療比共產主義還糟。我拒絕接受洗腦。我不當機器人！」

「可是，伊內修，他們幫助過很多有問題的人。」

「你認為我有問題？」伊內修大吼。「那些人唯一的問題，終歸不過是討厭電視討厭噴髮膠之類。他們被關起來的原因就在這裡。他們讓社會其他的成員心懷畏懼。這個國家裡的每一間精神病院，都滿是受不了綿羊油、玻璃紙、塑膠、電視和小社區的人。」

「伊內修，這話不對。你還記得住在這條街上的白克諾先生？他們關他是因為他光著身子在街上亂跑。」

「他當然得光著身子在街上亂跑。他的皮膚已經無法忍受那些阻塞他毛孔的達克龍和尼龍衣服了。我一直覺得，白克諾先生是我們這個時代的殉道者。那個可憐的人被當成了祭品。你現在替我到門口看看我的計程車來了沒有。」

「你從哪裡來的計程車錢？」

「我在床墊裡塞過幾個銅板，」伊內修回答。他後來又從惡少那裡勒索到十塊錢，還強迫這流浪兒童看守車子，自己到樓氏豪華劇院去看了場描寫在街頭飆車決鬥的青少年的電影。這個小乞丐真是塊寶，是佛圖娜為她所有惡劣旋轉所做的補償。「去百葉窗那裡張望一下。」

---

176 紐奧良有許多類似「新月城民主黨員」（Crescent City Democrats）名稱的民主黨組織，包括愛爾蘭裔的「新月民主黨俱樂部」（Crescent Democratic Club）。「老黨員」（Old Regulars）則是十九世紀末成立的民主黨組織，在紐奧良市向有龐大的勢力與影響。

門咿啞開啟，一身海盜華服的伊內修走了出來。

「伊內修！」

「我就知道你會有這種反應。所以我把這批行頭藏在樂園攤販公司。」

「安傑婁說得沒錯，」萊里太太喊道。「你這一陣子是在街上穿得像嘉年華會一樣。」

「這裡一條頭巾。那裡一把彎刀。一兩個巧妙高尚的點綴。如此而已。整體的效果倒是相當引人。」

「你不能就這樣出門。」萊里太太吼道。

「拜託。別又歇斯底里大鬧一場。你會把正在我腦中發展的那些關於演講的念頭完全攪亂。」

「回房間去，兒子。」萊里太太開始敲打伊內修的臂膀。「給我進去，伊內修。我不是跟你鬧著玩的，兒子。你不能這樣丟我的臉。」

「老天！媽，住手。這樣下去我無法進入演講的狀況。」

「你要演講什麼？你要去哪裡，伊內修？告訴我，兒子。」萊里太太啪地一掌打在伊內修臉上。

「你不許出門，瘋子。」

「噢，我的天，你瘋了是嗎？離我遠點。我希望你已經注意到我制服上掛的那把彎劍。」

一掌打在伊內修的鼻梁，又一掌落在他右眼上。他搖搖擺擺穿過走廊，推開長長的百葉門板，奔入院中。

「回房裡來，」萊里太太在前門喊道。「你不能出去，伊內修。」

「我看你敢不敢穿著那身破破爛爛的睡袍出來抓我！」伊內修頑強抗命，還伸出了他巨大粉紅的舌頭。

「進來，伊內修。」

「喂，別吵了，你們兩個，」安妮小姐的聲音從她屋前的百葉窗後傳來。「我神經都已經崩潰了。」

「你看看伊內修嘛，」萊里太太向她呼喚。「可怕不可怕？」

伊內修從磚鋪的人行道上向他母親揮手，他的耳環反射著路燈的光。

「伊內修，做個乖孩子，回屋裡來吧，」萊里太太懇求。

「我已經被該死的郵差哨聲鬧得頭痛，」安妮小姐高聲威脅。「再過一分鐘，我就要打電話叫條子了。」

「伊內修，」萊里太太大喊，但是已經遲了。一輛計程車正從街頭馳來。伊內修將車攔下，他母親也忘了身穿破爛睡袍的恥辱，向路邊奔來。伊內修將後車門在他母親赭紅的頭髮之前砰然關上，對司機喊出一個地址。他邊用彎刀砍刺他母親的手，邊命令司機趕快開動。計程車加速駛去，路邊一些小石被踢飛起來，透過破舊的人造絲睡袍，刺痛了萊里太太的腿。她盯著紅色的尾燈看了一會，然後奔回屋中去跟姍塔打電話。

「去參加化裝舞會啊，老兄？」在轉上聖查爾斯大道的時候，司機向伊內修發問。

「注意開車，沒人找你講話的時候不要開口，」伊內修吼道。

一路上司機沒再開口，但伊內修卻在後座大聲演練他的講詞，不時以彎刀拍打前座，強調某些重點。

他在聖彼得街下車之後，開始聽到噪音，是低抑而熱烈的歌聲笑聲，來自那棟三層高的灰泥樓房。房子是某個發達的法國人在一七〇〇年代末期所造，以供一家妻小加上老處女的姑媽姨媽居住。

姑媽姨媽與其他用不著兼不入眼的家具一齊被儲藏在閣樓上，只從屋頂凸出的兩扇天窗中，窺見到一點她們以為存在於她們自己那個流言蜚語、針線刺繡、周而復始誦唸玫瑰經的世界之外的世界。但職業裝潢師已將縈繞在這棟樓房厚磚牆間的法國布爾喬亞鬼魂驅除殆盡。外表漆成了明亮的金絲雀淡黃色。設在通道兩邊的仿古黃銅燈籠裡，瓦斯火頭柔柔閃爍，將琥珀色的火焰反映在黑色亮漆的鐵門與百葉窗上。兩邊燈下的石板道上，各有一個老式的廣口大盆，種著散射出尖銳錐劍的刺葉王蘭。

滿心憎惡的伊內修立在樓前，端詳這棟建築。他藍黃相間的眼睛鄙斥著這個奢華的門面。他的鼻子抗拒著新塗亮漆的顯著氣味。他的耳朵躲避著那股歌唱歡談與格格笑聲的喧鬧，從亮如黑漆皮的百葉窗後傳來。

他躁怒地清著喉嚨，望向三個黃銅門鈴，和每個門鈴上的白色小卡：

畢禮・楚哈德

拉烏・弗瑞爾——3A

芙麗妲・克拉布

貝蒂・邦波

麗姿・史提爾——2A

多利安・格林——1A

他將一根手指戳在最底下的鈴上，然後等著。百葉窗後的騷動稍微減弱。走道較遠處的一扇門打開，多利安・格林朝大門走來。

「哎呀，」看到是誰站在人行道上之後，他說。「你到哪裡去了嘛？誓師大會恐怕馬上就要失去控制了。我試過一兩次叫大家安靜下來，但都沒效果，顯然情緒是太高昂了一點。」

「我希望你沒做什麼扼殺他們士氣的蠢事，」伊內修邊急躁地用彎刀敲著鐵門，邊大模大樣地說。他在微慍中注意到，向他行來的多利安步履略帶不穩，這顯然不是他所預期的事。

「噢，這聚會真棒，」多利安在打開大門的時候說。「大家都散下了頭髮，拋開了拘束。」

多利安比了個快速而不甚協調的姿勢，來顯示這點。

「噢，我的天！」伊內修說。「停止那個可怕的猥褻動作。」

「過了今晚，有幾個人大概要完全報銷了。明天早上，會有大批人開拔到墨西哥市。不過墨西哥市又是那麼瘋狂美妙。」

「我很不希望有人讓這聚會誤採任何戰爭販子的決議。」

「噢，老天，沒有的。」

「這麼說我就放心了。天知道我們在開始的時候會碰上什麼樣的反抗。我們可能會有『內部的敵人』。機密可能已經洩露給國家的軍事組織，乃至全世界了。」

「嗯，跟我來，吉普賽女王，我們進去吧。」

他們穿過走道的時候，伊內修說：「這棟房子俗麗招搖得令人反胃。」他看著藏在牆邊棕櫚樹後的淡彩燈光。「這個流產怪胎是誰的手筆？」

「當然是我啦，馬札兒之女。這棟房子是我的。」

「我早該料到。我能不能請問，供養你這個頹廢古怪的念頭，錢是從哪裡來的。」

「從我在遠方小麥田裡的親愛家庭來的，」多利安嘆口氣。「他們每個月會寄幾張高額支票，只為了換取一個擔保，要我永遠不回內布拉斯加。你要知道，我是在某種疑雲之下，離開那個地方的。一片小麥和無邊無際的平原。我無法向你形容那一切有多令人沮喪。葛蘭特．伍德[177]還算是把它浪漫化了。我來東部上大學，然後就到了這裡。噢，紐奧良真是自由。」

「嗯，至少我們的行動有了一個聚會的場所。不過，我現在親眼見到了這個地方，倒覺得其實你該租個『美國退伍軍人協會』會堂或是類似的適當場地。這裡似乎比較像是茶舞或花園酒會那種變態活動的佈景。」

「你知不知道有本全國性的家庭裝潢雜誌，要用連續四頁版面給這房子做個彩色的報導？」多利安問。

「你要有點頭腦的話，就會瞭解那根本是最大的侮辱，」伊內修嗤之以鼻。

「噢，戴金耳環的小姐，我真受不了你。哪，就是這扇門。」

「慢著，」伊內修小心地說。「那是什麼可怕的聲音？聽起來好像有人被當成祭品犧牲了。」

他們站在走道上的淡彩燈光裡聆聽。中庭裡有個人在呼喊求救。

「哎呀，他們又在幹什麼了？」多利安語音急躁。「一群小傻瓜。永遠不能安分。」

「我建議我們調查一下，」伊內修用陰謀策劃式的耳語說道。「可能有什麼喪心病狂的軍官喬裝混入了會議，想從哪個忠心耿耿的黨員口裡，用酷刑挖出點情報來。那個一心一意的軍隊，什麼事都幹得出來。甚至還有可能是外國間諜。」

「噢，真好玩！」多利安尖叫起來。

他和伊內修跌跌絆絆搖搖擺擺地走到中庭。那裡有人在奴舍裡喊著救命。奴舍的門微微開啟，但伊內修仍不顧一切撲了上去，打破了幾片玻璃。

「噢，我的天！」他看到眼前的景象，大叫起來。「他們發動攻擊了。」

他看著被鐵鍊手銬鎖在牆上的小水手。那是提米。

「你看到沒有，我的門被你弄成什麼樣子？」多利安在伊內修背後質問。

「敵人滲入我們隊伍當中了，」伊內修狂亂地說。「是誰洩的密？告訴我。有人盯上我們了。」

「噢，放我出去吧，」小水手哀求。「裡面好黑啊。」

「你這個小傻瓜，」多利安對他吐了口唾沫。「是誰把你鎖在這裡的？」

「就是畢禮跟拉烏那兩個壞東西。真夠惡劣的，他們。他們帶我出來，讓我看你在奴舍裡做了什麼裝潢，結果三下兩下，他們就用這些髒鍊子把我鎖了起來，跑回屋裡去了。」

小水手把鐵鍊抖得鋃鐺作響。

「我才剛把這裡重新裝修過，」多利安對伊內修說。「噢，我的門。」

「那些間諜在哪裡？」伊內修一邊追問，一邊卸下彎刀揮舞起來。「我們得將他們逮住，不能讓他們離開這棟房子。」

「拜託放我出去吧。我怕黑。」

「門壞了都是因為你，」多利安對那瘋癲的船員齜牙咧嘴。「跟樓上那兩個婊子玩起遊戲了。」

「是他把門打破的。」

「能怪他嗎？你看看他那副樣子。」

177 葛蘭特．伍德（Grant Wood, 1892-1942），美國鄉土派畫家，其作品以描繪一對農家夫婦的〈美國歌德式〉（American Gothic, 1930）最為著名。

「你們兩個變態在講我？」伊內修怒氣沖沖地問。「如果你們為了一扇門就這麼激動，我很懷疑你們在惡毒的政治圈裡能夠活得下去。」

「噢，放我出去吧。在這黏答答的鍊子裡再多留一分鐘，我就要喊啦。」

「噢，給我閉嘴，娘娘腔，」多利安狠狠地說，一巴掌打在提米粉紅的頰上。「滾出我的房子，到街上你該待的地方去待著吧。」

「噢！」水手哭喊。「這話多惡毒啊。」

「對不起，」伊內修提出警告。「這個運動不能壞在內部鬥爭上。」

「我本來以為我至少還剩下一個朋友，」水手對多利安說。「看來我是錯了。來啊。你要高興就再打我耳光嘛。」

「我碰都不會碰你，你這個小婊子。」

「我懷疑任何賣文餬口的三腳貓，無論面臨什麼壓力，也寫不出這樣慘不忍睹的鬧劇，」伊內修做了個評論。「可以停一停了，你們兩個墮落的東西。至少拿點品味與莊重出來吧。」

「打我啊！」水手尖叫起來。「我知道你手癢死了。你就喜歡傷害我，對不對？」

「顯然，你不同意在他身上至少造成一點生理傷害的話，他是不會安靜下來的，」伊內修告訴多利安。

「我不會對那個笨騷貨的身體動一根指頭。」

「那，我們總得做點什麼讓他安靜下來。我的瓣膜對這個瘋癲船員的精神官能病也只能忍受這麼多了。我們必須彬彬有禮地將他請出這個運動。他實在是條件太差。任何人都聞得出他身上散放的一股被虐狂的濃烈狐騷。已經把奴舍弄得臭氣熏天了。再說，他看起來也像是有點醉了。」

「你也恨我，你這個大怪物，」水手向伊內修喊道。

伊內修拿彎刀在提米頭上結實地敲了一記，航海人發出了細微的呻吟。

「天曉得他腦子裡在做什麼齷齪的幻想，」伊內修評道。

「噢，再打他呀，」多利安快樂地尖叫。「真好玩。」

「拜託解開我身上這條可怕的鍊子吧，」水手哀求。「我的水手服上都是鐵鏽了。」

多利安從門框上摸下鑰匙，將手銬打開的時候，伊內修說，「你知道，在較為簡單的古早年代裡，當初那些狂熱的發明者，必然意想不到枷鎖與鐵鍊在現代生活裡的某些功用。我如果是個郊區的開發商，我會在每棟新的黃色磚造牧場式平房或『鱈角』分層式房子[178]的牆上附贈一副。當那些郊區居民厭倦了電視與乒乓，或他們在那些小房子裡做的任何活動之後，可以將彼此鎖上一陣。大家都會樂此不疲。太太們會說：『我家先生昨晚把我鎖在鍊上。妙極了。你家先生最近有沒有對你這樣？』小孩會在放學之後趕緊回家去找等著要把他們鎖起來的媽媽。這就能幫助孩童培養被電視阻塞的想像力，也能減低少年犯罪的事例。當父親們下班回家之後，全家人可以把他抓住鎖起，懲罰他為了養家活口而去整天工作的愚蠢行為。愛惹麻煩的老年親戚可以鎖在停車間。每個月只把他們的手放鬆一次，讓他們在社會救濟金的支票上簽署背書。枷鎖與鐵鍊可以為大家帶來更為美滿的生活。我得在我的札記與隨筆裡留點空間討論這個。」

「哎呀，」多利安嘆了口氣。「你怎麼這麼沒完沒了？」

「我的胳膊上都是鐵鏽，」提米說。「看我去找畢禮和拉烏報仇。」

178 前者（ranch style）是長方型的平房；後者（Cape Cod）則指具有山牆與中央煙囪的單層或分層式小屋。

「我們這小小的大會似乎是越來越亂了，」伊內修對多利安公寓裡傳來的瘋狂聲響評道。「對這議題的感情顯然正在衝擊不止一個神經中樞。」

「哎喲，我還真不敢看了，」多利安說著推開了一扇法國鄉村式的小玻璃門。

伊內修只見裡面擠滿了人。香菸和雞尾酒杯有如指揮棒一般舉在空中，指揮著這場談話、尖叫、歌唱、歡笑的交響曲。茱蒂・嘉蘭[179]的歌聲從一台巨大的立體聲唱機腹中，排開噪音奮力鑽出。一小群年輕男子，也就是屋裡唯一靜止不動的人，正站在彷彿祭壇一般的唱機之前。「出神入化！」「美妙無比！」「真有人味！」他們在談論他們那座電子神龕所發出的聲音。

他藍黃相間的眼睛從這個祭儀轉移到房中的別處，其他客人正在談天說地言語交鋒。人字紋毛料、馬德拉斯花格布、羊毛呢、開司米，隨著以各種優雅姿勢劃破空氣的手與臂，在模糊中閃過。指甲、袖釦、小指上的戒指、牙齒、眼睛，一切都晶光爍亮。在一組高雅的客人當中，有個手持小馬鞭的牛仔，將馬鞭輕輕抽在一位崇拜者的身上，引出一陣誇張尖叫與格格歡笑。在另一組人當中，一個身穿黑皮夾克的粗漢正在示範柔道擒拿，令他那些雌雄莫辨的學生大為興奮。「噢，我要學這個，」摔角家身旁有人說，他眼前一位高雅的客人剛被扭曲成猥褻的姿勢，然後被拋在地上，把袖釦及其他各色首飾砸得稀里嘩啦。

「我只請了比較像樣的人，」多利安對伊內修說。

「老天，」伊內修急急說道。「我可以看得出來，農村鄉巴佬喀爾文教派的保守票源，我們大概是很難爭取了。我們必須朝著和我在此所見的不同方向，重新打造我們的形象。」

看著黑皮衣的粗漢扭摔他躍躍欲試的對手，提米嘆了口氣，「多好玩啊。」

房間本身大概屬於裝潢師所謂的**素淨**一類。牆面與挑高的天花板都是白色，室內也只簡簡單單散置著幾件古董家具。整個大房間中唯一堪稱奢華的物件，是用白絲帶繫起的香檳色絲絨窗帘。兩三張古董椅子的選用，顯然只考慮到它們奇特的設計，而非容人安坐的功用，因為它們只能算是精緻的聯想，以恰恰能夠接納一個小孩的墊子，暗示出家具的身分。在這樣的房間裡，一個人原不該休息或坐下或甚至放鬆，而應該擺出姿態，將自己也轉化成一個盡可能符合裝飾風味的人形擺設。

伊內修研究過裝飾之後，對多利安說：「這裡唯一具有功能的東西，就是那台唱機，可惜它顯然遭到了誤用。這是個沒有靈魂的房間。」他用鼻子噴著大氣，一半因為這房間，一半因為房裡居然無人注意到他的存在，即使他像一座霓虹招牌那樣，與房間的裝飾格格不入。誓師大會的參加者似乎只關心他們今晚的個人命運，而不是世界的命運。「我注意到，在這個漆得白如墳窖的房間裡，竟沒有人看過我們一眼。他們消耗著主人的酒，他們用令人窒息的古龍水為主人長年開動的空調設備添加負擔，卻連頭也沒跟他點過。我只覺得像在看人吵架。」

「別為他們操心。他們只是等了好幾個月，就盼有個好派對。來。你得看看我做的佈置。」他將伊內修領到壁爐架前，讓他看一個小花瓶，裡面插著一枝紅的、一枝白的，和一枝藍的玫瑰。「你說這棒不棒？要比一大堆俗氣的縐紋紙好多了。我是買過一些縐紋紙，可是弄來弄去就是不稱心。」

「這是個花藝的怪胎，」伊內修用彎刀敲著花瓶，惱惱地說。「染過色的花既虛假又變態，而且我猜，也很猥褻。我看得出來，要應付你們這些人，我可有得忙了。」

「噢，這個那個，話這麼多，」多利安嘟囔著。「那我們到廚房去。我讓你見見娘子軍預備

179 歌舞劇與歌舞電影向為美國同性戀界所偏愛，而著名影歌星茱蒂·嘉蘭（Judy Garland, 1922-1969）更是他們最大的偶像，甚至有「同性戀的貓王」（an Elvis for homosexuals）之稱。在較為隱密的年代裡，同性戀往往以「桃樂絲的朋友」（friend of Dorothy）自喻，以紀念她《綠野仙蹤》（Wizard of Oz, 1939）一片。

隊。」

「真的？預備隊？」伊內修貪婪地問。「嗯，我得稱讚你這個先見之明。」

他們進了廚房，除了一角有兩名年輕男子正在進行情緒激動的爭論之外，裡面相當安靜。三名女子正坐在一張桌上，飲著罐中啤酒。她們大模大樣看著伊內修。正在用手壓扁一個啤酒罐的那個停下來，將罐子扔進水槽旁的一盆花裡。

「小姐們，」多利安說。三名啤酒女郎大喝了一聲譏嘲式的倒采。「這位是伊內修・萊里，新面孔。」

「來握個手，胖子，」剛剛在壓罐頭的那個女孩說。她抓起伊內修的大爪便揉將起來，彷彿那也是可以壓扁的東西。

「噢，我的天！」伊內修大叫。

「那是芙麗妲，」多利安說明。「這兩位是貝蒂跟麗姿。」

「各位好，」伊內修邊說，邊把手滑進罩衫的口袋，避免再有別人來握。「我確信你們將會為我們的目標提供寶貴的助力。」

「你從哪裡找到他的？」芙麗妲問多利安，她的兩位同伴則上下打量伊內修，用手臂彼此推碰。

「我和格林先生是透過家母認識的，」伊內修代多利安做了個莊嚴的答覆。

「開玩笑，」芙麗妲說。「你媽一定很有意思。」

「一點也沒有。」伊內修回答。

「呃，來罐啤酒吧，大個，」芙麗妲說。「可惜啤酒不是瓶裝的。我們貝蒂可以用牙幫你開一瓶。她的一口牙就像怪手的大鋼牙一樣。」貝蒂向芙麗妲比了個猥褻的手勢。「而且她的牙總有一天會給打下來，掉進她他媽的喉嚨裡。」

貝蒂用一個空啤酒罐在芙麗妲頭上敲了一記。

「這可是你自找的，」芙麗妲說著舉起了一把廚房椅。

「別吵，」多利安口中爆出飛沫。「你們三個如果不能自制一點，現在就可以走了。」

「我只覺得，」麗姿說，「我們乾坐在廚房裡，真是無聊死了。」

「就是，」貝蒂大喊。她抓住芙麗妲舉在她頭上那張椅子的一根橫撐，兩個人開始較勁爭奪。

「我們為什麼得坐在這裡？」

「快把椅子放下來，」多利安說。

「對，拜託，」伊內修補充。他已經退到一個角上。「有人會受傷的。」

「譬如你，」麗姿說。她向伊內修丟了一罐未開的啤酒，被他縮身閃過。

「老天！」伊內修說。「我想我要回另外那間房裡去了。」

「滾吧，肥仔，」麗姿對他說。「這裡的空氣都被你用完了。」

「小姐們！」多利安對著正在角力，T恤開始泛濕的芙麗妲與貝蒂大喊。她們抓住椅子繞著房間咆哮喘息，互將對方撞在牆壁與水槽上。

「好啦，可以停了，」麗姿對她朋友大吼。「這些人要開始覺得你們太過粗野了。」

她抓起另一把椅子，夾進兩名競技者的中間。然後她把椅子砸在芙麗妲與貝蒂正在爭奪的那張上，將兩位女孩彈向兩旁。而兩張椅子也劈里啪啦落在地上。

「誰要你多管閒事？」芙麗妲質問麗姿，一把抓住了她的短髮。

被椅子絆得跌跌撞撞，企圖將女孩們推回桌邊的多利安可發了火，「給我坐下，乖一點。」

「這個派對爛透了，」貝蒂說。「好玩的在哪裡？」

「如果我們只能在這他媽的廚房裡坐著，為什麼還要請我們下來？」芙麗妲逼問。

「你到裡面去也只會跟人打架。你自己心裡有數。我以為大家都是鄰居，為了禮貌應該請你們下來。我可不想惹麻煩。這是我們好幾個月來最好的派對。」

「好，」芙麗妲咆哮。「我們就像淑女一樣，在這外面坐著。」女孩們敲打著彼此的手臂，表示同意。「反正，我們也只是付錢的房客。你進去招呼那個假牛仔吧，那個講話就像珍內特·麥唐納[180]，前幾天在沙特爾街上踐得要死不理我們的婆娘。」

「他那個人又文雅又和善，」多利安說。「我想他一定是沒看到你們幾位小姐。」

「當然看到了，」貝蒂說。「我們還在他頭上偷敲了一下。」

「我真想踢爛他自命不凡的卵蛋，」麗姿說。

「對不起，」伊內修冠冕堂皇地說。「我只見大家忙於內鬥。你們必須凝聚起來，結成統一的戰線。」

「他是怎麼回事？」麗姿邊問，邊將她剛才丟向伊內修的那罐啤酒打開。一股泡沫噴射出來，打濕了伊內修鼓脹的「樂園」產品肚子。

「呃，我真是受夠了，」伊內修怒氣沖沖地說。

「好，」芙麗妲說。「滾你的吧。」

「今晚廚房是我們的地盤，」貝蒂說。「由我們決定誰能使用。」

「我倒真想看看這個預備隊辦的第一個雪利酒會，」伊內修嗤著鼻子，笨拙沉重地走到門邊。出去的時候，一個空啤酒罐正砸在他耳環邊的門框上。多利安跟在他身後出來，關上了門。「我想像不出你為什麼會請來那些流氓，蹧蹋了我們的運動。」

「我不能不請，」多利安解釋。「你不請她們參加派對，她們一樣會闖進來。然後她們就更惡劣了。其實她們心情好的時候，還真是滿有趣的女孩。可是她們最近跟警察有點麻煩，所以才拿大家出氣。」

「她們應該立刻從運動裡開除出去！」

「都聽你的，馬札兒姑娘，」多利安嘆口氣道。「我倒有點同情這些女孩。她們原來住在加州，過得很舒服。後來牽涉到一樁在『筋肉海灘』[181]攻擊一個健美先生的事。她們原來是跟那男孩扳胳膊角力，至少她們是這麼說，然後事情就失去了控制。她們還得駕著她們那部高級的德國車，匆匆逃出南加州，穿過沙漠。在我這裡找到了避難所。就許多方面來說，她們也算是不錯的房客了。她們保護我這棟樓，比什麼看家狗都厲害。她們從哪個老電影皇后那裡弄來了一大筆錢。」

「真的？」伊內修好奇地問。「我想開除她們，也許是太急躁了點。政治運動必須從各種來源獲取金錢。在障眼的藍牛仔褲和長靴下面，幾位小姐也許還不無可愛之處。」他俯瞰著騷動不已的大群客人。「你必須讓這些人安靜下來。我們必須叫他們遵守秩序。我們手頭還有件重要的大事。」

那個牛仔，那個假婆娘，正在用他的馬鞭搔逗一位優雅的客人。黑皮衣的粗漢則將一位欣喜若狂的客人壓在地上。到處都是呼喊、嘆息、尖叫。蓮娜·荷恩[182]在唱機裡歌唱。「聰明。」「清脆。」

180 珍內特·麥唐納（Jeanette MacDonald, 1903-1965）是百老匯與好萊塢歌舞紅星。

181 「筋肉海灘」（Muscle Beach）原在加州的聖塔莫尼卡（Santa Monica），以聚集表演特技者聞名。1960年代轉移至威尼斯（Venice），重心改變為健美活動。

182 蓮娜·荷恩（Lena Horne 1917-2010）是黑白混血的爵士歌手兼影星。

「世故極了。」唱機前的那群人滿懷敬仰地說。那個牛仔拋下被他逗得興起的崇拜者，跟著唱片上的歌詞動起嘴唇，開始在房裡四處滑動，像是一個穿馬靴戴牛仔帽的夜總會女歌手。滿堂賓客在一陣尖聲喧譁中聚集起來，將他圍住，使那黑皮衣的粗漢頓時失去了可以施刑的人。

「你必須立刻制止他們，」伊內修向正在跟那牛仔擠眉弄眼的多利安大喊。「我不但正在目睹一場對於品味與莊重的嚴重冒犯，也快要窒息在腺體分泌物加上古龍水的惡臭裡了。」

「噢，別那麼沒趣嘛。他們也不過是圖個高興。」

「我非常抱歉，」伊內修一本正經地說。「今晚我來是為了一個極為嚴肅的行動。有個女孩必須對付，一個大膽激進、狐狸一般的淫婦。快去把那靡靡之音關掉，叫這些同性戀安靜下來。我們必須辦點正事了。」

「我原來以為你滿有趣的。你要再這樣俗氣無聊的話，那就請回吧。」

「我才不會走！沒有人能阻止我。和平！和平！和平！」

伊內修丟下多利安，衝到房間的另一邊，排開優雅的客人，拔掉了唱機的插頭。他轉過身來，發現自己正面對著滿屋客人模仿著阿帕契印第安人上陣作戰的吶喊，只不過這是個去了勢的版本。

「野獸。」「瘋子。」「這就是多利安答應我們的東西呀？」「這套衣服又醜又怪。還有耳環。哎喲。」「那是人家最喜歡的歌耶。」「恐怖。」「簡直嚇死人了。」「大得像個怪物。」「真是一場惡夢。」

「安靜！」伊內修用洪亮的吼聲蓋過了一片憤怒的嘟囔。「今晚我來這裡，各位朋友，是要提示大家如何拯救世界，帶來和平。」

「他真的瘋了。」「多利安，你開什麼爛玩笑嘛。」「他是從哪裡鑽出來的？」「一點吸引力也沒有。」「又髒又臭。」「破壞人家的情緒。」「有誰再去把那張甜死人的唱片放上吧。」

「這個挑戰，」伊內修繼續以最大音量說道，「就在各位的面前。你們是要運用你們特殊的才能來拯救世界，還是要棄你們的同類於不顧？」

「噢，好可怕！」「一點也不有趣。」「再要噁心巴拉裝模作樣下去，我就走人了。」「真是毫無品味。」「哪個人把唱片再放上。親愛的親愛的蓮娜。」「我的大衣呢？」「我們找間好酒吧去。」「你看，我把馬丁尼灑在我最寶貝的夾克上了。」「我們找間好酒吧去。」

「今日的世界正處在極度的動盪不安之中，」伊內修以喊叫來對抗那一片噓嘶與喵嗚。他略作停頓，要看看口袋中一張「大酋長」紙上他所塗寫的筆記。結果掏出來的，卻是郝小姐那張四角已遭捲摺的玉照。幾位瞥見照片的客人尖叫起來。「我們必須防止末日的發生。我們必須以毒攻毒。因此，我對各位寄予厚望。」

「噢，他到底在說些什麼呀？」「害人家情緒這麼低落。」「那雙眼睛，嚇死人了。」「我們找間好酒吧去。」「我們到舊金山去。」

「安靜，你們這些變態！」伊內修大吼。「聽我說話。」

「多利安，」牛仔用抒情女高音的嗓門說。「叫他別說話了。我們玩得正高興，正熱鬧起勁呢。噢，他一點都不好玩。」

「就是嘛，」另一個非常優雅，塗了日曬膚色的化妝品而滿面古銅的客人說，「他實在可怕。看了就難過。」

「我們非得聽他說話不行嗎？」又一個客人揮舞著手中的香菸，彷彿那是根魔棒，可以讓伊內修立刻消失。「這是個玩笑嗎，多利安？你知道我們多愛有主題的派對，可是**這個**。我是說，連電視新聞我也從來不看。我在那家店裡忙了一整天，可不想參加派對還得聽這囉哩囉唆的一大套。他要非講不可，就叫他晚點再講。他講的話，品味太差了。」

「太不合時宜了，」黑皮衣的粗漢嘆了口氣，突然變得細聲細氣起來。

「好，好，」多利安說。「把唱片放上。我原還以為會滿好玩的。」他看著正在用鼻子大聲噴氣的伊內修。「結果呢，我親愛的各位，是個大大的失敗。」

「太好了。」「多利安最棒了。」「插頭在那裡。」「我就愛蓮娜。」「我真覺得這是她最好的一張。」「實在聰明。那些特別的歌詞。」「我有一次在紐約看過她表演。太棒了。」「下一張放《吉普賽》[183]吧。我愛死了艾瑟兒。」「噢，好，唱片開始了。」

伊內修孤零零站在那裡，有如站在眾人棄船後的焚燒甲板上。音樂再度從神龕中傳出。多利安已經逃去跟一群客人聊天，刻意不睬伊內修。伊內修感到無比孤獨，就像高中的那段黑暗日子裡，有次他在化學實驗室裡實驗爆炸，燒掉了眉毛，也大受驚嚇。那種震驚與恐怖，害他當場尿濕了褲子，實驗室裡卻無人肯給他一點注意，就連老師也為了以前類似的爆炸而對他恨之入骨。後來的那半天裡，他在校中潮濕地遊走，被大家當成了一個透明的隱形人。站在多利安客廳裡只覺有如當時那樣透明的伊內修，開始拿起彎刀，假裝跟一個想像的對手鬥起劍來，以求舒緩自己的侷促不安。

許多人跟著唱片唱了起來。有兩個開始在唱機旁跳舞。舞蹈像野火一般散開，不久地板上已滿是一對對扭臀彎腰的人，圍繞著伊內修這朵宛如直布羅陀巨岩的壁花。當多利安被牛仔攬著，在他身邊滑過的時候，伊內修做了個徒勞無功的嘗試，企圖引起他的注意。他甚至還用彎刀刺那牛仔，但那兩人實在是對刁鑽滑溜變化莫測的舞者。他正要就此消失，芙麗妲、麗姿和貝蒂卻從廚房衝了進來。

「我們在廚房裡實在待不下去了，」芙麗妲對伊內修說。「無論如何，我們也是人啊。」她在伊內修肚上輕輕給了一拳。「好像沒人理你嘛，胖子。」

「你這是什麼意思？」伊內修傲慢地問。

「你這套化裝好像效果不太理想，」麗姿評道。

「對不起，各位小姐。我得走了。」

「喂，別走啊，肥仔，」貝蒂說。「有人會請你跳的。他們只是耍屌。不必棄船。他們跟自己媽媽都要耍屌的。」

就在此時，溜回奴舍去找他遺失的手鐲，並且心存希望想再玩玩鐵鍊遊戲的提米，出現在客廳裡。他晃到伊內修面前，以渴望的語氣問：「要不要跳舞？」

「哪。你看吧？」芙麗妲對伊內修說。

「這個我可得看看，」麗姿大喊。「讓大家看你們兩個跳凌波舞。來啊。我去拿根掃把來作橫桿。」

「噢，我的天！」伊內修說。「拜託。我不會跳。」

「噢，來嘛，」提米說。「我可以教你。我最喜歡跳舞了。我來帶。」

「去啊，大個，」貝蒂語帶威脅。

「不行。不可能。這彎刀，這罩衫。有人會受傷的。我來是為了講話，不是跳舞。我不跳舞。從來不跳。一輩子也沒跳過。」

「哪，你現在要跳了，」芙麗妲告訴他。「你不能傷這個水手的感情。」

183《吉普賽》（*Gypsy*）是百老匯紅星艾瑟兒．牟曼（Ethel Merman, 1908-1984）的歌舞名劇。

「我才不跳！」伊內修咆哮。「我從來就沒跳過，也當然不會跟一個喝醉酒的變態破例。」

「噢，別那麼死板嘛，」提米嘆道。

「我的平衡感向來不如常人，」伊內修解釋。「我們會摔成一堆破爛。這個瘋子海員也許會變成殘廢，也許更糟。」

「肥仔看起來像是個搗亂的，」芙麗妲對她朋友說。「是吧？」

芙麗妲一擠眼睛，三名女孩便向伊內修展開了攻擊。一個用胖腿勾住了他的胖腿，另一個在他膝後踢了一腳，第三個將他對準正在附近旋轉的牛仔往後一推。伊內修抓緊牛仔想將身子穩住，後者卻掙脫了多利安驚恐的掌握，摔在地上。牛仔著地的時候，唱針也從唱片上跳開，音樂乍然停止。但客人間立刻起了一陣尖聲喊叫將它取代。

「噢，多利安，把他趕走！」一位優雅人士在恐慌中尖叫。

幾名客人擠進一個角落，將戒指、手鐲、袖釦撞得釘鈴鐺鋃。

「嘿，那個牛仔婆娘好像一支保齡球瓶，一下就被你打倒了，」芙麗妲充滿敬佩，向還在揮動手臂力求恢復平衡的伊內修喊道。

「幹得好，胖子，」麗姿說。

「我們來拿他瞄準別人吧，」貝蒂對她同伴說。

「你幹了什麼好事，你這個大野獸？」多利安向伊內修喊道。

「這真是欺負人，」伊內修大吼。「我不但在這個聚會裡飽受冷落與中傷，還在你這蜘蛛網似的家裡遭到了惡毒的攻擊。我希望你投保了責任險。否則，我的法律顧問一旦上門，這個奢侈招搖的產業就不會是你的了。」

多利安正跪在地上，替眼皮開始跳動的牛仔搧著風。

「叫他走，多利安，」牛仔抽抽噎噎。「他差點沒殺了我。」

「我原來還以為你與眾不同，滿有趣的，」多利安對伊內修嘶喊。「結果呢，我家從來就沒出現過像你這樣可怕的東西。你當初把門打破的時候，我早該預料到會有這樣的下場。你對這個親愛的孩子幹了什麼？」

「我的褲子髒死了，」牛仔尖聲叫道。

「我是遭到了野蠻的攻擊，被人推到這個紈袴牧童身上的。」

「別撒謊，胖子，」芙麗妲說。「我們看得一清二楚。他是吃醋，多利安。他想跟你跳舞。」

「真可怕。」「叫他走。」「糟蹋派對。」「恐怖。」「危險。」「真是一團糟。」

「滾出去！」多利安大叫。

「把他交給我們，」芙麗妲說。

「好吧，」三名女孩用手插入他的罩衫將他推往門口的時候，伊內修大模大樣地說。「這是你們的選擇。活在一個充滿戰爭流血的世界裡吧。核子彈掉下來的時候可別來找我。我會在我的防空洞裡！」

「少廢話，」貝蒂說。

三名女孩將伊內修推出門外，趕他走上那條通道。

「感謝佛圖娜讓我從這個運動裡脫身出來，」伊內修雷聲隆隆。他的頭巾被女孩們碰落在一隻眼上，使他看不清前門的路。「你們這些有病的人，選民是不會有什麼興趣的。」

她們將他推出大門，送到人行道上。門口的刺葉王蘭戳在他小腿上，令他痛得往前撲跌。

「好啦，渾球，」芙麗妲關上大門，在門內說。「我們給你十分鐘時間，讓你先跑。然後我們就要在法國區裡開始搜尋了。」

「別讓我們找到你的胖屁股，」麗姿說。

「快滾吧，肥仔，」貝蒂補充。「很久沒好好打場架了。我們手癢得很。」

「你們的運動無可救藥了，」伊內修望著正在過道上你推我撞往回走的女孩，口沫飛濺地說。「聽到沒有？無。可。救。藥。你們對政治與遊說選民毫無概念。你們在這個國家裡一個選區也贏不了的。連法國區也不會投你們的票。」

房門砰然關上，女孩回到了似乎已重新獲得動力的派對裡。音樂再度響起，伊內修也聽見那尖聲喊叫漸漸變得比原來還要大聲。他用彎刀敲著黑色的百葉窗，喊道：「你們會一敗塗地！」回應他的，是一陣跳舞腳步的踢躂與沙沙。

一名身穿絲質西裝頭戴窄邊氈帽的男子，從隔鄰門口的陰影中踏出來探視片刻，看看那些女孩走了沒有。然後那男人又縮身在陰影裡，看著伊內修在那房子前怒氣沖沖地搖來晃去。

伊內修的瓣膜回應著他的情緒，嗒然關閉。他的手也起了共鳴，長出豐盛的一片小白疹子，奇癢難當。他這下該如何去跟摩娜提這和平運動的事？現在，像流產的「捍衛摩爾尊嚴十字軍」一樣，他發癢的手中再次捧著一個挫敗。佛圖娜，這惡毒的淫婦。夜色尚早，他不能回到君士坦丁堡街，回到他母親各色各樣的攻擊騷擾之中，特別是在他情緒剛被激起，而唾手可得的高潮卻被生生攫走的這個時候。將近一星期來，他一直在忙於這誓師大會，而此刻，被三名可疑女子排出在政治圈外之後，他站在聖彼得街的潮濕石板上，只覺滿腔挫折與憤怒。

他看看他僵死如常的「米老鼠」手錶，猜測著現在是幾點了。也許不算太晚，還趕得上「歡樂良宵」的第一場表演。也許郝小姐已經上場了。他若不能和摩娜在政治行動的領域裡比武鬥狠，那就必須在性的領域裡決一勝負。他可以拋出郝小姐這根長矛，直直射在摩娜粗魯的兩眼之間。伊內修將那張照片再看一次，嚥下一點口水。到底是什麼寵物？也許他還能把今晚從失敗的口中挽救出來。

他一邊用兩掌交替搔抓，一邊決定為了安全還是離開這裡的好。他在聖彼得街上一起一伏往波本街走去。穿絲西裝戴氈帽的男子也走出陰影，跟在他的身後。轉上波本街後，夾在觀光客與本區居民混成的夜遊隊伍中並不特別顯眼的伊內修，開始往運河街行去。他排開那狹窄人行道上的群眾，用左搖右晃的臀部開道，將行人掃向兩旁。摩娜讀到郝小姐的時候，必會在驚愕之中，將一口義大利濃縮咖啡噴在信上。

他跨到「歡樂良宵」那段街上的時候，正聽見那個嗑了藥的黑人喊著：「厚！來來來，來看『好時辰』小姐跟她的寵物跳舞。保證百分百正宗農莊舞。保證每杯他媽的酒裡都滴了迷藥。厚！保證大家會從杯子上傳到淋病。嘿！從來沒人看過的『好時辰』小姐古早南方寵物舞。今天晚上隆重開幕，錯過機會可能就再也看不到了。喲呵。」

伊內修在「歡樂良宵」門前加快腳步匆匆經過的人群之中瞥見了他。顯然無人聽從這個拉客者的請求。拉客者自己則暫時停止了呼喚，噴出一朵雨雲。他身穿一套燕尾服，頭戴一頂斜斜壓在墨鏡上的高帽，透過煙霧對著拒絕被他招徠的人們微笑。

「嘿！你們有誰走累了的。歇歇腳，進來把屁股往『歡樂良宵』的凳上坐一坐，」他重新開始喊叫。「『歡樂良宵』裡有薪水少過最低工資的正宗黑人。厚！保證農莊氣氛，舞台上種棉花讓大家親眼瞧瞧，每場演完還會有民權工作者被臭打一頓。嘿！」

「郝小姐上台了嗎？」伊內修對著拉客者的手肘噴了點唾沫。「喲呵！」那胖王八蛋來了。親自到場。「嘿，哥們，怎麼你還戴著耳環跟頭巾?你扮的這個到底算是什麼？」

「拜託，」伊內修抖了抖他的彎刀。「我沒時間閒聊。我今晚恐怕沒什麼成功的訣竅可以給你。郝小姐開始了嗎？」

「再過幾分鐘就要上場啦。你最好進去找個台前的座位。我跟領班的跑堂說過，他專為你留了一張桌子。」

「真的？」伊內修急切地問。「納粹女店東不在吧，我希望。」

「她下午就飛到加州去了，說『好時辰』絕沒問題，可以讓她去泡泡海水，不用老擔心她的俱樂部。」

「太好了，太好了。」

「來啊，哥們，趁表演還沒開始，趕快進去。厚。一分鐘都不能錯過。操。『時辰』馬上要上了，快去那個他媽的舞台旁邊坐下，把『好』小姐屁股上每顆雞皮疙瘩都看個一清二楚。」

瓊斯把伊內修往襯了軟墊的門裡使勁一推。

伊內修跌跌撞撞進了「歡樂良宵」，那動力之大，使他的罩衫頓時捲繞在腳踝上。即使是在暗中，他也能注意到「歡樂良宵」比他上回造訪的時候髒了一些。地板上的塵土顯然足夠種植極為有限的棉花，但他沒見到棉花。那無疑是「歡樂良宵」的騙人噱頭。他巡視一周，也找不到領班的跑堂，於是他笨手笨腳穿過黝暗中三兩個各據一張桌子的老頭，在位於舞台正下方的一張小桌上坐下。他的帽子就像單獨的一盞綠色腳燈。在這樣近的距離內，他或許還能向郝小姐比比手勢，或悄悄對她說些包伊夏斯的東西，來吸引她的注意。她若發現觀眾當中有個志同道合的知心，必定感動得不能自已。

伊內修環顧坐在店裡的幾個眼神空洞的人。郝小姐的人參果無疑要被一群無趣的豬八戒給糟蹋了，這幫面無表情的糟老頭，就像那種專會在日場電影裡對孩童毛手毛腳的人。

一個三人樂隊在小舞台邊廂上乒乒乓乓敲起了〈你是我的福星〉[184]。那看起來也有一點骯髒的舞台上，此刻尚無任何參加祭儀的人。伊內修往吧檯望去，希望招個人上來服務，正與那個曾經伺候過他和他母親的酒保四目相對。酒保卻只裝作沒見到他。於是伊內修向斜靠在吧檯上的女人猛擠了一陣眼睛，那個四十出頭的拉丁女人便露出一兩顆金牙，向他回應了一個駭人的秋波。她在酒保還來不及阻止之前，將身子推離吧檯，走向有如在火爐邊取暖一般擠在台前的伊內修。

「要喝啥麼，小弟？」

一股口臭透過他的八字鬍襲來。他從帽上抽下頭巾，將鼻孔護起。

「對，謝謝，」他用摀住的聲音說。「麻煩你給我一瓶『堅果博士』。拜託，一定要很冰很冰的。」

「我去看看有莫有，」女人神祕兮兮地說完，便蹋蹋躂躂踏著草拖鞋回到了吧檯。

伊內修看著她比手畫腳與酒保交談。他們做出各式手勢，其中一大部分是對著他的。至少，伊內修心想，有那些孔武有力的女子在法國區裡潛巡，他還是窩在這個洞穴裡安全一點。酒保與那女人又比了一些手勢，然後她端著兩瓶香檳兩只酒杯，蹋蹋躂躂回到了伊內修桌邊。

「『堅果博士』莫有，」她邊說邊將盤子砸在桌上。「噯，兩瓶香檳，你欠二十四塊。」

「豈有此理！」他對那女人揮了幾下彎刀。「給我來瓶可樂。」

「可樂莫有。什麼都莫有。只有香檳。」女人在桌邊坐下。「來呀，親愛的，開香檳啦。我口好

184〈你是我的福星〉（You Are My Lucky Star）是路易斯·阿姆斯壯（Louis Armstrong, 1901-1971）的名曲。

乾。」

那股氣息再度向伊內修飄來，他用力把頭巾壓在鼻上，緊得令他覺得就要窒息而死。他定會從這個女人身上傳到什麼細菌，直直竄入腦中，將他化成一個蒙古白癡。遭人利用的郝小姐。身陷在此，跟一個次人類的女子同事。既然出於必要，郝小姐那種包伊夏斯式置之度外的功夫，想必是高人一等的。拉丁女人將帳單丟在伊內修的大腿上。

「你最好別碰我！」他透過頭巾大吼一聲。

「Ave Maria! Que Pato![185]」女人自言自語。然後她說，「嗳，付錢啦現在，玻璃。我們把你的大屁股丟出去哦。」

「真有教養，」伊內修喃喃說道。「總之，我來這裡也不是為了跟你喝酒。你可以離開我的桌子了。」他用嘴做著深呼吸。「把香檳也帶走。」

「Oye，loco[186]，你真是……」

女人的威脅淹沒在樂隊刻意奏出的開場樂中。拉娜．李出現在台上，身穿一件看來是金絲織成的工作褲。

「噢，老天！」伊內修脫口而出。他被那個嗑了藥的黑人騙了。他想拔腳逃出俱樂部，但又發現最好還是等那女人說完話下台再說。轉眼之間，他已經蹲下身子挨到臺邊。他頭上的納粹女店東開了口，「歡迎各位女士各位陽具光臨。」開場辭之可怕，害得伊內修差點沒把桌子打翻。

「現在付錢給我啦，」那女人一邊索求，一邊探頭到桌下尋找她客人的臉。

「閉嘴，你這淫婦，」伊內修齜牙咧嘴。

樂隊跌跌撞撞奏起了四拍的〈世故女子〉[187]。納粹女人喊道：「現在請大家鼓掌歡迎清純的純情玉女，郝思春小姐。」一張桌上的老頭有氣無力地拍起了手，伊內修將頭探出舞台邊緣，看到那女店東已經離去。原來她站著的地方，現在放了個裝飾著環圈的架子。不知道郝小姐想做什麼？

接著妲琳身穿舞會長裙，後面拖著好幾碼的尼龍網，搖搖曳曳地上了台。她頭上是頂龐大無比的彩羽闊邊帽，臂上是隻龐大無比的鳥。另一個客人拍起手來。

「Mira，你錢付快點啦，cabron[188]，不然噢。」

「舞會裡真的有很多污穢，可是我守身如玉。」妲琳小心翼翼對那鳥說。

「噢，我的天，」再也按捺不住的伊內修大吼。「郝思春就是這個白癡？」

鳳頭鸚鵡早在妲琳之前便已注意到他，因為牠一上台，兩隻小眼便盯上了伊內修那新奇的大耳環。一待伊內修吼出聲來，牠便從妲琳臂上拍翅飛落，在臺上邊叫邊跳，直向伊內修的頭部衝去。

「嘿，」妲琳大叫。「是那個瘋子。」

伊內修正想衝出俱樂部，那鳥卻已從舞台跳上他的肩頭。牠將爪子刺進他的罩衫，用喙拉扯他的耳環。

「天哪！」伊內修跳了起來，用他發癢的大掌拍打那鳥。墮落的佛圖娜又向他滾來了什麼樣的禽鳥威脅。他拔腳向門口跌跌撞撞走去的時候，香檳酒瓶與酒杯碎了一地。

「把我的鳳頭鸚鵡帶回來，」妲琳大喊。

---

185 西班牙語「聖母瑪利亞！鴨子！」「鴨子」在波多黎各與古巴俚語中指男同性戀或王八蛋。

186 西班牙語「嘿，瘋子」。

187 艾靈頓公爵（Duke Ellington, 1899-1974）的爵士名曲〈世故女子〉（Sophisticated Lady）應該是2/2拍子。

188 「mira」是西班牙語「看」，在俚語中相當於「喂」；「cabron」是西班牙語「王八蛋」。

拉娜・李尖叫著回到了舞台上。樂隊停止演奏。幾個年邁的男客紛紛讓道，避開了在小桌之間掙扎嚎叫，正朝那團焊接在他耳上肩上的桃紅亂羽不住拍打的伊內修。

「那個角色是怎麼進來的？」拉娜・李問著觀眾中那幾個困惑不已的古稀老人。「瓊斯上哪去了？哪個人去把瓊斯給我叫來。」

「回來，你這個大瘋子，」妲琳吼道。「在開演的晚上。你為什麼非要在開演的晚上到這裡來？」

「老天，」伊內修氣喘如牛，用手摸索著門。他身後留下一串翻倒的桌子。「你們這幫惡人，竟敢放出一隻患了狂犬病的鳥，來攻擊全無戒心的客人。你們等著明天早上接受控告吧。」

「**來**！你欠二十四塊給我。你快付錢啦。」

伊內修與鳳頭鸚鵡往前衝跌，又翻倒了一張桌子。然後他感到耳環鬆脫，而喙中緊啣著耳環的鳳頭鸚鵡也從他肩頭跌落。伊內修在飽受驚嚇之下，趕在那手中不屈不撓揮舞著帳單的拉丁女人一步之前，蹦出了門外。

「厚！嘿！」

伊內修跌跌撞撞，衝過原未料到破壞竟能達到如此戲劇高潮的瓊斯身邊。他喘著大氣，搗著自己膠結的瓣膜，繼續往街上行去，正擋在一部駛來的「慾望」巴士之前。他先是聽到人行道上有人尖叫。然後聽到了沉重的輪胎與哭嚎的煞車，也抬頭瞥見了距他眼睛只有幾呎之遙的刺目車燈。他暈厥的時候，只覺車燈一陣飄蕩，然後淡滅。

他原來勢將一頭栽在巴士之前，幸好瓊斯一個箭步衝到街上，用兩隻大手拉住了那件白罩衫。就因如此，伊內修才往後倒下，讓吐著柴油廢氣的巴士在他那雙沙漠靴外一兩吋的地方隆隆而過。

「他死啦？」拉娜．李一邊研究著街上那堆白色布料的小丘，一邊滿懷希望地問。

「希望還沒死，他欠了二十四塊，這個maricon[189]。」

「喂，醒醒，哥們，」瓊斯說著對那僵死不動的人形噴了些煙。

盯著伊內修走進「歡樂良宵」的絲衣氈帽的男子，從他藏身的小巷中走出。伊內修離開俱樂部之狂暴急驟，令他也大吃一驚，直到現在才能行動。

「讓我來看看，」戴氈帽的男子說完便俯身去聽伊內修的心跳。大鼓般的砰然一響，告訴他這好幾碼的白罩衫下，還有一息尚存的生命。他抓起伊內修的手腕。「米老鼠」手錶被砸破了。「沒事。他只是昏過去了。」那男子清了清喉嚨，有氣無力地發號施令，「大家往後退。給他透透氣。」

街上擠滿了人，停在幾碼開外的巴士阻塞了交通。突然之間，這波本街就像到了嘉年華會。

瓊斯透過墨鏡看著這個陌生人。那模樣十分眼熟，就像是瓊斯見過的哪個人換上了一身華服。尤其那雙軟弱的眼睛，更是似曾相識。瓊斯想起了一把紅鬍鬚上的相同眼睛。然後他想起了一頂藍帽下的相同眼睛，在腰果事件那天的分局裡。他沒作聲。警察就是警察。他們沒來找你，最好就別去搭理。

「他從哪裡來的？」妲琳向人群發問。桃紅色的鳳頭鸚鵡再度棲回到她的臂上，喙裡垂盪著耳環，像是一隻金色的蟲。「有這樣的開演夜。我們怎麼辦啊，拉娜？」

「不怎麼辦，」拉娜怒氣沖沖地說。「就讓那個角色躺著，直到掃街的把他清掉為止。再看我怎麼處理瓊斯吧。」

189 西班牙語「男同性戀」的俚俗蔑稱。

「厚！嘿！那傢伙是硬闖進去的。我還跟他吵來吵去拉拉扯扯，可是這王八蛋好像鐵了心非進『歡樂良宵』不可。我是怕把你租的這套衣服扯破了，讓你花錢賠償，『歡樂良宵』就要破產了。厚！」

「閉上你的鳥嘴。我看我該去給分局裡所有的朋友打個電話。你不用再來上班了。妲琳也是。我就知道不該讓你上我的台。把那隻死鳥從我的人行道上帶走。」拉娜轉向人群，「哪，各位，既然大家都在這裡，何不請到『歡樂良宵』來坐一會？我們有高級表演。」

「Mira，李。」那拉丁女人讓拉娜嘗了一點口臭。「誰來付二十四塊香檳錢啊？」

「你也不用來了，西班牙蠢貨。」拉娜露出微笑。「請進吧各位，喝杯本店調酒專家隨君喜好特別調製的好酒。」

可是人群寧可引頸圍觀地上那個正在大聲吁氣的白色小丘，而婉拒了享受高雅的邀請。

拉娜．李正要過去踢醒那個小丘，將它從她的路邊趕走，戴氈帽的人卻彬彬有禮地發了話。「我希望借用一下你的電話。我看最好是叫部救護車來。」

拉娜將那套絲料西裝、那頂帽子，和那雙軟弱不安的眼睛打量一番。她一眼就能看出這是個安全的貨色，絕對天性溫柔。是個有錢的醫生？律師？她也許能把這小小的挫敗轉為利潤。

「當然可以，」她柔聲細語。「跟你說，你不該浪費這個晚上，去管躺在街上那個角色的閒事。不就是個無賴嘛。看起來你需要解解悶。」她繞過那正如火山一般吁氣打呼的白罩衫小丘。神遊在仙境某處的伊內修，夢見了驚恐莫名的摩娜．敏可夫，正在一個「品味與莊重」法庭上接受審訊，被判有罪。即將宣布一個可怕的刑罰，亦即某種擔保會對她肉體造成傷害的處分，作為她犯下無數罪行的懲戒。拉娜．李一邊向那名男子靠近，一邊將手伸進金絲織成的工作褲裡。她在他身旁蹲下，將拳在手中那張包伊夏斯式的照片，偷偷亮在他的眼前。「看看這個，寶貝。想不想跟那位共度良宵？」

戴氈帽的男子將眼睛從伊內修泛白的臉上移開，望向那女人、那書、那地球儀，和那粉筆。他再度清清喉嚨說道：「我是曼庫索巡警。便衣探員。現在以意圖賣淫並持有猥褻圖畫罪將你逮捕。」

就在此時，三名解散的娘子軍預備隊員，芙麗妲、貝蒂與麗姿，大步踏進了圍在伊內修四周的人群當中。

第十三章

1

伊內修睜開眼睛，只見上方漂浮著一片白色。他的頭部疼痛，耳朵也撲撲跳動。然後他藍黃相間的眼睛才慢慢集中焦距，終於在頭痛之中發現自己正盯著天花板。

「你總算醒啦，兒子，」他母親的聲音在附近說。「你看看這個吧。我們現在是真的完了。」

「我在什麼地方？」

「你別跟我裝傻，兒子。少來那套，伊內修。我警告你。我受夠了。我是說真的。這下叫我怎麼再去見人？」

伊內修轉頭看看四周。他躺在一個兩邊用屏風隔成的小間裡。他見到一名護士從床尾走過。

「天哪！我在醫院裡。誰是我的醫生？我希望你還夠慷慨，給我請了專科醫師。還有神父。去請一位來。讓我看看他夠不夠資格。」伊內修在他腹部頂端那白雪皚皚的床單上，噴了點緊張的唾沫。

他摸摸頭，發現有條繃帶貼在他頭痛的部位。「噢，我的天！別不敢告訴我，媽。我光憑這種疼痛，就能知道這八成是致命的了。」

「閉上嘴，給我看看這個，」萊里太太幾乎是用喊的，她把一張報紙甩在伊內修的繃帶上。

「護士！」

萊里太太從他臉上扯下報紙，揮手打在他的八字鬍上。

「給我閉嘴，瘋子，看看這張報紙。」她的聲音漸趨粗啞。「我們完了。」

在「**波本街頭騷亂事件**」的標題之下，伊內修看到三張照片排成一列。右邊那張是身穿舞會禮服的妲琳，抱著那隻鳳頭鸚鵡，笑得像個小明星。左邊那張是雙手掩臉，正在鑽進一部警車後座的拉娜·李，車上已經擠了和平黨娘子軍預備隊員那三個剪了短髮的頭。西裝扯破，氈帽邊緣也已扭彎的曼庫索巡警，則在一旁煞有介事地扶著敞開的車門。中間的一張是那個嗑了藥的黑人，正對著街上一堆有如死牛的東西齜牙微笑。伊內修瞇起眼睛仔細研究中央那張照片。

「你看看，」他暴吼一聲。「那家報社雇了什麼樣的笨蛋來做攝影人員？我的五官根本就無法分辨。」

「你讀讀照片底下是怎麼說的吧，兒子！」萊里太太將一根手指戳在報紙上，彷彿要將照片刺穿似地。「讀啊，伊內修。你想君士坦丁堡街上的人都在說些什麼？來啊，把那東西唸給我聽，兒子。街頭鬥毆、春宮照片、歡場女人。什麼都有了。唸啊，兒子。」

「我還是不唸的好。反正大概都是捏造和污衊。那些黃色小報的記者無疑在裡面暗示了各色各樣令人咂嘴吞涎的影射。」話雖如此，伊內修還是將故事做了一番散漫的瀏覽。

「你是說，他們聲稱那部橫衝直撞的巴士沒有撞到我？」他怒氣沖沖地問。「這開篇第一個評論就是謊言。去找公共服務處。我們必須提出控告。」

「閉嘴。把全篇讀完。」

一隻脫衣舞孃的鳥攻擊一個穿戴化裝的熱狗小販。便衣偵探A．曼庫索以意圖賣淫罪及持有並拍攝猥褻圖片罪拘捕拉娜．李。工友勃瑪．瓊斯帶引A．曼庫索搜查吧檯下之小櫃，而發現色情圖片。A．曼庫索告訴記者，他調查此案已有相當時日，也曾接觸過李女手下一名代理。據警方猜測，李女之逮捕，將使涉及全市中學的色情銷售集團為之瓦解。警方在酒吧中發現一張學校名單。A．曼庫索表示會極力搜捕該名代理。A．曼庫索執行逮捕時，三名分姓克拉布、史提爾與邦波之女子出現於酒吧前聚集之大批人群中，向他襲擊。她們也遭到逮捕。三十歲之伊內修．霞克．萊里因休克而移送醫院。

「算是我們倒楣，碰到個在那裡窮晃半天也找不到東西可用的攝影記者，結果拍了張你的照片，像個醉酒的無賴躺在街上。」萊里太太開始抽抽噎噎。「看到你那張下流照片，和你穿成嘉年華會那個樣子跑出門的時候，我就該知道會出這種事情了。」

「結果我跑進了這輩子最可怕的一個夜晚，」伊內修嘆道。「佛圖娜昨晚旋轉的時候真是喝醉了酒。我懷疑要是繼續往下，我也不可能走太遠了。」他打了個嗝。「我能不能問問，我那位當警察的白癡宿敵為什麼會在現場？」

「昨晚你跑走之後，我就打電話給姍塔，叫她去分局找安傑婁看看你在聖彼得街幹什麼。我聽到你給計程車司機一個地址。」

「可真聰明。」

「我還以為你要去會一幫共產黨。真想不到。安傑婁說你跟群陰陽怪氣的人混在一起。」

「換句話說，你找人跟蹤我，」伊內修叫道。「我親生的母親！」

「被一隻鳥攻擊，」萊里太太啜泣起來。「那種事就會掉到你頭上，伊內修。從來沒人被鳥攻擊的。」

「那個巴士司機呢？他必須立刻遭到起訴。」

「你只是暈過去了，笨蛋。」

「那為什麼要包這繃帶？我覺得渾身都不對勁。我摔在地上的時候，一定弄傷了什麼重要的地方。」

「你只是頭上擦破了一點皮。沒問題的。他們照過X光。」

「我昏迷的時候有人動過我的身體？你應該有點品味，制止他們才是。天曉得這些垂涎欲滴的醫護人員摸過我哪些地方。」伊內修此刻突然發現，自他醒來之後，除了頭與耳之外，還有個小小的勃起也一直在騷擾著他。它在要求給予注意。「你可不可以離開我的隔間一下，讓我檢查檢查身上有沒有被他們亂動的地方？五分鐘應該夠了。」

「聽著，伊內修，」萊里太太從椅子上起身，將他們套在伊內修身上那件小丑般圓點花紋睡衣的領子一把揪住。「你再跟我調皮，我就一巴掌打歪你的臉。安傑婁都跟我說過了。像你這樣一個受過教育的孩子，到法國區去跟陰陽怪氣的人鬼混，到酒吧間去找歡場女人。」萊里太太重新開始喊叫。「算我們運氣還好，沒讓整件事情上報。否則就得搬出城了。」

「還不是你，當初把我這個單純的人帶進那個獸窩似的酒吧。其實，這都該怪罪摩娜那個可惡的女人。她這些胡作非為，必須受到懲罰。」

「摩娜？」萊里太太抽泣著。「她根本就不在城裡。什麼她害你被雷維褲廠炒掉的那些瘋故事，我已經聽夠了。你不必再用那些來矇我。你瘋了，伊內修。連我都不得不說，我自己的孩子神經有問題。」

「你看起來憔悴得很。何不把哪個鄰床上的人推開，爬上去睡個午覺。過一個鐘頭再來看我吧。」

「我一夜沒睡哪。安傑婁打電話告訴我你進了醫院的時候，我差點就中了風。我差點就一頭栽在廚房地板上。搞不好會把腦殼都摔裂的。然後我跑回房去換衣服，結果把腳踝扭了。我開車過來的時候，差點沒出車禍。」

「別再出車禍了，」伊內修倒抽一口氣。「否則我大概得下到鹽礦去做苦工呢。」

「哪，傻瓜。安傑婁叫我把這個交給你。」

萊里太太伸手從椅旁地上拾起《哲學之慰藉》那本大書。她將書的一角對準伊內修的肚子頂去。

「呃啊，」伊內修咯咯作聲。

「是安傑婁昨晚在那個酒吧間裡找到的，」萊里太太直言不諱。「他在廁所裡被人偷了。」

「噢，我的天！這一切是早有預謀的，」伊內修叫道，那本大書在他兩隻掌裡猛晃。「我現在都明白了。我早就告訴過你，那個蒙古白癡曼庫索是我們的大敵。他終於做出了致命的一擊。我真夠天真，會把這書借給他看。我還真被他給唬住了。」他閉起滿佈血絲的眼睛，語無倫次地嘟囔了半晌。「居然上了一個第三帝國娼妓的當，還把她墮落的臉藏在我自己的書、我整個世界觀的基石後面。噢，媽，你知不知道我被一個次人類的陰謀騙得有多悽慘。諷刺的是，佛圖娜的書，它本身就是厄運。噢，佛圖娜，你這個下賤的蕩婦。」

「閉嘴，」萊里太太喊道，她敷了粉的臉上滿佈憤怒的線條。「你要整個復健病房的人都進來是吧？你以為安妮小姐現在會怎麼說？要我拿什麼臉去見人，你這個又笨又瘋的死伊內修。現在這醫院要二十塊錢，否則不讓我帶你出院。救護車司機不肯做做好人，把你送到『慈善』去。就是不肯。他非得把你丟在這個要花錢的醫院不行。你說我哪裡有二十塊錢？我明天還得付你那小喇叭的債。我還得付人家房子的錢。」

「太過分了。你絕對別付那二十塊。簡直是攔路搶劫。你現在回家去，把我留在這裡。這裡還滿安靜。我會恢復的。此刻我的心靈正需要這個。你有機會的話，幫我帶點鉛筆，還有你可以在我桌上找到的那本活頁紙夾。我必須趁印象還算清晰的時候，把這個創傷記錄下來。我特准你進入我的房間。現在，如果你不介意的話，我得休息一下了。」

「休息？再多待一天，多付二十塊？給我從床上起來。我和克勞德通過電話。他要過來付你的帳單了。」

「克勞德？克勞德又是何方神聖？」

「我認識的一個男人。」

「嗯，你現在必須瞭解一件事。我不能讓一個陌生男人來付我的醫藥費。我要留在這裡，直到有了正正當當的錢，再來換回我的自由。」

「給我從床上起來，」萊里太太大吼。她拉扯睡衣，無奈那身體已像隕石一樣，沉陷在床墊裡面。「起來，別讓我打歪了你那張胖臉。」

他看到母親的皮包上升到他的頭頂之上，才坐起身來。

「噢，我的天！你穿的是保齡球鞋。」伊內修將一雙粉紅加上藍黃相間的眼睛投在床邊，看著他母親低露在外的襯裙與鬆弛垂落的棉襪之下。「只有你會把保齡球鞋穿到自己孩子的病床旁邊。」

但他母親沒有理會這個挑戰。她表現的，是一種出自盛怒的果決與優越。她的目光如刃，她的嘴脣單薄而堅毅。

沒有一件事順心遂意。

2

克萊德先生看完早報，當下便將萊里解了雇。大猩猩的小販生涯於焉告終。那隻狒狒為什麼下了班還要穿著他的制服？一隻像萊里這樣的猩猩，就能毀掉十年來為了建立良好商譽的兢兢業業。熱狗小販本來形象就有問題，若有其中之一昏倒在妓女戶門前的街上，那就更別提了。

克萊德先生和那大鍋一同沸騰冒泡。倘若萊里想在「樂園攤販公司」出現，他絕對會在喉嚨上受這一叉。但還有那些罩衫和海盜裝備呢。萊里必定是在前一天下午，將那些海盜噱頭偷偷帶出車庫的。他還是得去找那隻大猩猩，至少得告訴他別再來了。向萊里那種野獸要回制服，大概是不必奢望的事了。

克萊德先生給君士坦丁堡街的號碼打過幾回電話，都沒人接。也許他們把他關到什麼地方去了。大猩猩的媽媽八成是爛醉如泥，躺在哪裡的地上。天曉得她是個什麼樣子。這一家人可真夠瞧的了。

3

陶克博士這個星期過得痛苦不堪。不知如何，學生居然發現了數年前那個神經病研究生寫來的無數威脅信函之一。他不知道這東西怎麼會落到他們手中。但後果卻已十分可怕。關於這字條的地下謠言漸漸傳播，他也開始成了校園裡的笑柄。在一個雞尾酒會上，他的一位同事終於為他做了解釋，為什麼他向來為人尊敬的那門課會頻遭竊笑和私語打斷。

字條中關於「誤導與誘惑青年」一節，特別受到了嚴重的誤解誤讀。他考慮過是否終得向行政單位做個澄清。還有「發育不良之睪丸」那幾個字。陶克博士打了一個寒噤。做個公開的交代也許是個上策，但要如此就必須去把那名昔日的學生找來，而他又是那種絕不認帳的人。也許他該簡簡單單說明一下，這萊里先生原來是個什麼樣的人。陶克博士的腦中又浮現出圍著龐大圍巾的萊里先生，和那個總是提著大包跟在萊里先生左右，在校園裡到處拋擲傳單的可怕的女無政府主義者。幸好她沒在學院裡待太久，雖然萊里先生倒似乎很想成為校園裡一個像那些棕櫚與長凳一樣的固定擺設。

陶克博士曾在不同的課裡同時教過這兩個人。他們在那個黯淡的學期中，常口出怪聲，或以無關的、惡毒的、除了上帝之外無人能夠作答的問題，來打斷他的講演。他打了個冷顫。無論如何，他得聯絡到萊里，挖出一點解釋與供述。只要學生們親眼一見萊里此人，就必能瞭解那張字條是出自一個病態頭腦的無稽幻想。他甚至還能讓行政單位看看萊里先生。也因此解決之道無他，其實只是一個肉體的方法而已：提供出血肉豐腴的萊里先生。

陶克博士啜飲了一口他每晚在社交場合大量飲酒之後必喝的「V－8」果菜汁加伏特加，然後看看報紙。至少法國區的人還能胡鬧取樂。他抿了口酒，忽然想到萊里先生在教職員辦公大樓窗口，將考卷撒在下面大一學生示威隊伍頭上的事件。行政單位應該也還記得那件事。他綻開得意的微笑，繼續看報。那三張照片委實好笑。在某種距離之外，普通的淫穢的人，總令他覺得有趣。他讀著那篇報導，突然一嗆，噴濕了他的吸菸外套。

萊里怎麼會淪落到這個地步？他做學生的時候確實怪異，可是現在……如果他們發現寫字條的是個熱狗小販，謠言會惡化到什麼程度？萊里是那種會把車子推進校園，在社會研究大樓前賣起熱狗的人。他會故意把這事變成一場馬戲。那將是齣丟人現眼的滑稽劇，而他，陶克，也就成了劇中的小丑。

陶克博士放下報紙和杯子，把臉埋在兩隻手裡。他已別無選擇，只得面對那張字條。他要否認這一切。

4

安妮小姐看著她的早報，面色開始轉紅。她原來還在奇怪為什麼萊里一家今天早上特別安靜。好啊，這可是最後的一根稻草。左鄰右舍的名譽都要毀於一旦。她已經忍無可忍。那家人非搬不可。她要找鄰居們發起一個請願。

5

曼庫索巡警又看了一眼報紙。然後他把它舉在胸前，讓鎂光燈閃了一下。他把自己的布朗尼假日型相機[190]帶到分局，請巡佐幫他在某些正式的佈景之前照相，佈景包括了巡佐的桌子、分局的台階、一部警車，和一位專抓學校地區超速行車的女交通巡警。

還剩最後一張底片的時候，曼庫索巡警決定將兩個佈景合為一體，來個充滿戲劇性的終曲。當假扮拉娜·李的女交通巡警滿臉獰笑，舉起一隻報復的拳頭，爬進警車後座的時候，曼庫索巡警則舉著報紙面對相機，面容嚴肅地皺起了眉。

「好啦，安傑婁，沒事了吧？」急著想在早晨限速時間還沒結束前趕到一所附近學校的女巡警問。

「多謝你了，葛萊蒂絲，」曼庫索巡警說。「我那幾個孩子要多照幾張給他們的小朋友看。」

「嗯，當然啦，」葛萊蒂絲邊喊邊匆匆走出了分局的院子，她的背袋裡塞滿了黑色的超速罰單。

「他們是該為自己爸爸感到驕傲的。我也高興能幫得上忙，親愛的。你什麼時候想多照幾張，儘管告訴我。」

巡佐把最後一個鎂光燈泡丟進垃圾桶，用手鉗住了曼庫索巡警下垂的肩膀。

「單槍匹馬就破獲了本市最活躍的中學黃色圖片販賣組織。」他一掌拍在曼庫索巡警斜削的肩胛骨上。「這麼些人裡，結果還是曼庫索，逮到了連我們最厲害的便衣都唬不了的一個女人。我發現，這個案子曼庫索已經祕密地辦了很久。曼庫索還認得出她手下的一個代理。有誰總是一個人賣了命地出去找像那三個女孩的人物，非要把她們逮進來不可的？還會有誰，只有曼庫索。」

一絲紅潮泛現在曼庫索巡警橄欖色的皮膚上，除了被和平黨預備隊抓傷的有限區域之外。那些地方就只是單純的紅。

「不過是運氣好罷了，」曼庫索巡警清掉喉頭隱形的痰，提供了一個解釋。「有人給了我那裡的線索，後來那個勃瑪．瓊斯又叫我去查查吧檯底下的櫃子。」

「你匹馬單槍就完成了一件搜捕行動，安傑婁。」

安傑婁？他臉上出現了光譜中從橙到紫的各種顏色。

「你要是因為這件案子獲得晉升，我絕不會感到意外，」巡佐說。「你這巡警也幹了滿久了。我

190 布朗尼假日型（Brownie Holiday）相機，是1953-1962年間柯達（Kodak）公司所產「布朗尼」（早期相機設計名師Frank A. Brownell的暱稱）系列的一型便宜相機，使用八張一二七底片，成像品質平淡而模糊。

兩三天前還覺得你是草包一個呢。想不到吧？你說呢，曼庫索？」

曼庫索巡警猛清了一陣喉嚨。

「可不可以把我的相機還我了？」在喉頭終於清爽之後，他幾乎有點語無倫次地問。

6

姍塔．巴塔利亞把報紙舉在她母親的相片之前說：「怎麼樣，寶貝？看你孫子安傑婁這麼出人頭地，你覺得怎麼樣？高興了吧，親愛的？」她指向另一張照片。「可憐的艾琳那個瘋兒子躺在路邊，像被沖上岸的鯨魚似的，你覺得怎麼樣？你說悲不悲哀？這回那女孩是非把她孩子關起來不可了。有那個大無賴成天躺在家裡，你說哪個男人會娶艾琳？當然不會。」

姍塔抓起她母親的相片，咂了個潮濕的吻。「保重啊，寶貝。我總是在為你禱告的。」

7

克勞德．羅畢蕭坐在電車上趕往醫院的時候，心情沉重地看著報紙。那個大孩子怎麼可以如此羞辱一個像艾琳那樣善良溫柔的女人？她為她兒子日夜操心，已經弄得這麼蒼白疲倦。姍塔說得不錯：艾琳那個兒子必須儘快醫治，免得再為他慈愛的母親帶來更多的羞辱。

這回只是二十塊。下回可能就多了。就算是有不錯的退休金加上一點產業，一個人也負擔不起這麼個繼子。

但最可怕的還是羞辱。

8

喬治正在他的「青年成就社」[191]剪貼簿上貼那篇報導，剪貼簿是他輟學前最後一個學期的紀念品。他將它貼在一面空頁上，夾在他為生物課畫的鴨子大動脈和他為公民課作的憲法史報告之間。他不得不佩服曼庫索那個傢伙，什麼事都逃不過他的掌心。喬治心中狐疑，條子在櫃子裡找到的那張名單上，有沒有自己的名字。如果有的話，他就最好去拜訪拜訪住在海邊的叔父了。但就算如此，他們還是有了他的名字。他實在沒有去任何地方的盤纏。算來算去，還是在家待一陣子的好。他如果進城，就很可能會被那個曼庫索認出。

喬治的母親正在客廳的另一邊吸塵，一邊滿懷希望地看著兒子在他學校的剪貼簿上工作。也許他對上學又起了興趣。她和他父親似乎總拿他一無辦法。今天一個沒念完高中的孩子能有什麼機會？他能幹些什麼？

她關上吸塵器，去應門鈴。喬治研究著那些照片，只奇怪那個小販到底去「歡樂良宵」幹什麼。他不可能是什麼警探。何況，喬治也沒跟他說過照片是哪裡來的。這樁事實在有點蹊蹺。

「警察？」喬治聽見他母親在門口問。「你們一定是找錯一間公寓了。」

喬治起身往廚房奔去，但隨即想到其實他無路可走。這間政府補貼的低收入住宅公寓裡只有一扇門。

191「青年成就社」（Junior Achievement）是賀瑞斯．摩西（Horace A. Moss 1862-1947）所創的教育性組織，專為高中青少年提供輔導，在籌組經營自己的小型商業中吸取經驗。

9

拉娜．李將報紙撕成碎片，然後又將碎片撕成了更小的碎片。女獄監來到牢房前叫她清理乾淨的時候，同享一間牢房的三名娘子軍預備隊員對女獄監說：「走開。住這裡的是我們。我們就喜歡滿地紙屑。」

「去你個頭，」麗姿補充。

「滾你的蛋，」貝蒂說道。

「等我好好收拾你們這間，」女獄監回答。「你們四個從昨晚進來以後就吵個沒完。」

「讓我離開這個鬼洞，」拉娜．李對著女獄監大喊。「跟這三個瘋婆子在一起，我一分鐘都受不了了。」

「嘿，」芙麗妲向她兩位公寓室友說。「洋娃娃不喜歡我們呢。」

「蹧蹋法國區的，就是你們這種人，」拉娜告訴芙麗妲。

「閉嘴，」麗姿對她說。

「省省吧，寶貝，」貝蒂說。

「讓我出去，」拉娜透過鐵欄喊道。「我跟這三個妖魔鬼怪過了操他媽一整夜了。我也有我的權利。不能把我丟在這裡。」

女獄監衝她一笑，然後轉身離去。

「嘿！」拉娜對著走廊那頭大喊。「給我回來。」

「歇歇吧，小心肝，」芙麗妲勸道。「別窩裡反了。來，讓我們瞧瞧你在奶罩裡藏的那張照片。」

「對啦，」麗姿說。

「把相片交出來，洋娃娃，」貝蒂下令。「這個鳥牆我們已經看膩了。」

三名女孩同時撲向拉娜。

10

多利安．格林將一張樸素的名片翻轉過來，在背後端端正正寫上：「豪華公寓出租。請洽1A。」他出門走到石板的人行道上，將名片貼在黑漆皮般的一扇百葉窗底部。幾個女孩這回可得離開一段時日了。警察對二度犯法的人總是嚴厲得很。可惜這三個女孩跟她們在法國區的居民鄰居向來不很熱絡，否則早會有人為她們指出那個妙巡警，而她們也就不會鑄下攻擊警察的大錯了。

但這幾個女孩也實在衝動莽撞。沒有了她們，多利安覺得他和他的房子都完全失去了保護。他特別注意將鑄鐵的大門緊緊鎖上。然後他回到公寓，繼續清掃誓師大會留下來的垃圾。這是他畢生辦過最成功的一場派對，高潮的時候有提米從吊燈上摔下來，扭傷了腳踝。

多利安拾起一隻斷了鞋跟的牛仔靴，將它丟進字紙簍，心中猜測那怪到極點的伊內修．J．萊里是否無恙。有些人就是這麼過分。吉普賽女王那和善的母親，看到可怕的報紙報導之後，想必要傷透心了。

11

妲琳把她的照片從報上剪下，放在廚房桌上。好一個開演的夜晚。至少她還獲得了一點小小的宣傳。

她將那件郝思春的長禮服從沙發上拾起，掛回壁櫥。那隻鳳頭鸚鵡棲在架上看著她叫了兩聲。瓊斯發現那人是個條子之後，還真的一馬當先，立刻帶他到吧檯下的櫃子去看。現在她和瓊斯停了工。「歡樂良宵」停了業。拉娜．李也停止了流通。那個拉娜。居然去拍春宮照。真是為了一文錢什麼都做得出來。

妲琳看看那隻鳳頭鸚鵡帶回家的金耳環。拉娜從一開始就沒看走眼。那個大瘋子真是個掃把星。他對他可憐的母親夠殘忍的。可憐的女人。

妲琳坐下，開始考慮出路的問題。鳳頭鸚鵡不住拍翅嚎叫，直到她把那個奇特的耳環，也就是牠最愛的玩具，塞到牠的喙中。然後電話響了，她接起來，聽到一個男人的聲音，「我跟你說，你這回出盡了風頭。我哪，是在波本街五百多號那一段上有家俱樂部，這個……」

12

瓊斯將報紙攤開在「麥提的漫遊酒館」的吧檯上，對它吹了些煙。

「厚！」他對瓦森先生說。「你那套搞破壞的鬼招數，還真是個好主意。現在我把自己也一起破壞，得回頭去幹無業遊民了。」

「看起來，這場破壞就跟核子彈爆炸似的。」

「那個肥頭怪物就是個保證百分百的核子彈。操。隨便把他丟在哪個人身上，大家都逃不了，都得炸個半死。喲呵。『歡樂良宵』昨晚可真成了動物園。先來隻鳥，然後來了那個路都走不動的胖王八蛋，然後又來了三個像剛從健身院裡逃出來的娘們。操。大家又打又抓又叫又吼的，那個大胖子怪物就癱在路邊像死了一樣。一群人繞著那個倒在街上的胖傢伙，打來罵去，滾成一堆。就像西部片裡酒吧間打群架那樣，就像兩幫火拼。我們在波本街上的觀眾，多到可以打場足球了。警察開車過來，拉走了姓李的雜種。嘿！原來她在分局裡一個朋友也沒有。也許他們還會抓幾個她正在救濟的孤兒進去。厚！那家報紙還真派了好多王八蛋出來照相，來問我是怎麼回事。誰說黑鬼就不能上頭版啊！喲呵！厚！我成了城裡最有名的無業遊民。我告訴那個『滿褲撒』巡警，我說：『嘿，現在這個窯子關了，好不好去跟你局子裡的朋友說一聲，告訴他們我幫過你忙，以後別再把我當無業遊民給拉進去了？』誰想去安哥拉跟拉娜．李攪和在一起？她在外面就已經夠糟的啦。操。」

「你有找事的計劃嗎，瓊斯？」

瓊斯吹出一朵烏雲，預示暴風雨即將來臨，然後說道：「做過我那種不到最低工資的事以後，我真該放個不扣薪的假。喲呵。叫我到哪去找事啊？滿街都是垂頭喪氣的黑人王八蛋。厚！要想做事賺錢，那可不是世上最簡單的事。有這問題的，也不是我一個人。妲琳那個女孩要想給她自己和那隻禿鷹找個工作，那可難了。她頭一次把屁股往台上一放就出了事，人家都看到了。她要想去找事的話，準被人當頭澆盆冷水。知道我的意思？你把一個像胖王八蛋那樣的人扔下去搞破壞，就會有一大堆像妲琳那樣無辜的人倒楣。就像李小姐老掛在嘴上的，那個胖怪物能敗掉**每個人**的投資。妲琳和那隻禿鷹現在大概在哪裡大眼瞪著小眼說：『厚！開演那夜我們真是賣座好戲。嘿！我們真是一炮就紅。』破壞搞到妲琳頭上，我是真有點過意不去，可是我見到那個胖王八蛋的時候，卻怎麼也忍不住。我就知道他會在那個『歡樂良宵』裡爆炸。喲呵。結果真的炸了。嘿！」

「你運氣好，沒有因為在那個酒吧做事，讓警察也逮了進去。」

「那個『滿褲撒』巡警說他感謝我帶他去看櫃子。他說：『我們局裡的王八蛋就需要像你這樣的人，多幫幫我們的忙。』他說：『我要出頭就靠像你這樣的人。』我說：『厚！拜託你跟局裡的朋友提提這事，讓他們別把我當無業遊民亂抓。』他說：『一定一定。局裡的人都感謝你的幫忙，老弟。』現在他們警察王八蛋也感謝我啦。嘿！也許我還會得個獎呢。厚！」瓊斯把一股煙對準瓦森先生淡褐色的頭顱。「那個姓李的雜種在櫃子裡藏著那些自己的照片，還真夠瞧的。『滿褲撒』巡警盯著那些照片，眼珠子都快掉出來了。他說：『厚！嘿！哇！』他說：『好哇，這回我可是出頭了。』我就對自己說：『有些人也許要出頭了。另外有些人又要做無業遊民了。有些人是過了今晚，連不到最低工資的錢也掙不到了。有些人要拖著身子滿城走動，要給我買冷氣機、彩色電視了。』操。本來我還是個有名有號的掃把專家，現在我成了無業遊民。」

「事情也沒壞到那個地步。」

「沒錯。你是可以這麼說啊，老哥。你有個自己的小生意，有個教書的兒子，他家裡什麼烤肉設備、別克汽車、冷氣機、電視機全有。厚！我哪，連個電晶體收音機都買不起。『歡樂良宵』的薪水，只能把人壓在冷氣機階級的下面。」瓊斯吹出一朵富有哲理的雲。「但你說的也有點道理，瓦森。事情還沒壞到那個地步。如果我是那個胖王八蛋。厚！那種人又該怎麼辦？嘿！」

13

雷維先生在他黃色的尼龍沙發上坐定，攤開那份以較高的訂閱費每天早上送到海邊的報紙。一個人獨佔這張沙發是個美妙的享受，不過崔喜小姐的離去還不足以打起他的精神。他整夜沒睡。雷維太太正在她的健身檯上，讓自己豐腴的身體飽饗一番清晨彈跳。她一言不發，全神貫注在蠕動的檯子前段，上面撐著一張紙，寫了些基金會的計劃。她將鉛筆放下片刻，探身在地上的盒子裡挑出一塊餅乾。而這些餅乾，也正是雷維先生徹夜無眠的原因。昨天他和雷維太太開車穿過松林，到曼德維爾去看萊里先生，不但發現沒有此人，還被那地方一位管理人士當成是在惡作劇，受到了些極為無禮的待遇。雷維太太一頭金亮泛白的頭髮、一副藍色鏡片的太陽眼鏡，和一雙在鏡片上映出光圈般圓環的水藍色假睫毛，使她看起來是有點惡作劇的樣子。她坐在曼德維爾正樓前的跑車裡，腿上抱著一大盒荷蘭餅乾，顯然頗使管理當局感到一點疑心。但她倒能泰然處之。尋找萊里先生，似乎不是雷維太太特別關心的事。她的丈夫開始覺得，她其實不很希望他找到萊里，而她在心中的某個角落裡，也暗地期望艾伯曼能打贏這場誹謗官司，好讓她在蘇珊和珊卓菈面前炫耀他們隨之而來的貧困，作為她們父親徹底失敗的鐵證。那個女人心思詭詐，唯有在她聞到一個可以擊倒丈夫的機會時，才變得容易預測。他現在開始懷疑，她到底是站在哪一邊，在他這邊，還是在艾伯曼那邊。

他已經叫岡薩雷茲取消了他去看春季訓練的所有預訂。艾伯曼這件案子必須搞定。雷維先生抖抖手中報紙，體會到若非自己的消化系統無法忍受，是該多花點時間來監督雷維褲廠的。那樣的話，這種事就不會發生，而生活也能平靜了。但光是那個名字，光是「雷維褲廠」這四個字，就足以勾起胃酸在心口氾濫。也許他早該把這名字換掉。也許他早該把岡薩雷茲換掉。但這個辦公室經理實在是忠心耿耿。他熱愛他那份既無人感謝也無甚薪水的職務。不能就這樣把他踢走。他能上哪去另找一份工作？更重要的是，有誰會願意替代他？讓雷維褲廠繼續營業的一個正當理由，就是能讓岡薩雷茲繼續受雇。雷維先生試過，但他實在想不出別的理由讓這地方繼續下去。萬一工廠關門，岡薩雷茲是會自殺的。人命關天，不可不慎。況且，也顯然沒人要買這地方。

李昂．雷維原可以把他的紀念碑定名為「雷維服裝」的。那個名字還不錯。葛斯．雷維這輩子，尤其是小的時候，每次說起雷維褲廠，總會收到一個標準的回答，「他『故障』了？」他將近二十的時候，曾跟他父親提到換個名字也許會改善他們的業績，他父親卻沒好氣，「雷維褲廠突然配不上你啦？你吃的飯是雷維褲廠。你開的車是雷維褲廠。我是雷維褲廠。你知不知道什麼叫感恩？你知不知道什麼叫孝順？再下來就要改到**我的名字**上了。給我閉嘴，混帳。去玩你的車，玩你那些黃毛丫頭去。我不需要你的高明指教。最好你去指教指教胡佛。你去叫他把名字改成『許勒密爾』吧[192]。滾出我的辦公室。閉上你的嘴。」

葛斯．雷維看著頭版的照片與報導，從兩排牙齒間吹了一聲口哨，「我的媽呀。」

「怎麼啦，葛斯？什麼不對？你什麼地方不對了？你一個晚上沒睡。按摩浴缸整夜開著，我都聽到了。你就要崩潰了。拜託你在還沒有開始使用暴力之前，去找藍尼的醫生看看吧。」

「我找到萊里先生了。」

「這下你該高興了。」

「你不嗎？看啊，他上了報。」

「真的？拿過來。我一直在想那個年輕的理想家到底怎麼了。我猜他是得了什麼市民獎章。」

「前兩天你還說他是個神經病。」

「他既然夠聰明，能把我們兩個像小丑一樣送到曼德維爾去，就不會是太大的神經病。連理想家那樣的人，也能讓你上當。」

雷維太太看看那些女人、那隻鳥、那個門房。

「他在哪裡？我可沒看見什麼理想家。」雷維先生指了指癱在街上的那頭牛。「那是他？躺在路邊？多悲慘啊。喧鬧、醉酒、絕望，都已經成了個浮腫不堪的叫花子。把他記在你的帳本上吧，就記在崔喜小姐跟我的名字旁邊，又是一條被你毀掉的生命。」

「是有隻鳥咬了他的耳朵，還是什麼類似的瘋狂事情。哪，你看看這些照片裡那幫出入警察局的角色。那些可都是他的朋友啊。跳脫衣舞的、拉皮條的、賣春宮畫的。」

「以前他曾經為理想主義的信念獻身。現在看看他吧。你別擔心。總有一天你會遭到報應的。再過幾個月，等艾伯曼跟你算完了帳，你就會回到街上，像你爸爸那樣推車去了。你會學到，你跟艾伯曼那種人玩遊戲，你像花花公子那樣做生意，是個什麼下場。蘇珊和珊卓菈發現她們一文不名的時候，一定當場休克。保證她們再也不會認你的。葛斯．雷維，前任爸爸。」

「好，我現在就進城一趟，去跟這個萊里談談。我會把這封鬼信的事處理掉。」

「呵呵。葛斯．雷維，大偵探。別逗笑了。你大概是哪天在跑馬場贏了錢，心情一好就寫了那封信吧。我就知道會有這麼一天。」

「老實說，我覺得你是巴不得有艾伯曼來告我誹謗。你是巴不得看我栽在人家手裡，即使你自己也得跟著往下掉。」

雷維太太打了個呵欠說：「你走了一輩子的路，我改得了嗎？這就可以向兩個女兒證明，我一向對你的批評都沒有錯。我越想艾伯曼控告的事，我就越發現這整件事根本就無法避免，葛斯。謝天謝地我媽手上還有點錢。我一直覺得總有一天得回去找她。不過，她大概是得放棄聖蹟了。你是養不起蘇珊和珊卓菈的。」

「噢，閉上嘴吧。」

192 叫帶有反猶太（anti-Semite）色彩的聯邦調查局長胡佛（J. Edgar Hoover, 1895-1972）改名為猶太人意第緒語的「Schlemiel」（笨蛋），顯然不太可能。這也反映了當時猶太社區對於此公的反感。

「你叫我閉嘴？」雷維太太一上一下、一上一下地跳著。「我該安安靜靜地看著你完蛋是吧？我可得為自己和女兒做點盤算。反正，日子還是要過的，葛斯。我不能跟著你上街討飯。我們只能感謝老天，你爸爸已經不在了。他要還活著，親眼看見雷維褲廠為了一個惡作劇就這樣葬送掉，一定會跟你算帳。我不騙你。李昂・雷維會讓你在這個國家裡待不下去的。那個人有勇氣、有決心。反正不管怎麼樣，『李昂・雷維基金』是一定要做出來的。就算是我和我媽自掏腰包，我也要成立這些獎金。有我在你爸爸身上看到的那種勇氣和膽量的人，我就要表揚獎勵。我不會讓你在讓自己掉進貧民窟的時候，還作踐他的名字。等艾伯曼的事了結之後，你要能在你心愛的那些球隊裡，找到個倒水小弟的工作，就算是你的福氣了。嗨，到時候你就得幹活嘍，一桶水一塊海綿，像個無賴一樣跑來跑去。但可別為自己叫屈啊。你這是咎由自取。」

雷維先生至此已經明白，在他妻子怪異的邏輯裡，他也只有毀滅一途。她要看到艾伯曼獲勝，她也會在那勝利中看出某種奇特的義理。他的妻子既已讀過艾伯曼那封信，她的腦袋想必已從各種角度考慮過這個事件。在健身車上踩踏或在健身檯上彈跳的每一分鐘，她的邏輯系統大概都在以越來越令她信服的方式，告訴她艾伯曼應該打贏這場官司。那不僅是艾伯曼的勝利，也會是她的勝利。她在談話或書信中高舉在兩個女兒面前的每一個號誌與路標，都指向她們父親最後的、可怕的失敗。被證明錯誤，那可是雷維太太擔當不起的事。她需要這場五十萬元的誹謗官司。她對他找萊里談話的事，其實全無興趣。艾伯曼的訴訟，已經從一個純屬物質與現實的層次，跳進了一個意識型態與精神的層次，而其中一切星系與宇宙的動力，都諭令葛斯・雷維必須失敗，宣判一個孤苦潦倒的葛斯・雷維必須拎著水桶海綿流蕩不息。

「好，我非把萊里找到不可，」雷維先生終於開口。

「真有決心啊。我簡直不能相信。別擔心，你沒辦法把事情栽在那個年輕理想家頭上的。他太聰明了。管保他會再跟你開個玩笑。你看著吧。又得白忙一場。又得回到曼德維爾。這回他們可要把你留下了，一個中年人開著大學生的玩具小跑車。」

「我直接上他家去找。」

雷維太太摺起她的基金會筆記，關上她的檯子，說道：「哪，如果你要進城，我跟你一起去。自從岡薩雷茲先生報告，說崔喜小姐咬了那個黑道的手，我就一直在掛念她。我必須去看看她。她以前對雷維褲廠的敵意又都顯現出來了。」

「你還要跟那個癡呆的老太婆玩？你把她折磨得還不夠嗎？」

「就算是一點點的善心，你也不讓我表示。心理學的書裡，還真找不到像你這類的人呢。你至少應該去看看藍尼的醫生，為了**他**的好。一旦你的案例上了心理學期刊，他們就會請他到維也納去演講了。你會讓他一舉成名，就像那個跛腳的女孩還是哪個人讓佛洛伊德成名一樣[193]。」

當雷維太太做起她這慈悲任務的準備工作，以層層水藍色的眼影使自己為之目盲的時候，他將跑車開出了那個蓋得像個堅固而鄉土的馬車房、可容三部車停放的龐大車庫，坐在車裡望著波光粼粼的寧靜海灣。心口灼熱的飛鏢不時戳刺他的胸腔。萊里必須做出一個招供。艾伯曼那些無所不用其極的鷹犬是能夠徹底毀掉他的。他不能讓妻子在目睹自己的毀滅中獲得滿足。只要萊里承認寫過這信，只要他平安度過這一劫，他會改弦更張。他會發誓變成一個新人。他或許還會給公司一點監督。監督那個地方，才是合理的、實際的做法。一個沒人管的雷維褲廠，就像是個沒人管的小孩，很有為非作

193 佛洛伊德對化名「安娜．O」（Anna O.）的女病人（不是跛腳，只是暫時性的癱瘓）的治療成果，後世證明大多皆屬他的捏造。

歹的可能，而這只需一點呵護，一點關愛與養育，就能夠預防。你離雷維褲廠越遠，它就越會讓你頭痛。雷維褲廠就像一個先天的殘缺，一個遺傳的詛咒。

「我認識的每一個人，都有舒服寬大的轎車，」雷維太太在坐進小車的時候說。「你就不。噢不。你偏要開一部比凱迪拉克還貴的小孩車，把我頭髮吹得到處亂飛。」

一綹上了漆的頭髮為了證明她的論點，在他們轟轟隆隆駛上海岸公路的時候，馭著微風硬挺挺地飛了起來。穿越沼澤的時候，兩個人都靜默不語。雷維先生緊張地盤算著他的未來。雷維太太則滿足地評估著她的未來，她水藍色的眼睫在風中平靜地眨動。終於他們轟轟隆隆駛入了市區。雷維先生的速度開始加快，因為他感到正在漸漸接近萊里那個怪物。跟法國區那幫人混在一起。天知道萊里的私生活是什麼樣子。一個接一個的胡鬧事件，瘋狂之上再加瘋狂。

「我想我終於分析出你的問題了，」他們在市區車流中減緩速度之後，雷維太太說。「這種不要命的駕駛就是線索。我突然覺悟了。我現在知道你為什麼漂浮不定，為什麼沒有野心，為什麼要把生意棄之如敝屣了。」雷維太太停頓了一下，做出強調的效果。「你是不想活了。」

「今天最後一次告訴你，閉嘴。」

「爭吵、敵意、厭惡，」雷維太太快樂地說。「不會有好結果的，葛斯。」

由於是星期六，雷維褲廠也在這週末裡停止了它對自由企業這個概念的污衊。雷維夫婦經過了這間不論開著關著，從街上看去都一樣死氣沉沉的工廠。天線般的煙囪中，升起一縷像是焚燒落葉的煙。雷維先生在心裡揣測這煙是怎麼回事。也許是哪個工人在星期五傍晚把一張裁剪檯塞進鍋爐了。甚至也許有哪個人正在焚燒落葉。以前不是沒發生過更奇怪的事。雷維太太自己，在學做陶藝的時期裡，就曾占據過一座鍋爐作為燒窯之用。

經過工廠，而雷維太太也望著它滿口「悲哀啊悲哀」之後，他們轉上河沿，在慾望街碼頭對面一棟面容茫然的木造公寓前停下。地上一串碎布垃圾，召喚過客爬上沒有上漆的前階，造訪樓裡的某個目的地。

「別搞太久，」雷維太太在執行從跑車中移出身子必經的抬拉過程時說。她帶著那盒已經遭受過抽樣檢查，原是為曼德維爾那個病人準備的荷蘭餅乾。「這項工作我已經快做不下去了。也許餅乾能讓她忙一陣子，這樣我就不需要找話講。」她對丈夫嫣然一笑。「希望你順利找到那個年輕理想家。可別讓他再跟你惡作劇了。」

雷維先生踩下油門往城外駛去。他趁著一個紅燈，拿出夾在兩只桶形座椅當中溝槽裡那張摺起的早報，看了看上面萊里的地址。他在洽帕圖拉斯街上沿河往前，轉上了君士坦丁堡街，在君士坦丁堡街的坑坑洞洞上一路彈跳，直到他找著那間迷你的房子。那個龐然大物真能住在這樣一棟洋娃娃的屋裡？他如何能在那扇前門進出？

雷維先生爬上台階，看到釘在門廊一根柱上的「謀求和平不計代價」的告示，和房前釘著的「和平歸於善願之人」的牌子。他沒找錯地方。屋裡正響著電話。

「他們不在！」一個女人的聲音從隔壁的窗後傳來。「整個上午他們電話響個沒停。」隔壁房子的前門打開，一個看起來飽經折磨的女人出門走到門廊，把她紅通通的手肘歇在門廊的欄杆上。

「你知不知道萊里先生到哪裡去了？」雷維先生問她。

「我只知道他上了今天的早報。其實他該上瘋人院。我的神經都崩潰了。我搬到這家人隔壁的時候，等於是判了自己死刑。」

「他一個人住在這裡？我打電話的時候，是個女人接的。」

「那一定是他媽媽。她的神經也都崩潰了。她大概是去醫院，還是哪個他們收容他的地方接他去了。」

「你跟萊里先生熟嗎？」

「從他小時候就認識了。他媽媽很為他驕傲的。學校裡的修女都喜歡他，他可乖了。結果你看他變成了什麼樣子，躺在路邊。哎，他們最好開始打算打算，從我這條街上搬走。我實在受不了了。這下他們是一定要大吵特吵的。」

「請問你一件事。你熟悉萊里先生。會不會覺得他有點不負責任，或甚至有點危險？」

「你找他幹嘛？」安妮小姐倦怠的眼睛開始收縮。「他出了什麼麻煩？」

「我是葛斯．雷維。他以前在我的公司裡做事。」

「是嗎？真的。那個瘋伊內修，還真為他在那裡的工作感到驕傲呢。我總聽到他告訴他媽媽，說他幹得有多好。是啊，幹得好噢。才幾個禮拜，就被炒魷魚了。那，他要是跟你做過事，你應該滿熟悉他的。」

那個可憐的怪物萊里真會為雷維褲廠感到驕傲？他一向是如此說的。這就十足顯示了他的瘋狂。

「告訴我。他跟警察有過麻煩嗎？他是不是在警察局裡有過什麼紀錄？」

「他媽媽常有個警察來找她。一個普通的便衣探員。但那個伊內修沒有。他媽媽有一件事，就是喜歡喝兩杯。最近我不大看見她喝醉，但以前有一陣可喝得厲害。有一天我往後院一看，居然發現她被繩上晾的一張濕床單給纏住了。先生，住在他們旁邊，已經害我減了十年陽壽哪。那些噪音！又是班卓琴，又是小喇叭，又是尖叫，又是大吼，又是電視的。萊里他們真該搬到鄉下地方，住在農場上。我每天得吃六七片阿斯匹靈。」安妮小姐將手伸進她那件家常便服的領口，去摸索一根從肩頭滑落的帶子。「我告訴你聽。我得公平一點。那個伊內修在他那隻大狗沒死之前還好好的。他的那隻大狗，以前老在我窗底下叫。我的神經，就是那個時候開始不對的。後來狗死了。好啦，我想，這下耳根可以清靜了吧。想得美噢。伊內修去把他的狗放在他媽媽的前面客廳裡，還在爪子裡夾上花。他跟他媽媽吵來吵去，就是那個時候開始的。老實告訴你，我想她也是那個時候，才開始喝酒的。結果伊內修去找神父，請他來給狗說幾句話。伊內修是想辦個什麼葬禮之類的。你知道？神父當然不答應，我想伊內修就是在那個時候離開了教會。結果伊內修那個大小子自己弄了個葬禮。一個又高又胖的高中學生真應該懂事點的。你看到那個十字架了？」雷維先生絕望地看著前院那個正在潰爛的凱爾特十字架。「就是在那裡搞出來的。他拉來了二十幾個小孩，站在前院，看著他。伊內修穿了個『超人』式的大披風，還到處點著蠟燭。那整段時間，他媽媽就在前門口喊個不停，叫他把狗丟進垃圾桶，回到屋子裡。哪，從那個時候開始，這地方就出了問題。後來伊內修上了差不多十年大學。他媽媽都快破產了。她還得把他們那台鋼琴賣了。哪，這我倒不介意。你真該看看他在大學裡交的這個女孩。我還跟自己說：『嗯，好。也許伊內修要結婚搬出去住了。』哪有那麼好的事。他們只知道坐在他的屋裡。好像每天晚上他們兩個都要唱一段老套雙簧。以前我在窗子裡面聽到的那些事唷！『把裙子放下』啦，『別上我的床』啦，『你敢這樣？我還是處男』啦。可怕極了。我一天二十四個小時都得吃阿斯匹靈。好啦，那個女孩最後也走了。我怪不了她。但她跟他混在一起，一定也夠怪的了。」安妮小姐換個方向去尋另一條帶子。「城裡那麼多房子，怎麼我偏偏會搬到這裡？你說說看吧。」

雷維先生想不出任何讓她搬到這個地點的理由。但那伊內修的故事使他大感沮喪，讓他恨不得立刻離開君士坦丁堡街。

「哪，」那女人滔滔不絕，急於讓聽者知道她受苦受難的故事。「報上的這件事，可是最後一根稻草了。你看看這給街坊上帶來了多惡劣的宣傳。他們現在再要生事，我就叫警察給他們一張禁止騷擾的命令。我實在受不了了。我的神經都崩潰了。就連那個伊內修洗個澡，聽起來也像是洪水沖進了我自己的家。我想我的水管全都裂了。我太老了。我受夠了他們那兩個。」安妮小姐往雷維先生肩上方望了一眼。「很高興能跟你說話，先生。再會。」

她奔回屋裡，砰然一聲拽上了門。她的突然消失，和她所述萊里先生怪異的傳記一樣，使雷維先生大感困惑。「雷維小廬」一直是避免認識這類人的最佳障礙工事。然後雷維先生看見那部老舊的普利茅斯企圖在人行道旁停泊，用輪軸上的金屬蓋刮著碼頭邊，直到它最後停下為止。他看到後座上有大怪物的輪廓。一個赭紅頭髮的女人從駕駛座上爬下，然後叫道：「好啦，兒子，給我下車！」

「不說清楚你跟那個口角流涎的老頭到底有什麼關係，我就不下車，」那個輪廓回答。「我還以為我們逃離了那個退化的老法西斯。顯然我弄錯了。原來你一直背著我在跟他談戀愛。你那次大概是故意把他佈置在D．H．侯姆斯門口的。我現在想想，大概蒙古白癡曼庫索也是你佈置在那裡，來帶動旋轉這個惡劣週期的。我真是太天真、太老實了。幾個禮拜來，我一直被一個陰謀騙得團團轉。原來都是詭計！」

「給我滾下車來！」

「你看到啦？」安妮小姐在她的百葉窗後說。「他們又來了。」

後車門鏽住一般地咿啞開啟，一隻鼓脹欲裂的沙漠靴伸在踏腳板上。怪物的頭上紮著繃帶。他的面容疲倦而蒼白。

「我不會跟一個放蕩女人同住在一個屋頂之下的。我真是大受震驚，也大受傷害。我自己的母親呀。怪不得你對我如此野蠻。我猜你是用我來做你的代罪羔羊，為了彌補你自己的罪咎感。」

竟有這種家庭，雷維先生心想。那母親看起來確實有點放蕩的味道。他奇怪為什麼那個便衣探員會來找她。

「閉上你的臭嘴，」那女人喊道。「對克勞德這麼個善良老實的人，居然講出一大堆這種話來。」

「善良的人，」伊內修嗤之以鼻。「你一開始跟那幫墮落的人來往，我就已經知道你會走到這步田地。」

這條街上有幾個人走出了門，站在台階上。這真是非比尋常的一天。雷維先生冒了稍一不慎便會跟這些瘋子公然演出一場鬧劇的危險。他的心口灼熱已經擴散到整個胸腔。

赭紅色頭髮的女人已經跪在地上向天空發問：「我做錯了什麼，上帝？告訴我啊，主。我向來都是規規矩矩的。」

「你跪到瑞克斯的墳上了！」伊內修叫道。「你現在告訴我，你跟那個道德敗壞的麥卡錫派到底幹了些什麼。你大概是參加了什麼祕密的政治小組。怪不得你用那些捕風捉影的小冊子來轟炸我。怪不得我昨晚被人跟蹤。巴塔利亞那個媒婆到哪裡去了？她在哪裡？她該受一頓鞭笞。這整件事是衝著我來的，是想把我一腳踢開的惡毒詭計。我的天！那隻鳥顯然受過一群法西斯的訓練。他們真是什麼都做得出來。」

「克勞德是在追求我，」萊里太太態度拮抗。

「什麼？」伊內修吼聲如雷。「你是想告訴我，你讓一個老漢對你上下其手？」

「克勞德是個好人。他也只握過幾次我的手。」

藍黃相間的眼睛在憤怒中鬥了起來。大掌遮住了耳朵，不願再聽下去。

「天知道那個人有些什麼不可告人的慾望。拜託你別把全盤真相告訴我。我會完全崩潰的。」

「閉嘴！」安妮小姐在她的百葉窗後吼道。「你們兩個小心點，在這條街上住不了幾天了。」

「克勞德不很聰明，可是他人好。他顧家，這就夠了。姍塔說他喜歡搞共產黨那套，是因為他寂寞。他沒別的事好幹。如果他現在跟我求婚，我會說：『好，克勞德。』我會的，伊內修。我連想也不用再想。我有權在老死之前，找個對我好的人作伴。我有權不再提心吊膽，老想著下一塊錢該從哪裡來。我和克勞德去跟護士長拿你衣服的時候，她把你的皮夾交給我，裡面有差不多三十塊錢，我當場就死了心。你的瘋瘋癲癲已經夠令我頭痛的，可是藏著那些錢不給你可憐的媽媽……」

「我是有用途，需要那些錢。」

「做什麼用？去跟下流女人鬼混？」萊里太太費盡力氣從瑞克斯的墳上站起身來。「你不但是瘋癲，伊內修。你還心狠。」

「你還真以為那個登徒子克勞德想要結婚？」伊內修口沫飛濺地轉變了話題。「你會被他從一個臭旅館拉到另一個臭旅館。你會走上自殺的絕路。」

「我想結婚就會去結婚，兒子。你攔不了的。如今我是再也不會聽你的了。」

「那人是個危險的激進分子，」伊內修陰沉地說。「天知道他心裡窩藏了什麼政治與意識型態的邪門外道。他會折磨你的，也許比折磨還糟。」

「你又算哪門子，敢告訴我該怎麼辦，伊內修？」萊里太太瞪著她氣沖沖的兒子。她是既厭且倦，對伊內修可能會說些什麼已無一絲興趣。「克勞德是笨。沒錯。我不跟你爭這個。克勞德一天到晚讓我擔心共產黨的事。沒錯。也許他是不懂政治。但我可不擔心政治。我擔心的是死的時候要稍微像樣一點。克勞德能夠對人體貼，光這一點，就強過你那些政治，你那些漂漂亮亮的畢業成績。我對你照顧關懷，卻老是被你蹧蹋。你什麼都學得會，伊內修，但就是沒學會怎麼做人。」

「你本來就沒有被人善待的命，」伊內修叫道。「你是個公開的被虐狂。好的待遇，只會困惑你、毀滅你。」

「你去死吧，伊內修。我的心被你傷過太多次。數也數不清了。」

「我只要還在，那個人就休想進這間屋子。等他把你玩厭了，說不定會把注意轉移到我的身上來呢。」

「說什麼，瘋子？閉上你的鳥嘴。我受夠了。我會修理你的。你說你想休息是吧？我可以安排一下，讓你去好好休息休息。」

「我想到敬愛的先父在地下屍骨未寒，」伊內修喃喃自語，邊假腔作勢從眼中抹去一點濕潤。

「萊里先生二十年前就過去了。」

「二十一，」伊內修揚揚自得。「原來如此。你連親愛的丈夫都忘了。」

「對不起，」雷維先生有氣無力地說。「我能不能跟你說幾句話，萊里先生？」

「什麼？」伊內修問，他這才注意到門廊上站了個人。

「你找伊內修幹什麼？」萊里太太向那人問道。雷維先生做了個自我介紹。「哪，這就是他本人了。我希望你沒相信他那天在電話上告訴你的那個鬼故事。我當時是太累了，沒把電話從他手裡搶下來。」

「我們能不能進屋去談？」雷維先生問。「我想跟他私下說幾句話。」

「我是不在乎，」萊里太太漠不關心地說。她往街上看去，見到鄰居正望著他們。「反正左鄰右舍什麼事都知道了。」

但她還是打開了前門，三個人走進了狹小的玄關。萊里太太將手中裝著兒子那些頭巾彎刀的紙袋放下，然後問道：「你要什麼，雷維先生？伊內修！過來跟這位先生說話。」

「媽，我得去紓解一下我的肚腸。為了過去二十四個小時所受到的創傷，它們正在造反呢。」

「滾出浴室，兒子，給我回來。哪，你找瘋子有什麼事，雷維先生？」

「萊里先生，你知不知道這回事？」

伊內修看看雷維先生從上裝裡掏出的那兩封信，說道：「當然不知道。那是你的簽名。請儘快離開這間房子。媽，這就是那個用殘暴手段把我解雇的惡漢。」

「你沒寫過這封信？」

「岡薩雷茲先生跋扈到了極點。他是不會讓我接近打字機的。事實上，有回他正在用相當可怕的文體寫什麼信，我的眼睛碰巧瞟到上面，他就惡狠狠地給了我一巴掌。他要恩准我去擦他的廉價皮鞋，我都感激不盡了。你也知道，他把你那個藏污納垢的公司看得有多緊。」

「我知道。但他說這不是他寫的。」

「顯然不實。他的每一句話都是假的。他的舌頭跟蛇的一樣。」

「這個人要告我們賠一大筆錢。」

「是伊內修幹的，」萊里太太略顯莽撞地打了個岔。「只要出了錯，就一定是伊內修幹的。他到處惹事生非。說啊，伊內修。跟這個人說老實話呀。說啊，兒子，否則我揍你腦袋。」

「媽，叫這個人走吧，」伊內修邊叫，邊把母親往雷維先生身上推。

「萊里先生，這個人要我們賠五十萬塊。我會破產的。」

「多可怕呀！」萊里太太驚呼。「伊內修，你對這個可憐人幹了什麼好事？」

伊內修正待敘述他在雷維褲廠的行為如何慎重，電話突然響了。

「喂？」萊里太太說。「我是他媽媽。我清醒得很。」她狠狠瞟了伊內修一眼。「他這樣？他有嗎？什麼？噢，不。」她瞪著她開始將兩隻大掌交相銼磨的兒子。「好，先生，你的東西會還給你，除了那個耳環。被鳥搶去了。好。當然我會記得你說的話。我沒醉。」萊里太太摜下電話，劈頭對她兒子說：「是那個賣香腸的人。你被炒魷魚了。」

「謝天謝地，」伊內修嘆了口氣。「恐怕我再也無法忍受那部車了。」

「你跟他是怎麼說我的，兒子？你跟他說我是個酒鬼？」

「當然沒有。簡直荒謬。我在別人面前是從不會談論你的。顯然你以前醺醺然的時候跟他說過話。我哪知道，你也許還跟他約過會呢，在幾個熱狗小酒館裡喝得爛醉。」

「你連上街賣熱狗都不行。那個人氣得要死。他說你給他的麻煩，比他用過的任何小販都多。」

「他大力反對我的世界觀。」

「噢，閉上嘴，別讓我再去揍你，」萊里太太喊道。「快跟雷維先生說實話。」

多麼悲慘的家庭生活，雷維先生心想。這個女人對待兒子也夠蠻橫的了。

「唉，我是在說實話呀，」伊內修說。

「讓我看看那封信，雷維先生。」

「別給她看。她不怎麼識字。會讓她疑惑好幾天的。」

萊里太太用皮包打在伊內修的頭側。

「怎麼又來了！」伊內修大喊。

「別打他，」雷維先生說。怪物的頭上已經紮著繃帶。除了拳擊場之外，暴力總會讓雷維先生感到渾身不適。這個萊里怪物滿可憐的。母親跟什麼老頭混在一起，喜歡喝酒，還想把孩子一腳踢開。她已經上了警察局的黑名單。那隻狗大概是這個怪物這輩子唯一擁有過的東西。有時你必須進入一個人真正的環境裡，才能瞭解他。萊里曾以他自己的方式對雷維褲廠關心過。雷維先生現在對他辭掉萊里的事，感到了一絲愧疚。這怪物原來很為他在公司裡的職務感到驕傲的。「你就先別管他吧，萊里太太。我們會把這事情講清楚的。」

「救救我，先生，」伊內修嘴角流涎，戲劇性十足地抓著雷維先生那件休閒西裝上衣的衣領。「只有佛圖娜知道，她下一步會對我幹出什麼事。我曉得太多她的穢事。我是必須除掉的眼中釘。你有沒有考慮過，去跟崔喜那個女人談談？她知道的事，要比你想像的多得多了。」

「我內人是這麼說的，可是我從來不敢相信她。何況，崔喜小姐這麼老了。我還懷疑她能寫得出上店裡買東西的購物單呢。」

「老？」萊里太太問。「伊內修！你還跟我說崔喜是在雷維褲廠做事的哪個可愛小姐的名字。你還跟我說你們彼此都有意思。現在我才發現，原來她是個字也不能寫的老奶奶。伊內修！」

居然比雷維先生原來想的還要悽慘。可憐的怪物想教他母親相信他有個女朋友。

「請你！」伊內修向雷維先生悄聲說道。「到我房裡來。我得給你看件東西。」

「伊內修說的話，一個字也別相信，」萊里太太見兒子拉著雷維先生進門走入那間充滿霉味的寢室，在他們身後喊道。

「你就別管他了，」雷維先生以略顯堅定的語氣對萊里太太說。這個萊里女人對自己親生的兒子居然一個機會也不肯給。她就像他妻子一樣霸道。難怪萊里會變成這副德行。

然後門在他們身後關上，而雷維先生也突然感到一陣反胃。臥房裡有股舊茶葉的氣味，令他想起永遠放在李昂．雷維手肘邊的那把茶壺，一把細緻的冰裂紋瓷壺，壺底總殘留著泡過的茶葉。他走到窗邊，打開百葉窗。他在往外張望的時候，卻正與在她家百葉窗縫隙中向他瞪視的安妮小姐四目相對。他從窗邊回身，看著萊里翻查一個活頁紙夾。

「就在這裡，」伊內修說。「這是我在您公司上班時所做的一些札記。可以證明我愛雷維褲廠勝過自己的生命，證明我把所有清醒的時間，都花在思考如何改善您的組織上。而往往我在夜裡也有所夢。雷維褲廠光耀奪目的幽靈會在我酣睡的心中掠過。我絕對寫不出那種信的。我愛雷維褲廠。哪，讀讀這段，先生。」

雷維先生接過活頁紙夾，循著萊里那隻胖食指指著的那行讀去，「今天我們的辦公室，終於榮獲我們的貴人主子G．雷維先生大駕光臨。坦白而言，我覺得此人略嫌粗枝大葉而漠不關心。」食指跳過了一兩行。「假以時日，他應能體會出我對公司的一片忠忱與滿心奉獻。而反過來，我的榜樣也將促使他對雷維褲廠生出新的信心。」食指的路標指著下一段。「崔喜大娘依然守口如瓶，足證她的城府甚至比我想像還深。我猜這女人所知非比一般，而她的淡漠也只是為了掩飾她對雷維褲廠似乎心存不滿。她每談到退休，言語便清晰得多。」

「這就是您的證據了，先生，」伊內修說，然後一把扯走了雷維先生手中的活頁紙夾。「去審問審問崔喜那個老太婆。老年癡呆是個偽裝。是她對工作與公司的一種抵制方法。其實，她是恨雷維褲廠不讓她退休。誰又能怪她呢？我們獨自相處的時候，她常常唸叨著對雷維褲廠做出『報復』的計劃，一講就是幾個小時。她的怨恨，就浮顯在對您公司組織做出的惡毒攻擊裡。」

雷維先生企圖衡量這個證據。他知道萊里是真心喜歡這個公司，隔壁的女人告訴過他，而他也剛剛讀過。另一方面，崔喜呢，則恨這個公司。但就算他妻子和這怪物都聲稱那老年癡呆只是一個幌子，他還是懷疑她寫得出一封這樣的信來。但他此刻必須離開那間令人產生幽閉恐懼的臥房，以免一口吐在滿地散佈的那些拍紙簿上。萊里先生站在身邊指著札記段落的時候，那氣味簡直中人欲嘔。他伸手去摸門把，但萊里那個怪物卻擋在門前。

「您一定要相信我，」他嘆道。「崔喜那個淫婦一心只想著火雞或是火腿。還是烤肉什麼的？反正有時候鬧起來是既猛烈又混亂。為了這個，加上她不能在適當的年齡退休，她是發誓要報仇的。她充滿了敵意。」

雷維先生把他輕輕推開，走進門廊。赭紅頭髮的女人像門房似地等在那裡。

「謝謝你，萊里先生，」雷維先生說。他得趕快離開那個令人產生幽閉恐懼的縮型碎心屋[194]。

「如果需要你的話，我會再來拜訪。」

「你還會需要他的，」萊里太太在他經過她身邊跑下台階的時候說。「不管出的是什麼事，都一定是伊內修幹的。」

她又喊了些什麼，但她的聲音已被雷維先生轟隆的引擎淹沒。一股青煙將病懨懨的普利茅斯罩住，而他已揚長而去。

「這回你可幹下了好事，」萊里太太抓著白罩衫，對伊內修說。「這回我們真的麻煩了，兒子。你知道偽造文書會有什麼後果？他們可以把你丟進聯邦監獄的。這個可憐人，碰上了個五十萬的官司。你幹的好事啊，伊內修。你這回可是真的麻煩了。」

「拜託！」伊內修有氣無力地說。他蒼白的皮膚轉為一種泛灰的白色。他是真的病了。他的瓣膜正在執行一些動作，其新奇與猛烈的程度是前所未有的。「我早告訴過你，我出去工作就會發生這種事。」

雷維先生抄了一條最近的路，趕回慾望街的碼頭。他在一種與決心相去雖遠卻猶可辨識的類似情緒驅策之下，駛出拿破崙大道，在康莊大道的高架橋處接上了高速公路。如果崔喜小姐真的出於怨恨寫過那封信，那麼雷維太太便成了艾伯曼這場官司的罪魁禍首。但崔喜小姐能寫出像信中那樣清晰可讀的文字嗎？雷維先生希望她能。他火速穿越崔喜小姐住所的附近，在各家酒吧與到處伸出的「水煮螯蝦」和「半殼生蠔」招牌前飛馳而過。他循著公寓樓裡那串碎布垃圾走上樓梯，來到一扇褐色的門前。他敲了敲門，雷維太太開門歡迎，「看看是誰回來了？是理想家的大敵呀。你破案了嗎？」

「也許。」

「你現在學起賈利・古柏[195]說話了。我只能得到兩個字的回答。賈利・雷維警長。」她用手指拔下一根惱人的水藍色睫毛。「好啦，走吧。崔喜在猛吃餅乾。我開始覺得有點噁心了。」

雷維先生推開他的妻子，走進一個他從不可能想像得到的場景裡。「雷維小廬」不曾為他做過準備，讓他面對像他剛在君士坦丁堡街見過的那種，以及眼前的這種室內景觀。崔喜小姐的公寓，充滿了布片、垃圾、金屬塊和硬紙箱的裝飾。在底下某處有些家具。但是那外表，那可見的地形，卻是一幅由舊衣、籃簍與報紙拼成的風景。山陵的中央有條隘道，一條在垃圾中清出的、可以看見地板的狹路，通往一扇窗子，崔喜小姐正坐在那邊一張椅上品嘗著荷蘭餅乾。崔喜小姐在各色翻修改造的措施中，只保留了一副牙齒，此刻在切割餅乾的時候，從她單薄的嘴唇中閃閃發光。

---

194 蕭伯納（George Bernard Shaw, 1856-1950）有著名小說題為《碎心屋》（*Heartbreak House*, 1917-19）。

195 賈利・古柏（Gary Cooper, 1901-1961）在《日正當中》（*High Noon*, 1952）一片中，飾演一個沉默寡言的警長。

「突然間你變得這麼安靜，」雷維太太評道。「怎麼啦，葛斯？又一個任務全軍覆沒？」

「崔喜小姐，」雷維先生對著她的耳朵大喊。「你有沒有給艾伯曼織品服飾店寫過信？」

「你現在可真是沉淪到底了，」雷維太太說。「一定是理想家又讓你上當了，我猜。那個萊里說一套，你就信一套。」

「崔喜小姐！」

「幹什麼？」崔喜小姐咆哮。「我不得不說，你們這些人可真懂得怎樣讓人退休。」

雷維先生把信遞給她。她從地上拾起一個放大鏡，開始研究那信。綠帽簷在她臉上，在她單薄嘴唇四周那圈荷蘭餅乾的碎屑上，染出一層懨懨欲死的色澤。她放下放大鏡，快樂地吁喘著，「你們這些人可要倒大楣了。」

「不過，是你寫信給艾伯曼的嗎？萊里先生說是你寫的。」

「誰？」

「萊里先生。以前在雷維褲廠上班的，那個戴綠帽的大個子。」雷維先生把早報上的照片指給崔喜小姐看。「就是那個。」

崔喜小姐用放大鏡看著報紙說：「噢，我的天哪。原來他出了這種事。」可憐的葛蘿麗亞，他好像受傷了。「那是萊里先生，對吧？」

「對。你記得他的，我想。他說是你寫的信。」

「他說是我？」葛蘿麗亞・萊里不可能撒謊。葛蘿麗亞不會的。忠誠老實。葛蘿麗亞向來是她的朋友。崔喜小姐搜索著模模糊糊的記憶。也許她是寫過這封信。以前發生的事，有太多她已經記不得了。「呃，我猜我大概寫過吧。對。你這麼一說，我猜我是寫過的。你們這些人也該遭到這種報應。

這幾年來，你們都快把我搞瘋了。退休也不讓。火腿也不給。什麼都不行。我不得不說，我真希望你們敗個精光。」

「是你寫的？」雷維太太問道。「我為你費盡心思，你居然去寫出那樣的東西？真是引狼入室！雷維褲廠從此跟你一刀兩斷，叛徒。被人拋棄？你就要被人拋棄了！」

崔喜小姐面露微笑。這個討厭的女人可是越來越激動了。葛蘿麗亞向來是她的朋友。這個討厭的女人現在可得上街要飯了。也許吧。但此刻她正朝她走來，水藍色的指甲像鷹爪般地伸著。崔喜小姐尖叫起來。

「別去惹她，」雷維先生對他妻子說。「好哇，蘇珊和珊卓菈一定會想聽聽這個故事的。她們母親把一個老女人折磨成這樣，弄得兩個女兒的毛衣和裙褲都有喪失的危險。」

「那就怪到我頭上好了，」雷維太太語氣狂亂。「是我把紙放在打字機裡的。是我幫她打出來的。」

「你是因為不能退休，才寫出那封信來報復雷維褲廠？」

「是，是，」崔喜小姐含含糊糊地應著。

「想想我是怎麼信任你的，」雷維太太向崔喜小姐啐了一口。「把那副牙還給我。」

她丈夫擋住了她向崔喜小姐嘴部伸出的手。

「別吵！」崔喜小姐齜牙咧嘴，滿口白色的獠牙閃閃發光。

「要不是因為你這個愚蠢的、沒腦的『計劃』，這個女人早就退休了，」雷維先生對他妻子說。「這麼多年來預測這個預測那個，結果差點斷送掉雷維褲廠的，居然還是你。」

「我明白了。你不怪罪她。你倒怪罪一個有原則有理想的女人。雷維褲廠要是遭了小偷，也會是我的錯。你需要幫助，葛斯。太需要了。」

「是，我是需要。而且誰都不行，非得找藍尼的醫生。」

「這就對了，葛斯。」

「別吵！」

「但是得由你打電話找藍尼的醫生，」雷維先生對他妻子說。「我要你去找他宣告崔喜小姐老年癡呆失去行為能力，並且說明她寫信的動機。」

「那是你的問題，」雷維太太怒氣沖沖地回答。「你去打電話。」

「蘇珊和珊卓菈一定會想聽聽她們母親犯下的小錯。」

「還要勒索呢。」

「我跟你學會了一兩件事。再怎麼說，我們結婚也有好久了。」雷維先生看著他妻子臉上一會憤怒一會焦慮。她總算是無話可說了。「女兒不會想知道她們母親是個多大的傻瓜。你現在準備一下，把崔喜帶去看藍尼的醫生。有了她的招認，再加上任何醫生的證明，艾伯曼在這個案子上就完全站不住腳了。你只要把她拉上法庭，讓法官看她一眼就成了。」

「我是個漂亮的女人，」崔喜小姐機械般地說。

「你當然是，」雷維先生邊說，邊在她身旁彎下腰來。「我們要讓你退休了，崔喜小姐。還要加點錢。你以前的待遇太差了。」

「退休？」崔喜小姐吁吁直喘。「我不得不說，這真是意想不到。謝天謝地。」

「你會簽一份聲明，說你寫過那封信，會吧？」

「我當然會啦！」崔喜小姐大喊。葛蘿麗亞真夠朋友。葛蘿麗亞曉得如何能幫她的忙。葛蘿麗亞實在聰明。謝天謝地葛蘿麗亞還記得那封神奇的信。「要我說什麼，我就說什麼。」

「我現在都明白了，」雷維太太尖酸的聲音從一疊報紙後面傳出。「我被人用自己兩個親愛的女兒給勒索了。我被踢到一邊，好讓你做個比以前還花的花花公子。現在雷維褲廠是真的完了。你以為你抓到了我的把柄。」

「噢，我是抓到了。而且雷維褲廠也確實是完了。但不是因為毀在你的遊戲上。」雷維先生看著那兩封信。「艾伯曼這件事讓我想了很久。為什麼沒人想買我們的褲子？因為它們爛。因為它們是用我爸爸二十年前的舊紙樣舊材料做的。因為那個老暴君不肯變動廠裡的任何事物。因為他毀掉了我原來還有的主動。」

「你爸爸是個傑出的人。這種不恭不敬的話，我不想聽。」

「閉嘴。崔喜的怪信給了我一個念頭。從現在起，我們只生產百慕達短褲。這樣麻煩也少了，利潤也因為支出減少而高了。我要到布廠去找一批即洗即穿的新布料。雷維褲廠要變成『雷維短褲』。」

「『雷維短褲』。可真好玩。別逗笑了。你一年就會破產。真是不擇手段，就想抹殺你爸爸留下來的記憶。你不是做生意的料。你是個敗家子，是個花花公子，是個跑馬場裡的幫閒。」

「別吵！我不得不說，你們這些人真是討厭。如果這叫退休。我寧可回到那個雷維褲廠。」崔喜小姐用她的餅乾盒刮抓他們。「馬上滾出我家，把支票寄來。」

「我以前做不了雷維褲廠的生意。沒錯。但我想我能做雷維短褲廠的生意。」

「你突然變得很得意了嘛，」雷維太太用一種瀕臨歇斯底里的聲音說。葛斯．雷維經營公司？葛斯．雷維掌管大權？她還能跟蘇珊和珊卓菈說什麼？她還能跟葛斯．雷維說什麼？她會變成什麼？

「那麼基金也泡湯了，我猜。」

「當然不會。」雷維先生暗自發笑。他妻子終於失去了控制，在困惑的海洋裡掙扎航行，向他求問方向。「我們要設一個獎。你說是做什麼用的，忠誠服務和勇氣？」

「對，」雷維太太語氣謙和。

「哪。這夠勇敢了。」他拿起報紙，指著站在倒下的理想家身邊的那個黑人。「獎就頒給他。」

「什麼？一個戴墨鏡的罪犯？一個波本街上的角色？拜託，葛斯。不能這樣。李昂‧雷維去世也不過幾年。讓他安息吧。」

「這是很實際的，是老李昂自己常常會幹的那種勾當。我們大部分的工人都是黑人。可以一舉把公共關係搞好。不久我也許會需要更多更好的工人。這就能製造出良好的就業環境。」

「但不能給**那個**呀。」雷維太太聽起來好像是要嘔了。「獎是要給**好人**的。」

「你一向強調的那些理想主義哪裡去了？我還以為你對少數團體很有興趣的。至少你嘴裡總是這麼說。無論如何，萊里是值得挽救的。是他讓我找到了真犯。」

「你不能靠怨恨過一輩子。」

「誰靠怨恨來過日子？我是終於要做點有建設性的事了。崔喜小姐，你的電話在哪裡？」

「誰啊？」崔喜小姐正看著一艘滿載「萬國收割機」拖車的門羅維亞貨船拔錨啟航。「我沒電話。街角的雜貨店裡有。」

「那好，雷維太太。到雜貨店去。給藍尼的醫生打個電話，再給報社打個電話，看看他們知不知道我們要如何聯絡瓊斯，但那些人通常是沒有電話的。也試試警察局。他們也許曉得。把號碼給我。我會親自打電話給他。」

雷維太太站在那裡瞪著她的丈夫，她上了色的睫毛動也不動。

「你如果要去店裡，可以順便給我買那個復活節的火腿，」崔喜小姐尖著嗓子說。「我要親眼看到那個火腿擺在我的家裡！我這回可不要聽什麼說了不算數的話。你們如果要我認罪，最好開始付錢。」

她向雷維太太咆哮一聲，又亮出她的牙齒，彷彿那是某種象徵，某種反抗的姿態。

「哪，」雷維先生對他妻子說。「你現在有三個到店裡去的理由了。」他交給她一張十元鈔票。「我在這裡等你。」

雷維太太接過鈔票，對她丈夫說：「我猜你現在是高興了。現在我會變成你的傭人。你會把這事像把劍似地吊在我的頭上。一個小小的失算，我就得受這麼多苦。」

「小小的失算？是說一場五十萬的誹謗官司？你又受了什麼苦？你不過是到街角的雜貨店去。」

雷維太太轉過身循著走道出去。門砰然關上，而崔喜小姐也彷彿頓時卸下一個重擔，立刻沉入了童稚的酣睡。雷維先生聽著她的鼾聲，望著那艘門羅維亞的貨船駛進港中，航向下游的海灣。

他的腦子幾天來不曾這麼平靜，一些關於信的事情，開始在他意識中出現，重新接受檢驗。他想到給艾伯曼的那封信，然後他的腦子轉到他聽過類似語言的另一個地方。那是幾個鐘頭前，萊里怪物的院子裡。「她該受一頓鞭笞」。「蒙古白癡曼庫索」。原來信還是他寫的。雷維先生溫柔地望著趴在她那盒荷蘭餅乾上打鼾的瘦小被告。為了大家的好，他想，你也只有被判喪失行為能力並且認罪了，崔喜小姐。你被人誣害了。雷維先生笑出聲來。崔喜小姐為什麼認罪認得那麼真心誠意？

「安靜！」突然醒來的崔喜小姐狺狺而吠。

那個萊里怪物到底還是值得挽救的。他以他自己的怪異方式，不但救了自己，也救了崔喜小姐和雷維先生。不管勃瑪·瓊斯是誰，他該得個慷慨的獎金……或報酬。要是在新的雷維短褲廠裡給他一份工作，對公共關係來說就更好了。一筆獎金，一份工作。給雷維短褲廠的開張來點好的報紙宣傳。你說這夠不夠噱頭？

雷維先生看著貨船穿過工業運河的河口。雷維太太也快上船了，目的地是聖墳。她可以到沙灘上去找她的母親，一起歡笑歌唱跳舞。雷維太太不太符合雷維短褲廠的計劃。

第十四章

1

伊內修整天在房裡斷斷續續地睡著，並頻頻在焦躁的清醒時刻裡，侵犯他的那隻橡皮手套。整個下午，走廊上的電話不斷響起，每一次都令他更為緊張焦躁。他撲向那隻橡皮手套，蹂躪它，戳刺它，征服它。伊內修像個名人一樣，吸引了一批自己的粉絲：他母親那些命蹇時乖的親戚、左鄰右舍，和一些萊里太太多年未見的人。他們都打過電話。每一次鈴響，伊內修都以為是雷維先生打回來的，但他總聽到他母親對來電的人說那幾句話，漸漸變成了掬著一把眼淚的公式，「可怕不可怕？叫我怎麼辦？真是敗壞門楣。」伊內修會在無法忍受的時候，波起浪湧地衝出房門，去找一瓶「堅果博士」。湊巧在走廊上撞見他母親的時候，她也不會瞧他一眼，而只盯著飄在伊內修身後地上那些毛球的茸茸表面。他對她好像已經無話可說了。

雷維先生會怎麼辦？不幸這個艾伯曼顯然氣量狹隘，是個容不得些微批評的小心眼，是個過度敏感的猥瑣漢。他的信給錯了對象，他一番頑強而勇敢的猛攻表演在錯誤的觀眾之前。如今他的神經系統可承受不了出庭審判的事。他會在法官面前當場崩潰。他猜疑著還要多久，雷維先生才會再度大軍臨門。崔喜小姐不知對雷維先生胡言亂語了些什麼癡呆的謎語？滿腔怒火滿腦困惑的雷維先生會重返這裡，但這回可下定了決心要把他即刻下獄。等待他的返來，就如同引頸待戮一般。隱隱的頭痛持續不斷。「堅果博士」味同膽汁。艾伯曼真是獅子大開口，顯然「貴人」[196]手下那個敏感的工廠把這視為奇恥大辱。一旦那封信真正的作者被揭發出來，要不到五十萬的艾伯曼會要什麼？一條人命？

「堅果博士」只像強酸一樣，咕嚕嚕直下他的肚腸。封閉的瓣膜有如捏住了氣球的口，兜住氣體，將他脹了個滿。巨大的嗝從他喉頭升起，往乳白玻璃吊燈那盛滿垃圾的燈罩噴彈而上。一旦被迫踏入這個殘暴的世紀，什麼事都可能發生。到處埋伏著陷阱，譬如艾伯曼、無趣的「捍衛摩爾尊嚴十字軍」、曼庫索那個侏儒白癡、多利安．格林、報社記者、脫衣舞孃、鳥類、照片、不良少年、納粹春宮販子。而尤其是摩娜．敏可夫。消費物品。而尤其是摩娜．敏可夫。這渾身騷味的狐狸必須好好整治。以某種方式。某種方式。她必須付出代價。無論如何，他必須對付她，就算這報復需要經年累月持續不斷的追蹤監視，從一個咖啡館跟到另一個咖啡館，從一個唱民歌的淫樂狂歡跟到另一個唱民歌的淫樂狂歡，從地鐵車廂到公寓到棉花田到示威場所。伊內修在摩娜身上下了個伊莉莎白式的精巧詛咒[197]，然後翻過身來，再度對那橡皮手套展開了狂暴的折磨。

他母親居然敢考慮結婚的事。也只有像她這樣頭腦簡單的人，才會如此不忠。那個老法西斯必然會一再重複無中生有捕風捉影的迫害，直到原來正常的伊內修．J．萊里退化成一個殘廢破碎喃喃自語的植物人為止。那個老法西斯會為雷維先生作證，讓自己未來的繼子身陷囹圄，以便能為所欲為在傻乎乎的艾琳．萊里身上大逞其扭曲古老的淫慾，以自由企業的冒險精神對艾琳．萊里肆行其保守主義的實踐。娼妓是不受社會安全與失業救濟系統保障的。顯然這就是登徒子羅畢蕭對她們大感興趣的原因。也只有佛圖娜知道他從她們手上學到了多少教訓。

萊里太太聽著她兒子房中傳來的床墊咿啞與打嗝聲響，心中狐疑他在鬧出這麼些事後，這會是否還生起病來了。但她不願看到伊內修。只要一聽到他房門開啟的聲響，她就會奔回自己房裡，刻意迴避他。五十萬是個她連想像都想像不出的數目。她根本無法想像，一個人若是犯下價值五十萬的大錯，會受到什麼樣的懲罰。就算雷維先生心裡還有疑惑的餘地，她的心裡卻一清二楚。不管那是什麼，是伊內修寫的絕錯不了。這可好了。伊內修去坐牢。救他的路只有一條。她把電話拉到走廊上最遠的地方，今天第四次撥了姍塔的號碼。

「老天，親愛的，你也真會緊張，」姍塔說。「又出了什麼事？」

「伊內修的麻煩，恐怕不只是一張照片上報的事了，」萊里太太悄聲說道。「我在電話上不能說。姍塔，還是你說得對。伊內修是該進『慈善』了。」

「唉，總算。我跟你講得喉嚨都啞了。克勞德剛剛才打電話來。他說他們在醫院裡碰面的時候，伊內修大鬧了一場。克勞德說他怕伊內修，那麼大個人。」

「可怕吧。在醫院的時候真是嚇人。我已經跟你說過，伊內修是怎麼開始大喊大叫的。在那些護士病人面前。我差點沒死掉。克勞德沒生太大的氣吧，啊？」

「他不是生氣，但他不想讓你一個人待在家裡。他問我是不是可以讓我跟他一起過去陪你。」

「不用了，寶貝，」萊里太太立刻說。

196 艾伯曼（Abelman）此姓的德文原意是「高貴的人」。

197 所謂「伊莉莎白式」（Elizabethan）的詛咒，是指英國女王伊莉莎白一世（Queen Elizabeth I, 1558-1603）時代莎士比亞（William Shakespeare, 1564-1616）劇中的那類詛咒。

「伊內修又惹了什麼麻煩？」

「我遲點再告訴你。這會我只能說，我一直念著『慈善』這件事，總算打定了主意。要就是現在了。他是我的孩子，但為了他好，也該給他治療治療。」萊里太太苦苦思索著電視法庭劇裡常用的那個說法。「我們得讓他們宣告他暫時精神失常。」

「**暫時**？」姍塔嘲弄她。

「在他們抓走伊內修之前，我們得幫他一把。」

「誰要來把他抓走？」

「好像是他在雷維褲廠做事的時候，捅了個婁子。」

「噢，天哪！又多一樁事。艾琳！掛上電話，親愛的，趕緊去找『慈善』的人。」

「不，你聽我說。他們來的時候，我不想待在這裡。我是說，伊內修個頭大。他可能會鬧起來的。我受不了這個。我現在神經已經夠糟的了。」

「他個頭還真不小。會像抓一頭野象似的。他們那些人最好帶張大網來，」姍塔熱心地說。「艾琳，這是你做過最好的一個決定。告訴你怎麼辦吧。我現在就給『慈善』打個電話。你上我這裡來。我會叫克勞德也過來。他聽到這個一定高興了。哎喲！你再過一個禮拜，大概就要發喜帖了。不用等到過年，親愛的，你就可以有點財產。就能拿鐵路公司的退休金了。」

萊里太太覺得這聽起來確實不錯，但她還是略帶猶豫地問，「共產黨那些又怎麼辦？」

「別擔那個心，親愛的。我們把共產黨來個斬草除根。克勞德光是整修你那個房子，就閒不下來了。把伊內修的房間改成起居室，夠他忙一陣子的。」

姍塔發出一串男中音的笑聲。

「安妮小姐要是看到這間屋子整修好了，一定嫉妒得臉都綠了。」

「那就告訴那個女人說：『出門去扭扭屁股。你也能把房子整修整修。』」姍塔捧腹大笑。「你現在掛上電話，到這裡來。我立刻就打給『慈善』。趕緊出門吧！」

姍塔在萊里太太的耳中摜下電話。

萊里太太往前面百葉窗間看出去。天已相當黑了，這樣才好。他們在夜裡把伊內修帶走的時候，鄰居比較看不清楚。她跑進浴室，在臉和洋裝前襟上撲了些粉，在鼻子下畫了一個超寫實的嘴，然後衝入臥房去找件大衣。走到前門的時候，她停下腳步。她不能就這樣跟伊內修道別。他到底是親生孩子。

她走到他的房門前，傾聽裡面床墊彈簧狂野的撥弦聲響，正在逐漸加強，正在營造出一個足以媲美葛利格〈山魔王的大廳〉[198]的曲終高潮。她敲了敲門，但沒有回應。

「伊內修，」她哀哀喚道。

「你要什麼？」一個喘不過氣的聲音終於發問。

「我要出門了，伊內修。我要說聲再見。」

伊內修沒有回答。

「開門啊，伊內修，」萊里太太請求。「跟我親一個說再見，寶貝。」

「我很不舒服。我動不了。」

198〈山魔王的大廳〉（In the Hall of the Mountain King）是葛利格（Edvard Grieg, 1843-1907）《皮爾金》（*Peer Gynt*, Op 23, 1875）組曲中的第二幕第四段。

「來啦，兒子。」

門慢慢打開。伊內修把他那灰色的大臉伸進走廊。他母親一見到繃帶便淚水汪汪。

「來親我一下，寶貝。今天弄到這個地步，我實在難過。」

「這一大套熱淚盈眶的陳腔濫調是什麼意思？」伊內修疑神疑鬼地問。「你為什麼突然這麼友善？你不是要去跟什麼老頭在哪裡見面？」

「你是對的，伊內修。你不能出去做事。我早該知道。我早該去找別的方法把那筆債還掉。」一滴淚滑出她的眼眶，在粉中洗出一條乾淨皮膚的羊腸小徑。「那個雷維先生要是再打電話來，不要去接。我會照顧你的。」

「噢，我的天！」伊內修吼道。「我現在可真的麻煩了。天曉得你在安排些什麼。你要去哪裡？」

「在房裡待著，別接電話。」

「為什麼？到底怎麼回事？」佈滿血絲的眼裡閃著恐懼。「你剛才是跟誰在電話上講悄悄話？」

「你用不著擔心雷維先生，兒子。我會替你安排的。但要記住，你可憐的媽媽一心只惦著你的幸福。」

「我怕的就是這個。」

「永遠也別生我的氣，親愛的，」萊里太太說完，便用那雙從前晚安傑婁打電話來時就沒脫過的保齡球鞋往上一蹦，抱住伊內修，在他八字鬍上親了一下。

她將他放開，跑到門口，然後又轉身對他說：「對不起我撞到了那棟房子，伊內修。我愛你。」

百葉門板砰然關上，她走了。

「回來，」伊內修大吼。他衝到前門，但那部一個輪子像賽車一樣缺了擋泥板的老普利茅斯，已經轟轟隆隆上了路。「回來，拜託。媽！」

「噭，閉嘴，」安妮小姐在黑暗中的某處吼道。

他母親一定是在搞鬼，一定有什麼笨拙的計劃，有什麼足以毀掉他一生的策謀。她為什麼堅持要他待在房裡？她知道在目前的狀況下應該說個清楚。

「我是伊內修．萊里，」他在姍塔接起電話的時候說。「我媽今晚是不是要去你那裡？」

「沒，她沒說要來，」姍塔冷冷回答。「我整天都沒跟你媽說過話。」

伊內修掛上電話。一定有鬼。今天他至少有兩三次聽到他母親在電話上喊「姍塔」。還有最後的那次電話，他母親臨走前那輕聲低語的通話。他母親只會跟巴塔利亞那個老鴇講悄悄話，而且也只有在她們交換祕密的時候。他立刻猜到了他母親那情緒激動的道別，和這道別有如永訣的原因。她曾經告訴過他，巴塔利亞那個媒婆建議他去「慈善」的精神病房度個假。一切都順理成章。他住進精神病房，就可以避免被艾伯曼與雷維，或不論哪個想進行這件案子的人起訴。也許他們兩個都會告他，艾伯曼告他破壞名譽，雷維告他偽造文書。在他母親能力有限的頭腦裡，精神病房就似乎成了一個極佳的選擇。她專會這樣，以一片善良的用意，而讓自己兒子被人綁上緊身約束衣，被人在休克治療中施用電擊。當然，他母親可能根本沒想到這些。不過，在應付她的時候，最好還是做好最壞的打算。光是巴塔利亞那個「巴斯之婦」[199]的謊言，就很令人不安了。

199「巴斯之婦」（Wife of Bath）是喬叟《坎特伯里故事》（*The Canterbury Tales*）集中一則，屬於中世紀「可憎女子」（loathly lady）故事的典型，敘述一位來自巴斯、能言善道、曾經梅開五度嫁至多國的婦人。今日評者多認為喬叟有意借此顛覆彼時夫權、貞節、男尊女卑等等觀念，是婦女解放思想的先驅。

在美國，一個人未被證明有罪，就是無辜的。也許崔喜小姐已經招認了。但為什麼雷維先生還不打電話回來？伊內修不願被人扔進精神病院，因為就法律而言，他在寫信一事上目前還是無辜之身。他積習難改的母親，對雷維先生的來訪，以最不理性最情緒化的方式做出了反應。「我會照顧你的。」「我會替你安排的。」沒錯，她是會把他安排得妥妥貼貼。一條橡皮管子會對著他噴出水來。某個白癡精神分析師會企圖理解他世界觀的獨特之處。飽經挫折之後，精神分析師會將他塞進一個三呎見方的病房。不。這可萬萬不行。比起來監獄倒還好些。在那裡，他們只會拘禁你的肉體。但在精神病院，他們會來干涉你的靈魂、你的世界觀、你的心智。他絕對無法忍受。而且他母親對她要為他提供的這個神祕保護，又顯得如此愧疚。一切跡象都指向「慈善醫院」。

噢，佛圖娜，你這個賤婢！

此刻他像甕中之鱉一樣，在那小屋裡團團亂轉。醫院雇用的打手已將準星瞄準在他身上。伊內修．萊里，飛靶一枚。他母親也許只是去參加什麼保齡球的狂歡酒宴。但另一方面，一輛帶著鐵柵的卡車也很可能正朝君士坦丁堡街疾馳而來。

逃啊。逃啊。

伊內修看看皮夾。那三十塊錢已經不翼而飛，顯然是在醫院裡被他母親充了公。他看看鐘。已經將近八點。在午睡與侵犯手套之間，下午與傍晚去得相當迅速。伊內修在房裡四處翻尋，將那些「大酋長」拍紙簿隨手拋甩、用腳踐踏、從他的床底下拉出來。他找到幾個零星散落的銅板，然後又在桌上搜獲幾枚。總計是六十分錢，一個將逃亡之路生生阻斷的數目。但他至少可以找個庇護所躲過今晚：普里坦尼亞。戲院關門之後，他可以穿過君士坦丁堡街，探看他母親回來沒有。

一陣著裝的凌亂瘋狂。紅色的法蘭絨睡衣高高飛起，掛在吊燈之上。他把腳趾捅在沙漠靴中，賣力跳進那條他幾乎無法將腰身扣上的粗呢長褲。襯衫、帽子、大衣，伊內修將它們盲目地套在身上，然後衝進走廊，在窄牆間東碰西撞。他剛跑到門前，卻聽見百葉門板上傳來三下響亮的敲門聲。

雷維先生回來了？他的瓣膜發出求救信號，和他的手展開了通訊。他搔著掌上的小疹，從百葉門板的條縫中窺視，預期會看到幾個醫院派來渾身是毛的彪形大漢。

門廊上站著摩娜，身穿一件無式無樣，橄欖綠燈心絨的短大衣。她的黑髮紮成了辮子，繞過耳朵之下，垂落胸前。一把吉他吊在肩上。

伊內修直想衝破百葉門板，撞碎木條與門閂，將那條麻繩似的辮子絞在她脖子上，直到她臉色轉青。但是理智終於戰勝。他看到的不是摩娜，他看到的是一條逃亡之路。佛圖娜總算是起了悲憫。她到底還沒墮落到那個程度，會讓這惡劣的週期走到絕地，用緊身約束衣將他勒斃，把他封進一個水泥磚砌成、日光燈照亮的墳塚。她以某種方式，從地鐵隧道，從抗議隊伍，從哪個歐亞人種存在主義者的熏臭床上，從哪個患了癲癇症的黑人佛教徒手裡，從集體治療會的喋喋不休當中，喚出了摩娜小狐狸，召到他的面前。

「伊內修，你在那個垃圾堆裡嗎？」摩娜用她平板坦率、略帶敵意的聲音質問。她再度敲打百葉門板，瞇起她黑框眼鏡後面的兩眼。摩娜沒有散光，那副鏡片是平光的，她戴這眼鏡是為了證明她的專注奉獻，證明她信念的強烈。她那對懸盪的耳環映著路燈的光，彷彿玻璃的中國飾物在叮噹作響。「告訴你，我看得出來裡面有人。你在走廊上乒乒乓乓走路的聲音，我也聽見了。把這爛門打開。」

「是，是，我在家，」伊內修大喊。他猛力把門推開。「感謝佛圖娜，你來了。」

「老天。你這樣子真是一塌糊塗。好像神經正要崩潰還是什麼的。幹嘛紮了繃帶？伊內修，到底怎麼啦？你看你又胖了多少？我剛剛在看門廊上那些可憐的告示牌。唉，你真是越混越回去了。」

「我到地獄裡走了一遭，」伊內修口沫飛濺，拽著摩娜大衣的袖子，將她拉進走廊。「你為什麼棄我而去，小狐狸？你這新髮型實在迷人，實在世故。」他抓起她的辮子，貼在他潮濕的八字鬍上，使勁吻了起來。「你頭髮裡那股煤煙和炭的味道，暗示著五光十色的高譚城，令我大感振奮。我們必須立刻離開這裡。我必須到曼哈頓去茁長開花。」

「我早就知道你出了問題。但沒想到是**這副德行**。你的情況真夠糟糕的了，阿伊。」

「趕快。上汽車旅館去。我的自然衝動正在吶喊著要求發洩。你身上有錢嗎？」

「別跟我裝神弄鬼，」摩娜怒氣沖沖地說。她從伊內修的大爪中抓回那條濕漉漉的辮子，往肩後拋甩，鏜地一聲打在吉他上。「告訴你。伊內修。我累得很。我從昨天早晨九點就上路了。我一給你寄出那封講『和平黨』例行公事的信，就對自己說：『摩娜。聽著。這傢伙需要的，可不只是一封信。他需要你幫助。他在急速惡化。你肯不肯獻身拯救一個在你眼前腐蝕的腦袋？你肯不肯獻身修補那個心靈殘餘的破爛？』我從郵局出來，就上了車一路開來。整夜。不停。我是說，越想到那個『和平黨』的瘋狂電報，我就越覺得不安。」

顯然摩娜在曼哈頓的奮鬥目標，已經有點山窮水盡了。

「我不怪你，」伊內修喊道。「那封電報真夠可怕，是不是？神智狂亂的幻想。我沉淪在憂鬱的深處，已經有好幾個星期了。這些年來，我一直忠心守在我媽身邊，沒想到她竟然決定結婚，要把我一腳踢開。我們必須離開這裡。我在這屋裡是一分鐘也待不下了。」

「什麼？誰會娶**她**？」

「謝天謝地你能瞭解。你看得出來，這一切都多麼荒謬，多麼不可思議。」

「她在哪裡？我要跟那個女人大概分析一下她對你所做的事。」

「她現在正在哪裡驗血被判不合格[200]。我是不願再見她了。」

「我想你也不願。可憐的孩子。這一陣子都幹了些什麼？躺在房裡昏睡不醒？」

「對。一連幾個星期。我被這神經冷感症害得不能動彈。你記不記得那封關於逮捕和車禍的幻想信？我寫那封信，就是在我媽第一次遇見這個荒淫老頭的時候。我的均衡就從那時開始瓦解。從那個時候開始，就一路往下運轉，而終於出現了那個『和平黨』的人格分裂症。那些外部的徵狀，只是我內部折磨的一個實質表現。我對和平所抱的嚴重精神病式的慾望，顯然是個一廂情願的企圖，只想化解這間小屋裡的敵意。我衷心感謝你眼光清晰，能夠分析我信裡展示的那種幻想生活。謝天謝地，你看得出它們是用密碼寫成的求救信號。」

「我從你的體重，看得出你根本是無所事事。」

「我就因為連續躺在床上，從食物中求取終結與昇華，增加了好多磅。我們現在該走了。我必須離開這個家。它給了我太多可怕的聯想。」

「我好久以前就叫你離開這裡。來，我們來一起打包。」摩娜單調的語音開始熱切起來。

「我早聽你的話就好了，也不至於經歷這種恐怖。」伊內修抱起摩娜，把她和吉他緊緊地壓在牆上。他看得出來，她因為發現了一個正式的使命，一個真實的案例，一個嶄新的運動，已經樂不可支。「天堂將來必有你的一席之位，我的狐狸。我們快走吧。」

他想拉她往前門去，但她說道：「你不要帶點東西？」

「噢，當然。我那些筆記和塗鴉。我們不能讓它們落到我媽手中。她會拿去發一筆橫財。那就太

200 美國各州原來多有結婚前必須驗血（檢驗性病、德國麻疹等）的規定，今日只餘少數尚在執行。

諷刺了。」他們進了他的房間。「我還忘了提，你應該知道，對我媽進行可疑追求的是個法西斯。」

「真的！」

「真的。你看看這個。你可以想像他們是怎麼折磨我的。」

他遞給摩娜一份他母親從他房門底下塞進來的宣傳小冊，《你的鄰居真是美國人嗎？》摩娜讀著寫在封面邊上的幾個字：「看看這本，艾琳。寫得不錯。後面有些問題，可以用來問問你兒子。」

「噢，伊內修！」摩娜口出呻吟。「那是怎樣的折磨啊？」

「深受創傷，極為可怕。我想他們現在大概正在什麼地方攻擊我媽早上在雜貨店裡聽人說是支持聯合國的哪個溫和派。她整天在嘟囔這件事。」伊內修嗝道。「我經歷了好幾個禮拜的恐怖。」

「你媽不在家，是有點奇怪。她以前無時無刻不在這裡。」摩娜在一根床柱上掛好吉他，攤開四肢躺在床上。「這個房間。我們以前在這裡多好玩哪，敞開我們的腦袋和靈魂，寫那些反陶克的宣言。我猜那個騙子還在那間學校鬼混。」

「我想是吧，」伊內修心不在焉地說。他希望摩娜能從床上起來。再過不久，她的腦袋就會想要敞開別的東西了。總之，他們必須離開這棟房子。他在壁櫥裡，搜尋著十一歲時他母親為了他去一個男童營待上悲慘的一天而買的過夜包。他像狗掘骨頭一樣，掏挖著層層泛黃的抽屜，把抽屜紛紛以弧線往後拋出。「也許你最好起來，我的小百合。還有拍紙簿要收，還有筆記要撿。你可以在床底下看看。」

摩娜從泛潮的床單上彈起身來，說道：「我曾試著跟我集體治療小組裡的朋友，形容過你在這房裡閉門寫作、離群索居。形容過這個奇特的中世紀腦袋，關在自己的寺院裡苦修。」

「他們想必都很好奇，」伊內修喃喃自語。他已找到了那個旅行包，正撿著地上發現的一些襪子往裡面塞。「他們馬上就能見到有血有肉的我了。」

「等他們聽聽那些新穎獨創的東西，從你腦殼裡源源流出吧。」

「呵哼，」伊內修打了個呵欠。「也許我媽計劃結婚，其實是幫了我一個大忙。那些伊底帕斯鏈結，已經開始讓我無法忍受了。」他把他的溜溜球丟進包裡。「顯然你這次來南方旅行，還算一路平安。」

「我一路上真是馬不停蹄。幾乎三十六個鐘頭，連續開啊開啊開。」摩娜正在把「大酋長」拍紙簿堆成一大疊。「我昨晚是在一家黑人快餐店停過。但他們不肯做我的生意。我猜是這把吉他讓他們起了反感。」

「一定是的。他們把你當成了什麼鄉巴佬山地貧農的歌手。我跟那些人有過一點經驗。他們腦力有限得很。」

「我簡直不能相信，我是**真的**要把你接出這個地牢，這個洞穴了。」

「真是不可置信，是吧？想想看，我對你的明智，抗拒了多少年。」

「我們在紐約，絕對會有一段美妙的時光。我不騙你。」

「我等不及了，」伊內修邊說，邊把頭巾和彎刀收進包裡。「自由女神、帝國大廈、在百老匯首演日看我最喜歡的歌舞喜劇明星的那種興奮。在『村子』裡一邊喝義大利濃縮咖啡，一邊跟具有挑戰性的現代頭腦聊天打屁。」

「你總算是肯面對自己了。真的。我簡直不能相信今天晚上在這間破房子裡聽到的事。我們會慢慢解決你的問題。你就要踏入一整個嶄新的重要的階段。你的無所事事已經成為過去。我看得出來。我聽得出來。你想想，等我們把那些蜘蛛網和禁忌和縛手縛腳的牽牽絆絆清除乾淨，會有多少偉大的思想，會從這個腦子裡泉湧出來。」

「天曉得會發生什麼，」伊內修冷淡地說。「我們得走了。立刻就走。我該警告你，我媽隨時可能回來。我要是再見到她，一定會大大倒退回去。我們趕緊走吧。」

「伊內修，你在滿屋亂跳。放鬆點。最壞的已經過去了。」

「才沒有呢，」伊內修急急說道。「我媽可能會把她那幫暴民帶回來。你該看看他們。白人至上主義者、清教徒，還有更糟的。讓我去拿我的魯特琴跟小喇叭。拍紙簿都收齊了？」

「這裡寫的東西滿有趣的，」摩娜邊說邊指著她在翻看的那本拍紙簿。「都是虛無主義的珍品。」

「那只是整部作品當中的一個片段。」

「你不給你媽留張怨氣沖天的字條，留個逐項列舉的抗議之類？」

「那是枉費工夫。她要花上幾個禮拜來理解。」伊內修一手抱著魯特琴和小喇叭，一手抱著旅行包。「別把那本活頁紙夾弄掉了。裡面是《日記》，我正在寫的一個社會學的幻想。那是我最具商業性的嘗試。要是到了華特·迪士尼或喬治·帕爾這種人手上[201]，很有拍成美妙電影的可能。」

「伊內修。」摩娜手中捧著一堆拍紙簿，在走廊上停下腳步，動起無色的嘴唇，像是在打演講稿，然後開了口。她疲倦的，被公路麻醉的兩眼，透過晶亮的鏡片，在伊內修臉上逡巡。「這是個極有意義的時刻。我覺得我正在**拯救**一個人。」

「你是，你是。我們必須逃了。拜託。待會我們再聊。」伊內修將她推開，邁起笨重的腳步，逕自走到車旁，打開那部小雷諾的後車門，爬到座上那堆標語牌和一疊疊宣傳小冊當中。車子聞起來有股書報攤的氣味。「快點！我們沒時間在屋子前面表演一場活人的靜態畫。」

「我說，你真要坐在後面？」摩娜邊說，邊在後車門裡放下了手中那堆拍紙簿。

「當然要，」伊內修吼道。「在高速公路旅行，我是絕對不會坐進前座那個死亡陷阱的。趕快進這玩具車來，把車開走。」

「慢點。裡面還有很多拍紙簿沒拿，」摩娜說著又跑回屋裡，吉他在身旁拍撞得砰砰作響。她帶著另一批走下台階，在磚鋪的人行道上停住，轉身望著房子。伊內修看得出來，她是在企圖記錄這個景象：依萊莎[202]抱著個特大的天才在冰上渡河。但和哈麗葉．畢徹．斯陀不同，摩娜還在這個世上惹人生厭。終於，她對伊內修的呼喊有了反應，走到車旁把第二批拍紙簿丟在伊內修的大腿上。「床底下還有一些，我想。」

「別管那些了！」伊內修大叫。「進來，把這玩意發動。噢，我的天。別把吉他往我臉上戳。你為什麼不帶個皮包，像個良家小姐就算了？」

「去你的吧，」摩娜生了氣。她滑進前座，發動了車子。「你想到哪裡過夜？」

「過夜？」伊內修暴吼。「我們不到哪裡過夜。我們得馬不停蹄。」

「伊內修，我是實在撐不下去了。我從昨天早上，就已經在這車裡了。」

「那，至少先過了龐恰特雷恩湖再說。」

「好。我們可以走堤岸公路，開到曼德維爾再停。」

「不行！」摩娜會把他直直開入哪位精神分析師守株待兔的懷中。「不能在那裡停。水有污染。

201 華特．迪士尼（Walt Disney, 1901-1966）創立卡通影片王國；喬治．帕爾（George Pal, 1908-1980）以傀儡動畫起家。

202 依萊莎（Eliza）是《黑奴籲天錄》中具有四分之一黑人血統的僕婦。她懷抱已被賣出的孩子，穿渡結冰的俄亥俄河逃亡，是書中著名的一景。

他們那裡爆發了傳染病。」

「是嗎？那我就走那條老橋，到斯萊岱爾。」

「對。而且這樣也安全得多。常會有駁船衝上堤岸公路。我們會掉進湖裡淹死。」那部雷諾拖著低陷的後半部，加速遲緩乏力。「這車對我的體型來說，略嫌小了一點。你確定知道往紐約怎麼走？我很懷疑我能蜷成這個胎兒的姿勢，在這裡面待上超過一兩天的時間。」

「嘿，你們兩個披頭族要去哪裡？」安妮小姐的聲音從她家百葉窗後傳來。雷諾爬到了道路當中。

「那個兇老太婆還住在那裡？」摩娜問。

「閉上嘴，快點開！」

「你非要這樣煩我是吧？」摩娜瞪了後視鏡中的綠帽一眼。「我是說，我想知道。」

「噢，我的瓣膜！」伊內修猛吸一口氣。「拜託別又大鬧一場。經過最近這些打擊，我的精神已經快要完全崩解了。」

「對不起。我只是一時覺得有點像以前那樣，我當司機，而你在後座煩個不停。」

「我真希望北邊沒在下雪。我的身體實在沒法在那種情況下運作。也拜託你一路注意『灰狗觀景長途巴士』。它們能把這種玩具撞個粉碎。」

「伊內修，突然間你又變回以前那個可怕的你。突然間我覺得自己犯下了一個天大的錯誤。」

「錯誤？絕對不是，」伊內修甜甜地說。「但請你小心那部救護車。不要才剛展開我們的朝聖之旅，就碰上一場車禍。」

那部救護車開過的時候，伊內修弓起了背，看到漆在它門上的「慈善醫院」字樣。救護車上旋轉的紅燈，在兩車交會的瞬間，潑灑在這部雷諾上。伊內修頓覺受了侮辱。他期待的是一部帶著鐵柵的大卡車。他們卻小覷了他，竟派出一部頗為陳舊的凱迪拉克救護車。他應能輕易便將所有車窗打碎。凱迪拉克發光的尾鰭，不久已落在他們後面的兩條街外，而摩娜也正轉上聖查爾斯大道。

此刻佛圖娜既已把他從一個週期中救了出來，又會將他再往何處旋轉？新的週期必將與他以往所知的一切迥不相同。

摩娜將那部雷諾加速換檔，以嫻熟的方式在市區交通中行進，穿梭在狹窄無比的巷道之間，直到他們擺脫了最後一個遍地沼澤的郊區，拋下了最後一個閃爍的路燈。然後他們進入了鹽沼地帶中心的那片漆黑裡。伊內修望著外面反映著他們車燈的公路標誌。十一號國道。標誌一閃而逝。他將車窗搖下一兩吋，呼吸那從海灣穿過鹽沼吹來的，帶著鹹味的空氣。

那空氣有如一劑清滌的瀉藥，他的瓣膜豁然開啟。他再度吸氣，這次更深了點。隱隱的頭痛頓時消失。

他滿懷感激看著摩娜的腦後，看著那條天真無邪在他膝頭擺盪的辮子。滿懷感激。這是多大的諷刺，伊內修心想。他用一隻手掌捧起那條辮子，將它暖暖地貼上了他潮濕的八字鬍。

國家圖書館預行編目資料

笨蛋聯盟／約翰．甘迺迪．涂爾（John Kennedy Toole）著；莫與爭譯. --初版. --臺北市:寶瓶文化, 2013. 9
面； 公分. --(Island；208)
譯自：A Confederacy of Dunces
ISBN 978-986-5896-45-4（平裝）

874. 57 102019042

island 208

笨蛋聯盟

作者／約翰．甘迺迪．涂爾（John Kennedy Toole） 譯者／莫與爭
外文主編／簡伊玲

發行人／張寶琴
社長兼總編輯／朱亞君
主編／簡伊玲．張純玲
編輯／賴逸娟．禹鐘月
美術主編／林慧雯
校對／賴逸娟．陳佩伶．吳美滿
企劃副理／蘇靜玲
業務經理／盧金城
財務主任／歐素琪 業務助理／林裕翔
出版者／寶瓶文化事業有限公司
地址／台北市110信義區基隆路一段180號8樓
電話／(02) 27494988 傳真／(02) 27495072
郵政劃撥／19446403 寶瓶文化事業有限公司
印刷廠／世和印製企業有限公司
總經銷／大和書報圖書股份有限公司 電話／(02) 89902588
地址／台北縣五股工業區五工五路2號 傳真／(02) 22997900
E-mail／aquarius@udngroup.com

著作完成日期／一九八〇年
初版一刷日期／二〇一三年九月
初版二刷日期／二〇一三年九月三十日
ISBN／978-986-5896-45-4
定價／四〇〇元

AQUARIUS 寶瓶 文化事業

愛書人卡

感謝您熱心的為我們填寫，
對您的意見，我們會認真的加以參考，
希望寶瓶文化推出的每一本書，都能得到您的肯定與永遠的支持。

系列：Island 208　**書名：笨蛋聯盟**

1. 姓名：________　性別：□男　□女
2. 生日：____年____月____日
3. 教育程度：□大學以上　□大學　□專科　□高中、高職　□高中職以下
4. 職業：________
5. 聯絡地址：________
   聯絡電話：________　手機：________
6. E-mail信箱：________
   □同意　□不同意　免費獲得寶瓶文化叢書訊息
7. 購買日期：____ 年 ____ 月 ____日
8. 您得知本書的管道：□報紙／雜誌　□電視／電台　□親友介紹　□逛書店　□網路
   □傳單／海報　□廣告　□其他
9. 您在哪裡買到本書：□書店，店名________　□劃撥　□現場活動　□贈書
   □網路購書，網站名稱：________　□其他________
10. 對本書的建議：（請填代號　1. 滿意　2. 尚可　3. 再改進，請提供意見）
    內容：________
    封面：________
    編排：________
    其他：________
    綜合意見：________
11. 希望我們未來出版哪一類的書籍：________

讓文字與書寫的聲音大鳴大放

寶瓶文化事業有限公司

（請沿此虛線剪下）

廣　告　回　函
北區郵政管理局登記
證北台字15345號
免貼郵票

寶瓶文化事業有限公司　收

110台北市信義區基隆路一段180號8樓

8F,180 KEELUNG RD.,SEC.1,

TAIPEI.(110)TAIWAN R.O.C.

（請沿虛線對折後寄回，謝謝）